HEYNE <

D1927483

Das Buch
Seit sie denken kann, ist Paula mit Thomas zusammen. Langsam wird es Zeit für einen Wechsel! Doch dieses Projekt lässt sich unmöglich allein auf die Beine stellen. Dazu bedarf es schon der Hilfe von Alix und Melli, die sofort mit großem Vergnügen auf Männerjagd gehen.

Die Autorinnen
Bianka Minte-König, gebürtige Berlinerin, ist promovierte Literatur- und Medienwissenschaftlerin und lehrt seit 1980 als Professorin an der Fachhochschule Braunschweig. Sie ist Autorin der Bestsellerreihe »Freche Mädchen – Freche Bücher«. Ihre Romane wurden in 17 Sprachen übersetzt, als Hörbücher vertont und werden in Kürze verfilmt.

Weitere Informationen über Bianka Minte-König und ihre Bücher unter www.biankaminte-koenig.de

Gwyneth Minte, Jahrgang 1983, studiert Jura. Sie spielte lange Jahre Theater, arbeitete als Laufstegmodel und Hörbuchsprecherin und recherchiert für die Bücher ihrer Mutter.

Lieferbare Titel
*Liebe? Aber klar doch!* (978-3-453-58022-0)

Bianka Minte-König
& Gwyneth Minte

# Liebe?
## Aber klar doch!

Roman

Stadtbücherei
– City-Center –
Robert-Bosch-Str. 82
61184 Karben
Stadtbücherei
Ausgemustert

Wilhelm Heyne Verlag
München

Stadtbücherei
– City-Center –
Robert Bosch Str. 62
61184 Karben

Stadtbücherei
Ausgemustert

Einarbeitung
09.01.2013
13-18, 48866

FSC
Mix
Produktgruppe aus vorbildlich bewirtschafteten Wäldern und anderen kontrollierten Herkünften
Zert.-Nr. SGS-COC-1940
www.fsc.org
© 1996 Forest Stewardship Council

Verlagsgruppe Random House
FSC-DEU-0100
Das für dieses Buch verwendete
FSC-zertifizierte Papier *München Super*
liefert Mochenwangen.

Originalausgabe 07/2007
Copyright © 2007 by Bianka Minte-König/Gwyneth Minte
Copyright © 2007 by Wilhelm Heyne Verlag, München
in der Verlagsgruppe Random House GmbH
Printed in Germany 2007
Redaktion: Christiane Wirtz
Umschlaggestaltung: init.Büro für Gestaltung, Bielefeld
Satz: KompetenzCenter, Mönchengladbach
Druck und Bindung: GGP Media GmbH, Pößneck
ISBN: 978-3-453-58022-0
http://www.heyne.de

♡ ♡ ♡

# *Beutefieber*

Das Drama begann im *Lindenpark.*

Ich hielt mich an einer Flasche Alcopop fest, da stand er plötzlich neben mir. Er hatte mich unsanft am Ellenbogen gestoßen und dabei genau den Musikantenknochen getroffen. Ich biss mir auf die Unterlippe, konnte aber ein unartikuliertes Gurgeln nicht ganz unterdrücken. Hektisch und ziemlich erbost drehte ich mich zur Seite, um den Übeltäter so richtig schön rund zu machen und starrte direkt in seine Augen.

Liebes Lieschen, die waren ja so was von blau! Wow! Wie das Mittelmeer! Die luden ja geradezu zum Baden ein … Aber als ich gerade darin abtauchen wollte, hängte sich eine total aufgebrezelte Ische an seinen Arm und zerrte den Typen, zu dem diese traumhaften Augen gehörten, einfach weg. Frechheit!

Ich brach meinen angefangenen Tauchgang abrupt ab und stierte dem Typ konsterniert nach. Ich schluckte. Das gab es doch nicht! Liebe auf den ersten Blick – wer glaubte denn an so was! Also, ich jedenfalls hatte es immer als puren Unsinn abgetan. Von Kitschromanschriftstellern erfunden, um von der Tristesse des real existierenden Beziehungsnotstandes zwischen den Geschlechtern abzulenken. Die ultimative Liebesformel war doch sicher eine Gleichung mit mehreren Unbekannten, die zu dividieren, potenzieren und multiplizieren waren und die am Schluss sicher noch das Ziehen einer Wurzel plus Hinzufügen eines Logarithmus erforderte und dennoch nicht aufging. Nee, da war ich eigentlich immer Pessimist gewesen. Liebe auf den ersten Blick – das konnte es einfach nicht geben!

Erneutes Schlucken, weiteres verwirrtes Hinterherstarren. Wo ... wo wollte der denn hin? Halt! Stopp! Konnte nicht mal jemand eingreifen?

Festhalten!, wollte ich rufen, aber ich hatte plötzlich einen superfetten Frosch im Hals. Na prächtig! An dem würgte ich noch herum, als mein Traumprinz im Diskogewühl verschwand!

»Ist was?«, fragte meine beste Freundin Paula, die beste Friseurin der Stadt und begeisterte Kaffeesatz-Prophetin, äh, Pardon, esoterisch angehauchte Hexe! »Du guckst so seltsam.«

»Ich ... ich muss ihn haben«, stammelte ich gänzlich von der Rolle, weil mich noch nie ein Mann so umgehauen hatte.

Also mal abgesehen von ... nee, der eigentlich auch nicht! Jedenfalls nicht durch einen einzigen Blick. Nein, wirklich, den K.-o.-Schlag, den Flori mir bei unserer Liebesszene im Studentenkabarett vor versammeltem Publikum verpasst hatte, den konnte man echt nicht zählen. Obwohl der mich ja wirklich aus den Pumps gehoben hatte. Felix! Liebes Lieschen! Der umschlich mich seit einem Semester wie ein liebestoller Pavian. Wozu ich aber nur eine Meinung hatte: Zurück auf die Bäume, ihr Affen! Da spielte doch dieser Mr. Blue Eyes in einer ganz anderen Liga!

»Los, hinterher!«, verfiel ich in Hektik. »Krieg raus, wie er heißt, wo er wohnt, was er macht und ... äh ... ach ja, bring am besten gleich seine Handynummer mit.«

Nun war es Paula, die irritiert aus ihren schicken Klamotten guckte, was meine zweite beste Freundin Melli zu der weisen Bemerkung veranlasste, dass wohl heute die Nacht der verstörten Weiber sei.

»Oder haben wir Vollmond und ihr seid grade dabei, aus eurer Normexistenz zu schlüpfen und euch in männermordende Göttinnen der Jagd zu verwandeln? Diana in der barocken Bildkunst zum Beispiel ...«

»Red nicht so geschwollen!«, fiel ich ihr ins Wort, denn jetzt war wirklich nicht der passende Augenblick für einen ihrer kunstwissenschaftlichen Exkurse. »Kümmere dich lieber um den Typ. Ich muss wissen, wer er ist. Um jeden Preis!«

»Aber der ist mit einer Tusse da«, bemerkte Paula zaghaft und mit leicht moralisierendem Unterton. So, als wollte sie sagen: Du böses Mädchen willst doch wohl nicht in eine bestehende Beziehung einbrechen.

Wollte ich nicht? Würde ich aber wohl bald müssen, denn wie sollte ich sonst jemals an einen Typ kommen? Moral hin, Moral her! Aber einen beziehungsfähigen Single zwischen fünfundzwanzig und dreißig, der nicht bereits mit dem Nestbau beschäftigt war, den musste frau erst mal finden. So jemand stand doch nicht an jeder Straßenecke rum oder stolperte einem in den Vorlesungen vor die Füße! Obwohl da ja allerlei stolperte.

Es war doch leider so: Sah ein Typ wirklich gut aus und hatte auch noch – Freude hoch drei – das passende Alter für unsereins, dann hing garantiert schon eine andere Frau an seinem Arm. Und wenn das nicht der Fall war und die übrigen Faktoren stimmten, dann hatte er meistens einen gravierenden Charakterfehler. Mindestens einen. Frauen wussten schon, warum sie den bisher stehen gelassen hatten. Wahrscheinlich war er Sockensortierer oder Beckenrandschwimmer, ließ die Wäsche bei Mama waschen oder aß zum Frühstück rohe Knoblauchzehen. Wobei diese Knoblauchesser zu einer ganz besonders perfiden Spezies gehören. Erst stinken sie einen zu und wenn man sie dennoch heiratet, sterben sie noch nicht einmal beizeiten weg, weil das Zeug ein ewiges Leben verleiht. Ich sage nur: Johannes Heesters! Woher ich das weiß? Weil ich mal als Komparsin für eine Traumschiffgala stundenlang neben ihm sitzen musste. Aber lassen wir das. Fest steht auf jeden Fall, dass im Leben immer irgendwo der Wurm drin ist.

»Na und?«, meinte Melli mal wieder mit dem überbordenden Optimismus ihrer individualisierten Weltsicht. »Wenn dir das Leben einen Wurm gibt, mach einen Köder draus!«

Ha ha ha! Da lachte ich aber. »Und du glaubst, damit kriegst du dann einen tollen Fisch an den Haken?«

Melli grinste frech. »Wieso *ich?* Ich denke, *du* bist die Bedürftige?!«

*»Waaas?«* Ging es der noch gut?

Aber ungerührt fügte sie trotz meines Ausbruches hinzu: »Wenn du schon beim bloßen Blick in zwei blaue Augen derart ausflippst, deutet das meines Erachtens auf die höchste Alarmstufe hin. Gib es zu, du hast Feuer gefangen! Leugnen ist zwecklos.«

»Stimmt«, pflichtete Paula ihr auch noch bei. »Da muss ein Hormonstau vorliegen. Normal ist dein Verhalten jedenfalls nicht.«

Aber ich hatte jetzt wirklich keine Zeit, mich mit den beiden herumzustreiten, denn das Objekt meiner Begierde driftete zusehends weiter in den Hintergrund der Disko ab und entzog sich so immer mehr einem möglichen Zugriff.

»Ich habe aber auch nur Pech!«, stöhnte ich und starrte in Panik meinem am anderen Ende der Tanzfläche im Halbdunkel der Disko kaum noch zu erkennenden Mr. Right nach. Immer noch klebte mir der Blick aus seinen blauen Augen auf der Netzhaut. Himmel, der Typ entsprach aber mal total meinem Beuteschema. Ich spürte, wie Adrenalin in mein Blut einschoss und meine Hormone begannen, Salsa zu tanzen. Mir lief sogar schon der Sabber im Mund zusammen. Was musste ein Typ mit solchen Augen lecker schmecken ... tu mi piaci ...

»Hey, Alix, nun komm mal wieder runter!«, stieß mich Paula, dieser Tugendbolzen, brutal von meiner Wolke, auf der ich grade hinter ihm herschweben wollte. »Der ist vergeben, du musst dir schon einen anderen suchen.«

Und mit einer allumfassenden Geste deutete sie auf die unattraktive Auswahl von männlichen Wesen, die sich auf der Tanzfläche und bevorzugt an deren Rand zusammenballte. Spackige Studies, durchgestylte werktätige Bevölkerung mit massenhaft Gel im Haar und – wie grausam – jede Menge Ich-hab-doch-schon-fast-das-Abi-in-der-Tasche-Kerle, die nur hier waren, um ihren Schulfrust mit reichlich Bier runterzuspülen. Kurz: Da war niemand, der dem Vergleich mit meinem Mittelmeer-Augen-Typ auch nur annähernd standhielt.

»Ich muss ihn haben!«, stöhnte ich noch einmal auf, um mich dann Melli, welche die Tatkräftigere meiner beiden Freundinnen war, an den Hals zu werfen und herzerweichend und Beistandsprogramme aktivierend zu jammern: »Wenn ihr mir nicht wenigstens seine Handynummer besorgt, stürze ich mich in den Stadtgraben oder vom I-Punkt oder schmeiß mich hinter die Regionalbahn!«

Okay, der Stadtgraben war zurzeit abgelassen und das I-Punkt-Hochhaus war total entkernt worden, sodass man nicht wirklich leicht nach oben kam ... und die Regionalbahn würde nach Streichung der Bundeszuschüsse wohl niemals fahren ... Lassen wir das also.

Paula, die gute Seele, wirkte dennoch echt alarmiert. Jedenfalls fuhr sie sich Frisur zerstörend mit der Hand durch ihre mittellangen braunen Haare. Das tat sie öfters, wenn sie scharf nachdachte. Na, immerhin eine, die ihre kleinen grauen Zellen für mich anwarf. Jetzt aber bitte auf Turbo schalten, sonst war der Typ am Ende wirklich weg. Welch grauenvoller Gedanke! Ich suchte die Disko leicht panisch mit den Augen ab. Verdammt, wo war er?

»Er, er, er kann doch nicht weg sein …«, stotterte ich entsetzt. Ich rüttelte Paula in höchster Erregung so heftig am Arm, dass ihr das Alcopopfläschchen aus den Fingern glitt und ich meins vor Schreck gleich hinterherwarf. Klirrend zerbrachen beide auf dem Boden. Oh nein, das nicht auch noch. Musste ausgerechnet heute wieder einer meiner berühmt-berüchtigten Chaostage sein? Dabei hatte ich doch noch nicht mal meine Tage.

»Da siehst du, was du angerichtet hast, Alix!«, maulte Paula und wurde total rot, weil ihr das Ganze so peinlich war. Nichts hasste sie mehr, als im Mittelpunkt des Interesses von fremden Leuten zu stehen. Es sei denn, sie sang. Tat sie aber grade nicht und hatte sie wohl auch nicht vor. Ungesungen klangen ihre nächsten Worte gar nicht freundlich.

»Wisch den Mist wenigstens weg!«, flüsterte sie hektisch. »Schnell, bevor es jemand mitkriegt.«

Auch typisch Paula. Mist durfte man machen, aber merken durfte es keiner, sonst kriegte sie sofort ihren Obrigkeitsbammel. Den hatte sie zu meinem Leidwesen schon in der Schule entwickelt. Wahrscheinlich, weil jeder bei ihr Mathe abschreiben wollte und sie ständig zwischen Schülern und Lehrern stand. Solidarität oder Gehorsam? Aber den Konflikt konnten wir damals leider nicht für sie lösen, denn wir waren absolut auf ihr Mathewissen angewiesen. Wir ahnten natürlich nicht, dass sie deswegen einen Schaden fürs Leben kriegte und bei jeder kleinsten Unregelmäßigkeit aus Angst vor Obrigkeitsschelte gleich anfing zu schlottern wie ein Nackthund beim Bad in einem Sektkübel. Dabei war das Mädchen doch nie erwischt worden! Hm, ich machte mir schnell einen Knoten ins Hirn: gelegentlich mal über Therapiemöglichkeiten für Paula nachdenken!

Mein innerer Coach griente mal wieder impertinent: *Am besten buchst du gleich eine Doppelcouch!*

Frecher Kerl! Aber mit dem jetzt bloß keine Debatte anfangen. War schlimm genug, dass ich ihn nach einem Kurs zum Selbstmanagement, in dem ich ihn auf Anraten des Trainers als geistiges Korrektiv erschaffen hatte, nicht mehr losgeworden war. Nun mischte er sich ständig ungefragt in meine laufenden Geschäfte ein. Da kehrte ich doch lieber mit meinen Gedanken schnell wieder in die Disko zurück. Der Anblick, der sich mir da bot, war allerdings auch nicht sehr erhebend. Ich starrte auf die Glasscherben und die Pfütze zu unseren Füßen. Blue Curaçao Breezer ... Wirklich schade drum, das Zeug war ja auch nicht gerade billig.

»Ich hasse diesen Abend!«, entfuhr es mir, aber es blieb mir nichts anderes übrig, als zum Klo zu pilgern und einen Stapel Papierhandtücher zu holen, um das Malheur zu beseitigen. Andere ließen ihren Dreck ja meist liegen, aber frau hatte ja Manieren.

Wenigstens begleitete Melli mich, während Paula aufpasste, dass niemand in die Scherben latschte. Klar, dass Melli sich im Waschraum gleich wieder auf den Spiegel stürzte und zu einer Generalüberholung ihres Make-ups ansetzte. Als sie dann aber auch noch anfing, an meiner zu Übungszwecken von Paula mit einem künstlichen Haarteil aufgetürmten Hochsteckfrisur herumzufingern, und mir vorschlug, dass ich doch ein paar Strähnen herunterlassen sollte, kriegte ich eine Krise. Klar, sie hatte ja nur ein paar rote Stoppeln auf dem Kopf, aber das gab ihr nicht das Recht, meinen Kopf als Ersatz zu missbrauchen.

Hände weg! Hier wurde nichts runtergelassen – auch wenn das dem Genius Loci dieser Örtlichkeit eigentlich entsprach.

Ich entzog mich Mellis kunstfertigen Fingern und stoppte ihren kreativen Eifer mit den eher weniger kunstsinnigen Worten: »Lass den Schrott! Paula wartet auf uns.«

Tat sie wirklich. Händeringend. Wie ein Strohhalm im Wind versuchte sie mehr oder weniger erfolgreich, die Leute davor zu bewahren, in die Scherben und die Pfütze zu treten.

»Na, endlich«, stöhnte sie und wischte sich über das erhitzte Gesicht, als wir wieder auftauchten.

Klar, dass sich Wimperntusche und Rouge zu einer etwas burlesken Melange vermischt hatten. Na ja, besser bunt als blöd.

Natürlich hatte ich während der ganzen Aktion weiter an den Typen mit den magischen blauen Augen gedacht und sah mich nun auch gleich wieder forschend nach ihm um. Ob er noch im Schummerlicht an der Bar stand? Mitnichten! Oh nein, der war doch nicht tatsächlich weg!?

»Wie konntest du ihn gehen lassen?«, fauchte ich die arme Paula an. »Schaff ihn sofort wieder her!«

Ein irritierter, ganz und gar fassungsloser Blick war Paulas Antwort. »Bist du jetzt völlig durchgeknallt? Vielleicht ist er aufs Klo.«

Vermutlich nicht. Aber wenn doch? Ob ich mal eben …

»Lass es!«, sagte Melli, als hätte sie meine Gedanken gelesen. »Du wirst dich nicht so weit entblöden, dem Typ aufs Klo nachzusteigen.« Würde ich nicht?

Ich stierte noch mal suchend umher. Also wenn er nur für kleine Jungs war, dann würde er ja über kurz oder lang wieder auftauchen. Tat er aber nicht. Jedenfalls nicht eindeutig. Ehrlich gesagt, liefen mir zweimal Typen durch die Optik, die mich stark an ihn erinnerten, aber sicher war ich mir nicht. Im Grunde hatte ich ihn mir nämlich gar nicht richtig angeschaut – nur seine blauen Augen. Wenn er mich damit noch einmal ansehen würde, ja, dann würde ich ihn sofort erkennen, meinen ultimativen Mr. Right. Aber er sah mich ja nicht noch mal an. Leider. Der Typ war einfach wie vom Erdboden verschluckt. Merde! So was passierte aber auch immer nur mir.

Na gut, das könnte natürlich daran liegen, dass Paula schon seit der zwölften Klasse einen Freund hatte, an dem sie immer noch klebte, und Melli sowieso mit einer etwas eigenartigen Einstellung zu Liebe und Partnerschaft ihr Singledasein kultivierte. So war ich momentan die Einzige von uns dreien, die ernsthaft daran interessiert war, sich einen Typ zu angeln, der eventuell sogar beziehungstauglich war. Schade, ein potenzieller Kandidat war mir also grade mal wieder durch die Lappen gegangen.

Amor, du warst auch schon mal besser, dachte ich leicht verschnupft und fand, dass er irgendwie den Anschluss an die Moderne verpasst hatte. Alleine seine Tools waren ja nun schon reichlich antiquiert. Ehe er seinen Pfeil angelegt und abgeschossen hatte, war jede Beute längst über alle Berge. Vielleicht sollte er von Pfeil und Bogen auf Schnellfeuergewehr umstellen. War das jetzt politisch unkorrekt?

Meinen inneren Coach schien es zu amüsieren, jedenfalls kicherte er nervig und meinte reichlich albern: *Peace, Schwester! Ein toter Lover ist auch nicht viel besser als gar kein Lover.*

Nicht *viel* besser?! Der war kein bisschen besser! Ich war ja schließlich nicht nekrophil und stand auf Leichen! *Der Kuss des kalten Lovers! Sex in der Pathologie!* Horror!

Ich begab mich seufzend in die Hocke, schmiss einige

von den Papierhandtüchern auf den Curaçaosee und begann mit den anderen, die Glassplitter zusammenzuwischen. Um mich herum nichts als Beine. Meine Herren, müffelte das hier unten. Wenn das die stimulierenden Pheromone sein sollten, dann: Prost Mahlzeit, Sexualität! Das hier war jedenfalls nicht sehr animierend. Ich konnte eher wetten, dass fünfzig Prozent der umstehenden Typen weder frische Socken noch frische Unterwäsche anhatten. Das Schwein im Manne …

Irgendwie musste neben dem umwerfenden Duft auch ein ziemlicher Sauerstoffmangel in den bodennahen Schichten der Disko herrschen. Jedenfalls nahm es mir schier den Atem und als ich mich mit einer Ladung Scherben in der einen und einem Knäuel durchweichter Tücher in der anderen Hand etwas abrupt aufrichtete, drehte sich plötzlich alles um mich. Wie ein Fisch auf dem Trockenen nach Luft schnappend krachte ich benommen in Mellis Arme.

Na, wenigstens war das Mädchen geistesgegenwärtig genug, mich aufzufangen. Ich merkte noch, wie mir der mühsam zusammengeraffte Müll aus den Fingern glitschte, dann wurde mir absolut schwarz vor Augen.

Ich hasse Diskos, ich hasse Alkohol und ich hasse Männer, war das Letzte, was mir durchs Gehirn schoss, dann stellte es – jedenfalls vorübergehend – seine Tätigkeit ein.

Als es wieder ansprang und ich meine Umwelt wie durch einen leichten Nebel erneut wahrnahm, starrte ich in ein paar mittelmeerblaue Augen. Worauf ich gleich wieder in Ohnmacht fiel. Na ja, nicht wirklich. Aus einem Reflex heraus schloss ich nur meine Augen sofort wieder, weil ich so total überwältigt war und sonst ersoffen wäre in diesen unergründlich tiefen Seen seiner Augen. Was waren die aber auch blau. Echt blaue Wunder!

Da musste ich aber doch noch mal ganz schnell hingucken. Aber holla, was für ein unglaubliches Glück, dass der Typ noch da war und sich offenbar auch noch um mich kümmerte. Frohlockend riss ich meine Augen auf – so weit, dass mir die Augäpfel fast aus dem Kopf gekullert wären. Und was sah ich: Mellis und Paulas Gesichter, die sich besorgt über mich beugten! Nix blaue Augen! Nur grün und braun.

»Geht's besser?«, fragte Paula wie eine Krankenschwester in der Notaufnahme.

Ich schoss hoch, nur um gleich wieder mit leichtem Schwindel zurückzutaumeln.

»Wo ist er?«, schrie ich nahezu hysterisch. »Was habt ihr mit ihm gemacht?«

»Kann ich helfen?«, fragte eine ruhige männliche Stimme in meinen Aufschrei hinein.

»Nee, nee, geht schon. Unsere Freundin hat einen etwas schwachen Kreislauf …«

»Nicht zufällig 'ne Alkoholvergiftung? Am besten geht ihr mit ihr mal ein bisschen an die frische Luft.«

Kräftige Hände packten mich unter die – Gott sei Dank! – rasierten Achseln, zogen mich hoch und bugsierten mich in Richtung Ausgang. Und ehe ich mich versah, stand ich, von einem Rausschmeißer unsanft hinausbefördert, in der kühlen Nachtluft vor der Disko. Frechheit!

Paula nahm mich sofort, voll ihr Mutter-Teresa-Syndrom auslebend, in die Arme und wuschelte mir so liebevoll durch die Haare, dass nun tatsächlich die Strähnen fielen. Aber das war mir jetzt auch egal. Wen interessierte das, wo er weg war.

Wenig später kam Melli mit unseren Klamotten.

»Es ist wohl das Beste, wenn wir jetzt gehen«, meinte sie und konnte ihre Enttäuschung kaum verbergen.

Wie es schien, hatte sie sich für den Abend auch etwas vorgenommen, wenn auch nicht unbedingt gleich was fürs Leben, wie ich. Nun musste Diana ihre Pfeile ungenutzt wieder in den Köcher packen. Deprimierend. Aber wie gesagt, mit denen schien mir das eh nicht mehr richtig zu funktionieren.

»Wir, wir können gerne noch bleiben, wenn ihr …«, stammelte ich schuldbewusst, weil ich den beiden den Abend verdorben hatte. Außerdem dachte ich, wenn wir jetzt gehen, werde ich dieses Wunder von einem Typen garantiert nie wiedersehen. Aber es half nichts.

Meine Freundinnen blieben hart und ich musste zugeben, dass der Alkoholkonsum des Abends seine Spuren hinterlassen hatte. Mir war ziemlich schlecht.

»Okay«, gab ich zögernd nach, »gehen wir halt. Aber ihr bringt mich um mein Lebensglück.«

»Ach, Quatsch«, sagte Melli brutal, um dann aufbauend hinzuzufügen: »Auch andere Mütter haben schöne Söhne.«

Ich schüttelte resigniert den Kopf.

»Aber nicht mit solchen blauen Augen!«

♡ ♡ ♡

… *wie das Blau, wie das Blau deiner Augen* …

Der Typ ließ mich nicht ruhen. Kann es sein, dass ein Paar mittelmeerblaue Augen bei einer ansonsten physisch und psychisch fitten weiblichen Person Anfang zwanzig eine Psychose oder gar Zwangsneurose auslösen können?

»Möglich«, sagte Paula schulterzuckend, »bei entsprechender Veranlagung …«

»Häh?«

Wie war denn das nun zu verstehen?

»Na ja, hast du Familienangehörige, die schon mal in der Klapse waren?«

»Sehe ich so aus?«

»Das ist keine Frage des Aussehens, sondern der genetischen Prädisposition«, gab Melli ihren wissenschaftlichen Senf dazu.

»Aha. Und woran erkennt frau, dass sie prä... äh... disponiert ist?«

»Daran, dass sie Verwandte in der Klapse hat.«

Na schön. Hatte ich nicht. Oder? War da nicht eine entfernte Tante Amalie meiner Mutter, die ihren Gatten gemeuchelt hatte, weil er sie mit einer anderen betrogen hatte? Eher doch ein verzeihliches Delikt als behandlungsbedürftiger Irrsinn!

*Er ist mir ins Messer gelaufen,* hatte sie immer beteuert, *zehnmal ist er mir ins Messer gelaufen, nachdem ich ihm zwei Warnschüsse in den Kopf gefeuert hatte.*

Quatsch! Ich grinste, denn diese Szene stammte aus dem Film *Chicago* und hatte mit der Tat meiner Tante in Kleinbrusdorf so viel zu tun, wie ihr manisch-depressives Irresein mit meiner momentanen Verknalltheit. Also behielt ich die genetisch belastende Tante Amalie für mich und wendete mich meinem Frühstücksbrötchen zu.

Melli und ich hatten bei Paula geschlafen und saßen nun in ihrer kleinen Küche bei geöffnetem Fenster im Sonnenschein und ließen uns duftenden Kaffee und Marmeladenbrötchen schmecken. Selbst Paula biss herzhaft zu und hatte offenbar ihre *eiserne* Diät mal kurz zu den Akten gelegt. Ich schlürfte den starken Kaffee und dachte, während mich die Sonne an der Nase kitzelte, wie toll es doch war, dass Paula dieses Apartment unter dem Dach ihres elterlichen Siedlungshauses bewohnte, wo sie uns schon nach mancher durchgemachten Nacht Bed & Breakfast zur Verfügung gestellt hatte. Lag halt einfach günstig zur Innenstadt.

Gut, ein bisschen spießig war es schon, in unserem Alter bei den Eltern zu wohnen, und ich hätte es sicher um keinen Preis der Welt getan. Unemanzipatorisch war es außerdem, aber es hatte zweifelsfrei den Vorteil, dass sie ihre Wäsche in einer hygienisch einwandfreien Waschmaschine waschen konnte, während ich jedes Mal im Waschraum des Studentenwohnheims, in dem ich seit einem Jahr lebte, vor der Frage stand, wer wohl vor mir gewaschen hatte und ob der Waschgang dreckige Unterwäsche, stinkende Socken oder eine versiffte Heimtierdecke enthalten hatte. Gruselig! Nach einer visuellen Überprüfung der Maschine, bei der ich stets etwas Verdächtiges fand – schwarzes Brust- oder Schamhaar, undefinierbare Fussel, in der Trommel klebende mitgewaschene Slipeinlagen –, ging ich meist mit meinen Klamotten wieder nach oben und verschob die Wäsche auf den nächsten Besuch bei meiner Mutter.

Meine Mutter!

Ja, Entschuldigung, aber das muss hier wirklich mal kurz erwähnt werden, auch wenn es eine unendliche Geschichte ist. Also meine Mutter war ja eigentlich überhaupt kein Klammertyp, aber als ich sie mit der Tatsache konfrontierte, dass ich nicht nur studieren, sondern auch ausziehen wollte, da kriegte sie glatt so etwas wie eine depressive Krise. Sie gab das natürlich nicht zu, aber die Ränder unter ihren Augen zeugten ganz klar von etlichen schlaflosen Nächten, in denen sie das Problem, das in meinen Augen überhaupt keins war, hin und her gewälzt hatte und sich im Bett gleich mit. Tagelang führten wir jeden Morgen beim Frühstück – es fing schon während des Abis an – immer das gleiche Gespräch.

»Und du willst nicht erst noch ein freiwilliges soziales Jahr machen?«

Nein, wollte ich nicht und ich wollte auch nicht freiwillig dazu gezwungen werden, weil Onkel Hermann ein Altersheim im Vorharz leitete, das so prima von uns aus zu erreichen war.

»Du könntest erst einmal hier wohnen bleiben und bei Onkel Hermann im Altersheim arbeiten.«

Ja klar, Bettpfannen leeren, Schnabeltässchen reichen, Dekubitus umbetten ... Herrje, ich war keine Krankenschwester und wollte auch keine werden. Aber darum ging es ja gar nicht. Mama suchte nur einen Grund, damit ich nicht auszog. Wirklich, allen Ernstes. Immer hatte sie erzählt, wie sehr sie den Tag herbeisehnte, an dem mein Bruder und ich endlich auf eigenen Füßen stehen könnten, und nun das.

»Ich will Medienwissenschaften studieren, dazu muss ich nicht in einem Altenheim gearbeitet haben.«

»Ja, dann wäre doch ein, ein Vorpraktikum bei mir in der Werbeagentur vielleicht ganz sinnvoll ...«

»Der Studiengang sieht Praktika vor, aber die sind integriert und während des Studiums abzuleisten und nicht vorher.«

»Ach.«

Meine Mutter rührte gedankenverloren in ihrem Kaffee.

»Dann studierst du also schon gleich zum Wintersemester?«

»Ja, mache ich.«

»Ein Schnupperstudium, ein Studium generale? Erst mal alles kennenlernen, das solltest du machen. So lange wohnst du dann noch bei uns, bis du dann genau weißt, was du studieren willst und wo das am besten geht.«

»Das weiß ich schon und ich habe auch schon die Bewerbungsunterlagen der ZVS. Ich muss nur noch meinen Abischnitt abwarten.«

Meine Mutter trank langsam den Kaffee. »Wir haben hier auch eine sehr gute Uni.«

»Ja, darum bleibe ich ja auch hier, wenn es klappt und ich einen Studienplatz hier zugewiesen bekomme. Es gibt halt einen scharfen Numerus clausus.«

»Dann kannst du also doch bei uns wohnen. Das finde ich vernünftig.«

Ja, ja und ökonomisch sinnvoll und praktisch und ... und ... und ... Nur nicht loslassen. Liebe gute, beste Mutter, ich habe es versucht ... *dich zu lassen ... doch es geht nicht ...*

Wirklich, es ging echt nicht, dass ich weiter bei meinen Eltern wohnte. Schon die Wäsche alle zwei Wochen dort zu waschen, das Fresspaket mitzunehmen und das Geld zugesteckt zu kriegen, ging eigentlich auch nicht, doch da war ich – nicht ganz uneigennützig – kompromissbereit. Es ging aber überhaupt nicht, dass ich weiter in meinem Mädchenzimmer unter ihrem Dach lebte. Wie oft hatte ich mich auf Zehenspitzen in der Nacht reingeschlichen, um meine Eltern nicht zu stören, um sie nicht merken zu lassen, dass ihr kleines Mädchen einen zu viel getrunken und geraucht hat und auch noch einen Typ mit ins Bett nahm ... wirklich, das ging nach dem Abi nicht mehr.

Studieren macht frei! Also musste meine Mutter einsehen, dass mit dem Beginn des Studiums ein neues Zeitalter anbrach ... Mother Goose musste ihr Küken flügge werden lassen.

»Ich werde ausziehen. Ich ... ich ziehe ins Studentenwohnheim. Das ist ziemlich günstig.«

»Aber warum denn, Kind, das ist doch nicht nötig, du hast doch alles hier, was du brauchst.«

Ja, alles, außer meiner Freiheit, dachte ich und gab ihr, um sie nicht zu schockieren, einen anderen Grund für meine Nestflucht an: »Du, es ist wegen der sozialen Kontakte, nirgends findet man so schnell Anschluss wie in einem Studentenwohnheim.«

Das hatte ich ja damals selbst noch geglaubt. Dass in diesem Affenfelsen von 230 Single- und Doppelapartments außer den ominösen Waschräumen mit suspekten Waschmaschinen keine weiteren Sozialräume existierten, ahnte ich da noch nicht.

Ja und dann hatte meine Mutter regelmäßig ein Einsehen – bis zum nächsten Frühstück –, griff zum Löffel und klopfte ihr Ei auf, das sie bei ihren nächsten Worten akribisch abpulte.

»Da hast du freilich recht, Kind«, sagte sie. »Man sagt ja, die Universität sei der größte Heiratsmarkt. Vielleicht findest du ja sehr schnell dein Glück …«

Mein Glück sicherlich, war nur die Frage, ob es Mann hieß.

In der Hinsicht war ich damals aufgrund meiner bisherigen Erfahrungen ziemlich gespalten und eigentlich wollte ich auch nicht zum Heiraten an die Uni, sondern zum Studieren. Das sollte insofern Sinn ergeben, als frau bei erfolgreichem Abschluss möglicherweise trotz prekärer Arbeitsmarktlage einen ihrer Traumjobs bekam und auch ohne männlichen *Ernährer* nicht verhungern musste. Allerdings merkte ich sehr bald, dass frau auch emotional verhungern konnte … aber dazu später mehr.

»Sicherlich, Mama«, gurrte ich also sanftmütig wie eine Taube. »Und im Studentenwohnheim knüpfen sich noch viel leichter Kontakte.«

Sie seufzte. »Und wirklich nicht erst im zweiten Semester?«

Ich schüttelte den Kopf und dachte: jetzt oder nie. Wenn sie erst merkte, dass es ganz gut möglich war, während meines Studiums bei meinen Eltern zu wohnen, dann würde ich überhaupt nicht mehr wegkommen. Also noch ein letztes, taktisch geschicktes Argument: »Du musst dich doch jetzt auch mehr um Robbie kümmern. Wo der so tief in der Pubertät steckt …«

Aber das war ein anderes Thema und stand heute Morgen bei Paula wirklich nicht zur Debatte. Es gab weiß Gott Wichtigeres als Retrospektiven auf meinen Abschied vom Elternhaus. *Ich verlasse deine Stadt*... na ja, nicht ganz, aber wenigstens das Haus. Und zu meiner Schande muss ich gestehen, dass ich dann doch noch ein ganzes Jahr zu Hause kleben blieb, weil mein Abischnitt natürlich nicht reichte, um den NC zu schaffen, und die tatsächlich auch noch ein dusseliges Vorpraktikum erwarteten. Also riss ich das bei Mama in der Werbeagentur ab, was aber eigentlich ganz lustig war. Dass ich dann noch das ganze erste Semester im Nest hocken musste, lag vor allem daran, dass ich zwar endlich einen Studienplatz an meiner Heimatuni bekam, aber keinen Wohnheimplatz. Da waren die irgendwie übertrieben sozial und meinten, sie müssten erst mal den Auswärtigen eine Bleibe verschaffen. Erst nachdem ich dann alle paar Wochen zum Studentenwerk gerannt war und außerdem noch behauptet hatte, dass ich mit meinen Eltern und meinem Bruder absoluten Stress hätte und sonst das Studium abbrechen müsste, wiesen sie mir endlich einen Platz zu. Allerdings nur in einem Doppelapartment, in dem schon seit vier Jahren eine Inderin lebte. Das merkte ich dann auch, nachdem ich beim Eintreten über circa hundert Paare bunt verzierter Filzlatschen gestolpert war. Küche, Bad und auch der winzige Flur waren von ihr heimatlich *gestaltet* worden und die kleine Küche war ein einziges Gewürzregal. Als ich das erste Mal den abgestandenen Geruch ihrer exotischen Kochorgien schnupperte, war ich drauf und dran, wieder zu Mama zu flüchten. Gut, dass ich es nicht tat, sondern standhielt. Mir wäre viel entgangen, vor allem eine wunderbare Freundschaft. Aber die erste Zeit mit Sophya war wirklich nicht gerade leicht.

Ich schob den Gedanken daran beiseite und kaute heftig auf meinem Brötchen herum. Ich konnte kaum noch an mich halten. Also doch Zwangsneurose. Hektisch würgte ich den letzten Bissen runter.

»Ich muss ihn finden!«

»Wen musst du finden?«

»Na, ihn, diesen Typ von gestern … den aus der Disko.«

Nun sah Paula mich an, als hätte sie nicht mehr die geringsten Zweifel, dass bei mir eine ganz starke genetische Prädisposition zum Irresein vorhanden war.

»Bist du schwachsinnig?«, sagte sie denn auch. »Wie willst du in einer Großstadt wie unserer einen Typ auftreiben, von dem du nichts weißt außer seiner Augenfarbe?«

Da hatte sie aber mal recht. Leider. Ich fragte mich das ja selbst schon seit dem Aufwachen.

»Weiß ich auch nicht«, gab ich zu. »Aber irgendwie muss er doch zu finden sein.«

Auch Melli schien nun an meinem Verstand zu zweifeln. Sie goss sich Kaffee nach und starrte mich sprachlos an. Dabei merkte sie gar nicht, wie ihre Tasse langsam voll und voller wurde und schließlich überlief.

»Dein Kaffee«, machte ich sie darauf aufmerksam.

Ihr Malheur lenkte sie einen Moment von meinem kritischen seelischen Gesundheitszustand ab, aber als sie alles mit Kleenex aufgetupft hatte, meinte sie: »Alix, vergiss doch den Typ. Das ist 'ne reine Spinnerei von dir und außerdem war er doch in Begleitung. Vielleicht ist er verliebt oder verlobt oder sogar verheiratet.«

»Ist er nicht!«, giftete ich Melli leicht weinerlich an. »Ist er hundert Prozent nicht!«

Wie konnte sie nur so etwas behaupten? Ein Typ, der mit seinen Augen dermaßen meine Seele streicheln konnte, war nie und nimmer verheiratet!

»Ach, und wieso bist du dir da so sicher?«

»So etwas fühlt eine Frau. Ähm, na ja. Also, er hatte es ... im Blick.«

Melli nickte, erklärte mich offenbar zu einem hoffnungslosen Fall und konzentrierte sich ganz darauf, ihr nächstes Brötchen aufzusäbeln.

»Wenn du mir dann irgendwann mal den Trick verrätst, wie man an den Augen der Männer erkennen kann, ob sie verheiratet oder noch frei sind, wäre ich dir sehr verbunden. Da erspart frau sich sicher viele Fehlgriffe.«

Gott, konnte das Mädchen zynisch sein.

»Vielleicht könnte ich eine Annonce in der Zeitung aufgeben ... Sie sucht Ihn ... mittelmeerblaue Augen ... gestern im *Lindenpark* ...«

Ich merkte an Paulas stierendem Blick, dass das bei meinen Freundinnen wohl nicht so gut ankam.

»Nein? Nicht gut?«

»Gar nicht gut. Weil es nämlich reine Geldverschwendung ist.«

»Radio vielleicht? Regionalfunk, Radio *Regenbogen?* Die bringen doch manchmal dringende Durchsagen.«

»Das ist aber keine dringende Durchsage.«

»Für mich schon.«

»Wen interessiert das!« Melli war kurz davor, auf die Palme zu krabbeln.

»Komm langsam mal wieder ins wirkliche Leben zurück. Wolke sieben ist schließlich kein Daueraufenthaltsort.«

Schade, ich fände es eigentlich ganz gemütlich ... wenn, ja, wenn der entsprechende Lover an meiner Seite wäre. War er aber nicht und würde er auch wohl nie sein, wenn ich den Einwürfen meiner Freundinnen Glauben schenkte. Aber warum eigentlich? Sie hatten doch gar keine Ahnung. Schließlich hatten nicht sie, sondern ich ihm in die Augen geschaut ...

*Schau mir in die Augen, Kleines* … ja, genau so und es wäre schließlich nicht der einzige Fall, wo das zu einer rettungslosen Verliebtheit geführt hatte. Sah man ja an Ingrid und Humphrey! Also startete ich noch einen Versuch, meine Freundinnen zur Mitwirkung bei der Suche nach diesem Wundertyp zu gewinnen beziehungsweise wenigstens etwas mehr Verständnis bei ihnen zu wecken.

»Er hat die blauesten Augen, die ich je gesehen habe. Hat er echt. Ihr hättet ihn sehen sollen.«

Paulas Blick entstierte sich etwas, wurde dafür aber ziemlich skeptisch.

»Und sonst? Hast du dir den Rest von ihm eigentlich auch angesehen? Vielleicht war er der totale Asi.«

Wie konnte sie so etwas auch nur denken? Wer solche Augen hatte, war alles andere als ein Asi. Der, der war ein … Gott! Auch wenn ich, ehrlich gesagt, wirklich nicht den leisesten Schimmer hatte, wie er sonst noch ausgesehen hatte. Haarfarbe? Musste ich passen. Größe? Hm, so relativ etwa. Shit! Körperbau, na ja. Also jedenfalls nicht mickrig. Normal halt. Größer als ich? Keinen Dunst. Ach Mist! Selbst wenn ich weiter nichts von ihm wusste, gab das keiner meiner Freundinnen das Recht, ihn einen Asi zu schimpfen.

»Du bist gemein!«, pampte ich aus diesen Gedanken heraus Paula an.

»Da läuft mir, nachdem ich drei Semester im Trüben gefischt habe, endlich der Mann meiner Träume über den Weg und du sagst, dass er ein Asi ist. Dabei kennst du ihn doch gar nicht.«

»Aber du!«, bemerkte sie grinsend und es wirkte irgendwie impertinent.

Also beschloss ich, ihn zu vergessen. Was blieb mir anderes übrig? Ohne ein bisschen moralische und praktische Unterstützung sah ich mich nicht in der Lage, unter

Hunderttausenden von geschlechtsreifen Großstädtern nach ihm zu suchen. Wo denn auch?

♡ ♡ ♡

Zurück in meiner Bude im Studentenwohnheim legte ich ein Jammer- und Klagewochenende ein, was Sophya zwar total annervte, aber sein musste. Trauerarbeit nennt man so was. Ist für die Reinigung der Seele unerlässlich. Katharsis wie in der griechischen Tragödie. Kannte ich von Professor Kiesling, der die Grundvorlesung *Aggressivitätsabfuhr und Medien* hielt. War zwar schon ein Semester her, dass ich die gehört hatte, aber einiges war doch hängen geblieben. Und ein bisschen Aggressivität hatte ich nebenbei ja auch abzuführen, denn irgendwie ärgerte es mich schon, dass Melli und Paula mich so wenig ernst nahmen. Der Gipfel war dann noch Paulas Angebot gewesen, mir die Karten zu legen, um zu überprüfen, ob der Typ überhaupt zu mir passen würde.

»Lies doch gleich in den Teeblättern oder im Kaffeesatz«, hatte ich sauer gesagt und mich frostig von ihr verabschiedet. War ja wohl auch eine Frechheit! Da war doch eine Durchsage im Radio *Regenbogen* echt konkreter und ihr Naserümpfen über diese Idee wirklich nicht angebracht.

Ich warf mich auf meine Liege und starrte an die Decke.

Super! Absolut super! Seit drei Semestern studierte ich nun an dieser Uni Medienwissenschaften, ohne dass ich auf dem ach so gepriesenen »Heiratsmarkt Hochschule« auch nur ein einziges passendes Objekt für meine Begierde gefunden hatte. Das heißt, so allein für die Begierde ließ sich schon schnell was finden, aber ein Typ, der wirklich beziehungsfähig war, das war schon sehr viel schwieriger. Man glaubte ja gar nicht, wie viele Beziehungskrüppel an deutschen Hochschulen herumhingen.

Immerhin hatte ich im zweiten Semester Melli kennengelernt, was meinem Leben eine entschieden dynamischere Note gab. Sie studierte schon einige Jahre an der Kunsthochschule und als ich dort eine Performance besuchte, schmierte sie mich mit Schokoladensahne ein, die sie mir anschließend vom Bauch leckte. Ihr Zungenpiercing fühlte sich dabei ganz eigenartig an und ich musste ständig kichern, weil es so kitzelte. Von da an trafen wir uns öfters und wenn mir die Decke auf den Kopf krachen wollte, weil ich vor lauter Lernen mal wieder Paras schob, dann war Melli die Richtige, um mich aus jedem Stimmungstief herauszuholen. Sie machte irgendeinen freakigen Blödsinn und schon lachten wir gemeinsam und die Sonne ging wieder auf. Ansonsten war sie tierisch korrekt. Wirklich ein echter Glückstreffer. So was wie sie noch mal vom anderen Geschlecht und mein Leben wäre beziehungsmäßig perfekt.

Ich stand auf und setzte mich an meinen Schreibtisch, auf dem ein Foto von Melli, Paula und mir stand. Das war aus den letzten Semesterferien, in denen wir zusammen eine Woche in Can Picafort in einem gruseligen, aber preiswerten Hotel verbracht hatten. Am Ende hatten wir zwar alle die Scheißeritis, aber vorher war es echt cool. Gute Diskos und nette Typen. Bisschen viel Alkohol vielleicht und zu wenig Essen. Na ja, und Schlaf natürlich sowieso nicht. Aber das gehörte nun mal dazu und war ja auch ganz prickelnd. Das einzig wirklich Negative war, dass ich nach einer besonders tollen Diskonacht morgens um sechs am Strand zusammensackte und erst am Mittag im Krankenhaus in Alcúdia wieder aufwachte und jemand unbedingt von mir wissen wollte, welche Drogen ich genommen hätte. Als ich noch geschockt auf den Tropf in meinem Arm starrte und murmelte: »Keine«, grinste er nur und meinte: »Das sagen alle. Aber das lässt sich ja nachweisen.«

Nun, es ließ sich in meinem Falle nicht nachweisen und Melli und Paula blieben steif und fest bei der Aussage, dass wir nur Sangria und Cuba Libre, davon allerdings erhebliche Mengen, zu uns genommen hatten. Das haut einen schon mal um.

Das Foto war entstanden, als Paula und Melli mich aus dem Krankenhaus abgeholt hatten. Gott, war ich vielleicht erleichtert, als ich aus dem Bau wieder raus war. Einer der barmherzigen Samariter hatte das Foto geknipst und sich anschließend gleich mit uns für den Abend verabredet. Wir sind dann aber nicht hingegangen.

Ich lächelte bei der Erinnerung an dieses Erlebnis. Es war also gestern nicht das erste Mal, dass mir nach reichlich Alkoholgenuss die Sinne schwanden. Hm, da hatte ich es wohl fälschlich den mittelmeerblauen Augen zugeschrieben. Vielleicht sollte ich mal etwas mehr essen, bevor ich in Diskos ging.

Paula meinte sowieso, dass ich entweder einen Schlankheitswahn hätte oder 'ne Magersucht ausbilden würde. Völliger Blödsinn! Ich war halt ein sehr beschäftigter Mensch und da vergaß man das Essen schon mal und das Mensamenü war ja nun auch nicht jeden Tag wirklich genießbar. Oder? Wer isst schließlich schon gerne Sachen, die er nicht kennt. Pankrasiusfilet zum Beispiel? Was war das überhaupt – Filet okay, aber Pankrasius? Erinnerte mich an die letzten Biologiestunden vor dem Abi. Pankreas oder so, war das nicht was mit dem Magen? Klar, dass der sich bei so einem merkwürdigen Speisezettel umdrehte.

Magersucht! Püh! So was von Paula zu hören, entlockte mir nur ein Lächeln. Was ich vielleicht zu wenig auf den

Rippen hatte, hatte sie aber garantiert zu viel. Wirklich, ich will mich jetzt nicht über sie lustig machen, sie hatte da echt dran zu knabbern, äh' nein, das ist wohl nicht ganz der passende Ausdruck. Also, sie litt an ihren paar Kilo Übergewicht und wir natürlich auch. Besonders, wenn sie wieder mal eine total geniale neue Diät ausprobieren musste und jedes Salatblatt einzeln dafür abwog und in ihre Kalorientabelle eintrug.

Aber sie war ansonsten eine Superfreundin. Ich hatte sie natürlich bald mit Melli bekannt gemacht. Die Gelegenheit bot sich, als Melli sich entschloss, sich ihre langen fadblonden Haare abschneiden zu lassen. Ich schleppte sie zu Paula, deren Kreativität ich in den höchsten Tönen lobte und die ihr einen echt scharfen Kurzhaarschnitt und eine krasse rote Haarfarbe verpasste. Damit traf sie so genau Mellis unkonventionellen Künstlercharakter, dass Melli sie spontan zur Feier des neuen Stylings in die Fressabteilung des Kaufhauses zu einem Glas Sekt einlud. Paula kam und von da an waren wir drei unzertrennlich.

Eigentlich hatten alle aus Paulas Abijahrgang gedacht – ich natürlich auch –, dass Paula, unser Mathegenie, Mathe und Physik studieren würde, aber zu unserer Verwunderung fing Paula eine Friseurlehre im Salon ihrer Mutter an. Nun war sie im letzten Lehrjahr und immer noch nicht am Studium interessiert. Die Arbeit im Frisiersalon schien ihr echt Spaß zu machen. Und ich musste zugeben, sie hatte dafür auch ausgesprochenes Talent und im Übrigen eine unendliche Geduld. Die brauchte sie auch, wenn die Frau des Bürgermeisters mal wieder Strähnchen wollte und dabei die komplette Lokalpolitik durchhechelte.

»Irgendwann gehe ich ans Staatstheater als Theaterfriseurin«, sagte Paula immer und fügte meist pragmatisch, wie sie war, hinzu: »Und wenn das nichts wird, dann kann ich ja immer noch den Frisiersalon meiner Mutter übernehmen.«

Nicht die schlechteste Perspektive, dachte ich manchmal, wenn ich mir sorgenvoll meine eigene Zukunft ausmalte. Liefen doch viel zu viele studierte Medienwissenschaftler in der Gegend herum, da sah das mit einem guten Job nicht grade rosig aus.

»Ach Quatsch«, meinte Paula in solch depressiven Momenten. »Dann machst du halt einen eigenen Rundfunksender auf, sendest viel Werbung, Musik und ein witziges Programm und dann stimmt die Kohle schon.«

Ihre Worte in Gottes Gehörgang. Herr, lass Jobs vom Himmel regnen, Manna ist zurzeit nicht ganz so wichtig.

Ich stellte das Foto wieder an seinen Platz und starrte auf die Notizen für das halb fertige Referat über die neuen Frauenzeitschriften. Aber dazu hatte ich nun überhaupt keine Lust.

*Blue Eyes they were shining …*

Ich konnte den Typen nicht vergessen. Ich wollte es auch nicht. Was also tun? Irgendetwas musste geschehen. Ich hielt diese Untätigkeit nicht länger aus. Ich konnte ihn doch nicht verloren geben, ohne wenigstens einen einzigen kleinen bescheidenen Versuch unternommen zu haben, ihn zu finden. Auch wenn es fast aussichtslos erschien, ich musste es probieren, sonst würde ich mir meine Untätigkeit mein ganzes Leben lang vorwerfen. Also ran! Action!

Ich loggte mich ins Internet ein, klickte die Seite unserer Lokalzeitung an und gab für die Rubrik *Funkenflug* eine Kontaktanzeige auf. Auch wenn meine Freundinnen mich für total schwachsinnig halten würden, es war eine Chance – eine kleine nur, aber immerhin eine Chance.

♡ ♡ ♡

Am Montagmorgen jaulte mein Handy auf. Ich hatte es noch nicht mal richtig am Ohr, als mir Mellis Gelächter entgegenscholl.

»Die hast *du* doch wohl nicht aufgegeben?«, blubberte sie kichernd.

»Sag, dass diese Schwachsinnsannonce nicht von dir ist! Du willst dich doch nicht so blamieren ...« Fragende Stille. »Oder doch?«

»Oder doch«, antwortete ich trocken. »Was, bitte schön, ist an meiner Anzeige schwachsinnig?«

»Wie? Was daran schwachsinnig ist? Na, wenn du das nicht selbst merkst. Alles! Weißt du überhaupt, was du geschrieben hast? Mir scheint nicht. Warst du bekifft?«

»Ich kiffe nicht und ich war auch nicht betrunken, ich war im Vollbesitz meiner geistigen und körperlichen Kräfte.«

»Körperlich mag ja sein ... aber geistig ... da habe ich doch gelinde Zweifel«, meinte sie und begann mir den Anzeigentext, den ich ja eigentlich selbst ganz gut kannte, ins Ohr zu tröten. Die Posaunen von Jericho waren nichts dagegen.

»Hallo ...«, Kichern, »du toller Typ mit den blauesten Augen der Stadt ...« Heftigeres Kichern, das in Grunzen überging. »Wenn du Samstag im *Lindenpark* warst, dann melde dich bei mir!« Melli schmiss sich weg vor Lachen. »Es ist lebenswichtig.«

Sie prustete ungebremst los und wiederholte mit ganz spezieller Betonung und ziemlich laut: »*Lebenswichtig!!!* Das muss frau sich mal reinziehen. Wolltest du den Typen für ein Date gewinnen oder in die Flucht schlagen?«

Ich konnte ihr nicht ganz folgen, hatte aber auch keine Lust auf eine Diskussion am frühen Morgen.

»Was ist an lebenswichtig so verkehrt? Es *ist* lebenswichtig für mich.«

Melli hatte sich etwas beruhigt.

»Das mag ja sein, aber das kannst du doch einem Typen nicht auf die Nase binden. Der rennt doch schreiend in die Berge. So was kommt gleich hinter dem Wunsch nach einer festen Beziehung. Total out. So baggerst du niemanden an.«

Melli sprach's und hängte mich dann mit dem Hinweis, dass ihre Vorlesung anfangen würde, ab.

»Lass uns in der Mensa treffen. Wie immer Viertel vor eins am linken Eingang. Mir scheint, ich muss dir eine kleine Lektion in *Stressfreies Flirten mit Erfolgsgarantie* verpassen. Solch einen Fauxpas darfst du dir einfach nicht leisten. Ciao.«

Das waren ihre letzten Worte. Verdammt, hatte ich mich mit der Anzeige wirklich so blamiert?

*I am blue, dabendidabendei* ...

Auch Paula, deren Mutter für ihren Salon natürlich ein Abo unserer Lokalzeitung haben musste, hatte meine Annonce entdeckt. Ich fragte mich wirklich, wieso meine Freundinnen überhaupt den Bekanntschaftsteil lasen.

»Na, nach deinem Benehmen gestern war ja in der Richtung schon was von dir zu erwarten«, sagte Paula und kicherte genau wie Melli.

»Ihr spioniert mir also hinterher!« Schöne Freundinnen!

»Was heißt spionieren! Wir interessieren uns halt für dich. Schließlich sind wir Freundinnen und teilen Freud und Leid miteinander.«

Mein innerer Coach rollte sich vor Lachen bei dieser pathetischen Formulierung, was ich ihm nicht mal verdenken konnte.

»Ah ja«, sagte ich leicht muffelig, »und besonders haben es euch die Leiden der jungen Alix angetan!«

»Nö, so direkt nicht, aber interessant ist es schon, was

du da mit diesem Mr. Blue Eyes abziehst. Hast du vor, da mal 'ne Geschichte für *Nightlife* draus zu machen?«

Hm, hatte ich noch gar nicht drüber nachgedacht. *Nightlife* war das Onlinemagazin über die Partyszene unserer Stadt, für das ich jedes Wochenende durch die Diskos und Lokale zog, um Papas nicht grade üppige Monatsüberweisung etwas aufzustocken. Aber da wollte ich Dienstliches und Privates nicht so gerne vermischen.

»Vielleicht«, sagte ich dennoch, »wenn es ein Happy End gibt.«

Paula kicherte schon wieder.

»Und da bist du immer noch hoffnungsfroh?«

Ihre Frage klang, als hätte sie, zumindest was mich betraf, jede Hoffnung aufgegeben. Von mir aus! Sollte sie doch denken, dass ich mich in eine völlig sinnlose, unlösbare, durchgeknallte, abartige Sache verrannte, ich würde sie schon eines Besseren belehren. Und dann würden ihr ihre niedlichen braunen Kulleraugen aber so was von aus dem Kopf kullern!

Ich hing mit einem leichten Grinsen in den Mundwinkeln diesem Gedanken nach, als Paulas Stimme durch ihren warnenden Unterton wieder in mein Bewusstsein drang.

»... das ist nämlich schon ein verdammtes Risiko und ich möchte auf keinen Fall, dass du dich alleine mit irgendwelchen fremden Männern triffst.«

»Habe ich das vor?« Ich war nicht gleich orientiert.

»Na, ich sag doch, wenn sich wirklich jemand auf diese beknack... äh... etwas unkonventionelle Anzeige melden sollte, dann wirst du dich doch nicht echt mit dem treffen wollen, oder?«

»Eher oder.«

Nun klang Paula wirklich alarmiert.

»Und wenn es ein Perverser ist oder ein ehemaliger

Knacki oder vielleicht gar ein Frauenmörder, der nur darauf wartet, dass so eine leichtsinnige Person wie du ihm in die Falle geht?«

Jetzt drehte Paula aber wirklich am Rad.

»Paula, red keinen Blödsinn. Wenn sich überhaupt Leute auf meine Anzeige melden, dann werden es ganz normale Typen sein und mit denen werde ich schon fertig.«

Paula klang immer noch skeptisch, als sie sagte: »Und ich sage dir, es werden alles andere als normale Typen sein. Wer auf so eine Annonce antwortet, muss irgendeinen Schaden haben. Also sprich auf jeden Fall mit mir, bevor du dich zu irgendetwas hinreißen lässt.«

»Vielen Dank, Frau Kallwass!«

Und damit ich mir nicht noch mehr von Paulas Hobbypsychologie anhören musste, beendete ich das Gespräch mit einer unverbindlichen Floskel.

In zwei Dingen musste ich Paula aber recht geben: Es war schon möglich, dass die Annonce ein paar Leute ansprach, die nicht ganz so normal waren wie die üblichen bindungswilligen Singles, die sich auf Kontaktanzeigen meldeten. Aber das war ja auch beabsichtigt, denn irgendwie hatte ich das Gefühl, dass er wohl kaum der Typ war, der sich von einer Annonce à la »Sie sucht Ihn« antörnen lassen würde.

Oh, Schreck!, schoss es mir plötzlich durch den Kopf. Was, wenn er sich nicht mal den Bekanntschaftsteil der Zeitung ansah? Schließlich hatte er Samstagabend eine Tusse am Arm und mit der konnte er seit einer Ewigkeit liiert, wenn nicht gar verlobt oder verheiratet sein.

*Sag ich's doch,* meinte mein innerer Coach wenig aufbauend. *Männer in dem Alter sind selten Single.*

Und schon gar nicht solche mit derart umwerfend blauen Augen, dachte ich frustriert.

Wenig Hoffnung also für Alix.

♡ ♡ ♡

## *Schuss ins Blaue*

Na gut! Meine Freundinnen hatten recht. Ein paar blaue Augen in einer mittelgroßen Großstadt zu finden, wenn man nicht wusste, was da sonst noch dranhing, war nahezu aussichtslos und eigentlich hatte ich auch anderes zu tun, als einem solchen Phantom hinterherzujagen. Wer weiß, ob sich überhaupt ein Typ für die Annonce interessieren und auf meine *Funkenflug*-Mailbox sprechen würde.

Ich hockte mich also an den Schreibtisch in meiner Studentenbude und starrte auf den Taskplan für die nächste Woche, der knallvoll war und wirklich keinen Spielraum für die aussichtslose Jagd nach blauen Augen ließ. Die Hausarbeit über die neuen kleinformatigen Frauenzeitschriften zum Schnäppchenpreis musste fertiggestellt werden und ich nahm mir vor, noch mal bei Paula im Frisiersalon vorbeizugehen und mir die neuesten Hefte aus der Lesemappe zu fischen. *Glamour, Joy, Brillant, Style* und wie sie alle hießen. Ich sollte die Vermischung von redaktionellem Teil und Werbung untersuchen, was im Prinzip ein Witz war, da die Dinger im Grunde ja nur dem einen Zweck dienten, nämlich Werbung zu machen. Andererseits enthielten sie mitunter doch auch Lebenshilfe, besonders für junge Frauen in meiner etwas bescheidenen Lebenslage. So wurde mindestens in jedem zweiten Heft das Singleleben beklagt und mit Tipps, wie es zu beenden sei, nicht gespart.

Bitte, das passte doch schon mal wieder: *Der Blick in die Augen eines potenziellen Partners ist eines der wichtigsten Signale, um Kontakt aufzubauen. Kein wirksamer Flirt ohne einen tiefen Blick in die Augen.* Ja, genau! *Aber für einen gelungenen Flirt sind natürlich auch andere Signale wichtig. Was sagen uns Stirn, Augenbrauen, Mund?* Tja, was sagten sie wohl? Nix, sagten sie, denn ich hatte überhaupt nichts davon mitbekommen. Zu dumm!

Ich blätterte unlustig weiter. Auch der Charakterbildung der Leserinnen wurde im redaktionellen Teil dieser Frauenzeitschriften viel Aufmerksamkeit geschenkt. Besonders beeindruckt hatte mich erst kürzlich ein Artikel mit der Überschrift *Sind Sie schon so, wie Sie nie sein wollten?* Um die Frage zu beantworten, musste ich mich wie ein Mensch-ärger-dich-nicht-Männchen – Pöppel sollen die laut Günther Jauch ja heißen –, also, um zu höherer Einsicht zu gelangen, musste ich mich wie ein Pöppel durch ein Labyrinth von Subfragen bewegen, deren Beantwortung mit Ja oder Nein schließlich entschied, ob ich zu den Etablierten, Reflektierten oder Rebellinnen gehörte. Da ich über den Werbeslogan *Papa, wenn ich groß bin, will ich auch mal Spießer werden* nach zig Einblendungen in meine Lieblingssoap nur noch begrenzt lachen konnte, mir dafür aber der Kragen platzte, wenn mich eine frühere Klassenkameradin mit Baby eine Stunde lang von Stoffwindeln oder den Vorzügen des Stillens überzeugen wollte, durfte ich mich zu den Reflektierten zählen. Was meinte, dass mein Leben vor allem von der entscheidenden Frage geprägt war, ob ich nach einer harten Woche ohne schlechtes Gewissen auf Couch-potato machen durfte, statt auf die Piste zu gehen, oder ob ich dadurch schon spießig war. Aber holla, das waren ja mal echt tiefe Einsichten. Natürlich würde ich trotzdem die Piste vorziehen. Reflektiert oder nicht.

Ich starrte auf meinen Arbeitsplan. Gut, Seminararbeit, dann die Abendtermine für *Nightlife,* für die ich mich am nächsten Wochenende wieder dienstverpflichtet hatte. Da waren ein paar kleine Artikelchen über das Nachtleben der City fällig und dazu gleich die entsprechenden Fotos von den Schönen und meist eher weniger Reichen. Die Partyszene unserer Stadt war und blieb … Ach, lassen wir des Sängers Höflichkeit darüber schweigen. Ich musste echt aufpassen, dass ich nicht ständig die gleichen grinsenden Blondinen ablichtete. Was im Übrigen auch ein Beweis für einen grauenvollen Frauenüberschuss bzw. einen akuten Männermangel in der Diskoszene war. Spürte ich ja am eigenen Leib. Was wirklich Ansehnliches konnte frau echt mit der Lupe suchen – von diesen blauen Megaaugen mal abgesehen. Aber da war es ja auch mal wieder typisch, dass der Typ gleich abgetaucht war, und zwar am Arm einer Tusse!

Mir drehte sich der Magen um. Warum mussten solche Typen immer schon vergeben sein? Das war nicht fair. Die konnten doch mit Mitte zwanzig nicht alle schon auf Heim und Herd und Frau und wohlmöglich Kind fixiert sein. Das war doch wohl stockkonservativ, wenn nicht schlicht und einfach bescheuert. Das Leben war schließlich etwas mehr als Schule, Ausbildung oder Studium und Partnerbindung! Da musste es ja wohl noch was anderes geben, was entdeckt werden wollte! Es ging doch nicht, dass frau so durchs Leben hetzte und überhaupt keine Zeit hatte, sich über ein paar grundlegende Dinge klar zu werden.

*Und die wären?,* fragte mein innerer Coach und es klang süffisant.

Na ja, die eigene Persönlichkeit, allgemeine und persönliche Lebensziele, Zukunft, Job, Freunde, Werte …

*Nun schwafel aber nicht!* Mein innerer Coach wirkte leicht angewidert. *Das klingt ja nach Moralin!*

Wie bitte, Formalin?

*Quatsch, Moralin! Moralinsauer klingt das, so was von unecht! Das bist doch nicht du!*

War ich nicht? Hm, na ja, gut, so ein bisschen Partnerbindung wäre ja nicht schlecht, aber nur so viel, dass auch noch Zeit für einen selbst blieb. Freiraum zum Ausprobieren …

*Ausprobieren von was?,* nölte mein innerer Coach schon wieder dazwischen.

Von allem! Ich war sauer und beschloss, nicht mehr auf ihn zu hören. Am besten machte ich mich gleich mal auf den Weg zu Paula. Sie war bestimmt so nett und gab mir die Lesemappen und ich konnte ein bisschen recherchieren, bevor wir zu Melli in den Irish Pub gingen, wo sie jeden Abend die Gläser stemmte. Ich hatte es schließlich wirklich nicht nötig, so einen unerquicklichen inneren Dialog zu führen. Leben ließ sich schließlich nur im Leben selbst und lieben nur durch Liebe. Ach Gott, das war jetzt aber platt!

Ich machte, dass ich aus diesem unkreativen Zimmer kam, in dem mir regelmäßig die besten Gedanken abhanden kamen. Die Architekten von Studentenwohnheimen sollten sich mal mehr mit dem Einfluss von Wohnzellen auf Kreativität und Intelligenz befassen, dann ließen sich bestimmt bessere Studienergebnisse erzielen.

Ups! War das jetzt eine Bestätigung von höchster Instanz oder nur ein handelsüblicher Donner? Jedenfalls war das ein echter himmlischer Kracher, der sogar die Fensterscheibe meiner Bude zum Klirren brachte. Ich schaute verblüfft zum Fenster. Liebes Lieschen, da hatte sich aber etwas zusammengebraut. Hatte ich am Schreibtisch gar nicht mitbekommen. Hm, dann fuhr ich wohl besser mit der Straßenbahn zum Frisiersalon von Paulas Mutter. Bei dem Wetter hatte ich echt keine Lust, auf dem

Fahrrad nass zu werden. Schließlich war heute Karaoke im Irish Pub und ich hatte Paula versprochen, mit ihr zusammen zu … singen. Hatte da wer gelacht?

♡ ♡ ♡

Als ich bei Paula ankam, hockte zu meinem Erstaunen schon Melli dort und ließ sich frische Farbe in ihre Stoppeln packen. Klar, dass sofort wieder meine Zeitungsanzeige Gesprächsthema Nummer eins war.

»Na, hat denn schon irgend so ein Durchgeknallter angerufen?«, fragte Melli grinsend. Dabei sah sie mit dem Haufen Alufolie auf dem Kopf wie ein Weihnachtsengel aus.

Ich schüttelte den Kopf.

»Habe die Mailbox noch gar nicht abgehört.«

Kichern von beiden.

»Plötzlich feige geworden?«

»Angst vor der eigenen Courage?«

»Befürchtest wohl, dass du die Geister, die du gerufen hast, nicht wieder loswirst.«

Nun übertrieben sie aber.

»Mensch, Paula«, scherzte ich. »Ich habe doch dich. Als anerkannte Hexe wirst du sicherlich einen Abwehrzauber zur Hand haben, wenn es zum Schlimmsten kommt.«

»Warum hast du bei *Funkenflug* inseriert?«, wollte Melli wissen. »Bei solchen reinen Telefonkontakten können die dir doch das Blaue vom Himmel erzählen, ohne überhaupt blaue Augen zu haben!«

»Genau«, stimmte Paula ihr zu. »Es heißt nicht umsonst Flunkerflug!«

Nun musste ich kichern. *Flunkerflug!*

»Sagt man das?«

»Wusstest du das nicht?«

Ich schüttelte nochmal den Kopf.

»Vielleicht habe ich ja Glück und kriege nur seriöse Anrufe.«

Rauschsilberengelchen Melli griente diabolisch. »Klar, weil du ja auch so eine seriöse Annonce aufgegeben hast. Ich sage nur *lebenswichtig!* Du glaubst doch nicht, dass darauf irgendein vernünftiger Mensch antworten wird!«

»Wenn du ein Standardinserat aufgegeben hättest«, meinte Paula, »hättest du um Zuschriften mit Bild bitten können.«

Sehr witzig. Als wenn Mann nicht auch falsche Bilder schicken könnte! Ich hatte noch immer das Gefühl, dass meine Freundinnen mich nicht wirklich ernst nahmen.

»Ich finde, eine Stimme sagt genauso viel über einen Menschen wie ein Foto.«

»Klar, wissen wir ja von den *Sieben Geißlein!*«

»Häh?« Jetzt kam ich irgendwie nicht mit.

»Na, weißt du doch, da hat der große böse Wolf Kreide gefressen, um seine Stimme sanft und geschmeidig zu machen. Um dich zu beeindrucken, legt so ein Typ bestimmt Samt auf seine Stimmbänder.«

Paula nickte zu Mellis Worten.

»Stimmt, nach der Stimme allein kann man wirklich nicht gehen. Ich habe einen Kunden, der hat eine ganz dunkle, wohltönende Stimme, aber der ist nur einen Meter fünfzig groß und Haare hat er auch kaum noch auf dem Kopf.«

Ach, du Schreck. Na hoffentlich rief mich so einer nicht an.

»Er hat aber einen netten Charakter und gibt immer gut Trinkgeld.«

Wie tröstlich. Aber auf das Letztere war ich eigentlich nicht so aus. Ich überlegte, ob ich denn jetzt vielleicht mal die Mailbox abfragen sollte, als Paula das Thema Kontaktanzeige noch einmal grundsätzlich aufrollte.

»Willst du dich wirklich mit einem dieser Anrufer treffen?«

Ich zuckte die Schultern.

»Klar, warum nicht? Wenn welche anrufen, scheinen die ja zumindest blaue Augen zu haben.«

»Und du meinst wirklich, es besteht eine Chance, dass der Typ aus dem *Lindenpark* dabei ist und du ihn auch wiedererkennst?« Melli blieb skeptisch.

»Den erkenne ich hundertprozentig!«

»Na schön, wenn du so sicher bist. Aber meinst du nicht auch, dass man sich nicht mit solchen Typen einfach verabreden kann? Ich finde, das ist ein ziemliches Risiko.«

»Das finde ich nicht.«

»Dann hör jetzt endlich mal die Mailbox ab«, forderte mich Melli auf. »Dann haben wir wenigstens eine gewisse Vorstellung davon, was da auf dich zukommt.«

Also gut. Ich wählte die Mailboxnummer. Eine freundliche Frauenstimme teilte mir mit, dass auf meine Annonce bisher drei Offerten eingegangen wären: »Um die erste Offerte abzuhören, wählen Sie als Endziffer die Eins, für die zweite Offerte wählen Sie die Zwei ...«

»Äh, welche soll ich denn zuerst abhören?«, fragte ich leicht verwirrt von der umfassenden Ansage.

»Na, fang bei eins an und hör bei hundert auf.«

»Es, es sind aber nur drei«, gestand ich kleinlaut.

Melli triumphierte, während Paula mir Trost zusprach: »Das werden bestimmt noch mehr. Die Annonce ist ja noch fast druckfrisch.«

Schließlich sagte Melli: »Nun mach schon, frag sie der Reihe nach ab.«

Ich drückte die Eins.

»Schalt die Freisprecheinrichtung ein, dann können wir mithören.«

Das war ein guter Tipp und schon säuselte der erste Typ in den schwach besetzten Frisiersalon: »Schöne Unbekannte, in den Seen meiner Augen sollst du versinken, in deiner Liebe will ich ertrinken, triff mich des Nachts beim Mondenschein, dann will ich für dich der Sandmann sein!«

Wir brachen in lautes Gelächter aus.

»Mann, der hat ja wohl einen an der Waffel!«

»Sandmann!«

Ich kicherte und dachte ans Sandmännchen, das auf leisen Sohlen kam ... aber Paula zerstörte mir schnell meine kindliche Illusion, indem sie unter Hinweis auf den Film *Der Sandmann* betonte, dass es so, wie ich glaubte, nicht unbedingt gemeint sein müsste.

»Das kann auch ein Lustmörder sein oder sogar ein Serienkiller, der seinem großen Vorbild nacheifert.«

Liebes Lieschen, hatte das Mädchen eine morbide Fantasie.

Das fanden offenbar auch ein paar ältliche Damen, die unter ihren Frisierumhängen scheinbar eine Gänsehaut beschlich. Jedenfalls schauten sie ganz schön irritiert zu uns rüber. Konnte denen nicht mal jemand eine Trockenhaube mit extralautem Gebläse aufsetzen, damit sie nicht weiter unser für ihre Ohren gar nicht bestimmtes Privatgespräch belauschten!?

»Also, ich habe nicht vor, irgendein Risiko einzugehen«, sagte ich etwas leiser. »Aber wenn sich nun nur so wenige gemeldet haben, möchte ich die wenigstens alle mal kurz treffen ...«

Melli sah mich grinsend an.

»Sozusagen einen Augenblick lang!«

Ich nickte. »Genau. Nur, um ihnen einmal in die Augen zu schauen. Denn dann weiß ich garantiert sofort, ob ich es mit *ihm* zu tun habe oder mit irgendeinem blauäugigen Behelfsdouble.«

»Ach, so siehst du das! Meinst du nicht, dass vielleicht außer paranoiden Massenmördern und deinem Mr. Blue Eyes auch ein paar ganz normale, richtig nette Typen darunter sein könnten, die zumindest einen zweiten Blick wert wären?«

Ich schüttelte den Kopf.

»Nee, bestimmt nicht und wenn, dann interessieren sie mich nicht.«

»Neurotische Fixierung«, stellte Melli in sachlichem Tonfall fest. »Dem Mädchen ist nicht zu helfen.«

»Wir sollten es aber dennoch tun«, frönte Paula mal wieder ihrem Helfersyndrom.

»Fragt sich nur wie?« Die ansonsten so kreative Melli stand auf dem Schlauch. »Wir können sie ja schlecht zu ihren Dates begleiten.«

»Das möchte ich mir allerdings auch verbitten«, reagierte ich leicht pikiert. Das wäre es ja noch, dass die sich an mich hängten wie *Starsky und Hutch.* Aber genau das schien Paula richtig cool zu finden.

»Willst du nicht auf Privatdetektivin umschulen?«, warf ich ihr nun allmählich ärgerlich werdend an den Kopf. Aber sie machte sich gar nichts draus und entwickelte weiter ihr wildes Szenario, in dem ich nachts am Stadtweiher mit einem potenziellen Lustmörder lustwandelte und mir meine Freundinnen wie das doppelte Lara Croftchen von Busch zu Baum und von Baum zu Busch hüpfend folgten. Die Spacegun natürlich schussbereit im Anschlag. Achtung, keine Bewegung! Treten Sie von der Lady zurück!

Grundgütiger, die Medienvermüllung deutscher Gehirne schien erheblich fortgeschritten zu sein.

»Also, ein Vorschlag zur Güte«, sprach ich schließlich ein Machtwort. »Ich bin einverstanden, dass ihr meine

Schutzengel spielt, aber bitte unauffällig. Am besten wähle ich als Treffpunkt für die Dates einen leicht zu observierenden Ort, zum Beispiel das *Litera-Café* in unserer Marktbuchhandlung. Da könnt ihr dann unauffällig in den Büchern stöbern und mich und den jeweiligen Typen im Auge behalten.«

Das fanden meine Freundinnen eine gute Idee und nachdem das geklärt war, konnten wir uns nun die Bewerber um den Posten des Mannes an meiner Seite nacheinander vorknöpfen. Wir hörten auch die restlichen beiden Ansagen auf der Mailbox ab, wobei die beiden Dauerwellentanten noch mal ganz lange Ohren kriegten, über die Paula dann aber erbarmungslos die Trockenhaube schob. So, die waren ausgeblendet. Aber was wir dann zu hören kriegten, war schon ziemlich deprimierend. Gott, war die Männerwelt unkreativ.

»Habe große blaue Augen und ein ebensolches Herz«, sagte eine nicht unangenehme Stimme in mittlerer Tonlage.

Na, schön doch, aber was sollte ich mit einem Mann, der ein blaues Herz hatte, wenn es nicht auch blaues Blut pumpte?

»Meine Augen sind so blau wie die blue hour am Grand Canyon«, verkündete der dritte Anwärter auf den Titel Mr. Blue Eyes.

Tja, wie sah denn die wohl aus? Hatte bislang noch nicht das Vergnügen. Ob er mich dahin einladen wollte? Aber auch bei meinen bescheidenen Geographiekenntnissen kam mir der Grand Canyon vom Mittelmeer ziemlich weit entfernt vor.

Inzwischen war sogar noch ein vierter Anruf eingegangen. Den fand Paula ziemlich niedlich.

»Hey, Schnecke, wir sollten uns unbedingt daten. Ich fand dich nämlich auch ziemlich geil!«

»Niedlich? Was ist daran niedlich?«

»Na ja, der scheint doch auch an so was wie Liebe auf den ersten Blick zu glauben.«

Tatsächlich? Na ja, die Sprache ist ja dem Menschen bekanntlich gegeben, um seine Gedanken zu verbergen. Das jedenfalls gelang dem Typen ja prächtig. Von Liebe konnte ich hinter diesen Sätzen nichts entdecken.

»Ist halt jugendlich formuliert ...«

»Hör auf, Paula, mach es nicht noch schlimmer. Denkst du, ich möchte als Kinderschänderin dastehen. Kann ja sein, dass der nur nicht aus seinem pubertären Sprachgebrauch rauskommt, aber vielleicht ist er ja auch noch voll in der Pubertät drin.«

Und mit Schaudern dachte ich an die vielen Schüler, die am Samstag im *Lindenpark* um die Tanzfläche herumgestanden hatten. Das war bestimmt einer von denen, der sich, womöglich noch mit seinen Kumpels zusammen, einen Joke auf meine Kosten machen wollte.

»Also, der kommt nicht infrage.«

»Warum nicht?«

»Lohnt sich nicht, hab ich so im Gefühl.«

Paula fand es etwas schade, aber ich hörte hoffnungsfroh noch eine frisch eingetrudelte fünfte Meldung ab. Die hob mich dann aber echt aus den Socken.

»Verehrte Dame, dass ein Blick aus meinen Augen Sie so besonders berührt hat, kann ich verstehen, denn ich bin blind. Natürlich wollen Sie sich nicht mit einem Blinden treffen, aber Sie haben die Möglichkeit, mir dennoch unsere Begegnung unvergesslich zu machen, indem Sie mir mit einer kleinen Spende helfen. Bitte überweisen Sie einen Betrag Ihrer Wahl auf das Konto ... Für Beträge ab hundert Euro stelle ich Ihnen auch gerne eine Spendenquittung aus.«

»Das muss ich mir merken«, meinte Melli lakonisch.

»Wirklich, eine zündende Geschäftsidee. So eine Ich-AG wirft sicher mehr ab als mein Minijob im Irish Pub.«

»Meinst du, da fällt echt jemand drauf rein?«, fragte ich leicht verunsichert. Denn so naiv konnte doch niemand sein, dass er nicht erkannte, dass hier jemand versuchte, gnadenlos abzuzocken.

»Blöde gibt's genug«, meinte aber selbst Paula.

»Na, ich gehöre jedenfalls nicht dazu!«

Ich blickte unentschlossen auf das Display meines Handys.

»Welchen soll ich denn jetzt anrufen?«

»Na alle, bis auf den Blinden, am besten der Reihe nach.«

Hm, das war mir nun aber irgendwie unangenehm.

»Ich trau mich nicht.«

Nun riss Melli aber der Geduldsfaden. »Dann mach ich es für dich«, sagte sie und nahm mir das Handy aus der Hand.

»Wollen wir es nicht auf später verschieben?«, versuchte ich mich noch schnell aus der Affäre zu ziehen. »Im Studentenwohnheim habe ich Homezone.«

»Nun sei nicht kleinlich«, blockte Melli ab und Paula meinte: »Kannst auch unser Telefon benutzen, ist ja echt billiger mit Festnetz.«

Melli schob ab zum Empfangstresen, wobei das Silberpapier auf ihrem Kopf leise raschelte. Aber da war viel zu viel Betrieb, weil mehrere Leute fertig geworden waren und nun zahlen wollten. So lotste Paula uns in den Frühstücksraum fürs Personal, wo sich uns beschauliche Stille bot, da am Abend natürlich niemand Lust auf Frühstück verspürte.

Melli wählte die erste Nummer und hielt mir das Handy hin.

»Willst du nicht doch selbst …?«

Ich schüttelte den Kopf.

»Nee, bloß nicht! Irgendwie komm ich mir vor wie eine Ware, die man auf dem Markt feilbietet.«

»Quatsch«, flüsterte Paula. »Der Typ bietet sich doch genauso an. Das ist doch mehr so eine Art Tausch. Meine Liebe gegen deine Liebe ... Das passt schon in die heutige Zeit, da musst du keine Hemmungen haben. In Zukunft geht das nur noch so, bei der Masse von Singles. Was glaubst du, warum diese ganzen Partnerbörsen wie die Pilze aus der Erde schießen?«

Schlechte Nachricht von Melli: »Der meldet sich nicht.«

»Dann nimm den Nächsten.«

Diesmal hatte sie Glück.

»Ja, hallo, ja, ich bin es ... äh ...« Sie wandte sich an mich und zischelte: »Wie willst du heißen, sag einen Nickname.«

»Tausendschön?«

»Uäh!« Angewiderter Gesichtsausdruck. »Ja, also ich bin Tausendschön ... du ... hast auf meine Annonce geantwortet ... Wie? Welche das noch mal war? ... Ach, so ... du hast auf mehrere geantwortet ... Ja, nee, ist okay. Aber du hast echtes Interesse?«

Ich mischte mich dazwischen: »Frag, ob er auch wirklich blaue Augen hat.«

»Sonst hättest du ja wohl nicht angerufen?« Melli kicherte. »Da hast du auch wieder recht.«

»Nun frag!«

»Und du hast wirklich blaue Augen und warst am Samstag im *Lindenpark?* Okay, dann können wir uns ja treffen. *Waas? Meine Körbchengröße?*«

Melli tippte sich an die Stirn und zischte: »Geht es dem noch gut?«

»Sag was Dickes«, meinte Paula grinsend.

»80, äh, D! ... Das ist dein Kaliber? Aha, na schön, dann

morgen um 17 Uhr in der Marktbuchhandlung im *Litera-Café.*«

Wieder hielt Melli das Handy zu und wisperte: »Der weiß nicht, wo das ist …«

»Och nee, ich glaube, der passt nicht zu mir …«

»Na, dann lassen wir es wohl besser.«

»Und wenn er es doch ist?« Melli wurde ungeduldig, bekam aber aus dem Handy eine positive Nachricht von dem Typen.

»Ah, gut, du fragst dich durch. Ja, ist sicher kein Problem. Wie, woran wir uns erkennen? Ach so, ja, na gut, mache ich. Also dann, bis morgen Nachmittag.«

Ich starrte Melli misstrauisch an. »Was mache ich?«

»Was Rotes anziehen. Er trägt als Erkennungszeichen einen roten Schal.«

Häh? Ist der Sozi? Münte persönlich? Wir kicherten. Was war denn das für einer? Körbchengröße? Ein Busenfetischist? Da hätte Melli ja direkt mal seine Tampongröße ansprechen können. Seit Charles' und Camillas Nachtgedanken gab es ja auch darüber inzwischen einen regen Austausch bei Bewerbungsgesprächen der vorangegangenen Art. Allerdings war ich an Dirty Talk eher nicht interessiert. Schmuddelkram!

»Und wie klang seine Stimme so?«, wollte ich denn doch noch wissen. Melli zuckte die Achseln.

»Normal, nicht unangenehm jedenfalls. Schau ihn dir halt an.«

Eine Friseurin kam in den Personalraum und deutete auf Melli. »Die Farbe muss jetzt aber mal raus, sonst kann ich für das Ergebnis keine Garantie mehr übernehmen.«

Und so entschwand Melli in Richtung Waschbecken, während Paula mich aufforderte, die anderen Bewerber um den Posten des Mr. Blue Eyes auch noch schnell anzurufen. Ich gab mir also einen Ruck und nahm allen Mut zusammen. Nachdem mir Melli vorgemacht hatte, wie es ging, war es dann gar nicht so schwierig, und es ergab sich noch zweimal fast genau das gleiche Gespräch wie zuvor. Allerdings hatte keiner mehr die Frechheit, nach meiner Körbchengröße zu fragen. Dafür wollte der eine meine kompletten Maße haben, die ich natürlich nicht liefern konnte, weil ich mich darum eigentlich nie wirklich gekümmert hatte, und der andere fragte gleich nach Beruf und Adresse und ob ich eine dauerhafte Beziehung suchte und was ich unter *lebenswichtig* verstehen würde. Ach je, da hatte Melli wohl echt recht gehabt, dass so was nicht wirklich gut kam.

Da ich ihn nicht gleich vergraulen wollte, sagte ich: »Ach, das war nur, um mehr Aufmerksamkeit für die Annonce zu erregen. Mir reicht auch ein One-Night-Stand.«

Paula fielen fast die Augen aus dem Kopf und ich musste mir von meinem inneren Coach anhören, ob ich denn von allen guten Geistern verlassen sei. War ich offenbar.

»Äh, öh, war ein Scherz«, stotterte ich noch, aber der Typ am anderen Ende lachte nur sonor und meinte: »Ach, lass nur, ich weiß Ehrlichkeit zu schätzen und da treffen sich unsere Absichten ja prima. Bis morgen dann.« Und zack, war er weg.

»Ich gehe da nicht hin«, jaulte ich auf. »Der wird mich sofort ins Bett zerren wollen.«

Paula hatte sich wieder gefangen und meinte: »Das wollen doch eh zwei Drittel der Männer schon beim ersten Date, da kommt es auf einen mehr oder weniger wirklich nicht an.«

Halleluja! Aber, tröstete ich mich, ich musste ja wirklich nicht hingehen.

Ich ging dann aber doch. Allerdings erst am nächsten Tag und darum hatte ich bis dahin auch noch genügend

Zeit, mich gegen alle Fährnisse des Lebens zu wappnen. Auch gegen One-Night-Ständer!

»Wollen wir nicht mal langsam an einen gemütlicheren Ort umziehen?«, fragte Melli. »Der Duft nach Sauberkeit und Frische hier vernebelt mir allmählich mein Kreativzentrum.«

Ihre Haare erstrahlten in frischem Rot und waren von Paula auch schön geföhnt worden. Wenn ich es genau betrachtete, sah Melli nicht nur cool, sondern sogar ziemlich hübsch aus. Natürlich war sie nicht der Typ, wie er uns in den meisten Hochglanzmagazinen als Schönheitsideal angepriesen wurde, aber ihr heller Teint mit den zarten Sommersprossen und die grünen Katzenaugen sahen zu den roten Haaren schon sehr speziell aus. Wenn ich ein Mann wäre, würde ich bei so einem Mädchen bestimmt zweimal hingucken. Aber Chancen würde er ja im Moment eh nicht haben. Sie war irgendwie viel zu sehr mit sich und ihrer Kunst beschäftigt, um auch nur einen Gedanken an einen Kerl zu verschwenden.

Melli fing meinen Blick auf. »Stimmt was nicht mit mir?« Ich grinste.

»Doch, doch, alles paletti, siehst total abgefahren aus.«

Sie sah auf ihre Armbanduhr, Marke Calvin Klein Hongkong.

»Mensch, schon so spät. Ich muss gleich in den Pub.«

»Dann verlegen wir unsere Sitzung doch dahin«, schlug ich vor.

»Macht das«, stimmte Paula sofort zu. »Ich komme dann nach, muss hier nur noch schnell klar Schiff machen. Habe ich meiner Mutter versprochen. Ihr wisst ja, sie gibt mir dafür immer ein paar Euros auf den Lehrlingslohn drauf.«

»Na, dann helfe ich dir eben mal schnell, Melli kann ja schon vorgehen.« Gesagt, getan.

Melli, Paulas Mutter und das gesamte Personal räumten das Feld und in null Komma nichts hatten Paula und ich den Salon ausgefegt, gewischt, Bürsten und Kämme, Lockenwickler und Clips gereinigt und desinfiziert.

Als wir kurz verschnauften und zur Erfrischung eine Coke tranken, kam Paula auf ihre Gesellenprüfung zu sprechen.

»Du«, meinte sie, »hast du vor deinem Vordiplom auch so einen Bammel? Ich krieg jedes Mal total Herzflattern, wenn ich an meine Prüfung denke.«

Hm, so schlimm war es bei mir zwar noch nicht, aber das konnte ja noch kommen. Wir erledigten rasch die restlichen Aufräumarbeiten und als wir in unsere Jacken sprangen, um uns durch den kühlen Herbstabend auf den Weg zum Irish Pub zu machen, da sagte Paula plötzlich unvermittelt: »Ich muss übrigens auch eine praktische Prüfung machen.«

»Wann ist die?«

»Nach dem Schriftlichen. Da wird man nur zugelassen, wenn man das Schriftliche bestanden hat.«

»Das wirst du schon schaffen.«

»Glaube ich auch.«

Hm, irgendwas wollte sie doch noch loswerden.

»Ist noch was?«, fragte ich, als Paula den Salon abschloss.

»Tja, eigentlich wollte ich dich was fragen ...«

»Na, dann frag es mich doch.«

»Würdest du mein Frisurenmodel für die Prüfung sein?«

Ich überlegte einen kleinen Moment, denn meine Haare waren mir heilig, aber dann dachte ich, dass Paula bestimmt keine Sekunde gezögert hätte, mir diesen Gefallen zu tun, wenn ich sie gefragt hätte, und so sagte ich: »Okay, mach ich«, um dann jedoch noch doppeldeutig hinzuzusetzen: »Aber schneid dann auch bitte gut ab!«

♡ ♡ ♡

Am nächsten Tag stand ich vor meinem Kleiderschrank und suchte was Rotes, damit mich die Typen im *Litera-Café* auch erkannten. Hm, den kuscheligen langen Pullover oder das knappe T-Shirt, das so sexy den Bauchnabel freigab? Klar, dass ich mich nach einer Anprobe für das T-Shirt entschied. Sex sells!

Nee, wirklich, da war was dran und deswegen meinte Melli ja auch, dass frau das bei der Selbstvermarktung nicht außer Acht lassen dürfte. Paula war ja ohnehin der Ansicht, Sex gehöre zum Leben wie Essen und Trinken und passiere einfach. Aber das konnte nicht stimmen, denn warum zum Beispiel passierte er mir dann nicht? Totale Flaute mal wieder. In meinem Alter hatte frau einfach Sex zu haben, und zwar mehr oder minder regelmäßig. Wer mit vierundzwanzig Jahren noch solo war, war ein Loser.

Was hatte ich bloß falsch gemacht? Wo doch bereits Dreizehnjährige heute angeblich alt aussahen, wenn sie nicht wenigstens schon mal hinterm Busch im Park den Minirock hochgeschoben hatten. Jedenfalls wollte uns das die Teeniepresse weismachen oder den Teenies weismachen oder sich selbst oder ihren Werbekunden ... na, egal. Mein Problem war ja nicht deren Problem und hätte ich in meinem Leben mehr *Bravo* gelesen, wäre auch vermutlich bei mir längst alles paletti.

Es war nicht so, als hätte ich nicht gewollt. Nö, so war es ja nicht. Schließlich hatte ich eine drei Jahre ältere Schwester und die hatte seinerzeit ein sehr bewegtes und, wie meine Mutter meinte, ausschweifendes Sexleben. Wobei sie das ausschweifend irgendwie pikant betonte. Möglicherweise bewirkte dieses ausschweifende Vorbild meiner Schwester bei mir das genaue Gegenteil. Als sie die zwölfte Klasse schmiss und zu ihrem Urlaubsflirt, einem bretonischen Austernzüchter, nach Frankreich durchbrannte, musste ich meiner in Tränen aufgelösten Mutter hoch und heilig versprechen, so eine Dummheit nie zu begehen. Ich war damals in der neunten Klasse und eigentlich in dem Alter, wo es allmählich an der Zeit für zumindest ähnliche Dummheiten war. Zeit jedenfalls, mit dem anderen Geschlecht nicht nur Händchen zu halten und Küsschen zu tauschen. Aber dieses familiäre Drama war natürlich die totale Sexschranke, denn da wollte ich doch lieber keine schlafenden Hormone in mir wecken. Wer weiß, zu welchen Ausschweifungen ich mich hätte hinreißen lassen. Nee, viel zu riskant!

Tja, und dann hatte ich irgendwie den Anschluss verpasst. Als ich ihn schließlich wieder suchte, hatte sich unter den Jungs schon herumgesprochen, dass ich nicht so leicht zu haben war, und in dem Alter war das genauso gut, als wäre man scheintot. Man wurde nicht mehr wirklich wahrgenommen. Und wenn ein Typ bei einer Party murmelte: »Ach, Alix, biste auch da?«, dann klang es nie nach freudig erregtem Brunftgeschrei, sondern vielmehr wie: »Was willst du eigentlich hier?« Jungs ließen sich unter solchen Umständen eher nicht aufreißen. Tja, und auch sonst …

Ich begann spätestens in der elften Klasse, mir wirklich alle Mühe zu geben, aber irgendwie hielt ich mich immer grade da auf, wo die Musik nicht spielte.

Zum Beispiel: Klassenfahrt nach Barcelona. Wieso rannte ich Bildungsbeflissenheit heuchelnd brav mit unserer Kunstlehrerin und einem Schwung Idioten aus meiner

Klasse von einem Gaudí-Bauwerk zum nächsten, während Paula mit einer Handvoll junger Spanier die Jugendherbergsbetten in Schwingungen versetzte?!

Gut war auch die Fahrt nach Wien in der zwölften Klasse. Ich versuchte mich panisch vor den Nachstellungen meines uralten dreißigjährigen Sportlehrers in Sicherheit zu bringen, obwohl der eigentlich einen echt einladenden Body hatte, und was machte Paula? Sie landete im Bett eines fünfundvierzigjährigen Kammersängers! War das anständig? War das fair? War das Frauenfreundschaft?

Aber hätte ich wirklich mit ihr tauschen mögen? Ehrlich gesagt, nicht. Allein der Aufstand, als sie erst am nächsten Morgen wieder im Hotel ankam, wäre nichts für mich gewesen. Aber sie war ja cool wie eine Hundeschnauze und sagte auf die Vorhaltungen des Lehrkörpers nur: »Ich denke, dies ist eine Frühstückspension. Okay, ich bin pünktlich zum Frühstück da.«

Natürlich war ich gespannt wie ein Flitzebogen und sobald wir alleine waren, fragte ich: »Und, wie war es?«

Sie strahlte und wirkte äußerst zufrieden, als sie, offenbar gedanklich noch bei der letzten Nacht, gurrte: »Traumhaft.«

So! Traumhaft also. Mit so einem Greis! Na schön. Da kam ja gar kein Neid bei mir auf. Und so platzte es denn aus mir heraus: »*Was?* Willst du ehrlich behaupten, du warst mit so einem alten Sack im Bett und es hat auch noch Spaß gemacht?« Das fand ich ja nun doch reichlich abartig, um nicht zu sagen pervers.

Paula leckte sich einen verschmierten Rest roter Marmelade aus dem Mundwinkel, was irgendwie sehr sündig auf mich wirkte, und meinte mit seligem Lächeln: »So ein alter Sack kann sich manchmal als die reinste Wundertüte entpuppen.«

Wie konnte das Mädchen nur so glücklich aussehen bei

diesen Worten. Hatte sie überhaupt keine Skrupel in Bezug auf Thomas? Das war doch ein reinrassiger Seitensprung! Und ich? Wo war ich hingesprungen? Jedenfalls mal wieder in kein Bett! Ich war, zu meiner Schande sei es eingestanden, kurz vorm Abi immer noch Jungfrau! Und warum? Weil mir statt Wundertüten immer nur Spuckbeutel über den Weg liefen.

Wie dieser Philipp zum Beispiel. Den hatte ich in einer AG in der zwölften Klasse kennengelernt. Er war ein Kumpel von Thomas, mit dem Paula heute noch in einer fast eheähnlichen Gemeinschaft lebte. Also dieser Philipp schien mir insofern ganz praktisch, weil er eben mit Thomas befreundet war und wir so einen lustigen Vierer hätten abgeben können. Hätten können! Er hätte nur die schlichte Aufgabe der Entjungferung einigermaßen zufriedenstellend lösen müssen.

»Was ist?«, fragte ich in einem fortgeschrittenen Stadium der Vorbereitung. Wir hatten ein Zimmer in einem Stadthotel gebucht und er nestelte nach einem Schluck aus der mitgebrachten Asti-Flasche an meinem BH. Offensichtlich suchte er den Verschluss. Er grabbelte unter dem T-Shirt an meinem Rücken herum, schubberte dabei über einen meiner besonders stark hervorstehenden Wirbel und wurde zusehends ungeduldig. Ob ich ihm einfach sagen sollte, dass ich einen BH mit Vorderverschluss trug?

»Kann ich ja nicht wissen«, reagierte er leicht pampig und wurde dabei total rot, was ich wiederum ganz niedlich fand. Männer sind ja solche Sensibelchen. Vor Verlegenheit tauchte er unter mein T-Shirt und suchte nun zwischen meinen Brüsten nach dem BH-Verschluss. Liebes Lieschen! An sich sind die Dinger doch ziemlich einheitlich und eigentlich gibt es ja auch nicht so viele Verschlussvarianten ... Andererseits, wenn ich ein Mann wäre, hätte ich mich längst mal in der Dessousabteilung eines Kaufhauses schlaugemacht. Was Philipp hier machte, war doch in höchstem Maße unprofessionell. Das sah verdammt nach *training on the job* aus oder *learning by doing* oder, noch schlimmer, nach *trial and error.* Mit der Betonung auf *error!* Meine Güte, nun brach er sich aber wirklich einen ab. Dabei ging es doch ganz leicht. Sanfte Drehung mit leichtem Druck und schon war das Ding offen. Nicht aber bei ihm. Er schnaufte wie ein alterndes Walross und blies mir seinen heißen Atem zwischen die Brüste, war aber offenbar BH-technisch völlig unbedarft. Okay, dachte ich und gab ihm Entwicklungshilfe. Sehr romantisch!

Wenigstens stammelte er ein verlegenes Dankeschön, zupfte die beiden Schalen des Bügel-BHs auseinander und bettete seinen Riechkolben zwischen meine nach Mams Escada duftenden Paradiesäpfel. Ein erdbebengleicher Nieser erschütterte Sekunden später meinen Obstkorb. Ich gehe, dachte ich, ich stehe jetzt auf und gehe einfach nach Hause. Das wird doch nie was. Der Typ war jedenfalls alles andere als der ultimative Lover, der wie ein Sturm über mich kam, um mich in einem wahnsinnigen Wirbel heftigster Gefühlswallungen zu entjungfern und endlich zur Frau zu machen. Na gut, dachte ich andererseits, er wäre nicht der erste Typ, der Probleme mit einem BH gehabt hätte. Die Filmgeschichte war voll davon. Gab ich ihm also noch eine Chance. So ein verwirrter Fummler konnte ja immerhin noch verborgene Qualitäten haben.

Ich starrte ihn hoffnungsfroh an und schob meine Hand vorsichtig auf seine Hose. Genau an die Stelle, wo sich ein kleines Hügelchen abzeichnete. Hm, ein sehr kleines Hügelchen. Na gut, es sollte ja Leute mit Schrumpelschlümpfen geben, die sich erst bei Gebrauch in ein richtiges Glied verwandelten. Aber da musste bei Philipp noch jede Menge Saft einschießen, um seine Manneskraft voll zur Entfaltung zu bringen.

*Möge der Saft mit dir sein!*, dachte ich mit einem innerlichen Grinsen. Zugleich kamen mir aber erneut Zweifel, ob meine Frauwerdung bei ihm in den richtigen Händen lag. Also bezogen auf seine Ausstattung hatte ich inzwischen doch ernsthafte Bedenken. Wie sollte er mich mit diesem, äh, Schniedelwutzchen entjungfern? Eher entjungferte ich ihn.

Ich zuckte zusammen. Nee, das konnte doch nicht sein, dass er womöglich noch nie ... Ich flippte fast aus bei diesem Gedanken. Diese Kröte! Wehe, wenn der mich hinters Licht geführt hatte! Wie hatte er sich weltmännisch gegeben, als ich vorschlug, es endlich zu tun und dafür in ein Hotel zu gehen. So als würde er das wöchentlich zwei- bis dreimal machen und als stünde schon unser halber Jahrgang in seiner Schuld. Philipp, der *Superpenetrator!* Wenn der nicht hielt, was er versprochen hatte, dann sollte er mich kennenlernen!

Aber ehe ich noch Konsequenzen aus diesen Überlegungen ziehen konnte, machte er sich am Reißverschluss der Jeans zu schaffen – meiner Jeans. In seiner tat sich nach wie vor nichts. Um ihn etwas anzuregen, schob ich sein T-Shirt hoch und begann, mich an seiner Brust zu reiben.

Autsch! Meine Güte, piekste der Kerl!

»Rasierst du deinen Oberkörper?«, fragte ich verblüfft und tastete vorsichtig über die Stoppellandschaft. Echt, wie so'n Kornfeld nach der Ernte. War nur noch zum Drachensteigenlassen geeignet.

»Ein gelockter Urwald würde dir sicher auch nicht gefallen«, meinte er ein wenig schnippisch, dabei hatte ich doch gar keine Kritik geäußert. Das musste ein Typ schließlich selbst wissen, ob er auf Ganzkörperrasur stand oder nicht. »Du rennst ja auch nicht mit Bein- oder Achselhaaren rum!«

Wo er recht hatte, hatte er recht. Aber dann fand ich, dass es da doch schon Unterschiede gab, und beschloss darum, rasierte Männerbrüste wegen des Reibeiseneffektes blöd zu finden! Irgendwie törnte mich das mächtig ab. *Ich war noch niemals Masochist!*

Inzwischen hatte er wenigstens ein paar seiner Hemmungen abgestreift und hatte das Gleiche mit meiner Jeans vor. Er begann meinen Oberkörper abzuküssen, um nicht zu sagen abzulecken, und fummelte dabei immer noch an meinen Jeansknöpfen rum. Wow, jetzt ging er aber ab! Sein Gehänge wurde richtig prall, und schwups, warf er sich auch schon mit seinem ganzen Körper auf mich – das waren aber echt ein paar Kilo zu viel! Ich wurde ein wenig steif, was man von seinem Schwengel nicht so wirklich behaupten konnte. Jedenfalls knickte der ganz schön ein, als ich ihn in die Hand nahm. Da konnte ich wirklich nichts für! Es war nun mal meine Art, die Dinge selbst in die Hand zu nehmen …

Ich versuchte, ihm durch leichtes Schubbern die nötige Stabilität zu geben. Offenbar stellte ich mich dabei aber irgendwie nicht geschickt genug an, denn Philipp jaulte nur einmal kurz auf und sagte dann: »Sag nur, du bist echt noch Jungfrau?!«

Hatte ich da unterschwellige Panik gehört? Ich hatte! *Mr. Superpenetrator* ließ von mir ab, fuhr hoch und hockte sich auf die Bettkante. Er hing da wie ein schlaffer Sack. So hatten wir ja nicht gewettet.

»Was ist das Problem?«, wollte ich also wissen. »Es gibt Männer, die würden richtig Knete dafür abdrücken, es mit einer Jungfrau machen zu dürfen …«

»Dann such dir doch einen von denen …«

»Häh? Spinnst du?«

Liebes Lieschen, was war denn mit dem? Der Kerl fing an zu zittern und stotterte: »Es ... es tut mir leid, Alix, echt, aber ich ... ich kann das nicht.«

Das Männlein im Walde fiel nun gänzlich in sich zusammen und Philipp sagte noch einmal um Verständnis bettelnd: »Weißt du, ich bin ... ein ... ein vollkommen aggressionsfreier Typ ... also, ich kann unter diesen Umständen nicht mit dir schlafen ...«

Ich war empört. Das teure Hotelzimmer!

»Und was sind das für Umstände?«, fragte ich angesäuert wie ein Fassgürkchen.

»Ich ... ich mache es nicht mit Jungfrauen ... Ich könnte nie jemandem wehtun ... Vielleicht später mal ...«

Ach, wie liebenswürdig. Feige Sau! Der hatte doch nur Angst, dass sein Schlaffmann nicht durchkam!

»Und wer, bitte schön, soll mir dann das erste Mal besorgen? Ein Dildo?«, schnauzte ich ihn an. Ich war ja so was von wütend. Aber er fand das auch noch eine geniale Idee.

»Klar«, sagte er und klang direkt erleichtert. »Mach es doch selbst und danach schlafen wir dann miteinander.«

»Ich habe einen anderen Vorschlag«, giftete ich ihn nun an. »Mach es dir doch auch gleich selbst. Mit mir brauchst du nicht mehr zu rechnen.«

Philipp hing immer noch schlaff auf der Bettkante. Wie konnte ich mich je auf diesen Typen einlassen? Ich musste eine hormonelle Verwirrung gehabt haben! So was wie der ging doch überhaupt nicht. Na gut, dass nichts weiter passiert war. Ich schaute auf meine Uhr.

»Du«, sagte ich so sanft es ging und möglichst aggressionsfrei, um sein Seelchen nicht noch mehr zu schädigen. »Das hier ist ein Stundenhotel und die Stunde ist allmählich um.«

»Tut mit leid«, blubberte Philipp zerknirscht und zog sich wieder an. »Aber da steckst du echt nicht drin.«

Und damit hatte er ausnahmsweise mal die Sache auf den Punkt gebracht. Er jedenfalls hatte nicht dringesteckt!

♡ ♡ ♡

Am Spätnachmittag bezogen meine Freundinnen in der Marktbuchhandlung ihre Posten an den Bücherregalen und ich setzte mich an die Kaffeebar. Ich hatte das sexy rote T-Shirt an, Jeans und Stiefel mit hohen Absätzen. Paula hatte mir wieder eine stylische Hochfrisur gezaubert und mit Lidschatten, Mascara und einem Hauch Rouge sah ich voll modelmäßig aus. Mit einem Vorbau wie Pamela Anderson konnte ich allerdings nicht dienen. Wollte ich auch nicht. Die sollten ihre Wonderbras woanders absetzen.

Also der erste Typ war es dann schon mal nicht. Hätte ich mir gleich denken können – der mit seiner dämlichen Körbchenfrage. Außerdem schien er farbenblind zu sein.

»Und du hältst deine Augen echt für blau?«, fragte ich leicht verwundert.

»Graublau könnte man doch sagen«, behauptete er kackfrech seine Anwartschaft auf den Thron des Mr. Blue Eyes. Aber damit kam er bei mir nicht durch.

»Nee.« Ich schüttelte den Kopf. »Deine Augen sind alles, nur nicht blau. Da hast du mir echt was vorgemacht. Aus uns wird nichts.«

Das fand er wohl gar nicht witzig. Besonders weil er mir grade einen Café latte spendiert hatte. Und so pampte er mich beleidigt an: »Aber du kannst deine mickrigen Billardkügelchen als Bowlingkugeln verkaufen, was? Den Kaffee zahlst du selbst!«

Er sprang auf, legte drei Euro für seinen Latte macchiato auf den Tisch und machte sich vom Acker. Wenig später lagen Melli, Paula und ich uns prustend in den Armen.

»Schreib 'ne Kolumne drüber«, empfahl Melli und ich versprach, ernsthaft darüber nachzudenken.

Der nächste Knabe sollte um achtzehn Uhr auflaufen. Da sein Vorgänger nach wenigen Minuten einen so blitzartigen Abgang gemacht hatte, blieb uns jede Menge Zeit, um in den Neuerscheinungen zu stöbern.

Mich zog es natürlich in die Ecke mit Sachbüchern zur Lebenshilfe. *Wie finde ich den richtigen Lover, Zehn Dinge, die die Liebe schön machen, Das neue Kamasutra* … Hm, ich hatte ja noch nicht mal das alte durch. *Liebesdrogen, Der potente Mann* … Ach ja, den hätte ich gerne, war aber leider bisher meist an irgendwelche Luschen geraten. *Sex ganz sicher – Alternative Methoden der Empfängnisverhütung* … Ich blätterte ein wenig darin herum. Bilsenkrautkompressen vor dem Geschlechtsverkehr, Frauenmantelspülung gegen Restspermien beim Coitus interruptus, Mondkalender zur Datierung des Eisprungs … Himmel, da blieb ich doch lieber beim Bewährten: Pille und Kondom!

Es war achtzehn Uhr. Es wurde achtzehn Uhr zehn, zwanzig, dreißig. Der Typ erschien nicht.

»Könnte er mich nicht gefunden haben?«

»Unsinn! Mit dem T-Shirt bist du nicht zu übersehen.«

»Vielleicht ist er erst inkognito gekommen und als er uns bei den Ratgebern stehen sah, hat er gleich einen Schock gekriegt und Reißaus genommen.«

Da das nicht so ganz unwahrscheinlich war, beschloss ich, mich für das nächste Date ganz brav an die Kaffeebar zu setzen und in einer Frauenzeitschrift zu blättern. Melli und Paula bezogen wieder ihre Observationsposten und ich las mich an einem Bericht über Migrantenfrauen in

Kreuzberg fest. Ich versank regelrecht in dem Artikel und merkte gar nicht, was um mich herum geschah. Plötzlich setzte sich jemand neben mich.

»Ich möchte nicht stören«, sagte eine sanfte sonore Stimme, »aber könnte es sein, dass wir verabredet sind?«

Ich schreckte von der Zeitschrift auf und starrte – halt mich fest – in zwei herrlich blaue Augen. Einen Moment spürte ich ein kräftiges Flattern in meinen Eingeweiden, als wollte sich ein Schmetterlingsschwarm erheben, aber dann wurde deren Flügelschlag ganz schnell wieder lahm. Keine Frage, der Typ sah richtig gut aus, aber diese Augen waren nicht *seine* Augen. Sie waren zwar blau, aber nicht mittelmeerblau. Da gab es gar keinen Zweifel. Was sagte ich denn jetzt nur? Die Zunge klebte mir pelzig am Gaumen.

Immer noch sahen mich diese falschen blauen Augen erwartungsvoll an und ich brachte es einfach nicht übers Herz, ihm zu sagen, dass er leider nicht der Richtige war. Aber er merkte schon selbst, dass irgendetwas nicht stimmte. Na ja, eine Frau, die auf eine so freundliche Anrede minutenlang wie ein Stockfisch dasaß, war schon nicht so normal.

»Pardon«, sagte er schließlich. »Ich wollte dich nicht in Verlegenheit bringen. Ich habe mich offensichtlich geirrt. Wegen des roten T-Shirts habe ich dich mit jemandem verwechselt.«

Hm, eine ziemlich souveräne Art, mit der Situation umzugehen. Das nahm mich ja sofort für ihn ein und ich gestand ihm, dass ich sehr wohl das Objekt seiner Begierde war. Natürlich nicht mit diesen Worten, sondern mit der gebotenen Zurückhaltung einer Lady. Die hielt allerdings nicht lange an, denn nach einem Cappuccino schlug er vor, die Location zu wechseln, und lud mich in ein richtig schickes italienisches Restaurant zum Essen ein. Ich war völlig überrumpelt und flüchtete mit der Bemerkung, ich müsste noch dringend ein Buch mitnehmen, zu meinen Bodyguards.

Ich griff nach irgendeinem Buch und begann hektisch darin zu blättern, dabei zischte ich Melli zu: »Er will mit mir essen gehen – ins *Capriccio!* Was soll ich tun?«

Das war ja nun wirklich nicht vorgesehen.

»Und ist er es? Ist er Mr. Blue Eyes?«

Ich schüttelte den Kopf.

»Nein, aber er ist ziemlich nett …«

»Ach nee, habe ich nicht gesagt, es könnte ein ganz normaler, netter Typ dabei sein?«

Ich schielte zur Kaffeebar rüber, wo er grade bezahlte.

»Ja, ja, hast du«, stieß ich hastig hervor. »Aber nun sag! Soll ich gehen? Soll ich die Einladung annehmen?«

Paula war inzwischen zu uns getreten und hatte wohl nur »Einladung annehmen« gehört.

»Klar, auf jeden Fall! Der sieht doch mal richtig cool aus.«

Tat er wirklich. Er war einen Kopf größer als ich, mit einem ordentlichen Body, hellblonden Haaren und leicht gebräuntem Gesicht. Er trug einen dunkelblauen Pullover mit Hemd darunter, Jeans und eine hellbraune Lederjacke. Alles in der passenden Größe und dennoch lässig. Ich seufzte. Wirklich, so vom ersten Eindruck her war an dem Typen nichts auszusetzen.

Ich wollte also gerade wieder zu ihm gehen, als er schon neben mir stand und mir mit den Worten: »Was liest du denn da Interessantes? Darf man mal sehen?«, und einer unerwarteten Flinkheit das Buch aus der Hand nahm und auf den Titel schaute. Sein Lachen war laut und dröhnend und als ich selbst auf das Cover schaute, konnte ich ihm diese Reaktion kaum verdenken. Ach herrje, ich hatte offenbar ein Buch aus einem biologischen Fachverlag erwischt und es hieß *Der verkümmerte Sexualtrieb bei den Berggorillas als Bedrohung einer aussterbenden Art.* Gott, wie peinlich!

Ich stellte das Buch schnell zurück und sagte, als er zu Ende gelacht hatte: »Äh, das war nicht für mich. Ich sollte es für meine Mitbewohnerin mitbringen, die studiert Bio.«

»Und warum nimmst du es dann nicht mit?«

Äh, ja, warum eigentlich nicht? Weil es mir viel zu teuer war, zum Beispiel, und ich es gar nicht brauchen konnte und es diese Mitbewohnerin sowieso nicht gab …

»Es … es war die falsche Auflage. Sie … sie braucht eine … eine neuere, also eine überarbeitete Ausgabe …«

Puh, da hatte ich aber grade noch die Kurve gekriegt.

»Und? Hast du es dir überlegt? Gehen wir zum Italiener?«

Froh, dass er nicht länger auf den Gorillas herumritt, sagte ich lächelnd zu.

Als wir die Marktbuchhandlung verließen, sah ich, wie Melli und Paula uns noch ein Stück unauffällig folgten, dann aber winkten sie und überließen mich meinem Schicksal. Das war doch nicht ihr Ernst?

Kaum hatten wir uns an einem der hübsch eingedeckten Tische niedergelassen, verabschiedete ich mich sofort auf die Toilette, um Melli anzurufen.

»Ihr könnt mich doch nicht mit dem Typen einfach alleine lassen«, schnauzte ich sie an. Aber Melli machte mir schnell deutlich, dass weder sie noch Paula sich ein so nobles Restaurant leisten könnten und ihr Observationsauftrag somit an der fehlenden Finanzierung scheitern müsste.

»Aber wir können doch über SMS in Kontakt bleiben«, bot sie an und wünschte mir abschließend einen schönen Abend.

»Genieß es doch einfach! Mit dem Typen kannst du dich doch wenigstens in der Öffentlichkeit sehen lassen.«

Und weil sie damit recht hatte und ich mich nach monatelanger Abstinenz wirklich ein wenig bedürftig fühlte, gab ich mich ganz dem Augenblick hin und beschloss, das Beste aus dem Abend zu machen, obwohl der Typ nicht der gesuchte Mr. Blue Eyes war.

Also ging ich beschwingten Schrittes an den Tisch zurück, lächelte mein bezauberndstes Lächeln und ließ mir leckere Menüempfehlungen geben. Der Typ roch gut und seine Lippen sahen so weich aus. Ich zuckte zurück, denn der Knabe kam mir plötzlich brandgefährlich vor.

*Wieso wundert dich das?,* höhnte mein innerer Coach. *Wer hat denn am Telefon gleich von One-Night-Stand geredet?*

Ja, ja, ich weiß, gab ich schuldbewusst zu, aber das war doch nur ein Joke.

*Na, ob er das auch so sieht? Immerhin investiert er gerade ganz schön. Mach dich also auf was gefasst.*

Blödmann. Ich simste Paula an: *Muss ich mit ihm ins Bett gehen, wenn er das Essen bezahlt? Ich kann es nämlich nicht bezahlen!*

Paula simste sofort zurück, was hieß, dass meine Freundinnen tatsächlich aus der Ferne über mich wachten. Das war doch tröstlich.

Die Antwort allerdings half mir nicht gerade weiter: *Du musst nicht, kannst aber.*

Na prima. Ich stopfte das Handy wieder in meine Tasche und murmelte eine Entschuldigung, ehe ich mich auf den Nachtisch und erneute Konversation mit diesem Überraschungstyp einließ. Dabei wirkte ich wohl recht unkonzentriert, denn mehrmals fragte Lars mich, woran ich denn denken würde, und stets schob ich meine Hausarbeit vor, die ich doch so dringend fertigstellen müsste.

Schließlich gab ich mir einen Ruck und sagte: »Also sei mir nicht böse, aber es ist wohl das Beste, wenn ich jetzt nach Hause fahre. Das Essen war wirklich toll und ich bin dir auch sehr dankbar für die Einladung, aber mir geht einfach diese dumme Seminararbeit nicht aus dem Kopf …«

Er fiel mir ins Wort: »Das verstehe ich vollkommen. Wenn ich für eine Präsentation etwas vorzubereiten habe, dann muss ich auch ständig daran denken.«

Was war denn das für einer? Der war ja total verständnisvoll. Hm, das wäre eine echte Schande, wenn ich mir den Typen nicht wenigstens ein bisschen warmhielt. Konnte ja immerhin sein, dass mein Mr. Blue Eyes niemals aufzufinden war und wenn … Diese Ische an seinem Arm bereitete mir plötzlich echt Kopfzerbrechen … Immerhin konnte er ja tatsächlich mit der liiert sein, wie Paula vermutete.

Angesichts dieser Überlegungen fiel sein Vorschlag, in einer Bar doch noch einen kleinen Absacker zu trinken, auf fruchtbaren Boden. Bei dem einen Absacker blieb es dann aber nicht. Er schleppte mich in die *Viper,* einen ziemlich angesagten Danceclub, und nach ein paar schweineteuren Cocktails zog er mich auf die Tanzfläche.

Er roch immer noch frisch und seine Hände waren warm, aber nicht schwitzig und als er mich enger an sich zog und zarte Küsse auf meinen Hals hauchte, stellte sich erneut ein Prickeln in meinem ganzen Körper ein.

*Lass dich fallen,* empfahl selbst mein innerer Coach, der sonst gerne den tugendhaften Bremser gab.

Und da Melli und Paula nach einem letzten *Schöne Nacht noch* ihren Notdienst ein- und ihre Handys abgestellt hatten, war er die letzte Instanz, die mir einen Rat geben konnte.

Na gut, dachte ich, dann nehmen wir den doch an.

Als wir mit einem Taxi zu Lars fuhren, fühlte ich mich absolut zufrieden. Wie herrlich, endlich mal wieder von einem Mann begehrt zu werden. Und dann noch von einem so tollen Typ! Womit hatte ich so viel Glück nur verdient?

Seine Wohnung lag im Musikerviertel und war sparsam, aber edel eingerichtet. Weißes Sofa, indirektes Licht, lockere Schrankwand aus dunklen Tropenhölzern, Gaskamin aus Edelstahl, alles wie aus einem Einrichtungsmagazin. Ich hatte mittlerweile das Gefühl, dass ich träumte – was mich ziemlich verunsicherte. Das konnte doch nicht tatsächlich wahr sein? So etwas passierte doch einer Studentin im dritten Semester nicht wirklich.

Lars stellte Musik an, die aus Bang-&-Olufsen-Boxen einen Sound wie im Konzertsaal hatte. Dann zündete er Kerzen an, brachte Gläser und eine Champagnerflasche aus der offenen Edelstahlküche mit und setzte sich relaxed neben mich, während ich eher etwas verklemmt auf der Sofakante hockte.

*So geht das aber nicht weiter,* meinte mein innerer Coach. *Wenn schon, denn schon. Lass dich fallen!*

Recht hatte er und so versuchte ich mich zu entspannen, was mir bei den nächsten Worten von Lars dann auch nicht schwerfiel.

»Du bist sehr süß«, sagte er. »Ich würde gerne mit dir schlafen.«

Na, dann mach es doch, dachte ich, und red nicht drüber.

»Wollen wir ins Schlafzimmer gehen?« Er zog mich hoch.

Na, meinetwegen, obwohl es ja auch hier gegangen wäre, auf dem schönen weißen Sofa ... Na, vielleicht hatte er Angst vor Flecken. Ich ließ mich mitziehen. Das Schlafzimmer war auch nicht zu verachten.

»Zieh dich schon mal aus«, sagte er und verschwand in dem En-suite-Bad, das nur durch eine Milchglasscheibe abgetrennt war. Ups, da ließ er dann rasch alle Hüllen fallen und kam, als ich mich halb entblättert hatte, in einem schwarzen Bademantel zurück. Der Typ hatte ja wirklich Stil. Ob er auch schwarze Kondome hatte?

»Kondome?«

»Na ja«, sagte ich, »du wirst doch wohl Kondome haben?«

»Wieso ich? Für die Verhütung ist die Frau zuständig. Du nimmst doch die Pille?«

Klar, nahm ich die Pille, aber das reichte ja schließlich nicht, wenn man mit einem fremden Typen ins Bett stieg.

Und das sagte ich dann auch: »Noch nie was von Aids gehört?«

Er zuckte zusammen.

»Musst du das ausgerechnet jetzt ansprechen?«

»Wann denn sonst?«

»Das ist ja total unsensibel.«

Häh? Aber vielleicht lebensrettend!

Ich starrte Lars verwirrt an. Der glaubte doch wohl nicht im Ernst, dass ich ohne Kondom mit ihm poppen würde.

»Hast du echt nirgends Kondome?«, fragte ich immer noch verblüfft, denn er hatte doch am Telefon so geklungen, als wäre er der King des One-Night-Stands und dazu gehörte doch wohl auch die entsprechende Ausrüstung.

Er hockte sich in seinem schicken Bademantel auf das Bett mit der silbrig glänzenden Satinbettwäsche. Wie traurig war denn das!? So ein traumhafter Abend, so ein einladendes Lotterbett und dann hatte der Typ keine Kondome!

Gut, ich hätte vielleicht auch dran denken können, aber

ehrlich gesagt, hatte ich wirklich nicht damit gerechnet, dass ich noch heute Nacht mit einem derartig attraktiven Mann abstürzen würde. Merde!

»Gibt's hier keine Nachtapotheke? Oder einen Automaten? Hättest du mal im *Viper* dran denken sollen, da hängen welche in den Toiletten.«

Echt dämlich. Ich hockte mich neben ihn.

»Wollen wir noch mal los?«

Er schüttelte den Kopf. »Nee, lass mal. Jetzt kann ich eh nicht mehr.«

Och Gott, was für ein Sensibelchen. Vielleicht konnte er gar nicht mit Kondom? Ich dachte an einen meiner Kommilitonen, der mich das ganze Sommersemester mit seiner Schwärmerei verfolgt hatte. Aber als ich dann in einer Anwandlung von Menschenfreundlichkeit mit ihm auf sein Zimmer gegangen war, da stellte der sich so was von bescheuert mit dem Kondom an, dass ihm sein Schniedel ständig wieder zusammenfiel, bevor er es drübergezogen hatte. Erbarmungswürdig.

Ich schielte zu Lars rüber. Ob der echt auch so ein Problem hatte? Denn ohne Grund verzichtete doch heute kein normaler Mensch auf einen Präser.

Na gut, dann machte ich mal besser den Abflug, aber da ich es mir nicht ganz mit ihm verderben wollte, sagte ich beim Anziehen versöhnlich: »Das ist ja echt schade jetzt, aber aufgeschoben ist ja nicht aufgehoben. Nächstes Mal kann ich ja Kondome mitbringen. Was hättest du denn gerne? Irgendeinen Farbwunsch? Vielleicht schwarz?«

Er ging hoch wie eine Silvesterrakete.

»Nächstes Mal? Es gibt kein nächstes Mal! Ein One-Night-Stand heißt so, weil es eine einmalige Angelegenheit ist, und ich habe nicht die geringste Absicht, mehr daraus zu machen.«

Aha! Dennoch sagte ich: »Aber wir … wir haben doch

noch gar nicht, äh … Ich meine, er hat doch noch gar nicht gestanden … äh …«

»Und er wird auch heute nicht mehr stehen. Jedenfalls nicht für dich. Finde dich damit ab.«

Er erhob sich.

»Da ist die Tür.«

Hey, was ging denn mit dem ab? Der schmiss mich doch jetzt nicht einfach so mitten in der Nacht raus? Ich hatte nicht mal mehr genug Geld für ein Taxi und die letzte Bahn war längst weg. Ich blieb im Flur stehen.

»Meinst du nicht, du könntest mir wenigstens ein Taxi bestellen?« Bezahlen hatte ich nicht so direkt sagen wollen.

Er schob mich unsanft raus. »Nein, meine ich nicht. Ich habe wohl weiß Gott genug in den Abend investiert, gemessen an dem Output!«

Sprach's und knallte mir die Tür vor der Nase zu.

Was nun? Jetzt stand ich total frustriert in einem dunklen Treppenhaus und verfluchte dieses arrogante Arschloch. Trotzdem hatte ich noch kein Taxi. Aber zu Fuß konnte ich schließlich auch nicht durch die Nacht laufen. Merde!

Halt den Mund, schnauzte ich meinen inneren Coach an, der gerade mal wieder einen seiner weisen Sprüche ablassen wollte. Sag ja nichts, red nicht mit mir!

Zu dumm, dass Melli und Paula ihre Handys ausgeschaltet hatten. Blieben nur zwei Alternativen: Ich nervte den Typen so lange mit Klingeln und Klopfen, bis er mir doch das Taxi bezahlte oder – was natürlich wirklich nur die allerletzte Notlösung war – ich rief bei meinen Eltern an und bat meinen Vater, mich abzuholen. Das wäre dann etwa so wie der Canossagang Heinrichs des Vierten. War doch der Vierte, oder? Andererseits hatten sie ja gesagt, dass ich mich immer an sie wenden könnte. Wann, wenn nicht in einer solchen Notlage? Also ging ich die Treppe runter bis an die Haustür, um nach der Hausnummer zu schauen, aber – Mist! – die Haustür war verschlossen. Ich kam also, selbst wenn ich gewollt hätte, nicht weg. Ich ging wieder rauf zu Lars und klingelte Sturm. Schließlich erschien er, im schwarzen Satinpyjama.

»Die Haustür ist abgeschlossen.«

Er grinste.

»Echt?«

Hm, dachte ich, vielleicht versuche ich es mal mit Humor.

»Scheint ja 'ne richtige Jungfrauenfalle hier zu sein.«

»In die manchmal auch Nicht-Jungfrauen tappen.« Er sah mich durchdringend an. »Oder bist du noch eine?«

Also bitte! »Sehe ich so aus?«

Ich schob wütend meine Hände in die Jackentaschen. Ups, was war denn das? In der linken Jackentasche fühlten meine Finger eine kleine Plastiktüte, in der so etwas wie ein weicher Ring steckte ... Nein! Ich zerrte das Teil raus. Ach, du liebes Lieschen, das war doch nicht etwa ...? Es war! Es war eins der Kondome, die die Jusos während des letzten Wahlkampfes in den Diskos verteilt hatten.

Ich wedelte Lars mit dem Teil vor der edlen Nase herum: »Guck mal, was ich gefunden habe?«

»Nicht wirklich?«

»Doch! Ein richtiges, echtes, ungebrauchtes Kondom!«

Er grinste, öffnete einladend seine Tür und sagte: »Na dann!«

Und es machte ihm nicht mal etwas aus, dass es ein rotes Juso-Kondom war, obwohl er garantiert liberal wählte.

♡ ♡ ♡

Also, ich muss wohl nicht sagen, dass er auch mit Kondom konnte und es für eine sexuell so ausgehungerte Person wie mich eine ultimativ tolle Nacht war. Und jeder wird nachvollziehen können, dass ich daran interessiert war, aus dem One-Night-Stand einen More-Night-Stand zu machen, was ja neuerdings in Frauenzeitschriften als korrekt und auch viel gesünder für Körper und Seele angepriesen wurde. Aber leider biss ich da bei Lars auf Granit. Er versuchte sich aber wenigstens stilvoll aus der Affäre, die er ja gar nicht erst entstehen lassen wollte, zu ziehen.

»Ich bin kein Mann für eine Beziehung«, sagte er, »aber du bist ein Mädchen dafür. Es wäre nicht richtig, wenn ich dich stärker an mich binden würde und dann wärst du traurig, wenn ich dich irgendwann doch wegschicken würde. Mehr als eine Nacht mit der gleichen Frau macht mir Angst. Ich will mich nicht in Abhängigkeit bringen – nicht körperlich und schon gar nicht seelisch. Es war schön mit dir und auch lustig. Lassen wir es dabei.«

Und weil mir darauf nichts einfiel und er ja auch nicht wirklich mein Mr. Blue Eyes war, nahm ich es als das, was es war: ein Genuss ohne Reue. *Je ne regrette rien!*

♡ ♡ ♡

# *Schau mir in die Augen …*

»Da hast du aber Glück gehabt«, meinte Melli, als ich ihr am nächsten Tag in der Mensa Bericht erstattete. Sie lachte genau wie ich bei dem Gedanken, dass ein Typ wie Lars mit einem Juso-Kondom gepoppt hatte. So was würde der doch unter anderen Umständen nicht mal mit einer Kneifzange anfassen.

Tja, aber dennoch blieb mein Problem.

»Und du willst tatsächlich noch weiter nach diesem mysteriösen Mr. Blue Eyes suchen?«

Als ich nickte, schüttelte Melli verständnislos den Kopf. »Das ist doch Unfug. Verplemperte Lebenszeit. Versuch doch lieber, diesen Lars zu erobern. Da weißt du wenigstens, was du hast.«

Ich winkte ab. »Melli, das ist ein überzeugter Single. Und … du hättest mal sehen sollen, wie der wohnt. Alles vom Feinsten … der ist mindestens Banker oder Manager bei einem Autokonzern … Da habe ich als kleine Studentin keine Chance.«

»Aber er hat nicht gesagt, dass ihm der Sex mit dir keinen Spaß gemacht hat …«

Nee, das hatte er in der Tat nicht. Wäre ja auch noch schöner. Ich grinste innerlich. Sex mit roten Kondomen hatte doch immer einen Hauch des Revolutionären …

Ups, ich war doch jetzt nicht rot geworden? Doch, war ich, denn Melli grinste impertinent und meinte trocken: »Ich sehe, meine Frage hat sich erübrigt. Ihr seid also ganz schön abgegangen. Umso mehr ein Grund, ihn nicht so einfach aufzugeben.«

»Melli, du hast keine Ahnung. Der Typ ist total rational, den kannst du nicht überrumpeln. Der hat mich mitten in der Nacht einfach rausgeschmissen und ... sowieso ... du glaubst doch nicht, dass ich wirklich auf Typen stehe, die solche Sprüche raushauen wie der!«

»Was für Sprüche?«

»Für die Verhütung sind die Frauen zuständig, zum Beispiel.«

Nun kriegte Melli echt einen Lachanfall, an dessen Ende sie den eben in ihrem Mund angekommenen Spinat mit Stampfkartoffeln bulimisch von sich gab. Na, Gott sei Dank, auf ihren Teller. Igitt!

»'tschuldigung«, nuschelte sie, räumte schnell ihr Tablett ab und lud mich, weil mir der Appetit vergangen war, zu einem Kaffee und einem Schokokuss in die Cafeteria der Mensa ein.

»Du siehst«, griff ich den abgerissenen Gesprächsfaden wieder auf, »mir bleibt nichts anderes übrig, als meine Suche nach Mr. Blue Eyes fortzusetzen.«

»Und wie soll das aussehen? Noch eine Anzeige?«

»Nein, ich weiß ja nun auch, dass das keine gute Idee war. Ich dachte, ich nutze lieber mal meine Arbeit für *Nightlife* aus. Da bin ich doch am Wochenende eh die ganze Nacht unterwegs. Es müsste doch mit dem Beelzebub zugehen, wenn er mir da nicht vor die Linse meiner Kamera liefe.«

Das fand Melli nun endlich mal einen guten Ansatz. »Klar, warum bist du da nicht gleich draufgekommen. Vielleicht ist der Typ sogar wieder im *Lindenpark*. Kann doch sein, dass er da Stammgast ist.«

Genau, das hatte ich ja noch gar nicht bedacht. Schade war nur, dass meine Freundinnen mich nicht überallhin begleiten konnten. Besonders angesagte Clubs nahmen Eintrittsgeld, und zwar in einer Höhe, dass allein dafür in einer Nacht die Hälfte ihres Monatsbudgets draufginge. Wohlgemerkt, ohne auch nur einen einzigen Cocktail geschlürft zu haben. Ich hatte natürlich mit meinem Presseausweis überall freien Eintritt, was den Job bei *Nightlife* zugegebenermaßen noch zusätzlich attraktiv für mich machte. Und was die Getränke anging, fiel auch da ab und an was gratis ab. Honorar gab es zwar nicht grade dicke, aber bei meiner finanziellen Situation musste halt jeder Euro zurückgelegt werden, wenn beim Shopping im Outletcenter mal wieder ein Designerstück drin sein sollte. Auch sonst war der Job nicht schlecht, denn inzwischen war ich in der nächtlichen Szene schon ziemlich bekannt und die Leute rissen sich förmlich darum, von mir für *Nightlife* fotografiert zu werden.

Es war zwar nicht gerade eine künstlerische oder journalistische Herausforderung, diese grinsenden Hennen und ihre sturzbesoffenen Hähne zu knipsen, aber hin und wieder ergab sich auch mal ein richtig netter Kontakt oder ich traf alte Bekannte aus der Schulzeit wieder, was meist sehr lustig war. Und umsonst bei Konzerten oder anderen Events dabei sein zu können, machte wirklich Spaß und entlastete meine Kasse ungemein. Also, mit diesem Job hatte ich echt Glück gehabt. Und so konnte doch Diana für dieses Wochenende gleich mal wieder ihren Köcher umhängen und die Pfeilspitzen anschleifen. Waren auch die Sehnen am Bogen gut gespannt?

*Drehst du jetzt vollends am Rad?,* fragte mein innerer Coach. Hm, recht hatte er ja. Ich war doch schon selbst zu der Ansicht gekommen, dass mit diesen vorsintflutlichen Methoden heutzutage keine Männer mehr zu erlegen waren.

»Okay, okay«, sagte ich also, nachdem ich mich vor der

Mensa von Melli verabschiedet hatte. »Schießen wir ihn halt mit der Digicam ab.«

Aber dazu hätte er mir ja erst mal vor das Objektiv geraten müssen. Doch davon später.

Ich stellte in meiner Bude zunächst die Kamera ins Ladegerät, holte das Anzeigenblättchen und die Szenemagazine *Inside* und *Towntipp* hervor und schaute nach, welche Events dieses Wochenende meine Anwesenheit erforderten. Den *Lindenpark* hatte ich mir ohnehin schon vorgemerkt, denn es war natürlich klar, dass ich mich dort mit Melli und Paula treffen würde, um zu überprüfen, ob Mr. Blue Eyes dort vielleicht wirklich Stammgast war. Außerdem waren da die Getränke für meine Freundinnen noch am ehesten bezahlbar.

Also notierte ich: *Lindenpark* – aus persönlichen Gründen. Dann *Wasserturm*. Dort traten drei Hip-Hop-Gruppen auf. Da würden vermutlich hauptsächlich Kiddies auflaufen, also ergab es Sinn, dort meine nächtliche Tour zu starten. Nicht, dass die schon alle im Bettchen waren, wenn ich zu spät dort ankam. Ich schrieb es mir auf. Hm, Lounge-Party im *California,* romantische Badenacht im Stadtbad, Poetry-Slam in der *Mühle,* Jazz, Fiesta Phobia in der alten *Markthalle,* Main Maniacs bei *Schulz,* Salsa Night in der *Viper,* Redhouse-Party im *Komödientheater* … Und, und, und … Das Wochenende war mal wieder knallvoll gepackt. Da jagte ja ein Event das andere und ich würde mich vermutlich total abhetzen müssen, um jeweils zur richtigen Zeit am richtigen Ort zu sein. Das hieß, dann meine Fotos zu schießen, wenn die Prominenz da war. Aber so viel Prominenz wie Partys an diesem Wochenende liefen, hatten wir eigentlich gar nicht. Na, egal! Hauptsache, Mr. Blue Eyes ließ sich blicken.

Am Freitag rief ich noch mal Robert, den Chef von *Nightlife,* an, um zu fragen, ob er noch besondere Präferenzen hatte.

»Kannst dir bis Mitternacht alles aussuchen«, meinte er. »Bastian hängt noch voll in den Seilen nach der Aufstiegsfeier der Borussen gestern Nacht. Der möchte möglichst späte Termine.« Konnte er gerne haben. Ich stimmte also zu.

»Ich simse Basti dann, wo ich schon war. Morgen kann ich dann ja länger machen.«

Robert brummte kurz und hängte mich ab, weil er auf einem anderen Apparat einen Anzeigenkunden hatte. Da sich *Nightlife* hauptsächlich über Werbung finanzierte, ging der natürlich vor. Na ja, ich war ja nun lange genug dabei, um zu wissen, was ich zu tun hatte.

Nach der Vorlesung legte ich mich zum Regenerieren noch ein bisschen aufs Ohr und weil das Schicksal nett zu mir war, träumte ich vom *Lindenpark,* wo mich der traumhafte Mr. Blue Eyes zu einem *Cocktail amoroso* an der Bar einlud. Ich schaute in seine Augen und plötzlich wurden sie zum tiefblauen Meer, auf dessen leisen Wellen zarter weißer Schaum tanzte. Als ich mit einem Jubelschrei auf den Lippen losrannte, um mich dem Wasser in die Arme zu werfen, riss mich Sophyas Stimme aus dem Schlaf.

»Alix, Alix, es ist neunzehn Uhr, ich sollte dich doch wecken!«

Ich grunzte ein verschlafenes »Danke«, wälzte mich hoch und taperte in die Dusche.

»Glotzt nicht so blöde!«, muffelte ich Sophyas Kaninchen an, als ich fluchend einen Käfig nach dem anderen in die Küche schleppte. Himmel, waren die Viecher schwer!

»Du gehörst in die Bratröhre und nicht ins Bad!«, giftete

ich Richtung Winnie, der belgischen Riesin. »Das ist die einzige sinnvolle Verwendung für Viehzeug wie euch.«

Und ich musste an die Erzählungen meiner Oma aus den Fünfzigerjahren denken, in denen regelmäßig ihre im Hinterhaus aufgebauten Karnickelställe, ihre diversen Karnickelfreundschaften und tränenreiche Karnickelschlachtungen vorkamen.

»Mach dir keine falschen Hoffnungen«, schimpfte ich Kalli an, den ich Winnie hinterhertrug. »Ich würde euch keine einzige Träne nachweinen. Ihr seid fett und eure Käfige stinken zum Himmel! Nur weil ich keinen Ärger mit Sophya will, habe ich euch bisher nicht abgemurkst!«

Aber meine wilden Drohungen prallten an den Viechern ab wie ein falsches Losungswort an einem Türwächter in Hogwarts. Lediglich Winnies rote Augen starrten mich anklagend an. Igitt!

»Buh!«, machte ich kurz und knapp und schob die Käfige mit einem Fußtritt unter den Küchentisch.

Dann drehte ich endlich in der Dusche das Wasser an und übergoss mich mit Milch-&-Honig-Balsam.

Der angenehm süße Duft schmeichelte meinen Sinnen und hüllte mich in eine Wolke des Wohlbehagens. Ich wusch die Haare mit Avocado-Shampoo und spülte sie sorgfältig aus. Schaum und Wasser glitten sanft an meinem Körper herunter. Ich dachte an Lars, wie er neben mir in seiner hypermodernen Dusche gestanden hatte und unsere feuchten Körper sich entspannt aneinandergeschmiegt hatten. Ich seufzte vor Verlangen.

Ich hatte mich ein wenig aufgebrezelt und begann meine Fototour bei besagtem Hip-Hop-Konzert.

Liebes Lieschen! Zwischen all den kleinen Spacken merkte ich aber echt, wie alt ich geworden war. Schon der Pulk von Leuten vor dem Eingang, die keine Karten mehr gekriegt hatten, ließ erahnen, dass der Saal drinnen kurz vorm Überkochen stand. So war es auch. Als ich mich mit meinem von brutalen Ordnern kritisch beäugten Presseausweis endlich in den Saal durchgequetscht hatte, schlug mir ein Gemisch aus Musik und Muff entgegen, das mir fast die Trommelfelle durchschlug und schier den Atem nahm. Grade trat eine neue Gruppe auf die im Theaternebel kaum zu erkennende Bühne und besonders die Girlies brachen in ein Wahnsinnsgekreische aus. Da ich von hinten wegen des Nebels keine brauchbaren Fotos schießen konnte, versuchte ich, etwas näher an die Bühne zu kommen. Klar, dass ich auf dem Weg jede Menge blöde Sprüche über mich ergehen lassen musste. Von »Na, Braut, schon vergeben?« über »Heya, geiles Brett, willste genagelt werden?« bis »Ui, Oma, heute Ausgang im Altersheim?« war alles in Abstufungen von hart bis gemäßigt dabei. Nur nicht ein Typ, der einen zweiten Blick wert gewesen wäre. Na ja, das hatte ich natürlich in diesem Kindergarten auch nicht erwartet.

Ich machte also ein paar Bildchen von hirnrissigen Teens, den Hip-Hop-Stars und den vielen besten Freundinnen, die eng umschlungen und wie üblich breit grinsend für mich posierten. Am Montag würden sie mit zitternden Fingern die Seite von *Nightlife* aufmachen und wenn sie sich entdeckt hatten, vor Glück aufquieken und, sofort jede Menge SMS-Botschaften an ihren gesamten Freundeskreis schicken, um sie auf das ultimativ tolle Foto hinzuweisen. Tja, und Roberts Rechnung war mal wieder prima aufgegangen, denn die Anzeigenpreise stiegen natürlich mit der Zahl der Zugriffe auf die Seiten seines Online-Magazins.

Da ich bei diesem Termin schwitzigen Teens ausgesetzt war und auch nicht verhindern konnte, dass mir selbst der Schweiß in Bächen am Körper herunterlief, schien mir die romantische Badenacht im Stadtbad nicht unattraktiv. Also sprang ich ins Taxi – der Chef zahlte ja – und ließ mich dorthin kutschieren.

Ich lieh mir Handtuch und Bademantel und machte mich frisch. Dann betrat ich erwartungsvoll die Schwimmhalle. Schon immer hatte ich mit meinen Freundinnen mal an einer solchen romantischen Badenacht teilnehmen wollen, aber irgendwie hatte es nie geklappt.

Nun ja. Da war uns dann auch wirklich nicht allzu viel entgangen. Ich hätte gewarnt sein können, denn das Stadtbad gehörte der Stadtwerke AG und das Event war demnach mehr oder weniger eine städtische Veranstaltung. Ihr haftete die Romantik von Amtsstuben und die Kreativität bürokratischer Verwaltungsakte an. Die Deko schien vom letzten Silvesterball übrig geblieben zu sein und die funzelig auf dem Wasser treibenden Schwimmkerzen brachten es ja nun auch nicht. Am schlimmsten aber war das greise Publikum, das mit Blümchenbadekappen stur wie jeden Freitagabend zwischen den Kerzen hindurch seine Bahnen schwamm.

Ein einsamer Entertainer hockte am Beckenrand an einem Keyboard und hauchte schwüle Schlager in die vergleichsweise frostige Atmosphäre: *Wenn bei Capri die rote Sonne im Meer versinkt und vom Himmel die bleiche Sichel des Mondes blinkt …*

Ich entdeckte den bleichen Mond auf der Wasserfläche des Hauptbeckens und erkannte auf den zweiten Blick, dass es nicht etwa eine Spiegelung des Himmelsgestirns, sondern die Glatze unseres Oberstadtdirektors war, der brav seine Gattin umruderte. Ich schlang den etwas zu weiten Bademantel fester um mich, tigerte in die Nähe des prominenten Pärchens und rief vom Beckenrand durch das Schlagergejaule: »Darf ich für *Nightlife* ein Foto von Ihnen und Ihrer Gattin machen?«

Da sich Stadtdirektoren für ihre Städte aufopfern und somit auch nicht die Öffentlichkeit scheuen, sondern suchen, hingen die beiden bald einträchtig nebeneinander am Beckenrand und ich konnte sie mit ein paar auf und nieder tanzenden Schwimmkerzen im Hintergrund fotografieren. Wenigstens das sah nun doch etwas romantisch aus. Ich erklärte noch, wo sie am Montag das Foto finden konnten, dann machte ich, dass ich fortkam, ehe mich die Tristesse des Ortes gänzlich runterzog.

Als ich in der engen Kabine wieder in meine Klamotten stieg, beschloss ich, nun aber ganz dringend mal zu einem wirklich coolen Event vorzustoßen: *Redhouse, Stellwerk, Markthalle* und danach dann endlich in den *Lindenpark.*

Im *Stellwerk* war es okay. Da ich dort bekannt war, hatte ich auch schnell genügend Leute gefunden, die sich fotografieren ließen. Bei *Redhouse* traf ich drei ehemalige Klassenkameradinnen aus der Grundschule, die mich aber nicht erkannten, und weil ich mit denen nicht länger tratschen wollte, machte ich schnell, dass ich wegkam.

Tja, und dann traf ich in der *Markthalle* Markus. Meine Herren, was hatte der für eine lange Nase gekriegt. Aber holla, einen richtigen Zinken. Wir waren am Ende der Grundschulzeit ein paar Monate miteinander gegangen und er hatte mir auf einer großen weißen Wolke ein traumhaftes Luftschloss gebaut. Leider hatte uns das Leben dann auseinandergerissen, weil es mich aufs Gymnasium und ihn auf die Realschule verschlug. Ich hatte ihn mindestens hundert Jahre nicht mehr gesehen und nun stand er plötzlich im Gewühl schwitzender, tanzender Leiber vor mir und sagte einfach: »Alix? Ich bin's, Markus. Erkennst du mich nicht mehr?«

Also hätte er es nicht gesagt, ich hätte ihn wirklich nicht mit dem süßen, stupsnasigen und großäugigen Knaben aus der Grundschule in Verbindung gebracht. Gott, hatten wir uns geliebt! Mir fiel sofort dieses Baumhaus hinten in dem geheimen, verwilderten Garten wieder ein, wo wir so viele romantische Stunden verbracht hatten und wo wir uns eine rosa Zukunft im Regenbogenland ausgemalt hatten.

»Möchtest du tanzen?«, fragte er und kaum hatte ich die Kamera in meiner Gürteltasche verstaut, zog er mich schon auf die Tanzfläche und umschlang mich zu einem Klammerblues.

Ich weiß, es konnte eigentlich nicht sein, aber als ich so in seinen Armen lag, hatte ich ein überraschend vertrautes, ja heimatliches Gefühl und als er mich küsste, störte mich seine lange Nase nur ein ganz kleines bisschen. Seine Augen waren braun, seine Haare schwarz, sein Hemd klein kariert und seine Hose hatte die falsche Marke. Aber ich hatte ihn als kleines Mädchen so sehr geliebt, dass ich es einfach nicht übers Herz brachte, ihn nicht glücklich zu machen. Wo er mich doch nun schon mal nach so langer Zeit wiedergefunden hatte. Und schließlich war laut *Glitzer* Spontansex zwischen zwei Beziehungen absolut im Trend. Er nannte mich seine Waldfee – autsch! – und wir machten es im Behindertenklo. Aber eigentlich waren wir gar nicht da, sondern in unserem Baumhaus. Hoch über den Wipfeln der Fliederbüsche mit Blick auf das Luftschloss im Regenbogenland. Es war ein Quickie, wie ich noch nie einen hatte und wohl auch nie wieder haben werde – voller Nostalgie und endlich freigelassener Leidenschaft.

»Wann sehen wir uns wieder? Wir sehen uns doch wieder …?« Er sah mich bettelnd wie ein Hund an. »Ich habe meine Lehre als Großhandelskaufmann grade beendet. Ich kann eine Frau ernähren … Alix, auch wenn du es nicht glauben wirst, ich habe dich nie vergessen … all die Jahre nicht … Ich habe immer nur dich geliebt …«

Ich küsste ihn beim raschen Abschied noch einmal zart auf die Wange und stieß mich dabei an seiner Nase. Nein, das würde nichts werden mit uns, dachte ich, man kann die Zeit nicht zurückdrehen. Aber ich sagte lächelnd: »Ich rufe dich an.«

Paula fasste es nicht und Melli kam aus dem Kichern nicht mehr raus, als ich ihnen im *Lindenpark* von meinen Abenteuern berichtete.

»Und es war wirklich Markus?«, fragte Paula. »Und du hast es echt mit ihm gemacht?«

Ich nickte und schämte mich direkt ein bisschen, weil ich ja nun wirklich nicht zu den Frauen gehörte, die ständig von einem Bett ins nächste hüpften und so kurz nach der Sache mit Lars kam ich mir fast wie eine Schlampe vor. Aber als Melli erzählte, dass sie auch schon mal einen Freund aus Kindertagen nach zwölf Jahren wieder getroffen hatte und mit ihm in ein Hotel gegangen sei, obwohl sie damals sogar eine feste Beziehung hatte, da fand ich, dass ich es richtig gemacht hatte.

»Wenigstens ein Mann, der mich nie vergessen wird«, sagte ich und schlürfte verträumt meinen Caipi.

Dann laserte ich noch einmal mit den Augen die Disko nach dem Mann ab, den *ich* nicht vergessen konnte. Aber Mr. Blue Eyes ließ sich an diesem Abend nicht mehr blicken und auch am Samstag und Sonntag war meine Jagd nicht von Erfolg gekrönt. Und so viele ansehnliche Beutestücke auch meinen Weg kreuzten, es war kein Typ mit auch nur annähernd so blauen Augen darunter. Wirklich jammerschade!

Kurz und gut: Ich hatte zwar den Spatz gehabt, aber die Taube war auf dem Dach geblieben. Mr. Blue Eyes schien unerreichbarer als je zuvor und da tröstete eine nun endlich körperlich vollzogene alte Jugendliebe eben auch nur begrenzt drüber hinweg.

Als ich noch einmal frustriert die Fotoausbeute an meinem Laptop betrachtete, stutzte ich plötzlich bei einem Bild. Hoppla, was war denn das? Dieser Typ da, der unbeabsichtigt seitlich ins Bild von Hollie Wood gerutscht war, der war zwar nur im Anschnitt und sehr verschwommen drauf, aber eins war nicht zu übersehen: Er hatte total blaue Augen und wenn mich nicht alles täuschte, waren sie sogar mittelmeerblau.

»Paranoide Fixierung!«

Paula blieb bei ihrer Einschätzung der Lage und auch Melli meinte: »Anhand eines derart schlechten Fotos solche Behauptungen aufzustellen, grenzt wirklich an Realitätsverleugnung. Und wenn der Typ wirklich so nah vor dir gestanden hat, dann hättest du es doch wohl gemerkt, wenn er dein Mr. Blue Eyes gewesen wäre. Was war denn mit deinem berühmten Sensorium los? Ausgefallen?«

Püh, die konnte sich gut lustig machen. Keine Ahnung hatte sie! Ich steckte mitten im Gewühl, alles drängte sich um Hollie und es war kaum möglich, zu ihr durchzukommen. Und genau in dem Moment hatte ich ein einziges Mal einen freien Blick auf sie und die Möglichkeit, sie und nicht nur ein Gemenge von Armen, Köpfen und sonstigen Körperteilen aufnehmen zu können. Die hätten mir was gehustet bei *Nightlife,* wenn ich ohne ein Bild von ihr gekommen wäre. Und so war es ja wohl nur verständlich, dass ich auf nichts anderes achten konnte. Und was mein Sensorium anging, tja, das war wohl auch von Hollies Auftritt absorbiert.

»Und?«, machte Melli einen Versuch, das Thema abzuschließen. »Was willst du uns nun mit diesem Foto sagen?«

Ach, da hielt ich es doch schlicht mit Galileo Galilei:

»Und wenn ihr euch anstellt wie die Inquisition – es gibt *ihn* doch!«

♡ ♡ ♡

»Was ist? Warum tust du so geheimnisvoll?«

Ich schaute Melli verwundert an, als sie mir ein paar Tage später mit einem seltsamen Gesichtsausdruck einen edlen Briefumschlag zusteckte.

»Darfst du erst zu Hause aufmachen«, sagte sie dabei.

Och nee! Wo ich doch so schrecklich neugierig veranlagt war. So etwas ging ja gar nicht. Noch zwei Vorlesungen und die lange Fahrt mit der Straßenbahn, das war ja eine ganz und gar unmögliche Geduldsprobe.

»Das tust du mir nicht an, Melli!«, stieß ich darum gleich frustriert aus. »Nichts kann so top secret sein. Lass es mich jetzt gleich aufmachen …«

Ich friemelte bereits an dem Umschlag herum, aber Melli rupfte ihn mir wieder aus den Fingern. »Nein! Du sollst ihn erst heute Abend aufmachen und auch nicht zwischen Tür und Angel, sondern in deinem Zimmer.«

Das verstehe, wer wollte, ich jedenfalls kam nicht mehr ganz mit. »Aber warum? Was ist drin, was nicht auch hier und jetzt gelesen werden könnte? Willst du mich zum Narren halten?«

Melli schaute mich nun geradezu finster durch ihre schmale Brille an.

»Meine Güte!«, schnaufte sie und blies dabei die Luft heftig durch die Nase aus. »Bist du nicht in der Lage, dich mal überraschen zu lassen? Warum meinst du, du müsstest immer alles kontrollieren und dann auch noch sofort. Relax, Mädel, entspann dich mal.«

Kunststück! Sie spannte mich auf die Folter und verlangte auch noch, dass ich es als Wellnessanwendung empfinden sollte. Nein danke! Geheimnisse lösten bei mir eher so etwas wie einen pawlowschen Reflex aus. Ich konnte nicht eher Ruhe geben, bis sie enträtselt waren. Und Melli, diese schreckliche Person, wusste das genau und so war es fies, gemein und was weiß ich noch, meine Geduld so überzustrapazieren.

»Bitte …«, hob ich noch einmal an, aber sie blockte ab.

»Wirklich, Alix, mach doch einmal, was man dir sagt. Sonst ist es keine wirkliche Überraschung mehr.«

Sie sah nun schon sehr frustriert aus und so fügte ich mich ins Unvermeidliche. Ich konnte ja wenigstens so tun, als würde ich bis heute Abend warten. Wenn es mir nachher in der Vorlesung zu sehr in den Fingern juckte, konnte ich ja immer noch in den Brief linsen, ohne dass Melli es mitkriegte.

»Na gut«, sagte ich also. »Aber wehe, es ist nicht wirklich was Tolles!«

Melli grinste. »Warte es ab, ich bin sicher, du wirst platt sein.«

Na schön. Melli war ja immer für Überraschungen gut, aber diesmal hob es mich wirklich aus den Sneakers.

Ich hatte den ominösen Brief während der Vorlesungen am Nachmittag tatsächlich völlig vergessen und auch auf dem Heimweg in der Straßenbahn beschäftigte mich die Rolle der Frau im Journalismus weit mehr als Mellis Überraschung. Aber als ich dann mit einem Becher Vanilletee in meiner Studentenbude auf dem Schlafsofa hockte und mir meine tägliche Dosis Soaps anschaute, erinnerte ich mich an den quadratischen Umschlag.

Ich suchte ihn zunächst vergeblich zwischen meinen Seminarunterlagen, was sofort zu einem leichten Panikanfall führte. Das wäre es ja noch, dass ich das Teil irgendwo verschlampt hätte!

Hatte ich aber nicht. Erleichtert sah ich eine Ecke des

Umschlags aus dem Hefter für die Multimediavorlesung herauslugen. Ich zerrte ihn ans Licht und warf mich wieder aufs Sofa. Nun würde mich nichts mehr davon abhalten, sein Geheimnis zu ergründen. Ich schüttelte den Kopf, während ich den Umschlag aufriss. Melli war aber auch eine Verrückte!

Ups! Was war denn das? Ich zog eine gefaltete Karte mit Ausstanzungen aus dem Umschlag. Das sah ja aus wie eine Einladung. Die Karte war aus weißem Glanzkarton und in der Mitte waren zwei Löcher in Augenform ausgestanzt. Der Untergrund dahinter war blau, sodass es schien, als sähen mich zwei blaue Augen an. Ich öffnete verwundert die Karte und las mit steigender Verwirrung den knappen Text, der in weißer, klarer Schrift gesetzt war: *Blue Eyes Performance, Übungssaal B, am Fachbereich Freies Gestalten, Kunsthochschule.*

Datum und Uhrzeit standen klein darunter.

Hm, ich war etwas enttäuscht. Eine Performance an der Kunsthochschule und darum machte Melli so ein Bohei? Ich griff zum Handy. Da war Melli mir aber eine Erklärung schuldig. Aber genau die verweigerte sie mir.

»Guck genau hin, dann kapierst du es auch«, sagte sie und war nicht bereit, mir mehr zu erläutern. Lediglich, dass es sich um die öffentliche Präsentation ihrer Seminararbeit in »Freiem Gestalten« bei Frau Professor Demarowskaja handelte, gab sie noch preis, ehe sie mich einfach mit der Bemerkung »Du, Alix, es passt grade schlecht« abhängte.

Leicht frustriert rief ich Paula an, aber die meldete sich nicht, und als ich auf die Uhr sah, fiel mir ein, dass sie sicher noch im Frisiersalon und voll im Stress war. Sicher wusch sie irgendeiner zickigen Kundin die Haare oder fegte die Schnippelreste von gesplissten Spitzen weg.

Erst hatte ich es mir ja sehr cool vorgestellt, im Salon

der eigenen Mutter eine Ausbildung zu machen, denn die würde sicher mal fünf grade sein lassen und nach einer durchgezechten Partynacht nicht unbedingt auf die Anwesenheit ihres Azubis Wert legen. Aber da hatte ich mich ziemlich getäuscht. Paula schien ganz schön ranklotzen zu müssen und spürte von mütterlicher Milde recht wenig. Fast hatte ich den Eindruck, dass in so einem Familienbetrieb noch mehr ausgebeutet wurde als woanders.

Arme Paula! Ich schickte einen warmen, mitfühlenden Gedanken zu ihr rüber, was mich allerdings nicht davon abhielt, mich gemütlich in die Sofakissen zurückzulehnen. Na ja, bald hatte sie ihre Prüfung und war dann richtige Friseurin und würde echtes Geld verdienen. Dann war Schluss mit der Ausbeuterei. Ich schlürfte den kalten Vanilletee, der inzwischen irgendwie ziemlich an Wohlfühlaroma verloren hatte. Dabei konnte ich davon doch gerade jetzt jede Menge gebrauchen.

Ich griff noch mal zu der im Grunde sehr hübsch gestalteten Karte und drehte sie in den Fingern. Ich stockte, als dabei mein Blick auf die Rückseite fiel. Ganz klein gedruckt stand da in zarten weißen Buchstaben auf blauem Grund: *Diese Performance widme ich meiner Freundin Alix.*

Ich schluckte gerührt und dann fiel es mir endlich wie Schuppen von den Augen. Blue Eyes! Blaue Augen! Meine Güte, was war ich schwer von Begriff! Das war doch ganz klar eine Anspielung auf meine Jagd nach diesem blauäugigen Typen aus der Disko. Hm ... Aber selbst wenn es so sein sollte, war mir dennoch kein bisschen klar, was Melli mit dieser Performance vorhatte. Dass Künstler aber auch so schwer zu durchschauen waren!

Warum musste Paula auch so eine dusselige Lehre machen, bei der man so unsozial lange arbeiten musste!

Es gehörte sich einfach nicht, junge Menschen so zu knechten und von ihren Freundinnen fernzuhalten, die – wie man ja an mir sah – dringend auf sie angewiesen waren.

Ich sprang vom Sofa auf, tigerte unruhig im Zimmer auf und ab, drei Schritte hin, drei Schritte her, und ging schließlich in die Küche, um zu schauen, ob Sophya vielleicht irgendetwas Wohlschmeckendes zusammenbraute. Ich hatte Glück, sie betrat im selben Moment wie ich unsere Küche und stellte zwei Einkaufstüten ab.

»Hi«, sagte sie enthusiastisch. »Magst du Hühnchen Tikka mit Sean und mir essen?«

Eigentlich kam ich mir immer ein wenig wie das fünfte Rad am Wagen vor, wenn sie mit ihrem Freund aß und mich dazu einlud, darum sagte ich meistens ab, aber heute empfand ich es als eine gute Ablenkung und sagte: »Aber nur, wenn ich dir helfen darf.«

»Okay, kein Problem. Go on.«

Sie drückte mir eine der Tüten in die Hand.

»Pack aus.«

Ich packte. Zuerst ein fettes Hähnchen …

»Sag mal, Sophya«, fragte ich, während ich die Lebensmittel in der Spüle stapelte, »wenn man dich zu einer Blue Eyes Performance einladen würde, was würdest du dir darunter vorstellen?«

Sophya sah kurz von ihrem Hähnchen auf.

»Hat dich wer eingeladen?«

Ich nickte. »Melli.«

»Ah. Melli ist sehr kreativ, nicht wahr?«

»Ja, ich denke schon …«

Sophya hatte sich ihre Zutaten auf dem Küchentisch zurechtgelegt und puderte das Hähnchen nun mit Würzmischung ein. Hoffentlich hatte das Vieh keine Vogelgrippe!

»Blue Eyes Performance … hm … könnte es eine Videopräsentation sein … oder eine Fotoshow … mit vielen blauen Augen … so ein Art Blue hour nur mit angetuschten Augen?«

Häh? Angetuschte Augen?

»Nicht? Kann sie nicht so etwas in ihrem Computer machen und dann vielleicht über einen Beamer projizieren? Nein?«

Ich zuckte mit den Schultern. Na ja, warum eigentlich nicht? Das klang schließlich ganz plausibel.

»Es ist ihre Seminararbeit im freien Gestalten.«

»Es wird bestimmt eine schöne Sache. Melli ist so kreativ.«

Hm, das sagte sie schon. Musste frau wohl auch wirklich sein, wenn sie sich so ein beklopptes Thema aussuchte. Blue Eyes! Wenn ich auf blaue Augen abfuhr, also diese speziellen mittelmeerblauen Augen zumindest, hieß das ja nun noch nicht, dass ich an blauen Augen in Form einer Multimediashow Interesse hatte. Mochte ja nett gemeint sein von Melli, aber wenn ich mir das ansehen musste, bekam ich bestimmt erst recht Depressionen. Schließlich interessierten mich die Dinger nur in dieser einen einzigen Form …

Merde! Ich hackte auf der Porreestange herum, dass die Ringe nach allen Seiten davonflogen.

»Alix!«, ermahnte mich Sophya auch gleich. »Mach kein Schlachtfeld aus der Küche.« Sie sah auf ihre Armbanduhr.

»Geh, ich mach den Rest allein. Sean kommt in einer Stunde, wenn du dann vorher den Tisch decken willst? Es wäre nice.«

Ich nickte und verzog mich in mein Zimmer. Nun würde Paula wohl zu sprechen sein. War sie.

»Ich weiß es auch nicht«, meinte sie. »Melli hat mir

auch eine Einladung geschickt, aber vorstellen kann ich mir darunter auch nichts. Aber es klingt romantisch, finde ich.«

»So, findest du?« Romantisch! Hm, das war mir überhaupt nicht in den Sinn gekommen. Mit Performance verband ich eigentlich nur ziemlich schrille Szenarien, in denen irgendwelche Exzesse abliefen, wie die Sache mit der Schokoladenleckerei, bei der ich Melli kennengelernt hatte. Aber, warum nicht? Vielleicht gab es ja auch romantische Exzesse.

»Warte es ab«, meinte Paula pragmatisch. »Melli wird sich schon was Cooles ausgedacht haben für ihre Seminararbeit. Schließlich will sie eine gute Note kriegen und da legt sie sich ganz sicher mächtig ins Zeug.« Sie schwieg einen Moment. »Ich glaube, dass sie das speziell für dich macht, um deine Suche nach Mr. Blue Eyes zu unterstützen. Damit du dich nicht mehr mit solchen Blödmännern treffen musst, die glauben, jede Frau, die eine Annonce aufgibt, ist so gut wie 'ne Professionelle – nur billiger zu haben!«

Das waren aber mal ungewohnt deutliche Töne von Paula. Wen meinte sie denn damit? Den Körbchentyp? Lars ja wohl kaum. Obwohl ...

»Na, dann wird mich Mellis Performance ja wenigstens mal von meinem Frust ablenken«, sagte ich. »Du kommst aber auf jeden Fall mit.«

»Klar, das muss ich doch gesehen haben.«

Also war es gebongt. Erleichtert ging ich in die Küche, um den Tisch zu decken. Wenn Paula mitkam, war das sicher ganz lustig, und ich musste keine Sorge haben, mich zu blamieren.

Sean brachte Weißwein mit und das Hähnchen Tikka war so lecker, dass wir eine Weile in andächtigem Schweigen vor uns hin futterten und der leisen Berieselung durch indische Musik lauschten. Dann aber machte der Wein uns locker, löste unsere Verspannungen und Zungen und wir hatten einen wirklich lustigen Abend zusammen.

Doch als Sophya dann mit Sean auf ihre Bude verschwand und ich mich alleine in mein Zimmer zurückzog, packte mich erneut der ganze Frust des Singlelebens. Bald streiften die ersten Sprungfedergeräusche und zurückgenommenes, aber dennoch lustvolles Stöhnen schmerzhaft mein Ohr. Ich drehte meinen Gettoblaster voll auf und dröhnte mich zu.

*Etwas übertrieben, dich zu lieben …*

Ja, konnte man wirklich sagen. Wie bescheuert war denn das, sich in ein paar blaue Augen zu verlieben, von deren Besitzer man aber auch nicht das kleinste bisschen wusste? Das konnte doch nicht ewig so weitergehen! Ich würde als alte Jungfer in der Klapse landen, wenn ich nicht endlich Schluss machte mit dieser sinnlosen Jagd nach Mr. Unbekannt.

Ich warf mich aufs Bett und begann zu heulen. Wollte ich eigentlich gar nicht, aber es kam einfach so über mich. Ja, wirklich, es musste an dem Wein gelegen haben, dass ich plötzlich so den Blues schob. Krampfhaft presste ich das Gesicht in mein Kuschelkissen, knüllte und marterte das arme Teil, das immer feuchter wurde, und schlief schließlich erschöpft auf dem eingesumpften Etwas ein.

Wenigstens im Schlaf erschien mir dann mein Märchenprinz. In schimmernder Rüstung ritt er auf einem Schimmel auf mich zu und … Wie konnte es anders sein: Aus dem schmalen Schlitz seines Visiers sahen mich zwei strahlend blaue Augen an. Es war zum Verrücktwerden!

♡ ♡ ♡

*Blue Eyes Performance!*

Das Hinweisschild im Foyer der Kunsthochschule war nicht zu übersehen. Als Paula und ich ankamen, drängten schon jede Menge Menschen zum Ort des Geschehens. Diese öffentlichen Präsentationen der Studierenden am Fachbereich »Freie Gestaltung« waren immer für Überraschungen gut und darum sehr beliebt. Jedenfalls bei einem Szenepublikum, das derartigen Kunstgenuss zu schätzen wusste.

Wow, heute waren das aber mal echt viele Leute. Man kam ja kaum noch in den Saal rein. Gut, der war nicht so übermäßig groß, aber dafür, dass es keine Bestuhlung gab und alle wie bei einem Popkonzert vor der Bühne stehen mussten, war es ganz schön voll. Wusste gar nicht, dass Melli so viele Fans hatte. Na, da waren wir aber mal gespannt, was sie uns Kreatives zu bieten hatte.

Paula und ich quetschten uns durch die Menschenmenge und ich merkte, wie mir allmählich heiß wurde. Ein bisschen viel Körperkontakt für den Anfang, dachte ich, und so richtig pikant war es ja auch nicht, ständig irgendeinem müffelnden Typ seine Nase unter die Achseln zu reiben.

Bäh, dachte ich, ich will hier raus! Was hatte ich nur unter all diesen ungewaschenen Gestalten verloren? Diese Kunststudenten schienen alle in irgendwelchen versifften WGs zu wohnen, in denen mit Kohle geheizt wurde und fließendes Wasser ein Fremdwort war. Jedenfalls bei einigen war das garantiert so. Der Typ direkt vor mir und die an seinem Arm hängende Tusse hatten beide eine derart verfilzte Matte auf dem Kopf, dass ich lieber einen Bogen um sie machte, um mir nicht irgendeinen kleinen Untermieter einzufangen. Was sagte denn Paula als Friseurin zu so etwas?

Die grinste nur und meinte: »Frisuren waren doch

schon immer kulturell geprägt oder Ausdruck individueller Ästhetik. Besser Dreadlocks als überall tätowiert!«

Na, ich stand auf beides nicht. Wieso nicht? Also gut, auch wenn es vielleicht spießig klingt: *An meinen Körper lasse ich nur Wasser und CD.* Nein, im Ernst, ich war viel zu pingelig, was Sauberkeit anging, als dass ich es ohne tägliche Haarwäsche ausgehalten hätte, und außerdem war ich ein wenig ... nun sagen wir ... schmerzempfindlich, um nicht zu sagen wehleidig. Ich würde darum niemals freiwillig meinem Körper Schmerzen zufügen. Stundenlang für ein Tattoo an mir rumpiksen zu lassen oder mir ein Piercing durch die Zunge zu treiben ... nee, das war echt nicht drin. Da würde ich nach den ersten Stichen schreiend in die Berge laufen. Melli war in der Hinsicht ja krasser, aber mit mir – nee, da lief so was gar nicht!

Wir hatten uns nun durch die dampfenden Leiber nach vorne zur kleinen Probenbühne vorgearbeitet und standen nahezu bewegungsunfähig eingekeilt, aber erwartungsfroh in der Menge. Ich kriegte aus einem unerfindlichen Grund plötzlich ganz feuchte Hände.

So ein Blödsinn, schließlich war es ja nicht meine Prüfung, sondern Mellis. Da musste ich ja nun überhaupt nicht aufgeregt sein. War ich aber doch. Entweder weil ich mal wieder eine Überdosis Empathie produzierte oder weil ich ganz tief in meinem Inneren das unbestimmte Gefühl hatte, dass mich die Sache mehr tangieren würde, als mir lieb sein konnte. Melli hatte bestimmt nicht ohne Grund blaue Augen zum Thema ihrer Performance gewählt.

»Sie plant irgendetwas«, zischte ich Paula im Gewühl zu. »Wenn der Vorhang gleich aufgeht, wird sie mich bestimmt blamieren!«

»Blödsinn, wie kommst du denn auf so was?«

»Und warum performed sie nicht was über braune Augen oder graue? Warum muss sie überhaupt was über Augen machen? Kann sie nicht Ohren nehmen oder Füße oder meinetwegen auch Schwänze!«

Paula wurde rot und schaute sich verlegen um. Aber war doch wahr! Wäre mir alles egal.

»Los, sag!«, raunzte ich Paula an. »Warum gerade Augen und dann auch noch blaue?«

»Vielleicht will sie dir irgendwie helfen ...«, stotterte Paula, offenbar immer noch die Vorstellung von einer Performance mit blauen Schwänzen mühsam verdauend.

»Helfen? Mir?« Ich starrte Paula konsterniert an. Wie denn wohl?

Paula starrte zurück. Dann kicherte sie reichlich albern.

»Du hast recht«, gluckerte sie hervor. »Dir ist nicht mehr zu helfen.«

Bevor ich ihr passend antworten konnte, stieß mir meine Nebenfrau ihren megaspitzen Ellbogen in die Leber. Im selben Moment, in dem ich gequält aufquiekte wie ein Schwein, gingen schlagartig alle Lichter aus. Huh, wie schaurig! Dann ertönte die Melodie von »Blue horizon« und der Vorhang schob sich auseinander und gab unter dem beifälligen Gemurmel der Anwesenden den Blick auf einen Berg nackter, ineinander verschlungener Leiber in der Bühnenmitte frei – ganz Laokoon. Es waren Männer: junge, alte, Knaben und Greise, fette und dürre Gestalten in einem riesigen fleischlichen Gemenge. Das musste frau sich mal auf der Zunge zergehen lassen! Alles nackte Männer! Ich dachte, mir fallen die Augen aus dem Kopf. Na ja, ganz so heftig war es dann doch wieder nicht. Denn bei näherem Hinsehen bemerkte ich, dass alle einen petrolblauen Stringtanga trugen. Aber der war schon sehr string. Jedenfalls mehr als Tanga. Ach, du liebes bisschen!

Dann stockte mir gänzlich der Atem. Aus dem Gewimmel der verknoteten Leiber erhob sich plötzlich eine bekleidete Gestalt. Schlank und zierlich, in obercoolen Klamotten. Eine weite, weich fallende Pluderhose aus weißem Satin mit großen blauen Punkten und darüber eine durchsichtige hellblaue Chiffonbluse mit kleinen weißen Punkten. Dazu trug sie eine große weiße Baskenmütze keck auf ihren roten Haaren. Sie sah aus wie ein veredelter Clown.

»Wow«, zischte Paula. »Wo hat sie denn das her? Das ist doch aus der Backstage Collection von John Galliano. Hat sie uns einen schwerreichen Lover verheimlicht?«

Ich erinnerte mich jetzt auch an die Bilder aus der Modezeitschrift. Hm, einen reichen Lover traute ich Melli eigentlich nicht zu. Nicht weil sie nicht einen haben könnte, aber dann hätte sie es mir bestimmt längst erzählt.

»Ich wette, sie hat sich die Klamotten selbst genäht. Frei nach den Fotos aus dem *Glamour Stylebook.*«

Paula starrte bewundernd zur Bühne. »Dann hat sie das aber sehr professionell hingekriegt. Und dabei studiert das Mädchen nicht mal Modedesign!«

Melli hatte sich nun ganz aus dem Körperknäuel herausgearbeitet und trat an den Bühnenrand. Im selben Moment erklang aus dem Hintergrund die bekannte *Cabaret*-Melodie: *Willkommen, bienvenu, welcome ... life is a cabaret, old chum ... come to the cabaret ...*

Oh Melli, dachte ich, warum tust du das nur?

Und dann standen doch alle diese fast nackten, verknäulten Mannsbilder auf, was wahrlich eine Meisterleistung des Entwirrens darstellte, und bildeten ein Spalier, durch das Melli hindurchschritt. Sie glitt geradezu tänzerisch über eine mit blauem Teppich belegte Treppe direkt von der Bühne herunter in den Saal und als sie lässig mit der Hand winkte, folgten ihr alle diese Typen einer nach dem anderen. Melli hielt direkt auf Paula und mich zu. Als erst sie und dann die ganzen nackten Kerle an mir vorbeidefilierten, stockte mir der Atem, denn alle hatten … blaue Augen.

Oh, mein Gott, Melli, dachte ich, das hast du doch nicht wirklich für mich gemacht?

»Doch, habe ich«, flüsterte sie kichernd, als sie auf dem Rückweg zur Bühne wieder an mir vorbeikam und meinen konsternierten Gesichtsausdruck richtig deutete.

»Ich habe nur für dich ganz allein einen Aufruf gestartet und blauäugige Männer für diese Performance gesucht. Geile Idee, oder? Da habe ich gleich zwei Fliegen mit einer Klappe geschlagen.« Oh ja, wie das tapfere Schneiderlein – mindestens zwei!

Aber ehe ich noch etwas sagen konnte, war sie schon wieder auf der Bühne, die nun total in blaues Licht getaucht war, und die nackten Männer sahen aus wie Darsteller aus der *Blue Man Group.* Urplötzlich begannen verschiedene Stroboskoplichter zu flackern und harte Technorhythmen erfüllten den Saal. Gleichzeitig stürzten sich all die Blauäugigen in die Zuschauermenge. Mir brach kalter Schweiß aus, als einer mit mächtigem, durchtrainiertem Body auf mich zu trat, mich anblickte und gleichzeitig mit all den anderen Darstellern sagte: »Schau mir in die Augen, Kleines!«

Er war zwar nicht Humphrey Bogart und ich nicht Ingrid Bergmann, aber ich konnte mich der Suggestivkraft von Mellis genialer Inszenierung einfach nicht entziehen. Also schaute ich. Seine Augen waren blau und schön, aber es waren nicht *seine* Augen. Das Flattern in meinen Eingeweiden hörte angesichts dieser Erkenntnis abrupt auf.

Puh, noch mal davongekommen. Melli tauchte wieder neben mir auf.

»Na, war er es?«, fragte sie und hatte dabei einen außerordentlich spekulativen Ausdruck im Gesicht.

Ich schüttelte den Kopf.

»Macht nichts«, sagte sie lachend. »Hier ist der Nächste.«

Und ohne jede Hemmung packte sie einen der anderen Männer am Arm und zerrte ihn zu mir rüber. Hm, da hatte sie aber in die Gülle gegriffen, der war ja der reinste Methusalem. Dem hingen solche Falten um die stahlblauen Augen, dass man unter den Schlupflidern kaum noch erkennen konnte, dass er überhaupt welche hatte. Trotzdem sagte er sein einstudiertes Sprüchlein: »Schau mir in die Augen, Kleines.«

Ich brach in Gelächter aus. »Wohl ein wenig pädophil«, stieß ich kichernd hervor.

»Mensch, dann such dir selbst einen«, meinte Melli etwas eingeschnappt und verschwand im Gewühl.

He, halt!, wollte ich rufen, aber das ging natürlich in einer Performance nicht und man hätte es bei der lauten Technomusik eh nicht gehört. Also schaute ich Paula fragend an.

Die nickte nur aufmunternd und brüllte mir ins Ohr: »Los, mach den Augencheck! So viele Blauaugen kriegst du so schnell nicht wieder auf einem Fleck zusammen.« Und mit einem bewundernden Ausdruck im Gesicht fügte sie hinzu: »Melli ist doch echt eine Superfreundin.«

Und da konnte ich ihr eigentlich nur zustimmen. Das war mal wirklich ein ultimativer Freundschaftsdienst.

Aber wie das mit Freundschaftsdiensten manchmal so war, sie liefen leicht mal aus dem Ruder und gerieten dann zum Bärendienst. Melli hatte es sicher gut gemeint, aber als ich da in dieser brodelnden Menschenmenge steckte, mich kaum bewegen konnte und ständig von einem anderen Typ mit dem immer gleichen Bogart-Spruch angetextet wurde, da bekam ich irgendwie Platzangst. Zu viel nackte Haut, auf der inzwischen der Schweiß perlte, zu viel Gekreische und sexistisches Gezote, zu viel Achselterror! Mir wurde schlecht und ich quetschte mich in höchster Panik durch die wogenden Leiber zum einzigen Ausgang durch.

»Wo ... wo willst du denn hin?«, rief Paula hinter mir her, aber ich hatte keine Zeit für lange Erklärungen.

Wenn ich auch nur eine Minute länger blieb, würde ich diese Performance um eine ganz besondere Darbietung bereichern. Allerdings konnte ich nicht garantieren, dass meine Kotze ins Farbkonzept passte, denn meistens übergab ich mich mit einem Stich ins Grünliche.

Oh, oh, oh ... Ich stieß mit beiden Armen und verzweifelter Anstrengung die Leute vor mir, welche die Tür versperrten, aus der Fluchtbahn, preschte aus dem Saal, raste den Gang hinunter zum Treppenhaus, wo sich eine Etage tiefer die Toiletten befanden.

Ich erreichte das Damenklo mit Müh und Not und wollte gerade erleichtert durchatmen, als ich im Waschraum die lange Warteschlange sah. Merde! Eine der Klokabinen öffnete sich, ich fegte sämtliche Wartenden zur Seite und stürzte unter deren missbilligenden Blicken und heftigen Unmutsäußerungen hinein. Die Tür schlug hinter mir zu und mein leckeres Abendessen ergoss sich in die Kloschüssel.

Gott, war das peinlich! Aber wenigstens rehabilitierte mich das und erklärte mein schlechtes Benehmen. So sah ich, als ich wenig später das Örtchen wieder verließ, nur verständnisvolle Gesichter.

»Äh, tut mir leid«, sagte ich dennoch überflüssigerweise. »War, ähm, ziemlich dringend.«

Eigentlich war damit der Abend für mich gelaufen und es wäre an der Zeit gewesen, sich nach Hause zu verdrücken. Aber das konnte ich Melli nicht antun. So begab ich mich noch einmal ins Gewühl und zog mir weiter blaue Augen rein. Cäsar, die Todgeweihten grüßen euch!

Zwei Hände legten sich von hinten über meine Augen. Scheiße! Zu solchen Scherzen war ich heute aber gar nicht mehr aufgelegt.

»Kuckuck, wer bin ich?«

Das nicht auch noch, waren wir im Kindergarten? Fast, denn der dusselige Frager entpuppte sich als mein Kindergartenkumpel Sven. Ach, du liebes Lieschen, was hatte das Leben denn aus dem gemacht? War der klein und mickrig! War mir damals gar nicht so aufgefallen.

»Ich bin jetzt Banker«, sagte er und ich fand das ganz okay für jemanden, der an den Oberarmen nicht die geringste Muskelbildung aufwies und auch noch mit einer Hühnerbrust gestraft war. Körperkraft war in dem Job ja allenfalls zum Bleistiftanspitzen erforderlich.

»Wollen wir uns nicht mal verabreden?«, fragte er und als jemand ihn dicht an mich drückte, spürte ich, wie ihm in seinem Stringtanga sein Ding gefährlich hochging.

»Ähm, ja, vielleicht können wir das ja mal ins Auge fassen …«, sagte ich zunehmend nervöser werdend, wobei ich natürlich dachte: Besser nicht!

»Und was machst du so?«, fragte er.

»Ich, ähm …« Das ging ihn ja nun gar nichts an. »Ich … ich wandere übermorgen mit meinem Freund nach Neuseeland aus … Tja.« Ich stieß einen tiefen Seufzer der Erleichterung aus. »War nett, dich noch mal gesehen zu haben.«

Ich schob ihn mit aller Kraft von mir und machte mich vom Acker. Aus den Augenwinkeln sah ich noch, wie er versuchte, seine kleine rote Laterne wieder ins Futteral zu stecken und dann den Tanga drüberzuziehen. Schien nicht so richtig klappen zu wollen. Meine Güte, nichts wie weg!

Schließlich lehnte ich erschöpft an einer Wand. Waren

blaue Augen eigentlich wirklich schön? Ich war mir da plötzlich gar nicht mehr sicher und fragte mich, ob ich mich in Bezug auf *ihn* nicht einer Illusion hingab.

Ach, Melli, dachte ich, hast du das vielleicht beabsichtigt? Heilung durch Schocktherapie?

Aber da sie jedes Mal, wenn sie wie eine bekiffte Kleidermotte an mir vorbeiflatterte, einen anderen der blauäugigen Stringtanga-Typen zu mir rüberschob, nahm ich schließlich doch an, dass sie die ganze Aktion einzig und alleine zu dem Zweck inszeniert hatte, um mich bei der Suche nach *ihm* zu unterstützen. Na denn, dann musste ich wohl meine Pflicht tun.

Ich gab mir einen Ruck, griff mir einen der herumstehenden Nackten und flötete: »Hey, schau mir in die Augen, Kleiner.«

Gut, er war ein Riese von mindestens ein Meter neunzig, aber das war nun auch egal. Er beugte sich zu mir herunter und ich starrte ihm fasziniert ins Gesicht. Der Typ war ein Wunder, denn er hatte ein blaues und ein braunes Auge.

Toll, dachte ich und da ich das bisher nur bei einer bestimmten Hundesorte gesehen hatte, fragte ich: »Äh, stammst du vom Husky ab?«

♡ ♡ ♡

Ich war blau. Blau geguckt!

Die Performance war vorbei und ich hatte in dem brodelnden, quiekenden, kichernden und begrabschenden Menschengewühl zirka fünfzigmal in fremde Gesichter und blaue Augen sämtlicher Spielarten geschaut. Von baby- bis veilchenblau, von deep space blue bis bleu du ciel! Und immer hing ein fast nackter Mann, Jungmensch oder Greis, dran.

Liebes Lieschen! Wenn die den Durchschnitt der männlichen Bevölkerung repräsentierten, dann musste frau in ziemlicher Sorge um den Fortbestand der Nation sein. Der Trainingszustand der Muskulatur des deutschen Großstädters wäre mit »dürftig« noch geradezu euphemistisch beschrieben. Schwabbelbäuche, Hängebrüste, Schwimmringe, Speck- und Hautfalten und ein blasser bis gräulicher Teint waren eindeutig in der Überzahl gegenüber durchtrainierten Bodys mit festen Muskeln und gebräunter Haut. Ich war erschüttert und völlig fertig. Wenn Melli, von Sven mal abgesehen, die Jungs nicht alle im Obdachlosenasyl aufgelesen hatte, gab der Zustand unserer potenziellen Beute echt Anlass zur Besorgnis. Andererseits: Wer meldete sich schon als Darsteller für so eine durchgeknallte Aktion? Doch nur jemand, der einen leichten Hirnriss hatte. Jedenfalls bestimmt kein wirklich cooler Typ.

»Und?« Melli nippte an ihrem Latte macchiato und Paula starrte mich fragend an.

Wir saßen im *Nachtcafé,* nicht weit von der Kunsthochschule, und versuchten Bilanz zu ziehen. Melli hatte besonders am Schluss, als alle Typen sich noch mal auf der Bühne versammelten und mit dem Rücken zum Publikum ihre blauen Tangas fallen ließen, rauschenden Applaus und johlende Pfiffe geerntet und war ziemlich zuversichtlich, dass sich das Ganze notenmäßig für sie gelohnt hatte. Frau Demarowskaja wirkte jedenfalls sehr angetan von der Vorstellung. Was mich anging, sah die Sache allerdings nicht so rosig aus.

»Nun sag schon«, drängelte auch Paula. »War *er* dabei?«

Ich schüttelte den Kopf. »Ich weiß, dass du meinetwegen einen Wahnsinnsaufwand betrieben hast, aber die mittelmeerblauen Augen, die ich suche, waren leider nicht dabei.« Und geknickt fügte ich hinzu: »Sorry, Melli, tut mir echt leid!«

Und das tat es wirklich.

Andererseits war ich aber auch ganz froh darüber, denn was um Himmels willen hätte ich dem Typ sagen sollen, wenn ich ihm auf diese Art wirklich begegnet wäre. Er im blauen Stringtanga und ich … Ich seufzte erleichtert auf, wie gut, dass der Kelch an mir vorbeigegangen war. Ich glaube, ich wäre vor Scham im Erdboden versunken. Aber die Gefahr hatte sicherlich gar nicht bestanden. Mellis Idee, *er* könnte sich für so etwas überhaupt hergeben, war schon ziemlich daneben.

»Tu mir einen Gefallen, Melli!«, sagte ich aus diesem Gedanken heraus. »Lass mich alleine nach *ihm* weitersuchen.«

Och nee, wie blöd war ich denn, so etwas jetzt zu sagen, wo sie doch keinen Aufwand gescheut hatte, mir in meinen Liebesnöten zu helfen. Egal, ob es nun sinnvoll war oder nicht!

Klar, dass Melli nicht gerade entzückt reagierte. »Bitte, mach doch«, schnappte sie wie ein kleines Krokodil. »Ich habe ja auch keine Dankbarkeit erwartet.« Sie sprang auf und rauschte beleidigt aus dem Café.

»Los, lauf ihr nach!«, riet mir Paula hektisch. »So kannst du sie nach allem, was sie für dich getan hat, nicht gehen lassen.«

Aber ich blieb sitzen. »Und warum nicht? Ich habe sie schließlich nicht drum gebeten, sich derart in mein Liebesleben einzumischen.«

Stimmte doch!

Aber nicht alles, was stimmte, war auch richtig. Und das machte mir Paula in der nächsten halben Stunde ziemlich deutlich. Meine Güte, das Mädchen konnte aber vielleicht

Klartext reden. Was die mir nicht alles um die Ohren schlug. Ihre Vorwürfe reichten von undankbare Zicke bis durchgeknallte Egomanin und mir blieb am Ende nichts anderes übrig, als klein beizugeben und sofort per Handy bei Melli Abbitte zu leisten.

»Es, es tut mir wirklich leid, Melli. Verzeih mir noch einmal! Ich weiß, ich bin undankbar und du bist die beste Freundin der Welt. Niemand hätte so etwas gemacht. *Du* konntest ja nichts dafür, dass *er* nicht dabei war.«

Sie klang versöhnt, als sie sagte: »Ja, schade. Es wäre wirklich super gewesen: du und er, plötzlich Auge in Auge und dann dieser romantische Spruch von Humphrey Bogart ... einfach traumhaft.« Ich hängte sie mit einer Floskel ab und während mir noch ein Schauer den Rücken herunterjagte, dachte ich: Ja, traumhaft ... einfach albtraumhaft!

♡ ♡ ♡

# *Parcour d'amour*

Gut, es wäre gelogen, wenn ich sagen würde, dass dieses Erlebnis bei mir zu einer Spontanheilung geführt hätte, aber immerhin machte ich mir doch ein paar Gedanken über meine Verknalltheit. Insbesondere dachte ich darüber nach, wie mein Zustand auf andere Menschen wirkte. Und da wurde mir dann irgendwie schlecht.

Sie ließen es mich ja nicht wirklich merken, aber ich musste meinen Freundinnen ganz schön auf die Nerven gehen. Und wofür das alles?

*Für den Kick, für den Augenblick …*

Für irgendeinen Unbekannten, der vielleicht nicht mal in unserer Stadt lebte und den ich wahrscheinlich nie wiedersehen würde?

Ich gab mir einen Ruck. Es wurde Zeit, die Geduld meiner Freundinnen nicht länger zu strapazieren. Besser *ihn* verlieren als sie. Schluss! Ich musste mich wieder dem normalen Leben stellen. Hausarbeit und Vordiplom warteten, aber auch die angenehmen Seiten des Singlelebens.

Wie hatte Melli mal so schön gesagt: »Zuerst einmal, Alix, musst du begreifen, dass du als Frau für dich selbst wichtig bist. Ein Mann ist nur schmückendes Beiwerk im Leben, das zu deiner Erbauung dienen soll. Und wenn er dich nicht mehr erbaut, dann wird er eben abgebaut.«

Punktum! Nun also war Mr. Blue Eyes dran, abgebaut zu werden, denn er machte mir nur noch Stress und das prickelnde Gefühl zu Beginn der Jagd war in neurovegetative Dysregulation übergegangen – man könnte auch kurz von Magersucht sprechen. Mir war echt der Appetit vergangen auf alles, nicht nur aufs Essen und auf Männer. Und so war es ein schlichter Akt der Selbsterhaltung, Mr. Blue Eyes in den Orbit zu beamen und das Leben noch einmal von vorne zu beginnen.

Es dauerte dann zwar noch viele schmerzhafte Tage, bis ich endlich die Kurve kriegte, aber dann wachte ich eines Morgens auf und hatte *ihn* vergessen. Einfach so! Na ja, also jedenfalls kam mir nicht *er* mit seinen unendlich blauen Augen als Erstes in den Sinn, sondern das Verlangen nach frisch gebrühtem Kaffee und knusprigen Brötchen. Und als ich noch leicht schlaftrunken aus meinem Zimmer in Richtung Dusche wankte, stellte ich fest, dass all diese Köstlichkeiten tatsächlich in der Küche auf mich warteten. Sophya, die gute Seele, hatte bereits den Frühstückstisch gedeckt und, obwohl sie nur Tee trank, extra für mich Kaffee gekocht. Der Toilettengang wurde zur Blitzaktion und schon hockte ich im Pyjama am Tisch und fand das Leben mal wieder so richtig lebenswert. Na bitte, ging doch auch ohne *ihn*.

Ein milchiges Herbstsonnenlicht diffundierte durch unsere ungeputzten Fensterscheiben und hüllte uns in seinen milden Schein. Alles war weich, harmonisch, köstlich!

»Sophya, du bist wunderbar!«, sagte ich glücklich und biss mit Genuss in mein Honigbrötchen. »Womit habe ich das denn verdient?«

»Nicht verdient. Es ist ein Geschenk von mir, weil ich dich die letzten Wochen immer so mit Sean genervt habe.«

Wochen war gut! Monate! Semester! Mehr als ein Jahr!

»Aber du hast mich nicht genervt«, protestierte ich und

schob den Gedanken an die quietschende Matratze in Sophyas Zimmer weit von mir.

»Doch, doch, ich weiß es, aber er ist so, so … unersättlich … Aber wir werden dich nicht mehr lange stören …«

Ich schaute alarmiert über den Rand meines Kaffeebechers. War da was passiert, was ich nicht mitgekriegt hatte? Sie hatte sich doch wohl nicht von Sean getrennt?

»Sean hat jetzt eine eigene Wohnung und …« Sie druckste ein wenig herum: »… also, er hat mich gefragt, ob wir nicht zusammenziehen wollen.«

Ach, herrje! Ich schluckte, verschluckte mich am Brötchenrest, der irgendwo zwischen Speise- und Luftröhre stecken blieb, und brach in bellenden Husten aus. Mir traten die Tränen in die Augen und ich hatte das Gefühl, jeden Moment zu krepieren. Als ich mich wieder gefangen hatte, bewegte nur ein Gedanke mein Gehirn, und der war einfach grauenvoll: Wenn Sophya mit Sean zusammenzog, dann konnte sie nicht auch noch gleichzeitig mit mir in diesem Apartment wohnen.

Das hieß also – wie furchtbar –, dass sie ausziehen würde … Deswegen also das Frühstück! Reine Berechnung, um mich für ihre Auszugspläne milde zu stimmen! Ich konnte meinen Ärger kaum zurückhalten.

»Und ich?«, ploppte es mir denn auch heraus. »Was ist mit mir? Willst du mich hier einfach zurücklassen?«

Sophya lächelte.

»Nun, ich nehme nicht an, dass du mit zu Sean ziehen willst?«

Wollte ich nicht? Sie hätte mich ja wohl wenigstens fragen können, aber nee, sie wollte ja mit ihrem Lover die traute Zweisamkeit pflegen. Gott, wie spießig und an mich dachte sie nicht ein bisschen.

»Und wenn ich doch will? Mit dir zu Sean ziehen, meine ich …«

Irritierter Blick aus braunen Augen. »Nicht wirklich?«

Sie sah nun fast ein wenig verstört aus.

Ich schüttelte den Kopf, worauf sie sogleich erleichtert aufatmete.

»Nee, natürlich nicht«, sagte ich. »Aber ich finde es schon ziemlich deprimierend, dass du mich hier alleine sitzen lässt. Wer weiß, an wen das Studentenwerk jetzt dein Zimmer vergibt? Bestimmt an so ein doofes Erstsemester!«

»Holla! Darf ich dich daran erinnern, dass du vor nicht allzu langer Zeit auch noch so ein doofes Erstsemester warst? Und falls du es vergessen hast, ich habe hier jetzt viereinhalb Jahre gewohnt und für mich wird es höchste Zeit für einen Wechsel.«

Vorgeschoben, alles vorgeschobene Argumente, dachte ich. Warum so plötzlich? Ich schaute sie kritisch an.

»Bist du schwanger?«, fragte ich, denn das schien mir die einzige sinnvolle Erklärung für ihren überstürzten Auszug.

Einen Typ konnte man ja lieben, aber das musste doch nicht so weit gehen, dass man gleich mit ihm zusammenzog!

Da lachte Sophya laut los. »Was für ein Blödsinn! Wir möchten eben einfach noch enger und näher zusammen sein und das geht in einer gemeinsamen Wohnung schließlich am besten.«

Hm, typischer Nestbauinstinkt! Und wozu brauchte man Nester? Genau, um Eier reinzulegen! Mir konnte sie doch nichts vormachen.

Sie merkte wohl, dass ich mit ihrer Erklärung nicht zufrieden war, und so schob sie nach: »Außerdem brauche ich mehr Ruhe für mein Examen.«

»Ich war dir also zu laut!«, grummelte ich wütend. Das wurde ja immer schöner! Schließlich war ich rein dezibelmäßig das reinste Lamm, stellte Fernseher und CD-Player stets so leise, wie es nur ging, oder hörte mit Ohrstöpseln und sie, was tat sie? Sie tanzte fast jede Nacht Matratzentango mit Sean. Egal, ob ich am nächsten Tag eine Klausur schreiben musste oder nicht. Nichts gegen einen potenten Lover, aber ... Hm, vielleicht war es wirklich nicht so schlecht, wenn sie auszog. Es würde mir zumindest mein Singledasein etwas erträglicher machen, wenn ich angesichts der Lustseufzer von nebenan nachts nicht ständig das Gefühl haben musste, dass mir Wesentliches im Leben entging. Es entging mir dann zwar immer noch, aber ich würde nicht dauernd daran erinnert werden. Auch an dieser Stelle, die sich bestens für einen verschwendeten Gedanken an *ihn* geeignet hätte, dachte ich nicht an *ihn.* Nein, ich dachte ganz plötzlich an Melli!

Hatte sie nicht immer gesagt, sie würde gerne mit mir in eine WG ziehen? Und hatte ich darauf nicht immer erwidert, ich könnte doch Sophya nicht so einfach im Stich lassen? Aber wenn Sophya *mich* im Stich ließ, dann hatte ich ja plötzlich ganz neue Optionen.

Ich sprang vor Erregung so schwungvoll vom Küchenstuhl auf, dass er polternd zu Boden ging und fast Kalli Karnickel erschlagen hätte. Ich sammelte beide auf: Erst den verstörten Karnickelbock und dann den Stuhl, setzte Kalli Sophya auf den Schoß und sagte dabei: »Du, mach dir mal keine Sorgen. Ich kann das gut verstehen. Und ... äh ... ja ... werde es schon verkraften ...«

Dabei malte ich mir bereits in den schönsten Farben aus, wie das Leben mit Melli sein würde! Bunt, pulsierend, kreativ und garantiert absolut freakig!

Dann kam ich mir doch ein wenig treulos vor und sagte deswegen schuldbewusst schnell noch eine Nettigkeit: »Also, dein leckeres Essen wird mir natürlich fehlen und all die speziellen Tees ... Du ... du musst mir unbedingt eine Liste machen mit Kochrezepten und Gewürzmischungen und Teesorten und wo man das alles kaufen kann – ja, das musst du auch aufschreiben. Versprich es, sonst lasse ich dich nicht weg!«

Sophya strahlte, denn so sicher war sie sich wohl nie gewesen, dass ihr Essen mir wirklich schmeckte.

»Das mache ich«, versprach sie. »Du weißt, die indische Küche ist sehr gesund und macht nicht dick.«

Ach ja? Das hätte sie mal eher Paula sagen sollen, denn an Übergewicht litt ich nun wirklich nicht. Bei dem Stress, den ich immer hatte. Ob ich ihr sagen sollte, dass ich daran dachte, Melli ihr Zimmer zu geben?

»Ähm, wann wolltest du denn ausziehen?«

War das jetzt unfreundlich? Sie sollte ja nicht denken, dass ich es nun nicht mehr abwarten konnte.

Also erklärte ich: »Es … es wäre vielleicht möglich, dass Melli dein Zimmer übernimmt. Du weißt ja, sie lebt in diesem schrecklichen unbeheizten Provisorium, das sie ihr Loft nennt. Bis jetzt ging es ja, aber im Winter muss es grauenhaft sein …«

Sophya lächelte. Hatte sie heute eigentlich schon mal eine Minute nicht gelächelt? Vermutlich hatte sie, bevor sie sich entschlossen hatte, mich mit ihrer Botschaft zu überraschen, mal kurz die fünf Tibeter abgearbeitet und war deswegen jenseits von Gut und Böse. Musste wohl wirklich so sein, denn auch jetzt war sie nicht aus der Ruhe zu bringen und einfach nur positiv. Huh, normalerweise trieb mich dieses Dauergrinsen der Erleuchteten zum Wahnsinn, aber nun fand ich es eigentlich doch eine recht angenehme Form der Belastungsregulation. Besonders da ich unter Stress eher zu aggressiven Aktionen neigte. Da lag wohl eine frühkindliche Schädigung aufgrund des Familienmilieus vor. Oder es waren die Medieneinflüsse. Vielleicht sollte ich es auch mal mit Meditation, Fing Fang oder Shing Shung versuchen.

Aber ich hatte mich ja fürs Laufen entschieden. Weglaufen! Nein, nicht wirklich, ich machte seit ein paar Wochen Parcourslaufen – eine wirklich coole Sache. Wege laufen, die garantiert noch niemand gegangen war. Und das mitten durch die Stadt, über Zäune und Mauern, die Wände rauf und runter! Das war Freiheit, da konnte die Seele atmen! Nicht diese Meditationskacke! Aber das sagte ich natürlich weder Sophya noch Paula, die ja an einem ähnlichen Esoteriksyndrom litt.

»Das wäre eine tolle Lösung!«, überlegte Sophya grade. »Wenn Melli das Zimmer übernehmen würde, dann müsste ich nicht bis zum Semesterende Miete bezahlen und …«

»… Melli sich nicht den Hintern abfrieren!«, fiel ich ihr ins Wort.

Aber würde das Studentenwerk auch mitspielen? Wenn es noch immer diese endlos lange Warteliste für die Wohnheimplätze gab, dann hatte Melli vielleicht gar keine Chance. Was für ein grauenhafter Gedanke! Ich sah schon so eine unbedarfte Erstsemestertussi an meinem Frühstückstisch hocken und ihre spätpubertären Blähungen zum Dauergesprächsgegenstand machen … Wo ist denn hier die beste Disko, wie sind denn die Kommilitonen drauf? Und falls sie nebenbei auch noch am Studium interessiert sein sollte: Ist es schwierig, einen Schein in dies und das zu machen?

Darüber war ich doch nun allmählich hinweg. Nein, Melli musste das Zimmer kriegen und Sophya hatte auch schon eine Idee, wie.

»Ich kann doch, wenn ich das Zimmer kündige, Melli gleich als Nachmieterin vorschlagen und dazu sagen, dass du mit ihr auch einverstanden wärst. Dann werden die Leute vom Studentenwerk schon nichts dagegen haben. Schließlich ist es mitten im Semester und wer will da noch einen Wohnheimplatz!«

Das klang gut. Blieb nur noch eine offene Frage: Würde Melli überhaupt einverstanden sein? Zwar hatten wir uns öfters ausgesponnen, wie toll es wäre, wenn wir zusammen in einer WG wohnen würden, aber ob Melli dabei wirklich an ein Zweierapartment im Studentenwohnheim gedacht hatte?

Hm, irgendwie kamen mir da jetzt doch Zweifel. War irgendwie nicht so ganz ihr Stil. Sie liebte es vielmehr, auf armer Künstler zu machen, mit dickem Schal um den Hals in ihrem eiskalten Loft vor einer Riesenleinwand zu stehen, den Pinsel in den behandschuhten Fingern und ein weißes Atemfähnchen in die klamme Atmosphäre hauchend.

»Du brauchst als Künstler zuallererst mal Raum«, hatte sie gesagt, als ich sie schon einmal überreden wollte, doch ihr abbruchreifes Loft aufzugeben.

»Und dann brauchst du Luft zum Atmen.«

D'accord! Wirklich nichts dagegen einzuwenden, aber das hieß ja nicht zwangsläufig, dass die Luft den Atem gefrieren lassen musste und der Raum sich seiner früheren Bestimmung als Kühlhaus annäherte. Überhaupt, der Gedanke, in einem ehemaligen Schlachthof zu wohnen, hätte mir dermaßen Albträume verursacht, dass ich allenfalls – eine künstlerische Begabung natürlich mal vorausgesetzt – Horrorgemälde wie das Jüngste Gericht von Hieronymus Bosch zustande gebracht hätte. Wie Melli hier in lichten Farben ätherische Ästhetik produzieren konnte, blieb mir ein Rätsel. Aber sie war ja wohl nicht umsonst Meisterschülerin in der Malklasse von Professor Gewindner, einem sogar in Amerika stark gefragten Künstler, der nur ab und an zu ein paar Workshops aus

New York einflog. So einen Job hätte ich später auch gerne mal.

Aber egal, Melli musste einsehen, dass sie dieses Getue um ihr Loft gar nicht nötig hatte und sich dort auf Dauer nur ihre Gesundheit ruinierte. Obwohl ich zugeben musste, dass sie deutlich seltener erkältet war als ich. Sollte so eine Behausung wirklich abhärten?

Ach, war ja wurscht. Mit mir in einem Apartment zu wohnen, das würde Melli auf jeden Fall ihrem Kühlhaus vorziehen! Da war ich mir absolut sicher. Und natürlich musste ich ihr umgehend die frohe Botschaft mitteilen.

Ich rief sie sofort an, aber sie hatte ihr Handy ausgeschaltet. Mist! Bestimmt war sie in einer Veranstaltung und es konnte eine Weile dauern, bis sie wieder erreichbar war. Das zerrte furchtbar an meinen Nerven, denn es fiel mir absolut schwer, solche Dinge nicht sofort in die Hand nehmen zu können. Ich hasste es, stunden- oder gar tagelang in Ungewissheit leben zu müssen und immer wieder sämtliche Für und Wider mit mir auszudiskutieren.

*Kannst sie ja mit mir diskutieren,* meldete sich mein innerer Coach.

Nein danke, das war ja noch schlimmer!

Inzwischen wurde mir siedend heiß bewusst, dass auch ich eine Vorlesung in der Uni hatte, und zwar im Hörsaalzentrum Nord, das vom Studentenwohnheim aus nur mit der Straßenbahn zu erreichen war. Also Zeit, in die Hufe zu kommen.

Ich würgte hektisch den Rest des Brötchens runter und spülte hastig mit Kaffee nach, dann raste ich in die Dusche. Merde, schon wieder zwei Käfige in der Dusche! Shit! Was für ein Segen, dass Sophya auszog und ihre Menagerie mitnahm. Von Melli war mir so ein Karnickelfimmel jedenfalls nicht bekannt und wenn sie je in der Hinsicht Symptome zeigen sollte, würde ich sie sofort zu einem Psychiater schleifen oder beim Tierschutz wegen nicht artgerechter Tierhaltung anzeigen. Sophya konnte ich das nicht antun, obwohl ich manchmal nahe dran war. Aber da sie Ausländerin war, würden sie sie womöglich gleich in Abschiebehaft nehmen und mit dem nächsten Flieger außer Landes bringen. Das wollte ich ja nun auch nicht riskieren. Dann lieber ein paar Karnickel samt ihrer Kacke in Kauf nehmen.

Also fiel Duschen aus, denn zum Umquartieren war keine Zeit mehr. Ich machte also eine Katzenwäsche, stäubte etwas Lidschatten auf meine Augenlider, die ohne sonst immer einen leicht schläfrigen Ausdruck hatten, und kleisterte etwas Mascara in die Wimpern. So, Haare einmal kräftig durchbürsten, noch einen Hauch Lipgloss und dann nichts wie in die Klamotten gesprungen und zur Haltestelle gefegt. Die Straßenbahn wartete nicht.

♡ ♡ ♡

Mein Herz zitterte noch immer und ich war mir nicht mal sicher, ob ich mich in der Realität oder in einem Tagtraum befand. Völlig neben der Spur wankte ich zum Hörsaalzentrum, um mich dort eine ganze Vorlesungsstunde zu spät im Hörsaal C möglichst unauffällig in die letzte Reihe gleich neben die Tür zu hocken.

Da die Vorlesung ausgerechnet heute nur mäßig besucht war, fiel meine peinliche Verspätung trotzdem jedem und natürlich auch Professor Kiesling auf. Der hätte es ja auf keinen Fall merken dürfen. Wenn ich mir je Hoffnung auf einen Hiwi-Job bei ihm gemacht hatte, so konnte ich die jetzt aufgeben. Und schuld war nur … Na gut, ich hätte mich mit Sophya nicht so verplaudern dürfen oder ich hätte heute mal mit dem Parcourslaufen aussetzen können, wo es doch schon so spät war … Na ja – hätte. Hinterher ist frau immer schlauer.

Ich war also in totaler Hektik zur Straßenbahn gesprintet. Gut, das war ja alles noch normal. Dann hatte ich drei halbhohe Absperrgitter übersprungen, aber das machte ich seit einiger Zeit ja auch regelmäßig, um etwas in Form zu bleiben. Doch als ich dann noch die kleine Begrenzungsmauer, welche die Straßenbahnhaltestelle gegenüber der Hauptverkehrsstraße sicherte, überwinden wollte, blieb ich irgendwo hängen und stürzte kopfüber in die wartende Menschenansammlung.

Das Genick hätte ich mir brechen können. Tat ich aber nicht, denn das Schicksal hatte mir ausnahmsweise mal einen seiner rettenden Engel geschickt. So ähnlich jedenfalls. Irgendjemand stand im richtigen Moment am richtigen Fleck, um meinen Sturzflug mit seinem Körper abzubremsen. Das hatte allerdings zur Folge, dass wir beide als unentwirrbares Knäuel von Körpern und Gliedmaßen auf den Bürgersteig klatschten, genau vor die Füße einiger konsterniert schauender älterer Damen.

»Jott, Hedwich«, sagte die eine in unverkennbar kölschem Dialekt. »Jetzt üben die dat Kamasutra schon anne Straßenbahnhaltestelle! Nee, wirklisch, dat glaubt mir Hans-Hermann nie. Der würd sisch dat nit ma bei uns im Ehebett jetrauen!«

Ach, der Arme, dachte ich und versuchte mich zu entwirren.

Und dann geschah es! Weil ich ohne den Typen geradewegs vor die einfahrende Straßenbahn geflogen wäre, war ich ziemlich sicher, dass ich ihm mein Leben zu verdanken hatte. So setzte ich, als wir uns wieder aufgerappelt hatten, umgehend zu einer Danksagung an.

Das war aber nicht so einfach, denn der Typ war bereits auf dem Abflug und ich konnte ihm nur hinterherrufen:

»Nun warte doch mal, ich habe mich ja noch gar nicht richtig bedankt.«

Da drehte er sich, ehe er in der Straßenbahn verschwand, nur für einen kurzen Augenblick um und gab lachend zurück: »Keine Ursache, ist mein Job, wusstest du nicht, dass ich ein Schutzengel bin?«

Tja, und dann war er verschwunden und ich mal wieder einer Ohnmacht nahe. Oh nein, das konnte doch nicht sein! Dieses Blau in seinen Augen!

Die Türen der Straßenbahn begannen sich bereits zu schließen, als ich mit einem Satz hineinsprang. Und diesmal kam mir mein Parcourslauftraining zugute, denn ich hechtete genau an eine der Haltestangen, umkreiste sie halb und kam zum Stehen. Kurze Orientierung. Verflixt, wo war der Typ denn jetzt? Ich reckte meinen Hals und schaute mich suchend um. Als ich ihn nicht entdecken konnte, begann ich mich in der vollen Bahn nach vorne durchzuquetschen. Schließlich war er vorne eingestiegen, während ich ganz illegal den Hintereingang genommen hatte.

Ich merkte, wie mir der Schweiß ausbrach und mein Kreislauf verrücktspielte. Meine Handflächen wurden feucht und ich begann zu hyperventilieren. Denn erst jetzt wurde mir die ganze Tragweite des Geschehens bewusst.

Ich hatte in einem der seltenen Glücksmomente des Lebens niemand anderen als *ihn* von den Beinen geholt. Er war mein Schutzengel. Keine Frage, so blaue Augen konnte nur einer haben! Mein Mr. Blue Eyes. Und nun fuhr ich mit ihm in der gleichen Straßenbahn, atmete mit ihm die gleiche verbrauchte Luft und musste mich nur durch diese Menschenleiber hindurchquetschen, um ihm ganz nahe zu sein. So nahe, dass ich ihn ansprechen und zum Dank zu einem Drink einladen konnte, um ihm dann zu zeigen, was für ein wunderbares Mädchen er schutzengelnd vor schweren körperlichen Schäden bewahrt hatte.

*Vor psychischen wäre nicht weniger wichtig gewesen,* mischte sich mein innerer Coach mal wieder ungefragt ein. *Du bist doch balla balla, wenn du in jedem halbwegs blauäugigen Mann deinen Mr. Blue Eyes zu erkennen glaubst!*

Ach, halt die Klappe, bürstete ich ihn ab. Und was sollte denn eigentlich »halbwegs blaue Augen« heißen? Dieser Typ hier hatte jedenfalls absolut welche, und zwar nicht nur blau, sondern auch mittelmeerblau! Basta!

Ich schob mich weiter durch die dicht gedrängt stehenden Menschenleiber, besessen von dem Gedanken, nur ja schnell in *seine* Nähe zu gelangen und zwar vor der nächsten Haltestelle. Denn es wusste ja niemand, ob er nicht gleich wieder aussteigen wollte. Wollte er aber nicht. Ich sah ihn nur einen Meter von mir entfernt an einer Haltestange stehen. Leider hatte er mir den Rücken zugewendet. Aber das machte nichts, das kriegte ich schon hin. Ich musste nur noch diese fette Fleischkugel vor mir aus dem Weg schieben, dann hatte ich ihn erreicht und dann, ja, dann würde ich meinen ganzen Mut zusammennehmen und ihn ansprechen.

War ja schließlich nichts dabei. Ich sprach ja täglich fremde Menschen an … Na gut, eigentlich nicht, aber er war ja auch gar nicht fremd, er war seit Wochen mein ständiger Begleiter, zwar nur virtuell, aber das hieß ja nicht, dass man nicht miteinander vertraut werden konnte. So, wie der Fuchs mit dem kleinen Prinzen, und der war ja schließlich auch nicht wirklich von dieser Welt.

Aber nun war ja sowieso alles ganz anders und so viel einfacher, denn ich hatte *ihm* nicht nur wie damals in der Disko in die Augen geblickt, sondern ich hatte ihn sogar berührt, genau genommen hatte ich ihn sogar umgehauen. Hm, wenn das kein gutes Omen war. Männer standen doch auf Frauen, die umwerfend waren! Sagte man jedenfalls.

Ups, was tat *er* denn jetzt? Er wollte doch nicht wirklich schon aussteigen! Verdammt, konnte nicht mal jemand diesen Fleischberg hier vor mir wegschieben! Die Türen schlossen sich schon wieder.

»Halt!«, brüllte ich, während die Bahn bereits anfuhr. »Ich muss auch noch raus!«

Der Fahrer hatte ein Einsehen, bremste abrupt, sodass der Klops vor mir ein Stück nach vorne katapultiert wurde und nun wenigstens den Ausgang freigab. Ich sprang durch die sich noch einmal öffnende Tür und hielt gleichzeitig nach *ihm* Ausschau. Das war nicht so optimal, denn ich stolperte vom untersten Trittbrett und knallte diesmal ungebremst auf die Bordsteinkante. Aua, das gab einen blauen Fleck. Schmerz, lass nach! Ich stemmte mich hoch und erhaschte gerade noch einen Blick auf *ihn,* bevor er hinter einem Kiosk verschwand. Vermutlich wollte er sich die Morgenzeitung kaufen. Prima, dann konnte ich ihn ja noch erreichen. Hm, ob ich ihn vielleicht erst mal unauffällig beschatten sollte? Anquatschen konnte ich ihn dann ja immer noch. Wäre doch höchst interessant, etwas mehr über ihn herauszufinden. Nicht, dass ich irgendwelche Zweifel gehabt hätte, dass er nicht perfekt zu mir passen würde, aber ...

*Lara Croft, übernehmen Sie!*

Mein innerer Coach wälzte sich in einem Lachkrampf. *Noch dicker kannst du wohl nicht auftragen?*

»Könnte ich«, gab ich zurück, »aber das verbietet mir meine angeborene Bescheidenheit.«

Das verschlug diesem Miesepeter endlich mal die Sprache und ich konnte mich auf meinen Observationsauftrag stürzen. Meine Erfahrung im Parcourslauf erwies sich dabei als sehr nützlich. Ich sprintete zunächst mal in die Nähe des Kiosks und kraxelte dann in die daneben stehende reich verzweigte Platane. Von da konnte ich den ganzen Platz überblicken und erkannte sofort, dass er keineswegs am Kiosk eine Zeitung gekauft hatte, sondern schnurstracks den Platz überquerte, um dann in einer der Nebenstraßen zu verschwinden. Verdammt! Der konnte doch nicht einfach verduften, wo ich nun schon so nah an ihm dran war. Ich sprang vom Baum und sauste, ein wenig durch meinen Rucksack behindert, hinter ihm her.

Lieber Gott, bat ich inständig, bitte lass ihn nicht in irgendeinem Haus abgetaucht sein. Mein Flehen wurde erhört.

Als ich die Nebenstraße erreichte, die passenderweise Jägerstraße hieß, sah ich ihn etwa hundert Meter vor mir eilig die rechte Straßenseite entlanggehen.

Tja, und dann war er doch weg. Ganz plötzlich verschwunden und ich konnte nicht mal sagen, ob es das hellgrüne Jugendstilhaus war, das ihn verschluckt hatte, oder der gläserne Funktionsbau daneben, der eine Bank beherbergte.

Ich pirschte mich an und spähte durch die Scheibe in den Schalterraum. Nichts. Kein Typ, der ihm auch nur annähernd ähnelte. Hm, vielleicht war er bei den Bankautomaten Geld abheben. Da konnte ich ja eigentlich ganz unauffällig auch mal reingehen. Das heißt, wenn er mich wiedererkannte, dann müsste ich ihm ja vielleicht schon erklären, was mich in diese Gegend führte. Konnte ja schließlich nicht sagen: »Du!« Obwohl es ja der Wahrheit entsprach, aber wer konnte heutzutage schon die Wahrheit verkraften!

Na gut, also rein in die Bank. Ich stürmte ohne gezogenen Revolver in den Raum mit den Bankautomaten, verzichtete auf eine Geiselnahme und ergriff gleich wieder die Flucht. Er war nicht da. Also musste er doch in diesem grünen Jugendstilbau stecken.

Ich trat in den Hauseingang und las die Klingelschilder. Sie waren häufig überklebt und wirkten nicht so, als würde hier jemand länger als ein Jahr wohnen bleiben. So ein typischer Altbau, in dem Studenten-WGs, alleinerziehende Mütter, weniger betuchte Singles und ein paar Rentner in trauter Nachbarschaft zu leben pflegten. Wohnungen mit verglasten Balkons, die heutzutage Wintergärten hießen, und Erkern, welche den Wohnungen ein ganz spezielles Licht gaben. Nicht schlecht eigentlich, meine Oma wohnte in einem ähnlichen Haus und ließ weder auf ihre Wohnung noch auf ihre Nachbarschaft was kommen.

Blieb trotzdem die Frage: Was wollte mein Schutzengel in so einem Haus? Er wohnte doch nicht etwa da? Ich schob den Gedanken von mir. Denn warum sollte wohl jemand am frühen Morgen mit der Straßenbahn zu seiner Wohnung fahren? Entweder hatte er einen Job, bei dem er nachts arbeiten musste, was ich nicht gerade attraktiv fand, oder … Mir kam ein grauenvoller Gedanke … Oder er hatte bei seiner Freundin geschlafen und kam jetzt erst nach Hause.

Ich starrte weiter wie hypnotisiert auf die Klingelschilder. Welche Klingel gehörte wohl zu ihm? Wenn er jetzt gleich wieder ins Bett gefallen war, dann konnte ich hier festwachsen und dabei musste ich doch längst in meiner Vorlesung sein. Mist!

Aber die Aktion jetzt so nah am Zielobjekt einfach abzubrechen, fand ich völlig indiskutabel, auch wenn mein innerer Coach mal wieder losblubberte: *Grade bei Professor Kiesling solltest du nicht zu spät kommen, denk an den Hiwi-Job.*

Dachte ich, aber das änderte nun auch nichts mehr daran, dass ich auf jeden Fall zu spät kommen würde. Hm. Vielleicht war er auch nur schnell in seine Wohnung gefahren, um sich umzuziehen und dann zur Arbeit zu gehen. Ich versuchte, mich an sein Aussehen zu erinnern. Unser Sturz war so abrupt gewesen und dann kam ja auch schon gleich die Straßenbahn. Ich hatte ihm nur ganz kurz ins Gesicht sehen können und da waren es dann sofort seine blauen Augen, die mich magisch anzogen, sodass ich auf nichts anderes achten konnte. In der Straßenbahn sah ich ihn anschließend nur von hinten.

Er war relativ groß und gut gekleidet in Cordjeans und hellbrauner Lederjacke. Ich meinte mich auch dunkel an einen sehr langen, mindestens dreimal um seinen Hals geschlungenen Schal zu erinnern, der extrem bunt geringelt war. Na, hoffentlich hatte den nicht seine Ische für ihn gestrickt!

Ich sah auf die Uhr. Es half nichts, ich musste in die Vorlesung. Wenn er nicht in den nächsten Minuten wieder auftauchte, musste Lara Croft ihren Auftrag zurückgeben.

Ich las die Namen auf den Klingelschildern: Meyer, Schlegel, Waschkowski, Heike, Joachim von Raven. Soso, da lebte er also mit dem Hochadel unter einem Dach. Oder war er vielleicht selbst adelig? Natürlich! Blaues Blut und blaue Augen – was für eine wundervolle Kombination. Na gut, was seine Haare anbetraf, meinte ich mich an ein Straßenköterblond zu erinnern. Nicht ganz das, was einen Adelsspross auszeichnen sollte. Lichtes Blond oder ein Ebenholzschwarz wäre sicher nobler gewesen, aber andererseits war der Adel ja auch nicht mehr das, was er bei Courths-Mahler einmal war, deren Bücher meine Oma ständig las, obwohl sie die eigentlich inzwischen alle auswendig kennen müsste.

Ich merkte, wie mein Herz immer noch aus dem Schlag

war und dass meine Hände leicht zitterten. So nah bei ihm zu sein, meinem Mr. Blue Eyes … Es war einfach nicht zu fassen.

*Und ach, wie leb ich in Trance, seit ich weiß, hier bin ich dir nah, und obendrein noch die Chance, dass du auf einmal aus der Tür trittst und bist da …*

Aber leider folgte das Leben nicht einem Musicalsong. Die Tür des grünen Jugendstilhauses blieb zu und mir nichts anderes übrig, als unverrichteter Dinge abzuziehen.

*Miss Croft, Sie enttäuschen uns!*

Ich war ja selbst enttäuscht und so sparte ich mir einen Kommentar zu diesem Einwurf meines inneren Coaches und rannte so schnell es ging zur Straßenbahnhaltestelle zurück, um es wenigstens noch zur zweiten Stunde der Vorlesung von Professor Kiesling zu schaffen.

Tja, und da war ich nun. Ausgepowert, zittrig und mit zwei entscheidenden Fragen des Lebens konfrontiert, auf die ich umgehend eine Antwort finden musste: Wie konnte ich den blauäugigen Typ eindeutig als Mr. Blue Eyes enttarnen und vor allem unauffällig kontakten? Und wie konnte ich Melli überzeugen, dass sie ihr Kühlhausloft aufgab und zu mir ins Studentenwohnheim zog?

Ich dachte so intensiv darüber nach, dass ich völlig perplex auf eine dritte Frage reagierte.

»Sie haben sich doch um eine Stelle als Studentische Hilfskraft an meinem Lehrstuhl beworben, Frau Auwald. Ich gehe mal davon aus, Sie haben einen überzeugenden Grund, warum Sie heute zu spät zur Vorlesung gekommen sind. Wie sieht es aus, wollen Sie den Job noch?«

Ich starrte Kiesling an, als wäre er soeben aus der Enterprise heraus und neben meinen Platz gebeamt worden.

»Ja … ja, natürlich«, stotterte ich und konnte mir das »Scotty« grade noch verkneifen. »Ich, ähm, habe auch nicht jeden Tag einen Observationsauftrag …« Uups, da gab es wohl eine Fehlschaltung in meinen Gehirn … »Äh, ich meine, vielen Dank für Ihr Vertrauen und natürlich bin ich sonst pünktlich. Es … es war nur ein Fall von … äh …«

… *galoppierendem Schwachsinn,* half mein innerer Coach aus.

»… galoppierendem Schwachsinn.«

Oh nein, das hatte ich doch nicht wirklich gesagt?!

Ich starrte Kiesling an. Hatte ich wohl doch. Dieser Gesichtsausdruck, der von völligem Unverständnis zeugte, konnte nichts anderes bedeuten. Okay. Den Job konnte ich also knicken. Kiesling hatte sicherlich kein Interesse, einen der rar gesäten Hiwi-Jobs an eine Schwachsinnige zu vergeben. Ich hievte mich aus der Bank, um davonzuschleichen.

Aber was tat Kiesling denn jetzt? Er lächelte, echt, der lächelte mich einfach an und sagte: »Wissen Sie, Frau Auwald, Sie sollten das Studium nicht ganz so ernst nehmen. Sie haben doch sicher wieder die ganze Nacht durchgearbeitet. Gehen Sie nach Hause und schlafen Sie sich erst mal richtig aus und morgen kommen Sie dann an meinen Lehrstuhl und lassen sich die Vertragsunterlagen geben.«

Sprach's und verschwand!

»Mache ich«, murmelte ich völlig geplättet. »Mache ich wohl am besten wirklich.«

Aber dann entschied ich mich doch, Melli anzurufen und mich mit ihr in der Mensa zu verabreden. Ich war megagespannt, was sie zur neuesten Entwicklung der Dinge zu sagen hatte.

Erst mal nicht sehr viel. Besonders meine Idee, dass sie zu mir ins Studentenapartment ziehen sollte, schien ihr nicht zu gefallen. Sie futterte ziemlich wortkarg ihr Cordon bleu und ich musste Zimbeln und Harfen bemühen, um ihr wenigstens die Zusage zu einer Besichtigung von Sophyas Zimmer abzuringen.

»Du wirst sehen, es ist wunderschön. Groß und hell und es ist vor allem gut geheizt im Winter.«

»Na ja, schau'n wir mal, hat ja noch Zeit«, sagte sie. Worin ich ihr natürlich ganz und gar nicht zustimmte.

In Bezug auf Mr. Blue Eyes war sie nicht weniger zurückhaltend. »Ich dachte, du hast mit diesem Schwachsinn endlich Schluss gemacht. Wolltest du dich nicht etwas mehr auf dein Vordiplom konzentrieren und was ist mit deinem Hiwi-Job und dem Praktikum beim *Tagesanzeiger?* Geht das nicht bald los?«

Doch, klar, den Hiwi-Job hatte ich ja grade ergattert und das Praktikum würde in zwei Wochen starten. Aber das ordentlich zu managen, konnte schließlich nicht heißen, dass ich diese Chance, die mir das Schicksal so quasi vor die Füße geworfen hatte, nun nicht ergriff. Nichts im Leben konnte so wichtig sein wie die wahre Liebe.

»So, und die hast du nun also tatsächlich entdeckt?« Melli sah mich skeptisch an. Aber dann meinte sie in einem Anflug von Mitleid: »Na gut, ich gehe mit dir in dieses grüne Haus und wir suchen deinen Mr. Blue Eyes. Aber es ist das Letzte, was ich in der Hinsicht für dich tue. Wenn das nichts bringt, ist die Sache gestorben. Für mich und für dich auch. Versprochen?«

Ich strahlte sie freudig an. Wusste es doch, dass ich mich auf sie verlassen konnte.

»Versprochen«, sagte ich und war mir diesmal hundertprozentig sicher, dass meine Suche endlich von Erfolg gekrönt sein würde.

♡ ♡ ♡

»Und was sollen wir sagen, warum wir an jeder Wohnungstür klingeln?«, fragte ich, denn sich einmal in der Klingel irren, das konnte ja mal passieren, aber von Tür zu Tür zu gehen, um auch wirklich jeden Bewohner des grünen Hauses unter die Lupe zu nehmen, das war schon etwas anderes. Ein Grund musste her.

»Wir könnten uns als Staubsaugervertreter oder Versicherungsverkäufer tarnen«, schlug ich vor.

»Dann doch lieber als Schornsteinfeger oder Gasfrau. Solche offiziellen Menschen lässt doch jeder in die Wohnung.«

Nun erstaunte sie mich aber. »Du willst gleich in die Wohnung rein?«

Sie schüttelte den Kopf. »Nicht unbedingt, aber nimm mal an, es öffnet seine Oma und er steht grade unter der Dusche. Dann werden wir nie erfahren, ob er in der Wohnung wohnt.«

»Dann sollten wir vielleicht sagen, dass wir vom Amt für Statistik sind und eine Volkszählung machen.«

Melli tat, als hielte sie ein Schreibbrett, zückte den imaginären Kugelschreiber und sagte mit gezierter Stimme: »Wir kommen vom Amt für Statistik. Würden Sie uns bitte sagen, wie viele Personen Ihr Haushalt umfasst? Insbesondere interessiert uns, ob auch alleinstehende männliche Personen zwischen zwanzig und dreißig Jahren in ihrer Wohnung leben ... Wenn ja, dürften wir auch um die Augenfarbe bitten?«

Wir kicherten.

»Klingt nicht schlecht«, gab ich zu, »aber dafür müssten wir uns erst mal eine Uniform und Dienstausweise oder so besorgen. Geht es nicht auch einfacher? Wir könnten doch etwas an den Haustüren verkaufen. Bürsten oder falsche Perserteppiche zum Beispiel ...«

»Aber dann kommen wir nicht in die Wohnungen rein ...«

»Müssen wir doch vielleicht gar nicht. Wenn wir Glück haben, wohnt der Typ gleich in der ersten Wohnung im Erdgeschoss und macht uns höchstpersönlich die Tür auf. Dann brauchen wir doch nur für ihn einen plausiblen Grund, der ihn veranlasst, uns nicht gleich wieder die Tür vor der Nase zuzuschlagen.«

Melli pulte sich einen Teil des Holzspießes vom Cordon bleu aus dem Mund und legte ihn an ihren Tellerrand.

»Das mit dem Verkaufen ist nicht schlecht. Meinst du, ich könnte vielleicht ein Bild von mir anbieten? Sicher wird es keiner kaufen, aber falls doch, wäre die Aussicht auf ein bisschen Geld in meiner chronisch leeren Kasse ein netter Nebeneffekt.«

Super! Das war doch wirklich eine prima Idee, allerdings ...

»Meinst du, dafür muss man eine Genehmigung haben?«

Melli starrte mich verständnislos an.

»Na ja, das ist doch Hausieren oder so. Darf man das so einfach?«

Melli brach in Gelächter aus.

»Meine Güte, nun sei aber mal nicht päpstlicher als der Papst! Wir machen das doch nur einmal und nur in diesem Haus und nicht gewerbsmäßig!« Sie griente nun richtig frech.

»Wenn die mir da allerdings die Bilder geradezu aus den Fingern reißen, könnte ich ja über einen schwunghaften Haustürhandel noch mal nachdenken. Vielleicht mach ich dann eine Ich-AG auf. Braucht man dazu einen Gewerbeschein?«

Ich hatte keine Ahnung, schlang den Rest vom Kartoffelbrei in mich rein und fuhr dann mit Melli auf ihrer Vespa zum Schlachthaus. Wir schauten einige ihrer Werke an und entschieden uns schließlich für ein mittelgroßes

Bild. War ich froh, aus ihrem eiskalten Loft schnell wieder raus zu sein.

»Melli«, startete ich noch einen Versuch, sie zum Umzug zu bewegen. »Zieh zu mir! Wirklich, du kannst hier nicht länger wohnen. Du überlebst den Winter nicht!«

Sie kicherte. »Du bringst mich da auf eine Idee. Was hältst du davon, wenn ich den Leuten mein Bild anbiete und sage, dass ich eine arme Künstlerin bin, die in einem unbeheizten Loft lebt und dringend Geld für eine elektrische Heizdecke braucht, um in der Nacht nicht zu erfrieren!«

Ich gab Melli einen freundschaftlichen Rippenstoß.

»Melli, du bist unmöglich!«

Aber genau das Sprüchlein sagten wir dann tatsächlich auf, als wir das grüne Jugendstilhaus erreicht hatten und an der ersten Wohnung klingelten.

Uns öffnete Frau Waschkowski. Kittelschürze, Lockenwickler, Filzpantoffeln.

»Ich kaufe nix …«

Hallo? Wir hatten ja noch gar nichts gesagt.

»Und in diesem Haus werden Se auch kein Glück haben …«

Nun, das würde sie doch wohl nicht entscheiden.

»Der Herr von Raven is mit seinem Dackel Jassi … den treffen Se sowieso nit an …«

Wie traurig! Das war doch hoffentlich nicht mein Mr. Blue Eyes!

»Dat Heike is auffe Arbeit, un die Herren Schlegel un Abel sin ja vom anderen Ufer …«

»Wie bitte? An welchem anderen Ufer sind die?«

»Nit an … vom! Die haben mit Damen nix am Hut … die sind andersrum …« Sie steckte ihre Nase aus der Tür, um zu sehen, ob die Luft rein war, dann sagte sie hinter vorgehaltener Hand: »Heute sacht man ja woll schwul dafür …«

Ich musste mir auf die Lippe beißen, um nicht laut loszubrüllen vor Lachen. War ja allerhand los hier!

Hm, für unser Unternehmen sah das aber gar nicht toll aus.

»Und Sie glauben nicht, dass doch einer der Mieter Interesse an einem schönen Kunstwerk haben könnte?«, fragte ich ohne viel Hoffnung, aber mit flehender Stimme. »Meine Freundin braucht dringend eine Heizdecke, weil sie sonst im Winter in ihrer Wohnung erfrieren muss!«

Ich musste wohl ziemlich verzweifelt geklungen haben. Jedenfalls prallte mein Appell diesmal nicht an Frau Waschkowskis Herz ab.

»Versuchen könnt ihr et ja mal. Auffe dritte Etage, da wohnt so ein seltsamer Mensch, den kriegt man ja kaum zu sehen, aber der arbeitet woll im Museum. Vielleicht dat der ...«

Sie hatte noch nicht zu Ende gesprochen, als wir mit einem raschen Dank die Flucht ins dritte Stockwerk antraten.

♡ ♡ ♡

»Und wenn er hier gar nicht wohnt, sondern nur jemanden besucht hat?«

Melli schleppte schnaufend ihr Bild die ausgetretene Treppe des Jugendstilhauses hinauf. Das unten noch ziemlich feudale Treppenhaus war oben deutlich schmaler und spartanischer. Statt schöner ornamentaler Kacheln verunzierte nur schmutzigbeige Ölfarbe die Wände, die auf halber Höhe von einer naiv gemalten Borte gestalterisch aufgelockert wurden. Es gab auch nur zwei Wohnungen, deren Eingangstüren Fenstereinsätze aus Glas hatten. Um Neugierigen den Einblick zu verwehren, hing hinter der rechten Tür eine leicht gräuliche, wohl ehemals weiße

Spitzengardine. Denselben Dienst taten hinter der linken Wohnungstür silbrig glänzende Alujalousien.

Wir zählten aus, mit welcher Wohnung wir anfangen sollten. »Eck, Speck, Dreck und du bist weg!«

Also links. Es war kein Namensschild an der Tür und neben der offensichtlich defekten Klingel hing an einem etwas dickeren Bindfaden ein Türklopfer. Na ja. Große Erwartungen rief das nicht grade bei mir hervor. Die angestaubte Spitzengardine nebenan gab allerdings kaum zu mehr Hoffnung Anlass.

Ich griff zum Türklopfer, und erst als ich ihn in der Hand hatte, merkte ich, dass es ein versteinerter Knochen war. Ich stieß einen spitzen Schrei aus und ließ das Teil natürlich sofort sausen. Mit einem leisen Pochen flog es gegen die Tür. Igitt! Ich starrte angewidert auf meine Hand.

»Was ist denn los?«, fragte Melli, die natürlich nichts mitgekriegt hatte.

»Äh, wollen wir diese Wohnung nicht lieber auslassen?«, schlug ich vor und dachte an einen kürzlich gelesenen Schauerroman. *Der Knochensammler* oder so ähnlich, in dem ein Massenmörder die Knochen seiner Opfer in Kunstharz konservierte und in Vitrinen ausgestellt hatte. Vielleicht hatte der Bewohner dieser Behausung hier einen ähnlichen Tick, nur dass er die Knöchelchen in Beton goss!

»Quatsch«, sagte Melli, der natürlich meine kruden Gedankengänge nicht transparent waren. »Wenn schon, dann alle!«

Sie nahm ohne wirklich hinzuschauen den Knochenklopfer und donnerte ihn mit Elan zweimal gegen den Holzrahmen der Tür. So etwa musste es klingen, wenn der Sensenmann zum letzten Appell klopfte.

Nee, also, wenn Mr. Blue Eyes wirklich hier wohnen

sollte, dann wollte ich ihn lieber gar nicht näher kennenlernen.

Zu spät. Die Tür ging auf und vor uns stand *er.* Wirklich, tatsächlich und leibhaftig aus Fleisch und Blut und als er mich ansah, da konnte ich nur noch Halt suchend ans Treppengeländer hinter mir greifen, um nicht ohnmächtig niederzusinken und dann nach polterndem Treppensturz drei Stockwerke tiefer als Leiche wieder aufzuwachen.

Oh, my goodness! Diese Augen! Dafür müsste der Typ einen Waffenschein haben.

Ich versuchte mich zusammenzureißen, denn das ging auf keinen Fall, dass ich *ihm* schon wieder vor die Füße fiel. So was verbrauchte sich ja auch mit der Zeit in seiner Wirkung. Allerdings zitterten mir dermaßen die Knie, dass es mich regelrecht schüttelte, und ich mich nicht traute, den Mund aufzumachen, weil bestimmt nur von meinen klappernden Zähnen total zerbissene Wortbrösel herausgekommen wären. Völlig zur Unkenntlichkeit zermalmt.

Melli hatte solche Probleme nicht und sie hatte offenbar noch nicht einmal gecheckt, dass *er* vor uns stand, denn sie leierte ihr einstudiertes Sprüchlein von der armen Kunststudentin runter, die in einem unbeheizten Loft lebte und dringend ein paar Bilder verkaufen musste, um sich eine elektrische Heizdecke kaufen zu können. Bereits nach ihren ersten Sätzen begann der Typ zu grinsen. Als sie fertig war, sah er mich irgendwie forschend an.

»Und du? Willst du auch was verkaufen?«

»Äh, nein, ich ... äh, be... be... begleite sie nur ...«, stotterte ich und hatte den Eindruck, dass er mich regelrecht taxierte. Und tatsächlich fragte er auf einmal ganz unvermittelt: »Kennen wir uns?«

Ich schüttelte ganz schnell und heftig den Kopf. Das

fehlte noch, dass er mich als die gemeingefährliche Person erkannte, die beim Parcourslaufen harmlose Passanten an Straßenbahnhaltestellen umkickte. Später, wenn er meine weniger brutalen Seiten zu schätzen gelernt hatte, konnte ich ihm das ja dann immer noch gestehen.

»Nee«, sagte ich also, um ihn ganz schnell in eine andere Richtung zu lenken.

Aber dann dachte ich, dass ich ihn ja auf den Abend im *Lindenpark* ansprechen konnte.

»Kann sein«, sagte ich. »Du kommst mir auch bekannt vor. Ich glaube, wir haben uns neulich mal im *Lindenpark* gesehen.«

Er wirkte verwundert. »Im *Lindenpark?* Da war ich doch seit einem halben Jahrhundert nicht mehr.«

Hm, das passte aber nun gar nicht. Na, vielleicht war er so besoffen, dass er sich an nichts mehr erinnerte. Oder er wollte gegenüber zwei hübschen jungen Frauen wie uns nicht zugeben, dass er damals mit einer Ische da war. Wie auch immer, es reichte ja schließlich, wenn ich mich an ihn erinnerte.

Sein meerblauer Blick blieb dennoch fragend an mir kleben. »Also, ich habe eigentlich ein ganz gutes Personengedächtnis und ich könnte schwören ... War es gestern ...?«

Ich musste wohl wie der verängstigte Kalli Karnickel geguckt haben, als ich ihm den Küchenstuhl unmittelbar vor seine Karnickelpfoten gedonnert hatte, denn der Typ zeigte Erbarmen, brach seinen Denkprozess ab und machte die Wohnungstür einladend weit auf.

»Kommt doch erst mal rein. Ist ja ungemütlich, so im Treppenhaus.«

Mein Herz jubilierte, als ich seine geweihte Schwelle überstolperte. Gott, was war der süß! Und so gastfreundlich und vertrauensvoll und ... ach, einfach wunderbar!

Dazu war er bei näherem Hinsehen durchaus nicht unattraktiv. Obwohl, so groß und so straßenköterblond hatte ich Mr. Blue Eyes aus dem *Lindenpark* eigentlich nicht in Erinnerung behalten. Aber was hatte ich da auch schon wirklich von ihm gesehen außer diesen Wahnsinnsaugen? Die Beleuchtung war mehr als dürftig gewesen und das ständig flackernde Stroboskoplicht verzerrte sämtliche Proportionen. Wie alt mochte er sein?

*Nun geh doch weiter,* drängelte mein innerer Coach, weil ich immer noch wie bestellt und nicht abgeholt im Wohnungsflur herumstand, *oder willst du hier Wurzeln schlagen?*

Ich kicherte. Warum eigentlich nicht? War nicht auch die wunderschöne Viviane zu einem Baum geworden, um den Zauberer Merlin ganz für sich zu gewinnen? Aber als ich dann feststellte, dass Melli schon bei ihm im Wohnzimmer auf der Couch saß, schaltete ich schleunigst den Turbo ein.

»Wollt ihr einen Tee? Ich habe grade einen aufgebrüht.«

Wir sagten nicht nein und ich hockte mich immer noch leicht durch den Wind zu Melli aufs Sofa.

Melli hatte ihr Bild an die Seite gestellt und blickte sich mit unverhohlener Neugier um. Mir war es ja zu peinlich, so auffällig zu glotzen. Der war doch sicher auf Besuch gar nicht eingestellt. Wer weiß, was hier noch alles so rumlag, was er nicht mehr hatte wegräumen können. Also, bei mir war das jedenfalls immer so. Ich war darum dezent genug, nicht allzu auffällig zu gucken. Dennoch sah ich genug. Ein riesiger Schreibtisch mit Milchglasplatte, auf dem ein Laptop stand, viele vollgestopfte Regale und eine Vitrine mit … igitt … Knochen und Schädeltrümmern undefinierbarer Art.

Ich verspürte den unbändigen Drang, aufzuspringen und fluchtartig die Wohnung zu verlassen, als mein innerer Coach meinte: *Nun, sag doch mal was. Sitz nicht rum wie 'ne stumme Flunder!*

War ja mal wieder ein freundlicher Vergleich. Und was soll ich sagen?

*Na, wie nett er es hat oder so, ein bisschen persönlich gefärbte Konversation.*

Ich nippte am Tee. Hm, was Persönliches ...

»Äh, schön hast du es hier, äh, übrigens sammelst du, äh, Knochen?«

Liebes Lieschen, blöder ging es ja wohl kaum.

»Knochen? Sammeln? Sieht man mir das an? Ach, du hast die Vitrine gesehen. Ja, das sind ...«

Oh Gott, was sagte er denn da? Er sammelte doch nicht wirklich Knochen! Ich wollte gar nicht wissen, was das war, was da in der Vitrine lag. Nun sprang ich doch auf und grabschte nach Mellis Hand.

»Komm!«, sagte ich barsch.

»Aber wieso? Ich ... ich wollte doch noch den Tee trinken.«

»Lass es«, zischte ich ihr zu. »Vielleicht ist er vergiftet.«

Ich zerrte sie unter den verwunderten Blicken von Mr. Blue Eyes zur Wohnzimmertür. Aber Melli entriss mir unwirsch ihre Hand.

»Sag mal, spinnst du, Alix? Was ist denn in dich gefahren?«

Wie dumm, sie kapierte gar nichts. Dabei schwebten wir vielleicht in höchster Lebensgefahr. Ich hatte mir doch gleich gedacht, dass an dem was faul sein musste, wenn der zwei fliegende Händlerinnen so einfach in seine Wohnung bat. Wer weiß, wie viele unschuldige Frauen dem schon auf den Leim gekrochen waren und nun in fragmentarischen Resten in seiner Vitrine lagerten. Wie kriegte ich Melli denn nur möglichst schnell aus der Gefahrenzone?

»Äh, gibt es hier eine Toilette?«

Gab es natürlich. Wir standen sogar fast genau davor. Nix wie rein, Melli mitgezerrt und Tür verbarrikadiert. Gott, war ja irgendwie schon ziemlich peinlich. Der dachte jetzt doch sicher, ich brauchte jemanden zum Hinternabwischen. Na, egal, wenn er ein Meuchelmörder war, konnte mir ja egal sein, was er von mir dachte. Hauptsache, ich überlebte.

Ich sah mich um. Hilfe! Wir standen mitten in seinem Badezimmer. Dass der Typ Junggeselle war, ließ sich wirklich nicht übersehen. Über der Badewanne hingen tropfnasse Unterhosen – immerhin Boxershorts von Calvin Klein und keine Feinrippwäsche – und im Waschbecken lagen Unmengen stoppeliger Barthaare, die er wohl grade aus dem Elektrorasierer geschüttelt hatte. In der Dusche kringelte sich etwas, was ich als dunkelblondes Schamhaar bezeichnen würde, und was den Spiegel anbetraf, so ließ die auf ihm verspritzte Zahnpasta darauf schließen, dass er nicht gerade ein Putzteufel war, doch immerhin seine Zähne fleißig einer regelmäßigen Reinigung unterzog. War ja tröstlich, aber im Grunde für mich belanglos, da ich niemals einen Massenmörder küssen würde.

Melli schäumte mindestens so wie seine Zahnpasta.

»Kannst du mir mal verraten, was der Schrott soll?«, raunzte sie mich mit ungebremster Lautstärke an.

»Pst. Nicht so laut!«, versuchte ich sie zu dämpfen. »Hast du denn nicht zugehört? Er hat doch selbst zugegeben, dass er Knochen sammelt. Genau wie der Typ in meinem Horrorroman. Da, da …« Ich zeigte verstört auf den Abzieher fürs Klo. Oh Gott, auch da hing statt des Porzellangriffs ein Knochen dran. Mir wurde nun richtiggehend schlecht und ich sank auf dem Klodeckel nieder.

Melli nahm ohne jeden Skrupel den Knochen in die Hand und betrachtete ihn eingehend. »Hm, scheint echt zu sein. Sieht aber nicht nach Menschenknochen aus. Eher nach Hund oder Katze ... Affe vielleicht ...«

War die noch zu retten? Spekulierte hier im Angesicht dieses grauenhaften Reliktes seelenruhig über seine Herkunft, als wenn das nicht völlig wurscht wäre.

»Das ist mir scheißegal«, schnappte ich. »Ich will nicht mit einem Typ in einer Wohnung sein, der Knochen sammelt. Egal, ob von Menschen, Hunden oder Dinosauriern!«

Und das war es dann. Nachdem mich Melli nach therapeutischem Zureden bewegt hatte, das Klo wieder zu verlassen, und in ihrer direkten Art den Typ auf die diversen Knöchelchen in seiner Wohnung angesprochen hatte, stellte sich heraus, dass Mr. Blue Eyes schlicht und einfach von Beruf Paläontologe war und am Naturhistorischen Museum arbeitete.

»Ich sitze an meiner Doktorarbeit über den Corythosaurus. Im Frühjahr war ich in Alberta und habe in den Schluchten des Red Deer Rivers zahlreiche Relikte gefunden, die darauf hinweisen, dass nicht nur das eine von Barnum Brown gefundene Exemplar existierte, sondern noch weitere Funde zu erwarten sind. Schließlich waren diese Saurier Herdentiere, sodass dort, wo ein Fossil ist, durchaus noch andere entdeckt werden könnten.«

Er stand auf und ging zu seiner Vitrine. »Dies sind Abgüsse von Bruchstücken, die ich selbst gefunden habe. Nun suche ich nach einem Sponsor, der mir einen weiteren Grabungsaufenthalt in den USA finanziert.« In seine blauen Augen trat ein übernatürliches Leuchten. »Es gibt in Alberta noch andere Schätze zu heben und wenn ich Glück habe, finde ich sogar ein komplettes Skelett.«

Na, lecker! Ich will ja nicht wirklich meckern, Schicksal, aber musste ich mich immer in irgendwelche Freaks vergucken. Hätte es nicht auch ein Germanistikstudent im zwölften Semester getan, der in seinen Regalen nur die Bücher verblichener Dichter hortete und nicht auch noch deren Gebeine.

»Nein!«, entfuhr es mir dennoch erleichtert, denn selbst mir war klar, dass von jahrmillionenalten Knochen kein Horror mehr ausging. »Das ist aber mal ein interessanter Job!«

Er sah mich mit seinen blauen Augen an und ich schmolz sogleich wieder dahin – nun, wo ich wusste, dass er kein Massenmörder war. Für das Aussterben der Dinosaurier konnte man ihn nun wirklich nicht verantwortlich machen. Was war es noch gleich gewesen, was sie in der Kreidezeit dahingerafft hatte? Klimaschock? Meteoriteneinschlag? Irgendwas in der Art, glaubte ich mich zu erinnern. Na, das würde er mir ja demnächst alles noch erklären können.

Und aus diesen Gedanken heraus sagte ich mit schwärmerischem Unterton in der Stimme: »Dinosaurier sind ja so aufregend!«

»Wirklich? Findest du?«

Er schien sich über meine Begeisterung echt zu freuen. Na, bitte!

»Also, wenn du die Paläontologie so interessant findest, solltest du mich mal im Museum besuchen. Wir haben sehr spannende Exponate zurzeit. Acht Saurierskelette aus China.«

Ich schluckte. Sooo aufregend fand ich es nun auch wieder nicht, aber hatte er da nicht eben eine Einladung ausgesprochen? Wie geil! Wir beide unter einem Dinosaurierskelett … Über uns der ausladende Rippenbogen dieses Urzeitgiganten und neben uns sein mächtiger Unterschenkelknochen, der in einem nicht minder eindrucksvollen Fuß endete. Der Raum um uns würde verschwimmen und wir würden Hand in Hand dahinwandern auf dem endlos gewundenen Band der Zeit ...

*Alix, wach auf!* Mein Coach hatte ja recht. Ich konnte später noch träumen. Jetzt musste ich nur eins tun: Ganz schnell diese Einladung zum Museumsbesuch bei ihm annehmen.

»Also, ich würde gerne mal kommen. Wann passt es denn am besten?«

Er sah Melli an. Echt! Er schaute mit seinen wunderbaren blauen Augen, deren Blicke doch eigentlich einzig mir gehören sollten, meine Freundin Melli an und fragte: »Und du?«

Melli schüttelte den Kopf.

»Nee, mit so was kann man mich jagen.«

War das ihre ehrliche Meinung oder wollte sie mir mein exklusives Date mit ihm nicht durch ihre Anwesenheit versauen? Gute beste Freundin! Tja, da guckst du, Typ! Das ist Frauensolidarität. Sie weiß eben genau, dass du mir gehörst. Ich grinste. Auch wenn *du* es noch nicht weißt. Aber, dachte ich, du wirst es schon noch merken.

»Na denn«, sagte er und das klang nun aber richtig enttäuscht.

Da musste ich aber wohl doch mal ein bisschen was klarstellen. He, hallo! Ich bin die, in die du dich verlieben sollst, Mr. Blue Eyes! Also vergiss Melli, die ist Überzeugungssingle!

Aber statt mir nun einen Terminvorschlag zu machen, wechselte er das Thema. »Darf ich jetzt das Bild mal sehen?«

»Klar.« Melli stand auf und drehte die Leinwand um.

Er sah das Bild eine Weile schweigend an, dann wanderte der Blick seiner blauen Augen wieder zu Melli.

»Stell es mal auf den Stuhl dahinten«, sagte er.

Melli drehte den Stuhl um, stellte das Bild auf den Sitz und lehnte es gegen die Rückenlehne. Nun stand es dort wie auf einer Staffelei. Tatsächlich wirkte es gleich viel besser. Melli hatte künstlerisch schon echt was drauf.

Wieder sah der Typ das Bild eine Weile an und es war so still im Raum, dass man den Zahn der Zeit an den Dinoknöchelchen hätte nagen hören können. Wenn er denn genagt hätte. Was man aber wohl wirklich hören konnte, war mein Herz, das einfach peinlich laut pochte.

Ob die beiden es auch gehört hatten? Es wirkte nicht so. Der Typ kam wie aus einer Art Trance zurück, lächelte mit irgendwie ganz besonderem Ausdruck Melli an und fragte: »Was soll es denn kosten?«

Melli klappte der Unterkiefer runter und sie starrte ihn mit offenem Mund an. Offenbar hatte sie sich darüber überhaupt noch keinen Kopf gemacht.

»Es ... es heißt *Anfang 2.*«

Er grinste. »Sehr romantisch.«

Fand ich zwar nicht. Ich hätte es *Vor Sonnenaufgang* oder *Zwielicht* oder was weiß ich genannt ... *Anfang 2* fand ich ziemlich fad.

»Eigentlich hatte ich aber nach dem Preis gefragt«, meinte Mr. Blue Eyes.

»Ah, ja, also ich kann es auch billiger lassen ...«, verbalisierte Melli ihren Knoten im Gehirn.

»Sag 'ne Summe«, zischte ich ihr zu.

»Ähm, hundert Euro? Ist das zu viel?«

Liebes Lieschen, sie mochte ja eine tolle Künstlerin sein, aber geschäftstüchtig war sie überhaupt nicht. Aus der Ich-AG würde wohl kaum etwas werden. Keine Ahnung vom Marketing! Der Typ reagierte entsprechend verwundert.

»Kriegt man für hundert Euro denn eine anständige Heizdecke?«

Nun mussten wir alle lachen und schließlich wechselte das Bild für hundertfünfzig Euro in seinen Besitz über.

Er deutete auf eine leere Stelle an der Wand. »Da würde es bestimmt gut aussehen.«

Als wir nickten, holte er Hammer und Nagel und – schwupp! – hing Mellis Werk in seinem Wohnzimmer.

»Wirklich toll«, sagte er und strahlte Melli an. »Eigentlich müsste ich ja noch eins daneben hängen. Wo ist denn dein Atelier? Kann ich mir da vielleicht noch was ansehen?«

In meinem Kopf schrillte eine megalaute Alarmglocke und als er Melli um ihre Adresse bat, erstickte ich fast an dem fetten Kloß, der ganz plötzlich in meinem Hals steckte. Das ging doch überhaupt nicht! Was fiel dem Schicksal eigentlich ein? Erst ließ es mich diesem Schutzengel vor die Füße fallen und er entpuppte sich als mein Mr. Blue Eyes und dann hatte er nur Augen und Ohren für Melli. Nee, das war nun wirklich nicht fair, zumal Melli doch überhaupt kein Interesse an einem Typen wie ihm hatte. Hatte sie doch nicht, oder? Ich schaute alarmiert zu den beiden hinüber, die kichernd Anschriften und Handynummern tauschten.

Ich war noch immer total gefrustet, als wir bereits wieder unten vor der Haustür standen.

»Er heißt übrigens Jean-Paul und du kannst natürlich seine Handynummer haben.«

Danke schön, nicht nötig, dachte ich noch immer wütend. Die brauche ich nicht. Ich werde ihn morgen in seinem Museum mit meinem Besuch überraschen und dann werden wir ja sehen, für wen er sich entscheidet. Für eine rothaarige, durchgeknallte Künstlerin oder eine Frau wie mich, die wirkliches Interesse an seiner wissenschaftlichen Arbeit zeigt.

Hm, da sollte ich vielleicht noch einen kleinen Umweg

über die Bibliothek einlegen. Sicher gab es da ein Buch mit einem kleinen Grundkurs in Paläontologie. Es würde ihn bestimmt freuen, wenn ich nicht nach jedem zweiten Fachbegriff fragen musste, sondern schon ein paar Vorkenntnisse mitbrachte.

»Bist du sauer?«, fragte Melli, als wir uns an der Straßenbahnhaltestelle trennten, weil wir verschiedene Bahnen nehmen mussten.

»Ich will nichts von ihm, ehrlich. Es ist dein Mr. Blue Eyes und ich würde einer Freundin doch auch nie den Freund ausspannen, selbst wenn er noch so attraktiv ist.«

»Du findest ihn also attraktiv?«, fragte ich immer noch gereizt und nicht so wirklich in der Lage, ihr Friedensangebot zu akzeptieren. Die Botschaft hörte ich wohl, allein mir fehlte der Glaube.

Melli legte freundschaftlich ihren Arm um mich. »Natürlich finde ich ihn attraktiv. Du vielleicht nicht? Aber das heißt doch nichts.«

Sie grinste, sprang in ihre Straßenbahn und als die Türen sich schlossen, rief sie noch: »It's your turn!«

Na denn! Jean-Paul, halt dich fest, ich komme!

Das hätte er wirklich tun sollen, sich festhalten, aber der Reihe nach.

♡ ♡ ♡

# *Chaos im Wohnheim*

»Was ist denn hier los?«

Mich traf fast der Schlag, als ich die Tür zu unserem Apartment öffnete. Völlig erschüttert starrte ich auf ein heilloses Durcheinander von Kisten, Schachteln, Müllsäcken, Zimmerpflanzen und Karnickelkäfigen.

»Was … was soll das denn werden, wenn es fertig ist?«

Machte Sophya Hausputz? Aber es war doch noch längst nicht Weihnachten.

Sophya steckte den Kopf aus ihrem Zimmer und rief fröhlich: »Ich ziehe aus, haben wir doch heute Morgen besprochen.«

Hatte ich einen Hörsturz oder woher kam dieses grauenhafte Rauschen in meinen Ohren? Das hatte sie doch jetzt nicht wirklich gesagt? Ausziehen, ja, aber doch nicht sooo schnell! Sie konnte doch nicht von heute auf morgen so einfach aus meinem Leben verschwinden! Das musste doch alles in Ruhe geplant werden … auf keinen Fall aber …

»Aber doch nicht sofort!«

So hatten wir wirklich nicht gewettet. Hatten wir aber wohl doch, jedenfalls nach Sophyas Meinung.

»Zum Monatsende, und das ist übermorgen. Denkst du, ich will dem Studentenwerk noch einen ganzen Monat die Miete in den Rachen werfen, wenn Melli sowieso hier einzieht.«

So? Tat sie das? Da wusste Sophya aber mehr als ich.

»Melli hat sich überhaupt noch nicht entschieden!«, sagte ich und konnte nicht verhindern, dass meine Stimme ziemlich empört klang. War ich schließlich auch! Das war ja wohl der Hammer!

Aber Sophya ließ sich ihre Auszugsfreude nicht verderben. Meine Herren, die schien es ja gar nicht mehr abwarten zu können, mit ihrem Sean in die traute Zweisamkeit abtauchen zu können. Grässlich! Wie spießig!

»Na, dann soll Melli sich das aber schnell überlegen, sonst ist das Zimmer weg.«

Zimmer weg! Püh! Das war doch gegen unsere Abmachung. Ich wollte auf keinen Fall so ein dummes Erstsemester hier haben. Wie konnte ich Sophya nur klarmachen, dass eine Künstlerin wie Melli etwas Bedenkzeit brauchte. Und außerdem hatte sie zwar das Apartment und meine Bude, aber noch nie Sophyas Zimmer gesehen. Was andererseits vielleicht ganz gut war, denn es lag nach Norden und wies möglicherweise nicht so die optimalen Lichtverhältnisse für eine Malerin auf. Egal, dafür war ich ja da. Meine Anwesenheit würde Mellis Leben so durchsonnen, dass sie genug Licht haben würde, um von innen heraus leuchtende Landschaften zu kreieren.

*Gar nicht überheblich,* murrte mein Coach. *Hybris kommt vor dem Fall.*

Ha ha ha! Egal. Sophya musste auch ein wenig auf Melli Rücksicht nehmen.

»Aber sie weiß überhaupt noch nicht, ob sie hier wohnen will …«

»Dann gebt mir doch das Zimmer, bis sie es weiß«, brummte plötzlich eine wohlbekannte Stimmbruchstimme hinter mir.

Ich fuhr herum, wie von der Tarantel gezwickt.

»Was willst du denn hier?«

Verwirrt blickte ich in das Pickelgesicht meines pubertierenden Bruders. Er sah ein wenig verlegen aus und meinte mit einem Blick zu Sophya: »Äh, können wir das in deiner Bude besprechen?«

Beim letzten Wort schmierte seine Stimme ohne jede Vorwarnung um zwei Oktaven ab, was seinem ganzen Auftritt eine reichlich makabere Note gab. Aber meinetwegen. War ja mal gespannt, was er wieder Hochdramatisches zu berichten hatte.

Normal lief bei dem ja zurzeit gar nichts und wenn jemals der Spruch »Life is a rollercoaster« gestimmt hat, dann jetzt bei ihm. Höher und tiefer konnte es schon gar nicht mehr gehen.

»Schieb ab«, sagte ich also gnädig und während er sich zwischen Sophyas Hausrat einen Weg zu meinem Zimmer bahnte, nahm ich mir diese noch mal kurz zur Brust. Treulose Tomate!

»Kann Melli dann wenigstens das Zimmer heute noch besichtigen?«

Sophya lächelte mal wieder ihr maskenhaft unechtes Lächeln der Erleuchteten, das ich nach wie vor eklig fand, und gurrte wie eine dressierte Friedenstaube: »Aber natürlich, gerne, gar kein Problem. Jederzeit. Wie es ihr passt. Ich schlafe heute sowieso schon bei Sean.« Und mit einem euphorischen Unterton fügte sie noch hinzu: »Wir haben ein phänomenales Doppelbett – supergünstig, aber so was von bequem und komfortabel. Ich sage dir, ein Traum. Endlich Schluss mit dieser schrecklichen Wohnheimbettfolter!«

Folter ist gut, dachte ich. Aber der Gefolterte war doch wohl eher ich, schließlich musste ich als unfreiwillige Ohrenzeugin ein Jahr lang Sophyas und Seans reges Sexleben und den darunter bebenden und ächzenden Federholzrahmen ertragen. Schade, ich hätte wenigstens einmal einen Mitschnitt machen sollen. Wäre ein cooles

Abschiedsgeschenk gewesen! Und wer weiß, vielleicht würde mir nach Sophyas Auszug ja echt was fehlen, dann hätte ich es mir hin und wieder einspielen können. Na gut, ich war wirklich kein Voyeur. War schon besser, dass dieses Kapitel in meinem Leben endete, bevor mir der Geduldsfaden riss und ich im Frust zu einem nächtlichen Amoklauf ansetzte. Es könnte nachts allerdings verdammt leise werden. Na ja, nicht, wenn ich meinen Bruder noch länger an der Backe hatte. Also bevor ich anfing, den Blues zu schieben, erst mal hören, was den hierhergetrieben hatte.

»Ich ziehe zu Hause aus«, sagte er auf meine Nachfrage.

Aha, das war nicht direkt neu, denn damit drohte er alle paar Monate mal.

»Und warum? Hast du mal wieder Mathe vergeigt?«

»Das auch, aber darum geht es nicht.«

»Worum dann?« Himmel, musste man dem denn jeden Wurm einzeln aus der Nase ziehen?

»Um meine Menschenwürde.«

Soso, eine Nummer kleiner hatte er es nicht zufällig? Ich begann innerlich zu grinsen und musste mich sehr zusammenreißen, um sachlich zu bleiben.

»Und was ist mit deiner ... äh ... Menschenwürde?«

»Verletzt!«, würgte er hervor. »Sie trampeln mit den Füßen darauf herum! Dauernd! Das verstößt gegen das Grundgesetz!«

Ja, wenn das so war, dann hatte er natürlich recht ... Die Würde des Menschen ist unantastbar ... und so ...

»Und wie äußert sich das? Und wer sind sie? Wer trampelt auf deiner Menschenwürde herum?«

»Na, Mama und Papa. Er besonders, der ist so ein Arsch, den sollte man in die Klapse einweisen!«

Hm, hatte Paula das von mir nicht kürzlich auch behauptet? Lag da eventuell doch eine familiäre Disposition vor – väterlicherseits? Ach was! Sicherlich übertrieb mein Bruder auch mal wieder maßlos. Und eigentlich war mein Vater doch so schlimm auch nicht. Manager eben, und das hieß vielleicht etwas einseitig zweckrational gepolt, aber deswegen doch nicht gefühl- oder verständnislos …

»Also, Robbie, Papa trampelt ja nun nicht ohne Grund auf deiner Würde herum. Es wird doch wohl einen bestimmten Anlass geben. Vielleicht kann ich irgendwie vermitteln …«

Aber statt mein Angebot anzunehmen, ging mein Bruder hoch wie eine Rakete. Ich legte besänftigend meine Hände auf seine Schultern, was nicht mehr so einfach war, seit der Typ im letzten halben Jahr so enorm in die Höhe geschossen war, und dirigierte ihn zu meinem Sofabett.

»Nun relax mal«, redete ich ihm gut zu. »Ich koche am besten einen von Sophyas Tees. Wie wäre es mit Yogi-Tee?«

»Bloß nicht! Bring mir lieber ein Bierchen.«

»Bierchen haben wir nicht.«

»Das muss sich aber ändern, wenn ich hier einziehe.«

Da musste ich aber mal was klarstellen: »Du ziehst hier nicht ein. Putz dir das gleich von der Backe.«

»Dann gehe ich nach Australien.«

»Wie wäre es zunächst mal mit Wermelskirchen? Oma und Opa haben doch ein nettes Gästezimmer und immer ein offenes Herz und Haus für die Entrechteten. Ich zahl dir auch die Bahnfahrt.«

Keine Chance. Der Typ wollte hier bei mir hängen bleiben.

»Die verpfeifen mich doch sofort.«

»Und ich nicht?« Woher nahm er nur diese Gewissheit? Nun wurde sein Blick doch ein wenig misstrauisch.

»Das würdest du nicht machen, deinen eigenen Bruder an die Inquisition ausliefern.«

Inquisition? Aber holla! Käme ja ganz drauf an, ob mir einer die Daumenschrauben anlegen oder mich aufs Rad flechten würde. Aber, Herrgott noch mal, konnte der Knabe nicht endlich mal sagen, was eigentlich los war? Menschenwürde verletzt! Tagtäglich verletzten Eltern die Menschenwürde ihrer Kinder, ohne dass die deswegen gleich nach Australien auswanderten oder – noch schlimmer – nun ihrerseits ihren armen Schwestern auf den Nerven herumtrampelten. Das war zwar kein grundgesetzlicher Straftatbestand, aber eigentlich genauso schlimm. Zumindest in meinem Fall, denn ich hatte weiß Gott anderes zu tun, als mich mit den pubertären Blähungen meines Bruders herumzuplagen! Ich hatte hart für das Vordiplom zu arbeiten und außerdem meine eigenen Probleme.

»Also komm, jetzt erzähl endlich, was los war oder du kannst gleich den Abflug machen. Wohin, ist mir ziemlich egal.«

Jetzt grinste er direkt etwas impertinent.

»Und das soll dann also Geschwisterliebe sein.«

Himmel! Hatte ich ihn mir vielleicht als Bruder ausgesucht? Nee, also war ich auch nicht für ihn zuständig.

»Los, spuck's aus, ich habe noch was anderes zu tun!«

Langsam wurde ich unwirsch. Schließlich musste ich dringend Melli anrufen und sie überreden, sich umgehend das Zimmer anzusehen. Außerdem hatte ich Sophyas überstürzten Auszug immer noch nicht verkraftet. Was waren dagegen die läppischen Probleme meines halb garen Bruders. Der sollte erst mal trocken hinter den Ohren werden, bevor er sich so aufblähte. Menschenwürde verletzt! Was war eigentlich mit meiner Menschenwürde? War das vielleicht kein Verstoß gegen das Grundgesetz, wenn man mich zwang, in Zukunft mit irgendeiner dummen Tusse hier zusammenzuleben, falls Melli das Zimmer nicht bekam oder nicht wollte – was der Herr verhindern möge! Demokratisch war das doch wohl nicht und sozial schon mal gar nicht.

Ich seufzte. Studenten hatten schon nicht viele Rechte, aber Studenten in Studentenwohnheimen hatten offenbar überhaupt keine.

»Also, es ist wegen der Skaterhalle …«

Ich brauchte einen Moment, bis ich von meinem eigenen beklagenswerten Los wieder bei der Lebenstragödie meines Bruders war.

Aber ich hatte mich doch wohl verhört? »Skaterhalle?! Du wagst es, mich wegen dieser dämlichen Skaterhalle zu belästigen?«

Also, um meinen Wutausbruch zu erklären – mit dieser Skaterhalle hatte es folgende Bewandtnis: An ihr wurde seit einem Jahr herumgezimmert und sie würde wohl nie fertig werden. Aber die ganze Familie zahlte seit Monaten Beiträge dafür, weil wir nach einer Gründungsversammlung in einer Spontanaktion alle als Fördermitglieder in einen ominösen Verein eingetreten waren, wobei mein Bruder sogar richtiges Vollmitglied war. Klar, dass meine Eltern allmählich mal Resultate sehen wollten.

»Was ist mit der Skaterhalle? Wird sie endlich mal fertig?«

Der Knabe druckste herum. »Ähm, ja, also bald, das geht eben nicht so schnell und deswegen ist es ja auch so gemein!«

»Was ist gemein?«

»Na, dass Papa mich einfach abgemeldet hat! Wie stehe ich jetzt vor meinen Kumpels da! Wir haben jeden Tag in der Halle gearbeitet, eine Halfpipe, eine Rail und eine Pyra mit Ledge stehen sogar schon … Da kann ich mich jetzt nicht mehr sehen lassen!«

Hm, das klang in der Tat dramatisch. Und ehrlich gesagt, verstand ich auch nicht, warum mein Vater wegen der paar Euro so einen Aufriss machte. Das konnte der Knabe doch von seinem Taschengeld bezahlen.

»Habe ich ja auch gesagt. Aber dieser Arsch hat uns alle einfach abgemeldet! Mich auch! Ohne zu fragen!«

»Aber er wird doch einen Grund dafür angegeben haben.«

»Grund? Sein einziger Grund ist, dass er keine Ahnung hat! Er behauptet, wir würden kiffen und gewalttätig sein und nix für die Schule tun ...«

Hm, auch wenn mein Vater mit Letzterem sicher recht hatte, mein Bruder hatte bei den Skatern seine Heimat. Da konnte er ihn wirklich nicht einfach so abmelden. Selbst wenn ihm die ganze Richtung nicht passte, was ja seit Monaten transparent war. Aber Himmel, es gab schlimmere Jugendszenen. Die Jungs um die *Boardbrothers* waren doch wirklich harmlos.

»Er meint, wenn ich professioneller Skater werde, breche ich mir eh noch den Hals und lande im Rollstuhl und er will nicht sein Leben lang für mich zahlen!«

Profiskater! Der kleine Irre! Aber das musste mein Vater ja nun wirklich nicht so ernst nehmen, wo Robbie doch mal grade einen abgesenkten Bordstein grinden konnte. Doch es half nichts, ich musste versuchen zu vermitteln, damit ich den Typ schnell wieder loswurde.

Leider machte mir Sophya einen Strich durch mein Konzept. Wohl weil sie mich milde stimmen wollte, bot sie an, dass Robbie in ihrem Zimmer schlafen könnte, bis sich die Lage bei uns zu Hause wieder entspannt hätte.

»Ich brauche es ja die nächsten Nächte nicht mehr und Melli wird wohl erst am Monatsanfang einziehen.«

Wenn sie denn überhaupt einzog! Ich biss, was meinen

Bruder anging, in den sauren Apfel und schob ihn aus meinem Zimmer.

»Dann hilf jetzt Sophya und Sean, die Klamotten runterzutragen. Ich rufe inzwischen Melli an.«

Der Knabe überschlug sich schier vor Dankbarkeit und packte sogar richtig zu. Für einen, dessen Hände normalerweise in der Baggy festgewachsen waren, schon sehr beachtlich. Mein Vater musste ihn wohl wirklich schwer in seiner Ehre gekränkt haben. Irgendwie konnte ich ihn ein wenig verstehen, ich würde mir auch nicht auf so eine Art den Umgang mit meinen Freunden vermiesen lassen.

*Alix, die Rächerin der Enterbten!,* höhnte mein innerer Coach, der aber auch gar nichts begriffen hatte.

Und so sparte ich mir einen Kommentar und summte nur in Erinnerung an einen alten Popsong: *He ain't heavy, he's my brother!*

♡ ♡ ♡

Melli! Es dauerte mal wieder ewig, bis sie ans Handy ging.

»Was hast du denn gemacht?«

»Na, was schon, gemalt!«

Hätte ich mir ja denken können und ihr Handy hatte sie wieder irgendwo in ihrem weiträumigen Loft liegen gelassen und so das Klingeln überhört. Deswegen hatte man ja auch Handys, damit man sie irgendwo achtlos liegen ließ und Freunde einen nicht erreichen konnten!

»Was gibt es denn so Dringendes?«

*Jetzt vorsichtig und taktisch geschickt vorgehen,* mahnte mein innerer Coach, aber das hatte ich mir auch schon selbst gesagt.

Leider haperte es, wie so oft bei mir, mal wieder an der praktischen Umsetzung.

»Du wolltest dir doch mal Sophyas Zimmer ansehen …«

Ich hörte, wie Melli heftig durchatmete. »Und deswegen rufst du mich jetzt an und störst mich bei der Arbeit?«

Hm, das klang nicht nach bester Voraussetzung für mein Vorhaben, ihr Sophyas Zimmer aufzuschwatzen.

»Das, ähm, das tut mir echt leid, Melli, es ist nur …«

»Ach, Alix, ich grundiere grade eine große Fläche, die Farbe trocknet ein, wenn ich noch lange telefoniere … Weißt du was, ich rufe dich zurück, wenn ich fertig bin.«

Und batsch, hatte sie mich abgewürgt. Och, nee!

Ich starrte frustriert auf das Display. Was sollte ich denn nun tun?

Ich rief Paula an.

Aber auch die wimmelte mich gleich ab. »Du, ich habe eine Kundin, bin mitten im Schnitt. Ich rufe dich gleich zurück.«

Na, prächtig. Wieso hatte ich nur so beschäftigte Freundinnen? Wo ich es doch nun wirklich hasste, Probleme vor mir herzuschieben. Das machte mich so was von verrückt! Vor lauter Verzweiflung ging ich in die Küche, schnappte mir einen Karnickelkäfig und trug ihn die Treppe runter.

»Oh, danke!«, sagte Sophya erfreut. »Nett von dir, dass du auch mithilfst. Wirst sehen, das klappt schon mit Melli.«

Na, ihr Wort in Gottes Ohr. Aber der hatte wohl grade was anderes drin, Thomaner Chor oder so!

Es dauerte und dauerte und Sophyas Habe war schon fast völlig in Seans Bully verschwunden, als endlich wenigstens Paula anrief und ich ihr das Problem schildern konnte.

»… und nun weiß ich nicht, wie ich Melli dazu bewegen kann, bei mir einzuziehen. Sie müsste doch wenigstens mal ganz schnell das Zimmer besichtigen, damit ich das morgen mit den Leuten vom Studentenwerk regeln kann …«

Paula schwieg. Sie schwieg unheilvoll lange. So als dächte sie angestrengt über etwas nach.

Hatte sie wohl auch getan, denn sie sagte sehr langsam und vorsichtig: »Also ansehen sollte sich Melli das Zimmer sicherlich, aber ob sie es dann auch nehmen wird …«

»Häh? Warum soll sie es denn nicht nehmen?«

»Also, ich denke mal, sehr groß ist es ja nicht … Und wenn ich so bedenke, was Melli in ihrem Loft alles rumstehen hat: die Leinwände, die Farbe, die Staffeleien, ihren riesigen Arbeitstisch …«

»Aber das braucht sie doch alles gar nicht. Hier ist ein Schreibtisch und Regale und ein Bett …« Ähm, na ja, schwiegen wir besser über das Bett.

»Da bin ich mir aber gar nicht sicher, dass sie ihren ganzen Kram nicht braucht, allein diese Unmengen an Farbeimern und Tuben …«

»Kann sie alles in die Küche stellen … oder in die Dusche … ja, die ist ja jetzt frei, wo da keine Karnickelkäfige mehr stehen!«

Paula hüllte sich in beredtes Schweigen.

»Keine gute Idee?«

»Besprich es mit Melli«, zog sie sich elegant aus der Affäre. »Und wenn sie das Zimmer besichtigt, sag Bescheid, ich komme dich dann unterstützen.«

Gute Seele! Ich wusste doch, dass auf Paula Verlass war.

»Gibt es bei dir auch was zu futtern?« Das war mein pansiger Bruder.

»Wusste nicht, dass du Vollpension gebucht hast!«

Er grinste. »Gibt's hier einen McBurger? Dann hole ich uns was.«

War ja nett, aber als ich in meine Geldbörse blickte, sah es darin ziemlich mau aus. Hm, mein Geld reichte wirklich mal grade so für mich, heranwachsende und darum extrem verfressene Brüder durchzufüttern war da eigentlich nicht drin.

»Guck nicht so, als hättest du einen Taschenrechner im Kopf«, meinte Robbie aber nur. »Ich lade dich ein. Ich bin natürlich nicht ohne Geld abgehauen.«

Tröstlich. Dennoch würde ich über kurz oder lang wohl meine Eltern über seinen Aufenthaltsort informieren müssen. Na ja, das hatte Zeit bis nach dem Essen.

Er zog also los und ich konnte mich wieder ans Handy klemmen, um schnellstens Melli herbeizutelefonieren.

»Du musst aber unbedingt heute noch kommen und das Zimmer ansehen. Bis zum Monatsersten sind es nur noch zwei Tage und ich wette, das Studentenwerk will das Zimmer so schnell wie möglich wieder belegen.«

»Da gehe ich auch von aus«, meinte Melli gelassen und es klang wirklich so, als ginge ihr das Ganze total am Allerwertesten vorbei. »Aber okay, ich mache eh grade eine Pause, da kann ich auch mal kurz zu dir rüberrollern. Gibt es denn was zu essen?«

Liebes Lieschen! Was war denn heute los? War ich Mutter Teresa, dass ich zur Armenspeisung eingeladen hatte?

»Robbie holt grade was bei McBurger. Soll er für dich was mitbringen?«

Melli klang angewidert. »Nee, danke. Kocht Sophya heute nicht?«

Meine Güte, auf welchem Planeten traumtänzerte die denn herum?

»Sophya zieht heute zufällig aus. Ich habe es dir vor zwei Stunden erzählt. Deswegen sollst du ja herkommen und dir ihr Zimmer ansehen.«

»Ach, nun sei doch nicht gleich beleidigt. Hätte ja sein können, dass sie noch mal kocht. So zum Ausstand.«

Stimmt, da hatte Melli allerdings recht und so brüllte ich ins Treppenhaus runter: »Sophya, was ist eigentlich mit deinem Ausstand?«

»Den mache ich zusammen mit meinem Einstand«, sagte eine Stimme direkt neben mir. »Brauchst nicht so zu schreien deswegen. Du kriegst auf jeden Fall noch eine Einladung. Paula und Melli kannst du auch mitbringen, und deinen Bruder auch.«

Herr bewahre! Der war ja dann wohl hoffentlich längst wieder unter die Fittiche seiner Eltern gekrochen.

Im Moment sah es danach aber gar nicht aus, denn er schleppte den halben Burgerladen an. Na schön, dann musste ich wenigstens am ersten Tag nach Sophyas Auszug nicht Hunger leiden.

Melli kam, sah und ging! Sie machte es zwar etwas eleganter, aber weder ich noch Paula konnten sie überreden, das Zimmer zu nehmen. Und die Beiträge meines pansigen Bruders waren noch zusätzlich kontraproduktiv. Obwohl ich mich geradezu selbst verleugnete und auf den allernotwendigsten Lebensraum beschränkte, ihr Dusche, Flur, Abstellkammer und Küche zur künstlerischen Nutzung anbot, lehnte sie ab.

»Ich brauche wirklich keinen Esstisch«, erklärte ich ihr in flehendem Tonfall. »Echt nicht, den kannst du ganz zum Malen nehmen. Ich dusche auch nur ganz selten. Früher standen eh immer Kaninchen in der Dusche und das ganze Putzzeug brauchen wir auch nicht. In der Abstellkammer kannst du deine Farben und Leinwände unterbringen und schau mal, das Zimmer hat dieses von Malern so geschätzte Nordlicht …«

Äh, das war es doch, was die so schätzten oder war es Ostlicht … oder West? Also Süd auf jeden Fall nicht.

Also, wie auch immer, ich bot Melli quasi das ganze

Apartment an und redete ihr jedes Detail zum Künstlerparadies schön. Vergebens.

»Aber hier hast du eine Heizung und fließend warmes Wasser!«, zog ich schließlich die letzte Trumpfkarte. »Ohne das überlebst du doch den Winter gar nicht. Und was hat die Welt dann von deiner Begabung, wenn du eines Morgens steif gefroren und mausetot aufwachst?«

Kopfschütteln und Gelächter.

»Außerdem bist du da ganz allein. Niemand ist da, der dir einen heißen Tee kocht.« Ich schwieg einen Moment bedeutungsvoll. »Ich würde das für dich tun.«

Es half alles nichts, auch Paulas lieb gemeinte Unterstützung versagte.

So hockten wir schließlich schweigend vor den leeren McBurger-Tüten in der Küche, umgeben von Sophyas restlichen Kartons, die nicht mehr in den Bully gepasst hatten und die sie deshalb am nächsten Tag abholen wollte. Viel Raum und Luft zum Atmen gab es wirklich nicht. Schon gar nicht, wenn vier Leute hier Frust schoben.

Irgendwann fingen Melli und mein Bruder an zu philosophieren und schließlich gestand er, dass der eigentliche Grund für seine Flucht von zu Hause tiefer lag. Sehr geschickt kitzelte Melli aus ihm heraus, dass es bei den *Boardbrothers* ein Mädchen gab. So eine Art Skatergroupie, das ständig bei den Kerlen abhing. Und obwohl mein Bruder immer erklärt hatte, Frauen, die skaten, wären grauenhaft und der Schrecken der Szene, hatte er sich wohl in diese Jenna verknallt. Er gab es nur widerstrebend zu, aber als es dann endlich raus war, schien ein regelrechter Damm gebrochen.

»Ich bin sicher, Papa hat mich nur deswegen abgemeldet. Er will uns auseinanderbringen! Seit Jenna öfters mal bei mir abhängt, hat er ständig was am Skaten rumzumeckern.«

»Und Mama?«, wollte ich wissen. »Was sagt sie dazu?«

»Sie meint, Jenna ist kein Mädchen! Das muss ich ja wohl besser wissen!«

»Hast du ein Foto?«, fragte Melli neugierig.

Robbie zierte sich, aber dann kramte er umständlich in seiner Baggy, zog seine Geldbörse heraus und brachte verschämt ein Automatenfoto ans Licht. Ich musste grinsen, denn das hatte ich schließlich auch mit meinen ersten Freunden gemacht: ins Kaufhaus oder in den Bahnhof und dann gemeinsam »Keep smiling« im Fotoautomaten. Das war deswegen so cool, weil man sich in dem großen Spiegel sah, aus dessen Mitte das Kameraauge so kooperativ jeden Spaß mitmachte. Ein Fotograf wäre längst ausgerastet bei all den verrückten Jungmenschen, die in den absurdesten Posen und Bewusstseinszuständen dort für ein Erinnerungsfoto ihren Gefühlen Aus- und Abdruck verschafften.

Robbie drehte das Foto noch ein wenig unschlüssig in den Händen, dann legte er es mit der Bildseite nach unten auf den Küchentisch und schob es zu Melli rüber. Aber ich war schneller und schnappte es ihr weg. Schließlich war ich seine Schwester und hatte darum das Recht, zuerst zu sehen, in wen mein Brüderchen sich verliebt hatte. Merkwürdig, dass es ihm peinlicher war, mir seine Angebetete zu zeigen als Melli.

Ich drehte das Foto herum und erstarrte. Mein Bruder war ja ganz niedlich getroffen, aber das Wesen neben ihm verschlug mir echt die Sprache. Wortlos reichte ich das Foto an Melli weiter.

*Sag jetzt bloß nichts,* warnte mich mein innerer Coach überflüssigerweise, denn ich war dazu ohnehin nicht in der Lage und auch Melli hüllte sich in beredtes Schweigen.

Nur Paula sagte in aller Harmlosigkeit: »Die sieht aber mal echt krass aus.«

Das war eine sehr euphemistische Umschreibung. Dass mein Vater seinen Sohn nicht an so ein Wesen verlieren wollte, konnte ich nun sogar nachvollziehen. Dennoch … der Typ war alt genug, sich seine Freunde und insbesondere Freundinnen selbst auszusuchen. Und wenn er auf Gruftipunks stand, dann eben in Gottes Namen.

Das Wesen auf dem Foto hatte schwarze, zu Igelstacheln gegelte Haare, dunkelsten Lidschatten, einen schwarzroten vollen Mund und ein Stachelhalsband um den weißlichen Hals. Im linken Ohr war ein Glitzerstecker und in der Nase ein Ringpiercing. Meine Güte, wie war mein süßer, kleiner Robbie nur an die geraten?

»Und?« Mein Bruder sah uns forschend an und ich hoffte nur, dass mir meine Gedanken ausnahmsweise mal nicht ins Gesicht geschrieben standen. »Wie findet ihr sie?«

»Äh … ja … sie … sie … hat schöne Augen …«, stotterte ich schließlich. Dass sie einen schockierenden Stil hatte, konnte ich ja wohl kaum sagen.

Robbie atmete glücklich auf. »Ja, findest du?«

Ich nickte, denn zweimal hintereinander wollte ich nun auch nicht schwindeln.

Melli kam mir zu Hilfe. »Wirklich eine krasse Braut«, sagte sie in unterstem Jugendjargon. »Hat sie noch mehr Piercings?«

Häh? Was sollte das denn jetzt?

Mein Bruder bekam einen leichten roten Flash, dann sagte er mit einem schmallippigen Grinsen: »In der Zunge … damit kann sie klackern …«

Ach, du liebes bisschen. Klackern!

»Hauptsache, sie ist nett«, sagte ich lahm, da es mir an einer kreativeren Eingebung mangelte.

»Ist sie und es ist echt scheiße von Papa, dass er mich zwingen will, mit ihr Schluss zu machen, wo er sie nicht mal wirklich kennt.«

»Genau«, stimmte Melli zu. »Da musst du hart bleiben. Wenn Eltern anfangen, sich in deine Beziehungen zu mischen, dann hilft wirklich nur eins: ausziehen!«

Vielen Dank! Das war ja nun nicht gerade die Art Unterstützung, die ich von einer Freundin brauchte. Ich versuchte, dem Knaben klarzumachen, dass er schleunigst wieder nach Hause gehen sollte, und Melli redete ihm auch noch sein kindisches Verhalten zu einem emanzipatorischen Akt schön. Aber nicht mit mir!

»Toll, und wie stellst du dir das vor, Melli? Zu mir kann er jedenfalls nicht ziehen. Wenn du das Zimmer von Sophya nicht willst, schickt das Studentenwerk mir bestimmt in den nächsten Tagen eine andere Interessentin. Und wenn die einzieht, ist für Robbie hier Schicht im Schacht. Ich stehe mitten im Vordiplom, da kann ich hier kein Asyl für liebeskranke Brüder aufmachen.«

»Brüder? Hast du noch mehr?« Melli spielte die Verwunderte.

»Ach, lass den Quatsch. Du siehst doch selbst, dass er hier nicht bleiben kann.«

»Okay, dann kann er ja mit zu mir kommen, wenn er will.«

Der Kleine fiel fast vom Hocker. »Das meinst du doch jetzt nicht im Ernst?«, fragte er fassungslos.

Melli zuckte die Schultern. »Warum nicht? Ich habe genug Platz.«

»Aber keine Heizung!«, warnte ich.

»Das ist mir egal«, frohlockte der Knabe. »Kann ich gleich mitkommen?«

Melli grinste bei so viel Enthusiasmus. »Klar, kannst auf den Sozius. Ich habe sogar noch einen zweiten Helm mit.«

Ich weiß nicht, was er geiler fand: bei Melli Asyl gefunden zu haben oder mit ihr auf dem Roller fahren zu dürfen. In Windeseile hatte er sein Zeug zusammengerafft und stand abmarschbereit an der Tür. War ja mal wieder sehr dankbar.

Er merkte wohl, dass ich etwas verschnupft reagierte und so sagte er, sehr bemüht, ein wenig Samt auf seine brüchigen Stimmbänder zu legen: »Das ist doch wirklich auch für dich besser, Alix. Dann brauchst du Mama und Papa nicht zu belügen, wenn die dich anrufen und nach mir fragen. Bei dir bin ich dann jedenfalls nicht mehr.«

»Und dass du bei Melli bist, soll ich wohl einfach vergessen ...?«

Er grinste frech. »Das wäre sehr freundlich von dir, Schwesterchen!«

Nun musste ich auch lachen. »Okay, dann schiebt ab!«

Als Melli und Robbie verschwunden waren, kochte ich für Paula und mich frischen Tee. Dann hockten wir uns in meinem Zimmer vor die Glotze.

»Meine Mutter grämt sich zu Tode, wenn ich ihr nicht sage, wo der Typ abgeblieben ist.«

»Ach, Quatsch. Sag ihr einfach, er ist gut untergebracht und sie soll sich keine Sorgen machen. Da muss sie durch. Und vielleicht hilft das, deinen Vater davon abzuhalten, sich jemals wieder in die Freundschaften seiner Kinder einzumischen.«

Na dann!

Als ich später im Bett lag und noch ein paar Seiten aus dem Medienrechtskript las, fand ich, dass ich Robbie wirklich auf sehr elegante Art losgeworden war. Mein unendlicher Dank galt Melli und ich war glücklich, eine so coole Freundin zu haben, die selbst mein höchst anspruchsvoller Bruder akzeptierte. Es war wirklich zu traurig, dass sie nicht bei mir einziehen wollte. Wer weiß, was für eine schreckliche Mitbewohnerin mir das Studentenwerk nun schicken würde.

♡ ♡ ♡

Sie war schlimmer, als ich es mir in meinen schlimmsten Träumen ausgemalt hatte – voll die Oberspießerin. Beiges Kostüm, beige Pumps und ein beigegraues Blüschen mit Omablümchen und Schulterpolstern. Da wurde man ja schon vom Anblick blind.

Das Grausamste aber war, dass sie sich genau so verhielt, wie sie aussah. Es sollte ja Menschen geben, die kriegten das mit dem Styling einfach nicht auf die Reihe. Denen fehlte irgend so ein Gen, das die ästhetische Empfindung steuerte, behauptete Melli zumindest. Ja, und wenn eben so ein Gen fehlte, dann konnte dieser Mensch noch so edle Klamotten haben, er sah immer irgendwie falsch angezogen aus. Aber wie gesagt, er konnte natürlich trotz dieses Handicaps einen ansonsten total tollen Charakter haben. Einstein zum Beispiel oder … mein Vater.

Also nahm ich mal zu ihren Gunsten an, dass dieser beige Aufzug noch nicht wirklich etwas über meine neue Mitbewohnerin aussagte. Tat er aber leider doch.

Sie erschien eines Morgens vorm Aufstehen und statt zu klingeln und sich vorzustellen, steckte sie gleich den Schlüssel vom Studentenwerk ins Schloss und platzte ins Apartment, als hätte sie es bereits gemietet.

Hatte sie leider tatsächlich schon. Ich war auf so was natürlich überhaupt nicht eingestellt und fuhr beim ersten Geräusch in der Küche in Panik hoch.

Einbrecher, schoss es mir durch den Kopf, aber dafür war es dann irgendwie doch zu laut. Sophya? Ob sie etwas vergessen hatte? Ich stieg leise aus dem Bett und lugte durch das Schlüsselloch meiner Tür in die Küche. Hm, war ja nicht direkt viel zu sehen. Irgendetwas Beiges defilierte mehrmals vor meinem Auge hin und her. Eine beige Tigerkatze? Unwahrscheinlich!

*Nun sieh nach!*, verlangte mein innerer Coach etwas Courage von mir.

Und wenn es doch ein Einbrecher war?

*Dann nimm ein Buch mit und hau es ihm über die Rübe.*

Das war eine gute Idee. Ich griff zum nächstbesten Wälzer und öffnete leise die Tür. Der Anblick, der sich mir bot, versetzte mich in höchste Alarmbereitschaft. Tatsächlich hockte ein mir völlig unbekannter Eindringling in der Küche vor meinem Kühlschrank. Das war ja wohl klar, was der da wollte: Mundraub begehen! Das wäre schließlich nicht die erste Selbstbedienungsaktion, die hier im Wohnheim stattfand. Zwar war bei Sophya und mir direkt bisher noch keiner eingestiegen, aber immerhin hatte schon mal jemand bei Sylvia im Erdgeschoss durch die offene Terrassentür gepinkelt. Und neulich hatten so ein paar Hirnis mit dem Luftgewehr unser erleuchtetes Küchenfenster beschossen. Da war dann echt die Kripo gekommen, hatte sich die Einschusslöcher in den Hängeschränken angesehen und wollte wissen, ob wir irgendwelche Feinde hätten. Na, das wüsste ich aber!

Doch im Ernst, das wurde echt immer dreister mit solchen sinnlosen Gewaltakten gegen harmlose Mitmenschen. Von mir aus sollten sich diese Typen gegenseitig wegballern, aber friedliche Menschen wie uns bitte da rauslassen.

Weil ich mich nun gerade an dieses Ereignis erinnerte, das Sophya und mir einen solchen Schreck eingejagt hatte, dass wir die nächsten Wochen abends wie zu Zeiten des Luftalarms nur bei verhängtem Fenster Licht in der

Küche machten, versetzte mich dieser Eindringling in ziemliche Panik.

Wie war der bloß hier reingekommen? Egal, ich hatte ihn nicht eingeladen und folglich war seine Anwesenheit völlig illegal, was jedes Mittel der Selbstverteidigung rechtfertigte.

*Nun hau zu, eh der mitkriegt, dass du ihn entdeckt hast,* riet mir mein innerer Coach.

Wenn ich auch sonst nicht unbedingt auf ihn hörte, diesmal tat ich es. Ich schlich mich von hinten an, hob das Buch und donnerte es dem ungebetenen Gast auf die Rübe. Holla, das hatte aber mal gesessen. Ohne einen Laut von sich zu geben, ging der Einbrecher zu Boden.

Ach, du liebes Lieschen! Erst jetzt sah ich, dass es sich um eine Frau handelte. Sie lag reglos in leicht verrenkter Haltung auf dem Boden, hingegossen wie die nackte Maja auf ihrem Kanapee. Sie trug ein grauenhaftes beiges Kostüm, dessen Rock hochgerutscht war und den hässlichen Höschenansatz einer Strumpfhose sichtbar werden ließ. Und neben ihr lag der Wälzer, mit dem ich sie außer Gefecht gesetzt hatte: *Schlagende Beweise in der Kriminalitätsberichterstattung!* Passte doch!

Was aber leider gar nicht passte – insbesondere dem Opfer nicht –, war die Tatsache, dass ich meine neue Mitbewohnerin zwar mit dem mir eigenen Überschwang, aber nicht grade freundlich empfangen hatte.

Jedenfalls schob ich es auf diesen ziemlich unglücklichen Beginn unserer Bekanntschaft, dass sich das Gemeinschaftsleben in unserem Kleinstapartment nicht gerade berauschend anließ. Wie konnte ich auch nur so blöd sein und gleich zu einem Gewaltakt schreiten?

Na gut, wie konnte sie so blöd sein, einfach so in meine Intimsphäre einzudringen, ohne sich vorher anzumelden.

Und im Studentenwerk musste ja wohl auch ein Typ mit Hirnamputation am Werk gewesen sein! Ihr einfach einen Schlüssel zu geben. Wirklich unmöglich.

Obwohl – jetzt fiel mir wieder ein, dass irgend so eine Verwaltungstante am Nachmittag angerufen hatte, um mir mitzuteilen, dass in nächster Zeit jemand das freie Zimmer besichtigen würde. In nächster Zeit! Da konnte ich ja wohl nicht draus schließen, dass schon am nächsten Morgen vor dem Aufstehen jemand ohne zu klingeln einfach hier reinschneite und dann auch noch meinen Kühlschrank inspizieren würde. Nee, wirklich! Die feine Art war das echt nicht.

Dennoch versuchte ich ihr, als sie langsam wieder zu sich kam, die komplizierte Sachlage zu erklären. Aber sie war irgendwie nicht so richtig aufnahmefähig. Dabei hatte ich mal gehört, dass leichte Schläge auf den Hinterkopf für das Denkvermögen sehr stimulierend sein sollten.

»Wa… wa… was ist passiert?«, lallte sie noch leicht benommen und starrte mich befremdet an. Dann richtete sie sich auf, zupfte den Rock herunter, sodass er wieder korrekt über der Strumpfhose saß, und fragte: »Was war das?«

Sie fasste sich an den Kopf und starrte verwirrt auf das Buch, das aufgeschlagen, aber mit dem Titel nach oben, neben ihr lag. Es blieben mir zwei Möglichkeiten: Geständnis oder Notlüge.

*Du machst dich absolut lächerlich, wenn du ihr die Wahrheit erzählst,* warnte mein innerer Coach.

Ach, machte ich? Wer hatte denn die glorreiche Idee zu dieser Irrsinnstat? Nimm ein Buch und donnere es ihr auf die Rübe! Na? Amnesie?

Aber ich war schon selbst zu der Überzeugung gekommen, dass es besser war, eine elegante Ausrede zu finden, als das Mädchen noch mal dem Schrecken der ganzen Wahrheit auszusetzen. Obwohl sie es eigentlich verdient hatte, denn sie hätte sich ja auch erst mal nach den Regeln mitmenschlicher Höflichkeit bei mir vorstellen können. Dann wäre ich auch nicht auf den Gedanken gekommen, sie wollte einbrechen.

Na gut, irgendeine Erklärung musste ich mir jetzt aber aus den Rippen leiern.

»Äh, ich nehme mal an, du bist wegen des freien Zimmers hier ...«

Sie nickte wortlos und starrte weiter auf das Buch.

»Äh, ja, das Buch ... ja, das war Pech, das ist aus dem Regal gefallen ... ja ... genau auf deinen ... äh ... Hinterkopf.« Ich atmete erleichtert durch. »Tja, so was wirft einen schon mal um.«

Das Mädchen erhob sich nun und nachdem es noch mal ordnend an Kostümjacke und Rock herumgezupft hatte, sah es sich suchend in der Küche um.

»Aus welchem Regal ist das Buch gefallen, sagtest du?«

Ja, hm, aus welchem denn? In der Küche stand gar keins. Das nächste Regal war in meinem Zimmer und da hätte das Buch schon Flügel kriegen müssen, um es quer durch die Küche bis an den Schädel dieser Beigejacke zu schaffen.

*Kommt ein Wälzer geflogen ...*

Na gut, dann war es eben von einem der Hängeschränke gefallen.

»Habe ich Regal gesagt? Ich meinte natürlich Hängeschrank. Den da ... da stehen immer unsere Kochbücher.«

»Kochbücher?«

Verdammt, sie hatte bestimmt den Titel gelesen und nach Kochbuch klang der ja nun wirklich nicht.

*Sahne schlagende Beweise,* giggelte mein Coach mal wieder unernst und ungebeten.

»Äh, ja, da … da waren ein paar Rezepte drin, also von meiner ehemaligen Mitbewohnerin. Die, äh, war eine begnadete Hobbyköchin, ja, die war sehr kreativ … ja, das war sie, sie hat immer die besten Eingebungen in den Vorlesungen gehabt, ja, und dann hat sie die … also, die hat sie dann eben schnell in die Lehrbücher geschrieben, ja, das hat sie gemacht.«

Sophya möge mir diesen Frevel verzeihen. Die Tusse schob das Buch mit der Fußspitze weg.

»Eklig«, sagte sie dabei. »Und dann ist es auch noch ein Buch aus der Unibibliothek! Das ist Gemeineigentum. Da etwas reinzuschreiben ist Vandalismus!«

Ja, ja, recht hatte sie und es stand ja auch in Wirklichkeit gar nichts drin, weil weder Sophya noch ich so etwas machen würden. Aber mir war halt grade nichts Gescheites eingefallen, was ihr plausibel erklärte, wie in unserer Küche ein medienwissenschaftliches Lehrbuch an ihren Hinterkopf kam.

*Zweimal denken und erst dann reden,* erinnerte mich mein innerer Coach an einen guten Vorsatz, den ich aber leider allzu selten in die Tat umsetzte.

»Äh, hat dich das Studentenwerk geschickt?«, versuchte ich jetzt aber mal von diesem heiklen Thema wegzukommen.

»Ja, genau«, sagte sie. »Ich bin deine neue Mitbewohnerin.« Sie streckte mir die Hand hin. »Ich heiße übrigens Elke.«

Na, so sah sie auch aus! Also, nichts gegen den Namen Elke, aber … ach, lassen wir das. Das war ja auch so was von unwichtig angesichts der erschütternden Tatsache, dass das Studentenwerk mir diese Tussi offenbar einfach in die Bude setzte, ohne mich überhaupt mal gefragt zu haben, ob ich mit der einverstanden war. Schließlich musste frau ja wenigstens mal die Gelegenheit erhalten, so eine neue Mitbewohnerin erst mal zu beschnuppern. Na ja, bei der hätte das nicht viel gebracht, denn die roch irgendwie nach Kernseife und Babycreme, also in etwa so stylish, wie sie aussah. Obwohl – ich hätte noch einen Hauch Mottenkugelduft erwartet.

Sie war inzwischen zu meinem Zimmer gegangen und war grade im Begriff, die nur angelehnte Tür mit den Worten »Ist das hier das Zimmer?« aufzustoßen.

Ich hechtete dazwischen und konnte sie im letzten Moment noch bremsen. In meinem Chaos hatte sie ja nun gar nichts verloren.

Ich dirigierte sie also zu Sophyas ehemaligem Zimmer rüber: »Nein, hier. Dies ist das freie Zimmer.«

Sie trat ein und rümpfte die Nase. »Hier riecht es aber seltsam.«

Da musste ich ihr sogar recht geben, denn natürlich hatten unzählige Räucherstäbchen und Wasserpfeifenpartys ihre Spuren hinterlassen. Nicht nur duftmäßig.

»Hier müsste aber dringend mal gestrichen werden. So nehme ich das Zimmer nicht.«

Ich frohlockte und konnte kaum an mich halten vor Freude darüber, dass sich doch noch ein Hoffnungsstrahl zeigte und der Kelch, mit dieser Schnepfe das Apartment teilen zu müssen, an mir vorbeigehen könnte.

»Das wirst du wohl selbst machen müssen«, sagte ich.

»Ach, das glaube ich nicht. So ein Zimmer muss in renoviertem Zustand übergeben werden und ich denke mal, dass es hier sicher einen Hausmeister geben wird, der in der Lage ist, einen Farbroller zu bedienen.«

Da war ich mir zwar keineswegs sicher, aber wenn sie meinte.

»Ich werde das gleich beim Studentenwerk reklamieren.«

Na, dann wird es ja vielleicht in drei Wochen gestrichen

werden, dachte ich und grinste innerlich. Da hatte ich die Wohnung ja noch eine Weile für mich.

Aber ich irrte mich gewaltig. Entweder hatte sie Connections zum Studentenwerk oder zum Hausmeister oder die hatten einfach Bammel vor ihr, weil sie Jura studierte. Jedenfalls stand am nächsten Tag der Hausmeister vor meiner Tür und wollte das Zimmer streichen. Na gut, weil er nun schon mal da war, überredete ich ihn, Küche und Flur gleich mitzustreichen und auch in der Dusche mit einem frischen Anstrich endlich das Aroma der Karnickel zu neutralisieren.

Tja, und dann zog Elke tatsächlich am Monatsersten ein. Ich fand das total traurig, denn es wäre so viel schöner gewesen, wenn ich eine Wohngemeinschaft mit Melli hätte haben können statt mit dieser spießigen Tante, die sich leider nicht nur beige kleidete, sondern auch beige dachte.

Es ging damit los, dass sie die Gemeinschaftsräume des Apartments, also Küche, Bad und Abstellkammer, in Zonen aufteilte, die von jedem Bewohner nur zu ganz bestimmten Tages- und Nachtzeiten genutzt werden durften. Wo bisher mit Sophya ein buntes Gemenge friedlicher Koexistenz praktiziert worden war, sollte von nun an ein streng einzuhaltendes Reglement nach Elkes Willen herrschen.

»Um Konflikte von vornherein zu vermeiden.«

Welche Konflikte? Mit Sophya hatte es nie welche gegeben!

Es fing zunächst ganz harmlos mit dem Kühlschrank an.

»Bist du damit einverstanden, dass ich das linke Gemüsefach und die mittlere Ablage nehme? Dann kannst du deine Sachen oben hinlegen und die untere Ablage bleibt als Reserve.«

Reserve wofür? Sagte sie nicht. Stattdessen fing sie an, meine im ganzen Kühlschrank ausgebreiteten Nahrungsmittel in die obere Ablage zu stopfen.

»Die Eier lässt du aber bitte in der Tür und die Butter auch. Ich habe keine Lust, steinharte Butter auf den Toast zu streichen!«

Sie hielt mir eine Packung leicht angegammelte Leberwurst hin. Ups, die hatte ich wohl irgendwie vergessen.

»Und achte bitte darauf, dass nichts schimmelt. Schimmelpilze sind gesundheitsschädlich.«

Nach dem Kühlschrank kam der Rest der Küche dran.

»Die Töpfe kannst du weiter benutzen«, sagte sie gnädig. »Ich bringe mir eigene mit. Das gilt auch für das Geschirr.«

Dann fing sie an, die Unterschränke und die Hängeschränke aufzuteilen, und als sie damit fertig war, teilte sie die Nutzungszeiten für den Herd ein. Dann diskutierte sie, wer wann den Mülleimer rauszubringen hatte, egal, ob er voll oder noch halb leer war.

Schließlich fragte sie: »Und wie habt ihr es mit dem Duschen gemacht?«

»Wie … wie sollen wir es gemacht haben? Wir haben geduscht. Ganz einfach. Wer sich dreckig fühlte, hat geduscht.«

Oder wer Sex hatte, dachte ich grinsend, denn wenn es danach ginge, würde Elke wohl nie duschen müssen. Wenn sie nach etwas nicht aussah, dann war es Sex. Quietschende Federholzrahmen waren damit wohl auch passé. Wenigstens mal ein Lichtblick.

Allmählich begann sie mich allerdings zu langweilen und ich hatte keinen Bock, mir ihren Schwachsinn noch länger anzuhören. Sie würde schon noch merken, dass der normale Alltag in einem Zweierapartment auch ohne diesen ganzen Regelkram von ihr ganz problemlos lief.

So sagte ich denn abschließend und eigentlich als Scherz gemeint: »Schreib's am besten auf.«

Sie war so blöd und tat es. Als ich am nächsten Tag aus der Uni kam, klebten doch tatsächlich überall Zettel in der Bude: an den Küchenschränken, an der Garderobe, an der Badezimmertür!

Ich kriege 'ne Krise, dachte ich, und las mit offenem Mund und fassungslosem Staunen, was Elkes krausem Hirn entsprungen war. Liebes Lieschen, an der war ja echt eine Blockwartin verloren gegangen!

Ich sage nur *Nutzungszeiten!* Nutzungszeiten für Küche, Putzraum, Badezimmer. Der ging es ja wohl nicht mehr gut! Ich ließ mir doch von dieser Tusse nicht vorschreiben, wann ich zu duschen oder aufs Klo zu gehen hatte.

*Keine Wasserspülung mehr nach 23 Uhr!* Bei der war ja wohl eine Gehirnspülung nötig!

*Kochen nicht nach 20 Uhr! Gründlich lüften!* Am besten hängte man sie gleich mit aus dem Fenster.

Mein Gott, roch das alles nach kleinbürgerlichem Spießermilieu. Die drehte ja wohl voll am Rad.

Ich dachte an das lockere Miteinander von Sophya und mir, die nächtlichen Kochorgien mit den traumhaften indischen Gewürzen und dem leckeren Reis. Ich dachte an die Karnickelkäfige in der Dusche, die mich zwar oft zur Weißglut getrieben hatten, aber lebendig waren ... wirkliches Leben, nicht tote, stockkonservative Verhaltensvorschriften! Vielleicht sollte ich mir Kalli Karnickel von Sophya mal ausleihen und in die Dusche stellen, um diese doofe Schnepfe zur Vernunft zu bringen. Aber wie ich Elke so einschätzte, würde sie den, ohne auch nur mit der Wimper zu zucken, prompt in die Biotonne entsorgen. Scheiße, scheiße, scheiße!

Ich flüchtete in mein Zimmer und brach in Tränen aus. War das Studentenwerk denn völlig verrückt, mir so eine

Tussi als Mitbewohnerin zuzumuten? Die war ja noch nicht mal mehr Erstsemester, was vermutlich hieß, dass sie woanders keiner haben wollte. Bestimmt war sie irgendwo rausgeflogen. Wer zog schließlich sonst mitten im Semester um?

*Ignorier sie doch einfach!*, empfahl mein oberschlauer innerer Coach.

Aber der hatte ja überhaupt keine Ahnung. Wenn ich gegen irgendeine ihrer dämlichen Vorschriften verstieß, würde sie bestimmt einen riesigen Aufriss machen. Man wusste ja, warum Juristinnen als Mieterinnen gefürchtet waren.

Aber auch Paula, die ich in meiner Verzweiflung anrief, meinte nur: »Sie kann dir gar nichts vorschreiben. Du hast schließlich die älteren Rechte. Setz dich durch, Mädel!«

Das war aber leichter gesagt als getan. Und so ergriff ich eines Abends völlig entnervt die Flucht und fuhr zu Melli.

Das hätte ich so unangemeldet lieber nicht tun sollen, denn als ich durch die immer offene Eingangstür den Innenhof des Schlachthofs betrat, sah ich Melli durch das riesige Fabrikfenster in ihrem hell erleuchteten Atelier stehen.

Was mich aber erschütterte, war die Tatsache, dass sie nicht alleine war. Dicht hinter ihr stand ein Typ und als ich neugierig näher trat, gefror mir das Blut in den Adern.

Oh mein Gott, nein! Das tat mir meine beste Freundin doch nicht an?! Auch wenn ich ihn durch den ganzen Stress im Wohnheim sträflich vernachlässigt hatte, gab ihr das doch nicht das Recht, sich mit ihm in ihrem Loft zu treffen! Wie eine Furie riss ich die Tür zu ihrem Atelier auf, bereit, alles zu tun, um dieses traute Idyll zu zerstören. Denn der Typ an ihrer Seite war niemand anders als *er*! Mein Mr. Blue Eyes aus dem grünen Jugendstilhaus.

Zwar fühlte ich mich wie der Erzengel Gabriel, als ich bebend vor Zorn auf der Türschwelle stand, aber das kam wohl nicht ganz so rüber. Denn mehr als ein wütend gekreischtes »Melli!« hatte ich noch nicht hervorgebracht, als die beiden sich umdrehten und mich fragend ansahen. Blaue und grüne Augen!

Dann sagte Melli: »Du suchst sicher deinen Bruder, Alix. Den hat deine Mutter vorhin abgeholt. Ich glaube, bei denen ist alles wieder im grünen Bereich.«

Wunderbar, na schön, wenigstens bei dem! Bei mir hingegen war mal wieder alles im Eimer! Eine bescheuerte Mitbewohnerin und eine Freundin, die sich an meinen Typ ranmachte.

Sie merkte nun wohl auch, dass mich die unerwartete Konfrontation mit Mr. Blue Eyes umzuwerfen drohte, und setzte zu einer Erklärung an.

»Ähm, Jean-Paul wollte noch ein zweites Bild, äh … erwerben. Er meint, äh … auf einem Bein kann man nicht stehen.«

Das war doch nur eine faule Ausrede! Sie wollte er sehen und nicht ihre doofen Bilder! So einmalig waren die nun auch nicht!

*Aber, aber,* moralisierte mein innerer Coach, *denkt man so über seine beste Freundin?*

Nein, tat frau natürlich nicht, und schließlich war es ja nicht ihre Schuld, wenn er ihr nachstieg. Im Grunde genommen hätte ich ja auch längst meine Chance ergriffen und ihn in seinem Museum besucht, wenn nicht Sophyas Auszug und mein verknallter Bruder dazwischengekommen wären.

Kismet, dachte ich, dankte Melli, dass sie sich um meinen Bruder gekümmert hatte, und machte den Abflug.

»Aber komm ruhig mal im Museum vorbei«, sagte Jean-Paul. »Es lohnt sich wirklich.«

Da war ich mir aber nun gar nicht mehr sicher, denn was sollte ich mit einem Typen, dessen Herz vielleicht schon an meiner Freundin hing. Das ging ja nun gar nicht und da war es wirklich egal, ob die Augen das blaueste Blau der Welt hatten.

Ich quälte mich die ganze Nacht mit meiner Eifersucht auf Melli und heulte dabei wie ein Schlosshund. Damit meine jammervollen Töne nicht bis zu Elke drangen, stopfte ich mir mein Kuschelkissen fast bis zum Ersticken in den Mund. Das ging sie ja nun mal ganz und gar nichts an.

Dennoch fragte sie am nächsten Morgen, ob ich geheult hätte, und als ich einen Blick in den Spiegel in der Dusche warf, war mir klar, dass dieses Gesicht wirklich keinen anderen Schluss zuließ.

Sofort keimte mein Zorn auf Melli wieder auf. Das alles wäre nicht passiert, wenn sie das Zimmer genommen hätte. Also rief ich sie gegen jede Vernunft an und zankte mit ihr. Natürlich nicht über Mr. Blue Eyes, nein, eine solche Blöße konnte ich mir schließlich nicht geben, sondern über meine grauenvolle neue Mitbewohnerin.

»Du bist schuld. Du hättest bei mir einziehen können und alles wäre okay gewesen. Aber nein, du hast nur an dich gedacht. Ob ich hier vor die Hunde gehe, interessiert dich überhaupt nicht. Wenn ich nicht mal mehr nachts aufs Klo gehen darf, kann ich mich gleich selbst runterspülen!«

Melli fand tröstende Worte, konnte aber natürlich den Ernst der Lage nicht wirklich einschätzen. Wer konnte das auch schon? Selbst ich konnte ja kaum glauben, was mir da passierte, mit Mr. Blue Eyes nicht und mit Elke schon mal ganz und gar nicht. Aber dafür konnte Melli nun wirklich nichts und so würgte ich sie schließlich frustriert ab.

Was machte ich denn nun bloß mit Elke? Dieses Mädchen erwies sich einfach als gegen alle Umerziehungsversuche resistent. Und was die sich rausnahm! Legte ich die Butter wahllos in den Kühlschrank, platzierte Elke sie bei nächstbester Gelegenheit auf der Ablage mit meinem Namen. Standen meine Schuhe in ihrem Teil der Garderobe, stellte sie die natürlich um. Ließ ich Essen auf dem Küchentisch stehen, warf sie es einfach weg.

»Hast du sie eigentlich noch alle?«, konnte ich kaum an mich halten, als sie auf diese Art und Weise ein nahezu volles Nutellaglas einfach entsorgte.

»Das Nutella war fast neu, davon hätte ich noch mindestens eine Woche frühstücken können. Was fällt dir eigentlich ein? So dicke habe ich das Geld auch nicht.«

Sie blieb ungerührt. »Dann räum doch bitte ab, wenn du fertig bist. Ich dachte, es wäre Abfall.«

Ziege! Garantiert wusste sie genau, dass es kein Müll war.

»Das kannst du mir ersetzen«, pampte ich sie an, denn allmählich hatte ich ihr Gezicke so was von satt, dass ich auch bereit war, einen offenen Streit zu riskieren.

Aber sie ließ sich kein bisschen aus ihrer stoischen Ruhe bringen. Sie musste wirklich glauben, dass ohne sie und ihr kleinkariertes Regelwerk Recht und Ordnung in der Welt zusammenbrachen. Zumindest im Mikrokosmos unseres Studentenapartments. Für mich war sie eine einzige wandelnde Hybris. Der personifizierte Bürokratismus. Die Wurzel zu allem Verdruss!

Es blieb mir schließlich einzig übrig, ihr aus dem Weg zu gehen. Ich aß überhaupt nicht mehr in der Küche, sondern brühte mir schnell meinen Tee oder Kaffee und igelte mich ein.

Das ging so bis zu jenem denkwürdigen Abend, als in unserem Haus mal wieder eine Waschraumfete stieg.

Natürlich waren Melli und Paula auch da und die ganzen Informatiker und Maschinenbauer aus der Nachbarschaft. Eine Party im Waschraum zu feiern war übrigens wirklich die einzig sinnvolle Nutzung für diesen Ort des Grauens und der versifften Waschmaschinen.

Es ging heiß her und Torsten drehte seine Verstärkeranlage voll auf. Prompt erschien unser Beigejäckchen und beschwerte sich.

»Was war das denn für eine?«, wollte natürlich jeder wissen und als ich gestand, dass es meine neue Mitbewohnerin sei, erntete ich reichlich Beileid. Das brachte Melli nach Mitternacht auf die glorreiche Idee, die Fete doch an einen gemütlicheren Ort zu verlagern, nämlich in mein Apartment. Das war nicht ungewöhnlich, denn als Sophya noch bei mir wohnte, ließ sie es sich meist nicht nehmen, die letzten standhaften Partygänger noch mit einem leckeren Mitternachtssüppchen zu verwöhnen und für den Heimweg zu stärken.

Also stiegen etwa fünfzehn Leute in den ersten Stock zu meinem Apartment hoch. Erst lief auch alles prima, wir sangen zur Gitarre, rauchten, tranken, kochten Suppe und amüsierten uns prächtig. Und weil sich bei Elke nichts rührte, dachte ich, sie wäre ausgewandert oder ins Koma gefallen. Dann aber tauchte sie plötzlich wie ein Gespenst in ihrem weißen, wallenden Nachthemd im Rahmen ihrer Tür auf. Torsten, der grade aus dem Klo trat, stand genau vor ihr, nahm sie spontan in den Arm und küsste sie. Dann ließ er sie allerdings abrupt los und kotzte vor ihre Füße.

*Was will uns das denn sagen?*, fragte kichernd mein innerer Coach.

Da gab es ganz klar nur eine Antwort: Das Mädchen war zum Speien!

Leider hatte die Sache ein Nachspiel. Die dumme Kuh beschwerte sich tatsächlich beim Studentenwerk und ich bekam eine Abmahnung.

*Es ist laut Hausordnung untersagt, mit mehr als fünf Personen Feste in den Apartments zu feiern. Nutzen Sie dafür die Gemeinschaftsräume. Auf Mitbewohner ist hinsichtlich der Geräuschbelästigung Rücksicht zu nehmen. Festlichkeiten mit mehr als zehn Personen sind genehmigungspflichtig und beim Hausmeister anzumelden. Schäden am Inventar und Gebäude sind unverzüglich zu melden.*

Wie bitte? Ich verstand die Welt nicht mehr. Wo bitte schön gab es denn in diesem Studentenheim Gemeinschaftsräume? Hatte ich da bisher was übersehen?

Ich las den Brief frustriert ein zweites Mal. Nicht mal einen Tee hatte ich, um meinen Ärger runterzuspülen, und Kaffee war auch nicht mehr da, ganz zu schweigen von Zucker.

Ach, es war einfach alles beschissen, seit Sophya verschwunden war, und mit ihr so vieles, was das Leben lebenswert und angenehm gemacht hatte. Was waren das noch Zeiten, als die ganze Küche ein einziges riesiges Gewürzregal war und überquoll von den Spezereien des vorderen und hinteren Orients. Paradiesisch!

Aber ehe ich Elke bat, mir mal mit ein paar Teeblättern oder einem Löffel Kaffee auszuhelfen, würde ich mir lieber die Zunge abbeißen. Wahrscheinlich würde sie mir außer einer Einführung in die Logistik der Vorratshaltung eh nichts geben.

Ich seufzte abgrundtief, packte meine Schmutzwäsche zusammen und beschloss, nach Hause zu fahren. Wenigstens da würde meine durch Elkes mitmenschliche Kälte durchgefrorene Seele ein bisschen Wärme finden. Ach, Mama!

♡ ♡ ♡

# *Liebesdefizit*

Meine Mutter war zwar ein wenig verwundert, als sie gestresst aus der Werbeagentur kam und mich reichlich unverhofft im Wohnzimmer vor der Glotze vorfand, aber nachdem ich ihr einen leckeren Vanilletee gekocht hatte, nahm sie sich doch Zeit für ein ausführliches Frauengespräch.

»Und man kann dieser Elke dieses seltsame Benehmen nicht abgewöhnen?«, fragte sie mit ungläubiger Verwunderung.

So etwas war selbst ihr wohl noch nicht untergekommen und sie hatte ja in ihrem Leben schon mit reichlich merkwürdigen Menschen zu tun gehabt.

Ich schüttelte den Kopf. Nee, die war ja so was von unbelehrbar!

»Und juristisch? Ist da nicht wenigstens juristisch was zu machen? Sie kann doch nicht die freie Zugänglichkeit zu den gemeinschaftlich genutzten Teilen der Wohnung einschränken.«

Nun musste ich aber lachen, doch es klang bitter.

»Die Tusse studiert *Jura!*«

»Das ist hart«, meinte Mama. »Da bleibt dann wohl nur eins: Du ziehst wieder bei uns ein.«

Niemals!

*Langsam, langsam!,* bremste mich mein innerer Coach.

Ich kriegte grade noch die Kurve. Besser hier als völlig heimatlos.

Hm, ich nippte am Teetässchen aus feinem Porzellan, einem Erbstück der Berliner Oma, und überlegte, ob es nicht doch noch eine andere Möglichkeit gab. Wenn Melli nicht zu mir ziehen wollte und ich ja auch auf keinen Fall zu ihr ins Kühlhaus und der Rückzug ins Haus meiner Eltern im Prinzip auch nur im allergrößten Notfall in Frage kam, dann blieb doch eigentlich nur noch eins: Wir mussten eine WG gründen und alle zusammen dort einziehen. Melli, Paula und ich!

Dass ich nicht schon viel früher darauf gekommen war! Meine Mutter sah mir verdutzt nach, als ich aufsprang und aufgeregt ans Telefon stürzte, um meinen Plan mit den Mädels zu besprechen. Paula war sofort Feuer und Flamme und auch Melli zeigte sich begeistert. Allerdings musste ich ihr hoch und heilig versprechen, dass wir erst umziehen würden, wenn wir wirklich die perfekte Wohnung gefunden hatten, die auch ihren künstlerischen Anforderungen entsprach.

»Eine wunderbare Idee«, lobte dann auch meine Mutter. »Das wird bestimmt lustig, so ein Drei-Mädels-Haus!«

Na ja, ein ganzes Haus musste es ja nicht gleich sein. Ich hatte eher an eine großzügige Dreizimmerwohnung gedacht, die sowohl auf Mellis als auch auf meine und Paulas eher bescheideneren Bedürfnisse zugeschnitten war.

»Meinst du, wir könnten so eine WG-Wohnung finden?«

»Aber klar doch«, sagte Mama, sprang auf und holte sofort die Tageszeitung mit dem Immobilienteil.

Hatte ich schon erwähnt, dass meine Mutter Immobilien sammelte? Nicht? Also, sie sammelte ja nicht eigentlich Immobilien, dazu fehlte ihr das nötige Kleingeld, eher Angebote von Immobilien, bevorzugt Luxusaltbauwohnungen, Herrenhäuser und Schlösser in der Walachei bzw.

im deutschen Osten, weil da niemand Schlösser braucht und sie noch in einem so »traumhaften« Urzustand sind – will heißen: ohne jeglichen Komfort und extrem billig. Manchmal werden diese sogar noch für den symbolischen einen Euro abgestoßen.

Kreuzte in der Hinsicht etwas Attraktives ihren Blick in der Zeitung oder im Internet, dann war sie nicht mehr zu halten, orderte Exposés, verabredete Besichtigungstermine und schleifte mich zu diesem Unsinn auch noch mit. Vor Ort machte sie dann gegenüber den Maklern auf wohlhabende Grande Dame, die nur deswegen mit dem Polo ihrer Tochter vorfahren musste, weil Mercedes mal wieder nicht rechtzeitig das neue Modell ausgeliefert hatte. Meist stand sie schon kurz vor dem Abschluss des jeweiligen Miet- oder Kaufvertrags, wenn ich sie endlich von ihrem Lustobjekt loseisen konnte.

Liebes Lieschen, was taten mir die Makler leid. Inzwischen hatte sich das, Gott sei Dank, etwas gelegt, weil wir nun ein Haus hatten, das für den Rest des Lebens meiner Eltern, und vermutlich auch weiterer Generationen, jeden Cent für laufende Renovierungsarbeiten verschlingen würde. Aber dafür erfüllte es drei für meine Mutter wichtige Kriterien: Es wirkte von außen repräsentativ, es lag in einer guten Wohngegend und es schrie nach kreativer Gestaltung im Inneren.

Gut, das nur am Rande, weil sie beim Aufschlagen des Immobilienteils schon wieder dieses Glitzern in den Augen hatte, diese Gier nach genialem Wohnraum. Ist das eigentlich auch eine Suchtkrankheit? Immobiliengeilheit?

»Schau mal hier!«, rief sie auch sogleich entzückt aus. »Herrschaftliche Etage in Gründerzeitvilla! Das klingt doch aufregend.«

»Mama«, blockte ich sogleich ab. »Wir brauchen keine

Luxuswohnung, sondern eine, die wir bezahlen können. Maximal sechshundert Euro für drei Zimmer, Küche, Bad und Zentralheizung. Okay? Wenn dir da was in den Blick kommt – gerne. Von allem anderen lass die Finger. Für unnötige Besichtigungen habe ich neben der Büffelei fürs Vordiplom sowieso keine Zeit.«

»Aber eine Wohnung muss man gesehen haben«, fiel sie mir ins Wort. »Sie ist ein wesentlicher Teil unseres Lebens- und Selbstwertgefühls. Sie muss mit einem selbst harmonieren. Räume haben eine nicht zu unterschätzende Wirkung auf unsere Psyche.«

Jetzt erinnerte sie mich aber sehr an Mellis Ich-brauche-Raum-zum-kreativen-Arbeiten-Syndrom.

»Du musst wissen, bei welcher Deckenhöhe und welchem Licht du dich wohlfühlst. Wie soll das ohne Besichtigung gehen?«

»Ich habe ja nicht gesagt, dass ich überhaupt keine Wohnung besichtigen will. Ich will nur keine unnötigen Besichtigungen machen, weil ich dazu keine Zeit habe. Weißt du übrigens schon, dass ich einen Hiwi-Job am Lehrstuhl von Professor Kiesling gekriegt habe?«

Sie war entzückt. »Wunderbar! Das ist immer nützlich. Ich habe auch von Anfang an bei Professor Keune gejobbt, da habe ich mehr gelernt als in den Vorlesungen. Wirklich, Kind, das ist eine gute Sache, wenn du an der Uni weiterkommen willst.«

Ähm, ja, um auf die Wohnung zurückzukommen …

»Also, Mama, ich bin dir, was die Wohnung betrifft, wirklich für gute Tipps dankbar, aber …«

»Aber was?«

Ich starrte sie an, wie sie begierig die Immobilienanzeigen studierte. Hm, ich wollte sie ja nicht kränken, aber ob ihr wirklich klar war, dass ich nicht mit ihr, sondern mit Melli und Paula in eine WG ziehen wollte?

»Na ja, ich würde die Wohnungen eigentlich ganz gerne mit Melli und Paula besichtigen. Die sollen ja schließlich mit mir da wohnen.«

»Ja, natürlich«, nahm Mama diesen Einwurf locker hin. »Aber wir beide, du und ich, wir sind doch ein eingespieltes Team, wir könnten so eine Art Vorbesichtigung machen. Ich kenne mich schließlich aus und weiß, worauf man achten muss. Ihr jungen Leute werdet so leicht über den Tisch gezogen.«

Lebten wir etwa im Wilden Westen?

Sie ließ sich einfach nicht abwimmeln und nachdem ich mit ihr die ersten acht Wohnungen besichtigt hatte, war ich darüber sogar froh. Es war doch der Wilde Westen.

Was die Leute glaubten, einem als Wohnraum anbieten zu können, war schon ganz schön heavy. Besonders wenn in der Annonce »WG-geeignet« stand, oder »für studentisches Wohnen«. Da konnte man meist gleich rückwärts wieder rausgehen.

Eine dieser WG-geeigneten Wohnungen lag zwar ganz praktisch innerhalb des Ringgebietes, aber im nördlichen Abschnitt, wo bisher noch alle Sanierungsprogramme an den Industriebrachen und Mietskasernen vom Beginn des vorigen Jahrhunderts gescheitert waren. Sie lag im Hinterhaus eines grau verputzten Klotzes und bekam dort kaum einen Sonnenstrahl ab. Zwar war das Äußere schon ziemlich abschreckend, aber ich sagte mir, dass es innen ja durchaus besser sein konnte. Außen pfui – innen hui!

Es war nicht besser – im Gegenteil. Das Treppenhaus war heruntergekommen und voller Sperrmüll. Auf dem Treppenabsatz jeder Etage standen Mülleimer vor den Wohnungstüren neben Kinderkarren oder Bierkästen mit leeren Flaschen.

Dennoch schnauften Mama und ich in den dritten

Stock. Vom Maklerbüro war gar nicht erst jemand mitgekommen. Die wussten wohl, warum. Die Wohnung war noch vermietet und so führte der Mieter, ein aufgedunsener Alkoholiker, uns herum. Das heißt, wir kamen nur bis zu Küche und Bad, dann ergriffen wir die Flucht. Ohne Komplettsanierung würde diese Wohnung nicht bewohnbar sein. Es sei denn, wir kifften uns ständig zu oder ertränkten, wie der gegenwärtige Mieter, die triste Realität dieser Behausung in reichlich Alkohol. Beides hatten wir aber nicht vor.

»Und die wollen wirklich 520 Euro für diese, äh ... Wohnung?«, fragte meine Mutter ziemlich erschüttert beim beschwerlichen Abstieg durch das vollgemüllte Treppenhaus, das damit nicht einmal den einfachsten Brandschutzanforderungen Rechnung trug. »Und die Sanierung sollt ihr vermutlich auch noch selbst bezahlen. Na, der Makler kriegt von mir was zu hören!«

Sie war so auf hundertachtzig, dass ich mich gar nicht mit ihr zum nächsten Termin traute. Aber da kannte sie gar nichts.

Also schauten wir eine Wohnung an, die nach Ansicht des Vermieters für studentisches Wohnen besonders geeignet war. Offenbar ging er davon aus, dass das mit dem Leben in der Steinzeit, zumindest aber mit primitivsten Verhältnissen, gleichzusetzen war. Die Räume waren ja nicht schlecht und die Lage in der Altstadt ganz passabel, doch Küche, Bad und Teppichböden waren in einem grauenhaften Zustand. Die Gasetagenheizung war aus den Sechzigerjahren des vorigen Jahrhunderts und die dicken Heizkörper konnte man offenbar noch weiter davor datieren.

Mama winkte gleich ab. »Da zahlt ihr euch bei den Heizkosten dumm und dämlich.«

Sie wandte sich an den Vermieter: »Oder haben Sie vor,

hier eine moderne Brennwertanlage und neue Heizkörper einzubauen?« Hatte er natürlich nicht vor.

»Können Sie aber gerne machen«, meinte er jovial.

Klar, auf unsere Kosten! Nein, danke!

Die erste Wohnung, die ich nach Vorauswahl mit Mama dann mit Paula und Melli besichtigte, war meiner Ansicht nach eigentlich ganz schön. Wir hätten zumindest etwas draus machen können. Aber Paula meinte, nach Feng-Shui lägen die Zimmer eher ungünstig und Melli waren die Fenster viel zu klein.

»Ich brauche Licht zum Arbeiten, diese Luken verursachen mir schon jetzt Depressionen. Ich würde hier eingehen wie eine Primel!«

Na ja, war halt kein Schlachthof! Aber ich konnte dieses Argument von Melli besser nachvollziehen als Paulas Feng-Shui-Humbug. Das war mir ja nun total suspekt.

»Was ist daran suspekt?«, maulte sie herum. »Das Wohnklima ist einfach gesünder, wenn die Energieströme frei fließen können.« Aha.

Eine einzige Wohnung gefiel uns dann wirklich. Sie befand sich in einem Fachwerkhaus aus dem Barock, lag im Stadtzentrum und war gerade komplett saniert worden. Die Räume waren 3,80 Meter hoch, hatten teilweise Stuckdecken, riesige Kastenfenster mit Sprossen und Fensterläden und Parkettfußboden. Aber leider wollte die Vermieterin nicht an eine Studenten-WG vermieten und auch unser Versuch, meine Mutter als Strohmann vorzuschieben, schlug fehl.

Frustriert schlürften wir im *Altstadtcafé* einen Cappuccino und starrten zum Objekt unserer Begierde hinüber. Es lag wirklich traumhaft günstig in der Fußgängerzone und alles, besonders auch das Nachtleben, wäre von hier prima zu erreichen gewesen. Echt traurig.

»Meint ihr, wir kriegen als WG jemals was Anständiges

angeboten? Oder haben alle seriösen Vermieter einen Horror vor Menschen wie uns?«

»Warum eigentlich?« Paula konnte sich diese Ablehnung immer noch nicht erklären.

»Na ja«, meinte Melli und rührte bedächtig in ihrer Tasse. »Ich weiß ja nicht, wie die Kommilitonen anderer Fachrichtungen so drauf sind, aber von einer Männer-WG aus Kunststudenten würde ich Vermietern auch abraten. Da habe ich von Karpfen in der Badewanne bis zu ›Eat Art‹ im Kühlschrank schon einiges erlebt.«

»Und das sind keine Vorurteile?«, fragte ich grinsend.

Melli schüttelte den Kopf. »Nee, wirklich nicht, du kennst mich doch. Ich bin wirklich extrem liberal, aber da hört es selbst bei mir auf. Oder hast du schon mal ein Frühstücksei gesucht und dann kamen dir fette Maden aus dem Kühlschrank entgegengekrochen, weil die Karpfen die so gerne mögen?«

Ich musste spontan an Sophyas Karnickel in der Dusche denken und malte mir aus, wie wohl eine WG zurechtkam, in der jemand wie sie mit ihrer Menagerie wohnte und zugleich ein Würgeschlangenliebhaber!

»Geben wir auf?«, fragte Paula in meine Gedanken hinein.

Ich fuhr hoch. »Niemals!«

Also wurde weitergesucht, aber mit nachlassendem Elan, da wir bald alle in extremen Prüfungsstress gerieten.

Schließlich hatte ich keinen Bock mehr und sosehr Elke auch nervte, stellte ich mich doch darauf ein, den Rest des Semesters mit ihr in der katastrophalen Zwangsgemeinschaft des Wohnheimapartments zu verbringen.

Warum schrieb eigentlich kein Mensch ein Buch über Überlebensstrategien für solche Fälle? Nordpol, Wüste, Regenwald! Wer hielt sich denn da schon auf? Ein kleiner

Ratgeber für Wohnheimapartments machte doch viel mehr Sinn. »Schreib's selbst«, riet Melli. »Wird bestimmt ein Bestseller.«

♡ ♡ ♡

Leider hatte ich zum Bestsellerschreiben aber zunächst keine Zeit. Meine Hausarbeit über die neuen Frauenmagazine drängte und der praktische Teil von Paulas Gesellenprüfung stand auch unmittelbar bevor.

Zwar hatte sie das Schriftliche mit Bravour bestanden, aber nun machte sie uns mit einer völlig unnötigen Prüfungsangst verrückt. Und da ich mich ja bereit erklärt hatte, das Model für sie zu spielen, war ich bevorzugtes Opfer ihrer Panikattacken. Fast jeden Abend schleppte sie mich in den Frisiersalon, um mir Frisuren zu zeigen, die sie eventuell für die Prüfung nehmen wollte. Wenn sie dann aber versuchte, sie auf meinem Kopf zu realisieren, verwarf sie sie anschließend meistens doch wieder. Mir blieb nur übrig, sie mit aufbauenden Worten immer wieder neu zu motivieren und, während sie an meinen Haaren herumwerkelte, die Frauenmagazine zu lesen, die ich für meine Hausarbeit analysieren musste. So kam ich wenigstens ein bisschen weiter und erheiternd war das, was die so schrieben, mitunter auch. Besonders die Psychotests und Ratgeberseiten boten oft skurrile Lebenshilfe.

»Hör mal«, sagte ich an einem solchen Abend zu Paula, die bereits zum x-ten Mal versuchte, eine Haarextension bei mir zu machen, damit der Hinterkopf für eine Hochsteckfrisur fülliger wurde. »Was hier steht, ist ja hochinteressant. Sex mit Kondom gibt der Frau ein sichereres Gefühl, das macht den Kopf frei und führt dazu, dass Frauen mit Kondom um 66 Prozent intensivere Orgasmen haben.«

»Ach.« Paula hielt mit der Frisur einen Moment inne. »Vielleicht sollte ich das auch mal probieren.«

»Wie jetzt?«

»Na ja, Thomas und ich poppen doch seit einem halben Jahrhundert schon ohne. Vielleicht sollte ich es mal mit versuchen, wenn das so eine Wirkung hat …«

»Sag nur, du hast Probleme mit dem Orgasmus?«

Paula wurde etwas rot und nahm die Arbeit an meinen Haaren wieder auf.

»Ich alleine ja nicht, aber mit Thomas … ähm, ja, ehrlich gesagt, so richtig geklappt hat es mit ihm noch nie …«

Liebes Lieschen! Ich hörte ja wohl nicht recht. Hatte Paula grade wirklich gesagt, dass sie mit dem Typ, mit dem sie seit der Schulzeit liiert, fast schon verlobt, wenn nicht gar verheiratet war, noch nie einen anständigen Orgasmus zustande gebracht hatte?

»Du darfst aber jetzt nicht schlecht von Thomas denken«, sagte sie etwas hektisch in meine Gedanken hinein. »Der Sex mit ihm ist wirklich okay … nur …« Nun wurde sie noch röter und die Haarnadeln fielen ihr aus der leicht zittrigen Hand. »Also, wenn man sich liebt … das ist nicht so wirklich wichtig für mich … weißt du … wir machen so viel anderes Schönes zusammen …«

Wir starrten beide in den Frisierspiegel.

Mein Gott, Paula, dachte ich, das ist doch jetzt nicht wirklich dein Ernst.

»Ich denke, ich werde das mit dem Kondom mal versuchen … ist ein guter Tipp.«

»Na dann, viel Erfolg«, hauchte ich noch völlig von der Rolle. »Nimm eins mit Noppen!«

Ich war sensibel genug, sie am nächsten Abend nicht wieder auf dieses Thema anzusprechen, denn ich dachte mir, dass sie es bestimmt sofort berichten würde, wenn es was zu erzählen gäbe. Aber sie berichtete nichts und sie kam schon gar nicht, wie ich es erhofft hatte, mit diesem Glitzern und Glänzen in den Augen auf mich zugestürmt, das nicht nur Kinder nach der Bescherung, sondern auch Frauen nach einem guten Orgasmus haben. Na ja, vielleicht hatte Thomas ja gestern was anderes zu tun gehabt, als mit seiner Schnecke zu turnen!

Ich hockte mich also wieder brav in den Frisiersessel, griff nach den Glitzer-Magazinen und las Paula vor, wie wir wie die Glamourgirls leben konnten, während sie versuchte, mir eine glamouröse Frisur zu zaubern.

»Du?«, fragte ich plötzlich, weil mich der Anblick von so vielen coolen Klamotten ganz heiß gemacht hatte. »Musst du nicht für deine Gesellenprüfung ein bisschen schick aussehen?«

»Sehe ich nicht schick aus?«

»Doch klar, aber weil ich doch hier grade diese Tipps für den ultimativen Glamourlook sehe, wäre es nicht an der Zeit, mal wieder ins Outlet-Center zu fahren?«

Nun kriegte Paula doch noch dieses Glitzern in den Augen.

»Genial! Klar, das machen wir und wenn ich sage, es ist wegen der Gesellenprüfung, wird meine Mutter mir bestimmt ein paar Euro extra geben.«

Meine zwar nicht, aber wenn ich jetzt diesen Hiwi-Job bei Kiesling hatte, würden schon ein paar Euro zum Shoppen übrig sein. Also war es gebongt, und wie ich Melli kannte, würde die natürlich auch mitkommen.

Mal schauen, was grade so angesagt war. Ich blätterte in den Magazinen herum und es war mir in diesem Moment ziemlich Latte, ob hier Werbung und redaktioneller Teil unzulässig und täuschend miteinander verquickt waren.

»Guck mal!« Ich wedelte Paula mit dem Magazin vor der Nase herum. »Das sieht doch wohl heiß aus!« Ich blätterte weiter. »Oder dies hier, was für eine krasse Kombi, ob mir das stehen würde?« Nächstes Heft. »Paula, das ist ja süß! Wenn du dich so stylst, bist du der Hingucker überhaupt.«

Paula grinste etwas verlegen. »Also meinetwegen müssten gar nicht alle zu mir hingucken. Gibt es auch etwas Dezenteres?«

Das regte mich an ihr immer so auf. Diese übertriebene Bescheidenheit und Öffentlichkeitsscheu.

»Stell doch dein Licht nicht immer unter den Scheffel«, knurrte ich. »Du siehst toll aus, hast wunderschöne Haare und bist ...«

»... zu fett!«

Ich fuhr ein Stück aus dem Sessel hoch. »Paula! Was soll der Unsinn?«

»Ist doch wahr. Ich bin zu klein und zu mollig. Ich könnte nie Model werden.«

Liebes Lieschen! Wusste gar nicht, dass sie über solche Pläne nachdachte.

»Du willst Model werden?«

Sie schüttelte heftig den Kopf. »Nein, natürlich nicht. Das war nur so ein Vergleich.«

Vergleich? Na, der hinkte aber gewaltig.

»Paula, du bist nicht zu dick und nicht zu dünn. Du bist grade richtig und es kommt jetzt nur darauf an, dass wir was richtig Schickes für deinen Typ im Outlet finden. Und da habe ich, ehrlich gesagt, nicht die geringsten Bedenken.«

Paula lächelte dankbar, schien aber nicht so richtig von meinen Worten überzeugt zu sein. Na, egal, das würden Melli und ich dann vor Ort schon hinkriegen.

♡ ♡ ♡

Das Designer-Outlet-Center lag nahe der Autobahnabfahrt

ziemlich auf dem Acker, wo solche Center meistens liegen. Es war eine kleine Stadt für sich, durch deren Stadttor man geradewegs ins Shoppingparadies marschierte. Ein bisschen kitschig war das ganze Drumherum schon, aber die Läden, die sich auf zwei Stockwerken dicht an dicht drängten, waren allererste Sahne: D & G, Valentino, Versace, Mango, Stefanel, Mexx, Aigner, Blacky Dress, Tommy Hilfiger, Prada und … und … und …

Wir schlürften im *Corso Italia* einen Latte macchiato, dann stürzten wir uns ins Getümmel.

Und wenn ich sage stürzen, dann meine ich auch stürzen. Wie ein Tornado zogen wir durch die Shops und hinterließen eine Schneise der Verwüstung. Na ja, nicht ganz so schlimm, aber annähernd. Immerhin schaffte ich es alleine in fünf Stunden, an die hundert Teile anzuprobieren. Und die Verkäuferin musste noch erfunden werden, die nicht nach meinem fünfzehnten kompletten Stilwechsel mit einer Nervenkrise hinter den Kulissen zusammensackte. Abgesehen davon waren da ja auch noch Melli und Paula … und natürlich noch ein paar ganz normale andere Kunden. Aber gut, wer in so einem Shop jobbte, der musste eigentlich wissen, worauf er sich einließ, und ein bisschen was wegstecken können. Schließlich kamen die meisten Käufer genau wie wir nur zweimal im Jahr und wollten darum so viel wie möglich aus dieser Glitzerwelt der bekanntesten Designer mitnehmen – und zwar nicht nur Materielles, was sich in Tüten packen ließ, die zugegebenermaßen natürlich auch ordentlich was hermachten, sondern auch den Spirit der großartigen Modemacher. Und wie konnte man den Geist dieser großartigen Modewelt besser erleben, als das Anprobieren der edlen Teile zu zelebrieren, als sei die Ladenstraße im Outlet-Center einer der angesagtesten Catwalks der Welt: Milano, Paris, Moskau, New York …

Waren wir nicht alle ein bisschen Prada und mindestens so toll wie Heidi Klum, Claudia Schiffer oder Kate Moss …

Flash, Scheinwerfer an! Und hier kommt Alix Auwald, die bezaubernde Neuentdeckung der Saison. Sie präsentiert die atemberaubende Herbst- und Winterkollektion von … Gucci!

Ja, genau, das war es. Gucci! Ein Traum von einem Top! Es brachte mir den finanziellen Ruin, aber ich musste es haben. Ohne dieses Top von Gucci brachte mich hier keiner wieder weg.

Paula und Melli hatten längst ihre Einkäufe in den Tüten, nur ich hatte mich den ganzen Tag über nicht wirklich entscheiden können. Nun wusste ich auch, warum. Alles hatte auf diesen einen einzigen unglaublichen Augenblick hingesteuert. Schon als ich das edle Teil das erste Mal mit der Hand berührte, nur sanft den Stoff befühlte, da wusste ich, dass wir zusammengehörten. So etwas spürte eine Frau nur bei einem solchen Designerstück. Das klang verrückt, war aber wirklich so. Das war nicht wie bei H & M, wo man feststellte, das sah gut aus, das passte, das wurde genommen! Nein, mit Designerkleidung war das ganz anders. Wahrscheinlich woben die da irgendetwas in die Stoffe ein, einen Code vielleicht, der nur von ganz bestimmten Käuferinnen geknackt werden konnte. Und in diesem Falle hatte ich ihn geknackt.

»Geknackt? Beknackt würde ich sagen!« Melli kriegte sich ja gar nicht mehr ein, als ich sie in das Geheimnis einweihte. »Du bist total beknackt!«

Und als ich sauer reagierte, meinte sie immer noch glucksend: »Macht aber nichts, genau das liebe ich an dir. Hauptsache, das Teil gefällt.«

Paula allerdings reagierte ein wenig zickig: »Mäkel du noch mal an meiner Esoterik rum, die ist nicht halb so hirnrissig wie deine Versuche, den Kauf dieses völlig überteuerten Tops zu rechtfertigen!«

»Ich rechtfertige nichts, ich erkläre euch nur, warum ich dieses Teil unbedingt haben muss.«

Melli giggelte immer noch rum. »Meine Güte, Alix! Wenn du musst, dann musst du! Es ist uns doch völlig egal, warum. Hauptsache, du hast Spaß damit!«

Nun verunsicherte sie mich aber. »Findet ihr denn wenigstens, dass es gut aussieht?«

Sie schauten mich mit sehr kritischem Gesichtsausdruck an und riefen dann wie aus einem Munde und voller Überschwang: »Es ist genial!«

Mehr wollte ich nicht hören. Ich posierte noch einmal vor dem Spiegel, dann sagte ich zu der Verkäuferin, die kurz vor einem Kollaps zu stehen schien: »Okay, ich nehme das dann mal.«

Im nächsten Moment sank sie in meine Arme.

»Notarzt!«, schrie ich. »Schnell, einen Notarzt!«

Stattdessen kam ihre Kollegin mit einem Glas Wasser. Die Scheintote richtete sich wie im besten Gruselschocker plötzlich und abrupt auf, trank gierig das Glas leer und starrte mich dann an.

»Was ... was sagtest du grade?«

»Äh, dass ich es nehme? Dass ich das Gucci-Top nehme ...«

»Wirklich? Und du willst nicht noch ein paar andere Teile probieren?«

Häh, drehte die jetzt ab? Ich hatte doch in ihrem Shop immerhin schon mehr als zwanzig Oberteile und Röcke durchgetestet. Das sollte doch allmählich mal reichen.

»Pack es ein«, flüsterte sie ihrer Kollegin zu. »Pack es ganz schnell ein, kannst auch noch zehn Prozent Rabatt geben, aber mach ...«

Dann sank sie erneut in eine Ohnmacht, aus der sie zumindest während unseres Einkaufs nicht mehr erwachte.

»Das wird schon wieder«, sagte der nun doch herbeigeeilte Sanitäter, als er meinen besorgten Blick sah. Die hatte ich doch wohl nicht auf dem Gewissen? So sensibel durfte man in diesem Job aber auch nicht sein.

Als ich an der Kasse mit Scheckkarte bezahlt hatte und endlich die Tüte mit dem edlen Teil in der Hand hielt, fand ich es aber doch angebracht, wenigstens ihrer Kollegin ein tröstendes Wort zu spenden.

»Falls uns ein Prinz über den Weg läuft«, versprach ich, »schicken wir ihn vorbei. Vielleicht kann er sie ja wieder wachküssen.«

♡ ♡ ♡

Ich hockte schon wieder bei Paula im Frisiersalon rum und schob Frust, weil meine Mutter immer noch keine positive Nachricht vom Wohnungsmarkt für uns hatte. Elke wurde immer unerträglicher und die ständigen Abende bei Paula im stinkigen Frisiersalon gingen mir ganz schön auf den Zeiger. Sie fummelte selbst auch ziemlich unmotiviert an meinen Haaren rum und ich blätterte lustlos in den Glamourmagazinen.

»Junge Singlefrauen haben den More-Night-Stand entdeckt«, las ich vor. »Eine reine Sexaffäre zwischen zwei Partnerschaften! Da schau einer an!«

Könnte ich direkt auch mal gebrauchen, bis ich meinen Mr. Right endlich erobert hatte. Gefunden hatte ich ihn ja eigentlich schon und ich hätte sicherlich auch längst … Aber da war halt noch Melli. Ich konnte ja wohl schlecht mit einem Typen was anfangen, der seinen Arm um meine beste Freundin legte.

Hm, ob sie Paula etwas gesagt hatte? Mir gegenüber behauptete sie ja immer, dass da gar nichts liefe, aber bestimmt wollte sie mich nur nicht verletzen.

Ich konnte ja mal ein bisschen bohren.

»Paula, du, wegen Melli …«

»Ja. Was ist mit ihr?«

»Ist die eigentlich noch richtig Single?«

»Wieso, wie kommst du jetzt da drauf?«

»Ach, ich meine nur so. Wenn wir eine WG aufmachen, dann sollte die ja auch eine Weile bestehen bleiben …«

»Wäre das ein Problem, wenn Melli einen Typ hätte?«

»Nein, natürlich nicht …«

Paula atmete erleichtert auf.

»Dann ist ja gut, ich dachte schon wegen Thomas, dass du lieber niemanden mit einem Freund in der WG haben willst.«

Das hatte sie jetzt aber völlig missverstanden. »Nein, um Himmels willen. Ich habe nur mal so aus Interesse gefragt. Sie wirkt so ausgeglichen in letzter Zeit, findest du nicht auch?«

Paula zuckte die Schultern, sah den Haarturm auf meinem Kopf skeptisch an und meinte dann: »Das Ding ist irgendwie schief.«

Mist! Wollte sie meine Frage nicht beantworten oder konnte sie nicht? Ich wurde allmählich ungeduldig und die Fummelei auf meinem Kopf machte mich noch zusätzlich nervös und so ploppte es mal wieder unkontrolliert aus mir heraus: »Verdammt noch mal, lass doch diese dämlichen Haare, sag mir lieber, ob Melli einen Freund hat?«

Paula starrte mich verschreckt an. »Ha … ha … hat sie dir das nicht selbst gesagt?«

»Nein, nichts hat sie gesagt. Sie lässt sich von ihm in ihrem Loft besuchen, er umarmt sie und sie erwähnt es mir gegenüber nicht einmal, obwohl sie ganz genau weiß, das er mein Mr. Blue Eyes ist!«

»Bist du sauer auf sie?«

Streit in der Clique konnte Paula ja nun gar nicht ertragen.

»Nein! Ja! Ach, ich weiß nicht ... sie streitet ja immer ab, dass zwischen ihr und Jean-Paul was läuft.«

»Na, wenn sie das sagt, dann läuft da auch nichts«, sagte Paula mit fester Stimme, die bezeugte, wie sehr sie an das Gute im Menschen glaubte.

Ich glaubte da eher weniger dran, besonders dann nicht, wenn es um Sex oder Liebe ging. Da wurden Weiber zu Hyänen ... aber das war eine andere Story.

Vielleicht sollte ich es so machen, wie es in dem Magazin, das ich grade in der Hand hielt, empfohlen wurde, und wegen meines Liebesdefizits einen Singleberater aufsuchen.

»Also, den Quatsch lässt du«, sagte Paula empört. »Das ist rausgeworfenes Geld. Lass dir lieber erst mal von mir die Karten legen.«

Eher renne ich schreiend in die Berge, dachte ich, als einem solchen Aberglauben auch noch Vorschub zu leisten.

»Na gut, wenn du von Singleberatern nichts hältst, dann mache ich es halt weiter nach der Trial-and-Error-Methode. Am besten besuche ich Jean-Paul im Museum. Er hat mich schließlich schon zweimal eingeladen.«

Paula grinste. »Mach das, dann wirst du ja schnell merken, ob er mit Melli was angefangen hat.«

Danke, das war ja mal wieder sehr aufbauend.

»Meinst du nicht, du solltest dich langsam mal entscheiden, Paula?«, fragte ich genervt, als sie auch am nächsten Abend meinen Kopf wieder für eine ihrer exaltierten Kreationen folterte. »Wenn ich jeden Abend hier hocke, kriege ich Migräne von diesem ganzen ätzenden Haarlack. Wäre es nicht besser, wenn du dir jetzt endlich mal eine Frisur aussuchst und die noch ein paar Mal übst, damit es beim Schaufrisieren dann auch wirklich sitzt?«

Paula hielt inne, nahm die Haarnadeln aus dem Mund und setzte sich einen Moment in den Frisiersessel neben mich. Sie wirkte erschöpft. Unter ihren schönen, großen braunen Augen hatte sie dunkle Ringe und ihre Hände zitterten leicht. Das Mädchen musste dringend mal entspannen.

»Du hast ja recht, Alix, aber grade so eine Abendfrisur bringt ganz viele Punkte und ... deine Haare sind irgendwie jeden Tag anders, da hält nicht immer alles drin ...«

Ach, jetzt waren also meine Haare schuld! Nicht etwa ihre übertriebene Nervosität?! Aber ich verkniff mir eine bissige Bemerkung, weil es ihr wohl kaum geholfen hätte.

»Wenn du sie weiter jeden Abend mit diesen Tonnen von Haarlack malträtierst, sind sie mir bis zum Schaufrisieren sowieso ausgefallen.«

Nun musste sie grinsen. »Stimmt«, sagte sie. »Die werden wirklich etwas stark strapaziert. Ich mache dir gleich eine Haarkur drauf.«

Auch das noch! Wollte sie mich eigentlich nicht verstehen? Ich lehnte mich resigniert in den Frisiersessel zurück und schloss die Augen.

»Paula«, sagte ich so bestimmt ich nur konnte, »morgen hast du die ultimative Frisur ausgesucht und die üben wir dann noch genau dreimal. Das dritte Mal zwei Tage vor deiner Prüfung. Das ist mein letztes Wort in dieser Sache, weil nämlich alles andere Quatsch ist. Wenn dir das nicht passt, dann such dir ein anderes Model. Melli zum Beispiel.«

Paula kreischte auf, tobte eine Weile, flennte, weil ich eine so miese Freundin sei und Melli schließlich so gut wie gar keine Haare zum Frisieren auf dem Kopf hätte, und willigte dann schließlich in meinen Vorschlag ein.

Meine Güte, ich hätte nicht gedacht, dass das Mädchen so hysterisch sein konnte. Dabei war sie so gut in ihrem Job, dass die praktische Prüfung garantiert genauso klasse lief wie das Schriftliche. Sie durfte sich nur nicht vorher selbst so fertig machen.

»Mach mal ein bisschen Feng-Shui für deine Seele«, riet ich ihr beim Abschied.

»Das heißt Tai-Chi.«

»Auch gut. Und vergiss nicht, dir die Karten zu legen.«

Sie sah mich misstrauisch an.

»Nee, war kein Witz. Wenn es dir hilft, wieder ruhiger zu werden, dann mach es!«

Ich nahm sie in den Arm, drückte ihr ein Busserl auf die Wange und eilte zurück zu meinen eigenen Problemen.

♡ ♡ ♡

Ich hatte mich ja richtig gebauchpinselt gefühlt, als Professor Kiesling mir den Hiwi-Job an seinem Lehrstuhl anbot, aber ich hatte nicht gedacht, dass das so viel Arbeit mit sich bringen würde. Gut, vierhundert Euro waren ja auch ganz schön viel Geld, das ich angesichts unserer WG-Pläne sehr gut brauchen konnte. Allerdings musste ich zwischen den Vorlesungen und Seminaren fast jeden Tag ein paar Stunden für Kiesling knechten. Skripte tippen oder in der Institutsbibliothek der Medienwissenschaften bibliografieren, um veraltete Literaturlisten für seine Veranstaltungen auf den neuesten Stand zu bringen.

Neben meinem Job für *Nightlife* schlauchte das ganz schön und eines Morgens schlief ich glatt an meinem Arbeitstisch in der Bibliothek ein. Was hieß schlafen! Ich hatte allenfalls ein spontanes Powernapping eingelegt, aber auf Kiesling musste es gewirkt haben, als hätte ich einige Stunden in Morpheus' Armen verträumt. Stunden, die mir die Universität bezahlte.

Jedenfalls klang seine Stimme etwas süffisant, als er sagte: »Auch eine Art, seinen Job auszufüllen. Na ja, manchen gibt's der Herr im Schlaf. Darf ich mal sehen, ob er Ihnen auch was gegeben hat?«

Ich fuhr beim Klang seiner Stimme mit dem Oberkörper kerzengrade in die Höhe und starrte verwirrt um mich.

Was machte der denn in der Bibliothek? Ups, das hatte ich doch nicht wieder laut gedacht?

Kiesling lächelte. »Auch Professoren müssen sich mitunter schlaumachen und sich hin und wieder mit den, zugegebenermaßen nicht immer niveauvollen, Werken ihrer Fachkollegen beschäftigen.«

Na, der war ja gar nicht von sich überzeugt.

Er steckte mir einen Zettel zu. »Ach, suchen Sie mir doch mal den Titel raus und bringen Sie mir das Buch dann in mein Büro.« Sprach's und war verschwunden.

Ich räumte die Literaturlisten zusammen. Dann suchte ich die Regalreihen nach der Signatur ab, die Kiesling auf seinen Zettel geschrieben hatte, und fand schließlich eine ziemlich dicke Habilitationsschrift eines Medienforschers über die Auswirkungen von Medien auf das Aggressionsverhalten. Sehr interessant! Aber man sollte auch mal über die Auswirkungen von Männern auf das Aggressionsverhalten von Frauen forschen. Das fände ich im Moment noch interessanter! Denn der Gedanke, dass mein Mr. Blue Eyes möglicherweise in Mellis Armen lag, machte mich total rasend.

Ich lieh das Buch für den Lehrstuhl aus und stieg dann in die erste Etage zu Kieslings Büro rauf. Als ich das Buch bei der Sekretärin abgeben wollte, sagte die jedoch: »Bringen Sie es nur selbst hinein. Der Professor erwartet Sie schon.«

Kiesling strich mit der Hand über die schweinslederne Schreibunterlage seines Schreibtischs, rückte die postmoderne Schreibtischgarnitur aus Stifteschale, Locher und Zettelkasten zurecht, bis sie in einer schnurgeraden Linie standen, und lehnte sich dann mit einem zufriedenen Lächeln auf dem sonnengebräunten Gesicht in den ebenfalls ledernen Schreibtischsessel zurück.

Er deutete auf einen Besuchersessel und bat mich, Platz zu nehmen. Dann nahm er den Brieföffner auf und begann damit zu spielen. Irgendwie nervte sein Schweigen. Ich hockte etwas verklemmt auf dem Besuchersessel und hatte das schwere Buch auf den Knien.

Ich schielte verstohlen zu ihm rüber. Der Mann platzte ja bald vor Selbstbewusstsein. Na ja, das war wohl so, wenn man mit siebenunddreißig Jahren bereits einen Lehrstuhl innehatte. Das sprach für eine Blitzkarriere und für seine Intelligenz. Seine Vorlesungen waren nicht ohne Grund so beliebt. Er verstand es, die Zuhörer zu fesseln, und seine didaktische Cleverness und wohlkalkulierten humoristischen Einlagen verfehlten nie ihre Wirkung. Ich gehörte ja auch zu seinem Fanclub.

Nun richtete er doch das Wort an mich. »Eine so begabte und sympathische Studentin wie Sie sollte nicht die Bibliothek zum Schlafen benutzen müssen«, sagte er.

Ich kriegte sofort einen roten Kopf und senkte darum meinen Blick wieder auf die dicke Habilitationsschrift.

»Haben Sie denn kein bequemes Bett?«

Warum fragte er, dachte ich verstört. Wollte er mir seins anbieten? Ach herrje! Was redete ich denn wieder!

»Nein«, sagte er lachend. »Das hatte ich eigentlich nicht vor, aber wenn ich aushelfen kann …«

Jetzt nahm er mich aber auf den Arm.

»Nein, nein«, sagte er lachend, öffnete eine Tür in der

Wand neben seinem Schreibtisch und machte eine einladende Geste. »Bitte sehr, mein Chambre séparé!«

Ich musste gar nicht aufstehen, denn ich sah auch so ganz gut, dass in dem kleinen Nebenraum eine Liege stand, auf der am Fußende ordentlich zusammengefaltetes Bettzeug lag.

O Gott, dachte ich, seine Lusthöhle!

Er grinste und als hätte er meine Gedanken gelesen, sagte er: »Nein, das ist keineswegs, was Sie denken. Ich spiele hier nicht den Roman *Der Campus* nach. Ich will allerdings nicht leugnen, dass dieses Bett hier etwas illegal ist. Aber Sie wissen vielleicht, dass ich aus München komme. Dort wohne ich mit meiner Familie. Für die Vorlesungen fliege ich jede Woche ein und an den langen einsamen Abenden sitze ich hier und schreibe an meinen wissenschaftlichen Veröffentlichungen. Meist vergesse ich darüber die Zeit und dann habe ich keine Lust mehr, spät in der Nacht in ein Hotel zu fahren.«

»Und dann hauen Sie sich hier ein wenig aufs Ohr«, rutschte es mir erleichtert raus.

Denn das wäre mir nun doch peinlich gewesen, einen Job bei einem Professor zu haben, der in seinem Hinterzimmer kleine Studentinnen flachlegte.

Er trat etwas näher an mich ran, nahm mir das schwere Buch aus den Händen und sagte: »Ihr Referat im letzten Semester hat mir gefallen. Sie werden, wenn Sie mir die Prognose erlauben, ein sehr gutes Examen machen. Schon mal daran gedacht, eine Doktorarbeit zu schreiben? Ich fördere meine Doktorandinnen sehr …«

Irgendwie stand er plötzlich doch viel zu dicht vor mir. Er roch nach einem teuren Herrenparfüm und sein Kinn war nicht mehr sehr gut rasiert. Er war circa einen Kopf größer als ich und ich konnte nicht verhindern, dass ich über die Frage nachdachte, ob so ein Professor sich für einen More-Night-Stand eignen würde? Wohl eher nicht. Und dann wäre er wohl auch eher was für Paula, die ja schon in der Schulzeit auf ältere Semester stand.

»Also, wenn Sie sich einen Moment hinlegen wollen«, drang Kieslings Stimme durch meine Gedanken. »Nicht dass Sie uns hier noch umkippen. Sie sehen wirklich ein wenig erschöpft aus.«

»Das bin ich auch«, sagte ich und ohne größere Notwendigkeit erzählte ich ihm von meinem Stress mit Paula und der Hausarbeit.

Nun lachte er aber wirklich. Lachte er mich aus?

»Wenn das Ihr ganzes Problem ist«, sagte er jovial. »Das können wir doch leicht lösen. Bleiben Sie einfach ein paar Tage zu Hause, bis Sie mit der Hausarbeit fertig sind und die Prüfung Ihrer Freundin überstanden ist. Wir können Ihre Arbeitszeit doch flexibel handhaben. Wenn der Stress vorbei ist, arbeiten Sie halt ein paar Stunden nach.«

Er lächelte mich so nett an, dass ich mir den More-Night-Stand mit ihm nun doch vorstellen konnte. Aber da das nun wirklich peinlich war, machte ich schnell den Abflug. Ich bedankte mich und schwebte davon. Nein, dass war aber mal ein wirklich positives Erlebnis.

Als ich den Flur entlangging, dankte ich dem Schicksal, dass es mir ausgerechnet bei diesem genialen, total netten und auch noch supergut aussehenden Professor einen studentischen Hilfskraftjob verschafft hatte.

Und hatte er mir nicht eben sogar angeboten, bei ihm zu promovieren? Ich hätte tanzen können vor Glück. Wahnsinn, was konnte ich für eine Karriere machen!

*Hauptsache, sie führt wirklich nicht über sein Bett,* nölte mein innerer Coach und musste mir mal wieder alles vermiesen.

»Natürlich nicht«, sagte ich. »Und wenn doch, dann nur, weil ich es will!«

♡ ♡ ♡

Natürlich war das alles nur auf die Überarbeitung, mein Liebesdefizit und auf diese bescheuerten Frauenmagazine zurückzuführen, die einem einredeten, dass jeder Mann immer und jederzeit nur Sex im Kopf hat.

Als ich am Nachmittag auf meinem Bett hockte, einen Beruhigungstee trank und über die Sache mit Kiesling noch mal nachdachte, war mir schnell klar, dass ich mal wieder den gröbsten Blödsinn in die simpelste Sache der Welt interpretiert hatte.

Der Mann hatte eine Familie in München und war nicht im Geringsten an einer Affäre mit einer Studentin, und schon gar nicht mit mir, interessiert. Er wollte einfach nur nett sein. Fertig aus! Ich vergaß das Ganze am besten und nahm dankbar die Arbeitsbefreiung an, um endlich mit meiner Hausarbeit weiterzukommen.

Mist, nun hatte ich es schon wieder verpasst, mal bei Jean-Paul im Museum vorbeizugehen. So würde ich nie rauskriegen, ob er tatsächlich nichts mit Melli hatte. Zu dumm.

Ich fühlte mich sehr unruhig und so beschloss ich, zwei Kumpel anzurufen, mit denen ich hin und wieder Parcours lief. Wenn ich schon keinen Sex hatte, musste ich mich auf andere Art körperlich auspowern.

Max und Dennis waren beide da und hatten durchaus Lust auf einen kleinen Gang. Ich zog mir Sportklamotten an und machte mich auf den Weg ins Ringgebiet. Die Gegend um den Hauptbahnhof ist immer wieder eine Herausforderung. Wege zu laufen, die vor dir noch nie ein Mensch gegangen ist! Was für ein Gefühl von Freiheit und Pioniergeist.

Die Jungs erwarteten mich schon am Eingang des Bahnhofs und so rannten wir erst ein paar Mal zum Warmwerden die Rolltreppen falsch herum rauf und runter, flankten über ein paar Mauern und hechteten unter ein paar Absperrgittern durch. Dann ging es hinaus auf den Bahnhofsvorplatz. Ein Stück die Laterne hinaufgeschraubt und dann auf das Dach des Wartehäuschens der Straßenbahn gesprungen, auf der anderen Seite wieder runter. Weiche federnde Landung vor ein paar konsterniert schauenden Wartenden.

»Hopp!«, rief Dennis. »In den Kreisel!«

Wir rannten quer durch die in einem riesigen Kreisverkehr fahrenden Autos hindurch, was uns einige genervte Hupsignale einbrachte. In der Mitte des Kreisels kletterten wir auf die alten verzweigten Platanen und verschnauften ein wenig.

»Ich muss zurück«, sagte ich. »Ich muss noch was für meine Hausarbeit tun. War cool, dass ihr gekommen seid.«

Die Jungs verabschiedeten sich und liefen los, während ich noch rasch meine Schuhbänder fester zog. Ich rutschte langsam am Stamm der Platane abwärts. Der Verkehr hatte zugenommen und war verdammt laut. So alleine hier auf der Verkehrsinsel hatte ich plötzlich gar nicht mehr die große Traute. Ich fühlte mich etwas müde, regelrecht schlaff. Irgendwie hatte ich auf einmal sogar Schiss, zwischen all den PKWs und Lastwagen durchzurennen.

*Das wurde ja auch allmählich mal Zeit, dass du etwas zur Vernunft kommst,* meinte mein innerer Coach. *Ist doch total der Wahnsinn, was du da machst. Parcourslaufen! Selbstmord ist das, kein Sport.*

Auch wenn ich das im Allgemeinen anders sah, heute war ich offenbar so ausgepowert, dass ich mir den Sprint durch den Verkehr nicht mehr zutraute. Ob es an dem Beruhigungstee lag? Egal, ich wollte hier weg. Ich konnte schließlich nicht auf dieser bescheuerten kleinen Verkehrsinsel mitten im dicksten Verkehr hocken und warten, dass irgendwann mal der Strom der Autos abriss und ich gemütlich wieder zum Gehweg rübermarschieren konnte. So, wie ich die Verkehrslage hier kannte, konnte das bis Mitternacht dauern. Merde aber auch!

Mir begannen die Ohren zu schmerzen und die Lastwagen, die vorbeidonnerten und den Boden vibrieren ließen, lösten ein regelrechtes Herzrasen bei mir aus.

Ich will hier weg, jammerte ich leise vor mich hin.

Ob ich nach Hilfe telefonieren sollte? Aber wer außer der Polizei konnte mich aus dieser misslichen Lage befreien? Melli nicht, Paula nicht, Mama auch nicht. Mein Bruder vielleicht, wenn der mit seinem Skateboard … Nein, besser nicht, der würde sich unweigerlich zu Tode bringen. Dann konnte ich mich auch gleich selbst hinter den nächstbesten Lastwagen werfen. Es blieb wirklich nur die Polizei. Die mussten mal kurz den Verkehr für mich anhalten oder einen Hubschrauber schicken oder … Egal, wofür ich mich auch entschied, es würde megapeinlich sein und vermutlich auch noch morgen in der Zeitung stehen. Nee, dann kroch ich lieber in die Platane und hisste die weiße Fahne der Kapitulation. Ich musste also warten, bis der Verkehr abebbte und ich wieder etwas mehr Vertrauen zu meiner Konstitution gefasst hatte.

Ich stieg also ein Stückchen in den Baum und hockte mich auf eine Astgabel, die ein relativ bequemes Sitzen ermöglichte. Dennoch nahmen mir Lärm und Abgasgestank fast die Sinne. Was für ein Schwachsinn, als wenn ich mit meiner Zeit nichts Sinnvolleres anstellen konnte. Aber das Prinzip des Parcourslaufens war mir nun ein für alle Mal klar. Ich hatte die Freiheit gefunden und mich von ihr gefangen nehmen lassen. Auf einer einsamen Insel mitten in unserer Stadt, abgeschnitten vom Leben und trotzdem von ihm umtost.

»He, Sie da oben, brauchen Sie Hilfe?«

Der Ruf kam so unvermittelt, dass ich den Halt verlor und den Baum runterrutschte, genau vor die Füße einer Mannsperson. Als ich mich aufgerappelt hatte und dem Rufer ins Gesicht sah, glaubte ich es nicht. Vor mir stand niemand anders als Mr. Blue Eyes persönlich.

»Jean-Paul, du bist da, wie wunderbar«, flüsterte ich, aber weil der Verkehr so laut war, verstand er natürlich nichts.

Und erkannt hatte er mich offenbar auch nicht. Klar, damals, als wir ihm das Bild andrehten, hatte er ja auch nur Augen für Melli gehabt. Aber das war mir jetzt völlig egal. Er war schon einmal mein Schutzengel gewesen, und wenn mir das Schicksal heute noch einmal eine Chance gab, dann musste ich sie auch ergreifen.

Ohne Vorwarnung warf ich mich in seine Arme und küsste ihn. Oh mein Gott, was tat er denn nun? Er küsste zurück!

Ich weiß nicht mehr, wie er uns von unserer einsamen Insel mitten im dichtesten Verkehrsstrom gerettet hatte. Denn sein Kuss hatte mich in eine Art Trance fallen lassen. Irgendwann jedenfalls standen wir vorm Bahnhof und er verabschiedete sich von mir.

»Ich muss den Zug kriegen«, sagte er und dann war er weg.

Da grade eine passende Straßenbahn kam, stieg ich noch immer leicht benommen ein und fuhr zum Wohnheim zurück.

Im Apartment ging ich zunächst ins Bad, um eine ordentliche Dusche zu nehmen. Ich sah mich im Spiegel an. Die Haare unter die Mütze gestopft, die Wangen gerötet vom langen kalten Warten auf der Verkehrsinsel, sah ich mir wirklich nicht sehr ähnlich. Kein Wunder, dass Jean-Paul nicht Mellis Freundin in mir erkannt hatte. Aber eigentlich auch schade, denn wenn er sich nun an meinen Kuss erinnerte, würde er gar nicht wissen, dass ich es war, die ihn geküsst hatte.

Es war mir nun vollkommen klar, dass umgehend ein Besuch im Museum fällig war. Wie immer er auch zu Melli stand, mich hatte er zurückgeküsst, und das hieß, dass er vielleicht doch noch zu haben war!

♡ ♡ ♡

Der Tag von Paulas praktischer Gesellenprüfung begann damit, dass mir vor Kopfschmerzen richtig schlecht war und ich mich fast übergeben hätte. Meine Augen waren dick zugeschwollen und ich sah aus, als wäre ich aus Versehen in den Schleudergang einer Waschmaschine geraten.

»Oh, mein Gott«, stöhnte ich. »So kann ich auf keinen Fall für Paula Modell sitzen.« Ein kräftiger Nieser bestätigte die dunkle Ahnung. Hm, dachte ich, wenn ich ihr das aber jetzt sage, dann dreht sie durch. Ich rief also erst mal Melli an.

»Das ist ja Mist«, sagte die. »Aber da führt kein Weg dran vorbei, du musst hin. Paula hat alles mit dir geübt und du kannst sie jetzt nicht hängen lassen. Notfalls schaffen wir dich auf der Bahre hin.«

»So schlimm ist es ja nun auch noch nicht«, gab ich muffig zurück, denn schließlich war mir das, was Melli gesagt hatte, auch klar.

Rettung kam dann ausgerechnet von Elke. Natürlich war ihr mein Zustand nicht verborgen geblieben und als ich ihr den Ernst der Lage schilderte und dass Paula ohne meinen Einsatz aufgeschmissen sein würde, gab sie mir die Adresse ihres Arztes.

»Der spritzt dir was und dann bist du für drei bis vier

Stunden topfit«, sagte sie. »Mich hatte es auch mal vor einer Prüfung so erwischt und ich kann dir sagen, ich habe sie mit seiner Hilfe brillant gemeistert.«

Ja, ja, wie sie ja alles so brillant meisterte! Aber, na gut, ehe er verdurstet, säuft selbst der Teufel Weihwasser.

Aber der Arzt war dann wirklich gut und nach einer halben Stunde zeigte die Spritze tatsächlich ihre Wirkung. Also machte ich mich rasch schick und fuhr zur Stadthalle, wo im kleinen Saal das Schaufrisieren für die Gesellenprüfung stattfand. Ups, das war ja brechend voll. Das hatte mir aber niemand gesagt, dass es sich dabei um eine öffentliche Veranstaltung handelte. Jetzt bekam plötzlich ich Lampenfieber.

Paula aber war erstaunlicherweise die Ruhe selbst, sodass ich misstrauisch fragte: »Du bist doch nicht gedopt? Baldrian, Valium oder so?«

Sie schüttelte lachend den Kopf.

»Nein, so was würde ich nie machen. Ich bin einfach nur froh, dass es jetzt endlich so weit ist, und ich heute Abend den ganzen Stress hinter mir habe. Bist du nicht auch froh darüber?«

Doch, war ich – war ich sogar sehr.

»Ach, Alix«, seufzte Paula. »Ich bin dir ja so dankbar, dass du für mich das Model machst. Ich werde mir auch ganz viel Mühe geben und dir eine ganz, ganz tolle Frisur machen.«

Ich winkte ab.

»Paula, es reicht, wenn du die Frisur machst, die wir die letzten Tage geübt haben.«

»Aber ich habe gestern Abend noch eine viel, viel schönere gesehen, die würde dir so gut stehen und damit wärst du heute garantiert die Königin!«

Ich merkte, wie ich langsam eine Krise kriegte. Paula würde doch nicht so dumm sein und das Risiko eingehen, eine ganz neue, noch nie geübte Frisur in ihrer Prüfung zu machen? So blöd konnte doch niemand sein? Paula schon!

»Du machst es nicht wirklich?«, fragte ich noch, als wir am Frisiertisch auf der Bühne unseren Platz bezogen, links und rechts flankiert von den anderen angehenden Gesellinnen und Gesellen.

Paula lachte. »Ich will etwas ganz Spezielles schaffen«, sagte sie, »etwas Kreatives. Wenn ich jemals Theaterfriseurin werden will, dann muss ich etwas Außergewöhnliches kreieren. Melli würde das verstehen und stolz auf mich sein.«

Melli! Herrgott, sollte sie doch machen, was sie wollte. Es war ja nur mein Kopf, der dafür herhalten musste.

Eine Glocke ertönte und dann ging es los: Haare waschen, föhnen, frisieren. Das Thema war wie erwartet eine fantasievolle Abendfrisur. Paula arbeitete zügig und zielstrebig. Ihre Hände zitterten kein bisschen und ich fragte mich immer noch, wie sie es geschafft hatte, ihre Prüfungsangst zu überwinden.

»Verrate es mir!«, flüsterte ich. »Wie hast du es angestellt, dass du heute so megacool bist?«

»Tai-Chi«, sagte sie, beugte sich aber danach ganz nah an mein Ohr und wisperte: »Ich habe deinen Tipp aufgegriffen und die Karten gelegt und ich kann dir sagen, das Blatt war einfach nur genial! Mir kann heute absolut nichts passieren!«

Sie hatte den Satz noch nicht ganz beendet, als es fürchterlich krachte und der neben Paula stehende Frisierwagen mit sämtlichen Utensilien umkippte und seinen Inhalt über die Bühne entleerte: Lockenwickler, Föhn, Ondulierstäbe, Bürsten der unterschiedlichsten Art, Clips, Haarnadeln – alles segelte, kullerte, rollte davon.

Wir hielten erschrocken inne, doch bevor Panik ausbrechen konnte, stellten wir fest, dass es Gott sei Dank nicht unser Wagen war, der sich da mit seinem Inhalt selbstständig gemacht hatte.

»Siehst du«, hauchte Paula mir ins Ohr. »Das meine ich. Bei mir kann heute nichts schiefgehen.«

So viel Aberglaube war zu viel für mich. Ich schloss die Augen und ließ Paula machen. Wenn eh das Schicksal längst entschieden hatte, konnte ich ohnehin nichts mehr beeinflussen.

Das war auch nicht nötig. Paula zauberte wirklich ein wahres Meisterwerk auf meinem Kopf, machte mir noch ein edles Make-up dazu, das ausgezeichnet zu meinem Gucci-Top passte, und bekam dafür verdientermaßen die allerbesten Noten. Dass sie den Wettbewerb der Innung gewann, muss wohl nicht mehr extra erwähnt werden. Ein Fotograf machte ein Foto von Paula und mir und erklärte, dass das morgen im *Tagesanzeiger* zu sehen sein würde. Oh je, auch das noch!

Aber als ich von immer mehr fremden Leuten mit Komplimenten für die schöne Frisur und mein tolles Top überhäuft wurde, lockerte sich meine Stimmung doch sehr und ich wagte es sogar, ein Gläschen Sekt mitzutrinken, trotz der Dopingspritze gegen meinen Infekt. Selbst das überlebte ich und als dann auch noch Melli in die Stadthalle kam, war einfach alles in Butter.

»Meine Güte«, lachte sie, »dass du heute mehr Bammel haben würdest als Paula, das hätte ich ja nun nicht gedacht.«

»Tja«, sagte ich grinsend. »Mir hat ja auch niemand die Karten gelegt!«

*Tu doch nicht so,* tadelte mich mein innerer Coach, *selbst wenn es jemand gemacht hätte, hättest du doch ohnehin nicht daran geglaubt.*

Und damit hatte er zweifellos recht.

♡ ♡ ♡

# *Bad boy behind blue eyes*

Minirock, bauchnabelfreies Top und ein Hauch von Glamour oder normales Uni-Outfit? Die Frage war, was ich an meinem ersten Tag in der Redaktion des *Tagesanzeigers* anziehen sollte.

*Eine Praktikantin ist keine Sekretärin,* nölte mein innerer Coach, der mich sowieso immer am liebsten möglichst unauffällig gekleidet sah.

Ganz im Gegensatz zu Melli, die natürlich sofort meinte: »So sexy wie möglich. Die sollen gleich mal merken, dass Studentinnen von heute mit ihren Azubis locker mithalten können und mit ihren Tippsen sowieso.«

»Tippsen? Gibt es so etwas überhaupt noch bei der Zeitung? Ich dachte, jeder schreibt inzwischen seinen Kram gleich selbst in den Computer!«

Paula sah Melli etwas zweifelnd an. Wenn es nach ihr ginge, würde ich wohl doch besser das alltägliche Uni-Outfit wählen. Aber Gott sei Dank ging es ja nicht nach ihr.

»Los!«, forderte Melli mich auf, als ihr mein unschlüssiges Herumgestehe schon wieder zu lange dauerte. »Gib Gas, ich habe noch was anderes zu tun. Zieh die Klamotten mal an und dann entscheiden wir ganz objektiv, was am besten für morgen passt.«

Also gut, Modenschau. Das war ja immer ganz lustig. Ich missachtete Elkes Nutzungszeiten und verschwand in der Dusche. Als Erstes wählte ich eine ausgewaschene blaue Jeans, ein Spaghettitop und eine kurze Strickjacke. Hm, am besten Sneakers dazu.

Ich trat in mein Zimmer, als ginge ich mal wieder auf einem der sensationellsten Catwalks der Welt. Wie machten die Models das immer? Schultern zurück, Hals so lang, dass die Bandscheiben quietschten, Füßchen vor Füßchen und eine Hand graziös in die Hüfte gestemmt. Hm, eigentlich sollte frau mit der anderen Hand noch irgendetwas Kleidsames sehr lässig über ihre Schulter werfen. Ich pellte mich aus der Strickjacke und schmiss sie mit ausholender Geste über meine linke Schulter. Dass sie meiner Hand dabei entglitt und in hohem Bogen bis in die Küche segelte, war zwar nicht geplant, sorgte aber immerhin für einen Lacheffekt.

»Und?«, fragte ich mit blasiertem Blick über meine Nasenspitze hinweg. »Wie sieht es aus?«

»Umwerfend … äh … eher wegwerfend …«, kicherte Melli sogleich unernst.

Meine Güte, nur weil das Jäckchen Segel gesetzt hatte!

Aber auch Paula wirkte nicht wirklich überzeugt. »Weißt du«, sagte sie vorsichtig, weil sie grundsätzlich niemanden kritisieren mochte, »Sneakers zu Jeans sind schon etwas … also …«

Sie mochte es dann doch nicht aussprechen, was Sneakers zu Jeans waren, aber ich konnte es mir schon denken: langweilig, unkreativ, unsexy … so ähnlich jedenfalls.

Ich ging in den Flur, holte meine Highheels aus dem Schuhschrank und stakste zurück zum Studentenbudencatwalk.

»Besser?«, fragte ich schnippisch und posierte noch eine Spur exaltierter.

»Besser«, stimmte Melli zu, während Paulas entsetzt blickende Augen genau das Gegenteil sagten. »Jetzt müsstest du nur noch die Jeans gegen den Minirock tauschen. Das Top ist eigentlich ganz okay und die Strickjacke hast du ja eh schon weggeworfen.«

Das war ein Versehen, dachte ich, aber gut, wenn Melli meinte, dass die so wenig stylish war ... Ich stieg aus der Jeans und in den Minirock, der im oberen Drittel meiner Oberschenkel endete. Ich hatte nun mal lange Gliedmaßen und besonders meine Beine hatten jede Menge Wachstumshormone abgekriegt.

»Würde ich nicht machen«, sagte Paula bedächtig und wenn sie so etwas sagte, war das wohlüberlegt und begründet.

Na ja, meistens. Heute griff sie auf ihre Oma, oder war es die Uroma, zurück und zitierte deren Lebensweisheit: »Kurze Röcke, kurzer Sinn.«

Melli bekam einen Lachkrampf, gurgelte etwas von Argument aus der konservativen Mottenkiste und sagte dann: »Aber empfehlen würde ich es dir auch nicht. Weiß ja keiner, was in dieser Redaktion für Typen rumhängen. Und wenn dir dein Chef gleich beim ersten Vorstellungsgespräch in den Schritt guckt, ist das vielleicht nicht grade förderlich für die weitere Zusammenarbeit.«

Paula nickte. »Genau, der denkt dann gleich, du willst angegraben werden.«

Ach nee, wirklich? Wäre ja total grauenhaft, wenn mich mal freiwillig einer auf den ersten Blick attraktiv und begehrenswert finden würde.

»Und wer sagt, dass ich das nicht will?«, warf ich etwas pampig ein.

»Ich denke, du wartest auf deinen Mr. Blue Eyes?«

»Trotzdem!« Paula blieb hart. »Zieh lieber was Normales an.«

»Normales! Was bitte schön soll das sein? Mein Abikostüm vielleicht?«

»Ja, ja, das ist genial!« Paula war schier aus dem Häuschen. »Da hast du so richtig seriös drin ausgesehen. Passt es dir noch? Hast du es hier?«

Ich hatte es hier, wieso auch immer. Wahrscheinlich nur aus Nostalgie und es passte auch noch.

»Aber keine weiße Bluse«, sagte Melli. »Da muss Farbe rein, sonst ist so ein schwarzes Teil zu trist.«

»Und die Highheels? Wenn ich da den ganzen Tag mit rumdüsen soll, kann ich abends meine Füße wegschmeißen.«

»Stimmt«, pflichtete Melli mir bei. »Schade, dann nimm doch die Sneakers dazu. Ich glaube, Gwyneth Paltrow ist neulich so zu einer Vernissage gegangen.«

»Ehrlich?« Das konnte ich ja nun gar nicht glauben.

»Doch ehrlich: Glitzertop, Kostüm und Sportschuhe ... in Hollywood fetzt das.«

Hm, ob es das beim *Tagesanzeiger* auch tat? Da war ich mir ziemlich unsicher. Die waren da, zumindest was den Blattstil anging, doch weniger an Hollywoods Lichtgestalten als an der Hinterseite des Mondes orientiert. Aber ich hatte letztlich keine Wahl. Mein Budget für Klamotten war ziemlich begrenzt und ich kleidete mich darum auch eher praktisch als extravagant. Von den kleinen Ausreißern bei unseren gelegentlichen Outlet-Orgien mal abgesehen.

Orgie! Gut, dass mir das eingefallen war! Äh, ich meine natürlich Outlet!

»Ich könnte das Top von Gucci anziehen«, sagte ich ganz glücklich und fischte das edle Stück aus dem Schrank.

»Mach das.« Melli nickte zustimmend. »Dann sehen die gleich, dass du Stil hast und bewusst Stange mit Design mixt.«

Danke schön, so billig war mein Abikostüm ja nun auch nicht. Aber ich wollte keinen Streit und so zog ich alles noch mal über und erhielt nun einmütigen Beifall von meinen Freundinnen – nur Elke, die ungebeten hinzugekommen war, meinte: »Du siehst billig aus, wenn du mich fragst.«

»Sie fragt dich aber nicht«, gab Melli zurück, bevor ich überhaupt reagieren konnte.

Elke drehte sich eingeschnappt rum und verschwand wieder in ihrem Zimmer.

Auf dem Weg dorthin zischte sie nur noch: »Ich möchte jetzt kochen. Nach dem Nutzungsplan ist meine Zeit. Sieh also zu, dass du die Küche räumst.«

Weil mir das die Galle hochtrieb, konnte ich nicht mehr an mich halten und brüllte ihr nach: »Mache ich! Mache ich gerne! Und zwar bald für immer!«

»Beruhige dich!«, meinte Melli. »Der Stress lohnt sich doch gar nicht.«

Und alle drei dachten wir sehnsüchtig an eine tolle WG-Wohnung, in die wir lieber heute als morgen einziehen würden. Wir kümmerten uns einfach nicht um Elke, kochten noch einen Tee und aßen die leckeren Kekse von Aldi.

»Und was muss ich noch beachten, wenn ich da morgen hingehe?«, fragte ich unruhig.

»Nix«, meinte Melli, die schon mehrere Praktika gemacht hatte, allerdings noch keins bei einer Zeitung. »Geh hin und lass die reden. Dann erfährst du schon alles Wesentliche und blamierst dich nicht.«

Toll. Das zeugte ja mal wieder von wahnsinnig viel Vertrauen in mich. Als wenn ich mich ständig irgendwo blamieren würde.

*Machst du ja auch,* sagte mein innerer Coach mit ungerührtem Grinsen.

Ich ersparte mir eine Erwiderung. Der Typ war und blieb einfach missgünstig. Irgendwann, dachte ich, irgendwann murkse ich dich schon noch ab. Du wirst schon sehen!

Als meine Freundinnen sich verabschiedeten, sagte Melli an der Tür noch: »Du siehst total toll aus. Lass dir bloß von Elke nix einreden.«

Und Paula meinte: »So erwachsen!«

Ich grinste, denn das konnte wirklich nicht schaden. Es war ja schon peinlich, dass ich bei jeder Polizeikontrolle meinen Ausweis zeigen musste, weil die meinten, ich könnte bei meinem jugendlichen Aussehen unmöglich einen Führerschein haben. Hatte ich aber, ätsch! Und es war immer sehr spaßig, in die dummen Gesichter zu schauen, wenn die Polizeibubis feststellten, dass ich schon vierundzwanzig war. Also meistens älter als sie.

Einen neuen Job anzutreten erforderte neben den richtigen Klamotten natürlich auch das richtige Styling. Selbstverständlich unter Einhaltung von ein paar Konventionen. Also seriös, aber nicht langweilig, modisch, aber nicht zu übertrieben. Das Problem mit den Klamotten hatte ich ja mit meinen Freundinnen zusammen lösen können, aber als ich mich am Morgen im Spiegel betrachtete, fand ich mich ziemlich nichtssagend, genau genommen sogar reichlich fad. Die Sommerurlaubsbräune war verblasst und die Schatten unter meinen Augen zogen den Blick eindeutig mehr an als meine Augen selbst. Also Grundierung her und drübergeschmiert. Gleich auch noch auf die Stirn, wo sich hässliche kleine Querfalten gebildet hatten, die Mama so lustig, ich aber als erste Anzeichen des Alterns absolut grauenhaft fand. Allein der Gedanke, irgendwann mal wie meine Oma väterlicherseits auszusehen, war absolut bestürzend.

Vorher gehe ich ins Wasser, dachte ich, drehte den Hahn auf und feuchtete meine Zahnbürste an. Klar, das war mal wieder die völlig falsche Reihenfolge, aber da ich beim Zähneputzen immer in den Spiegel sah, war es unerlässlich, dass ich zunächst mal den Gesamteindruck meines Gesichts etwas verbesserte, und das ging nur durch das Übertünchen der kritischen Stellen.

*Aber nicht so dick auftragen!*, riet mein innerer Coach.

Nein, machte ich schon nicht. Ich nahm ein Kleenex und tupfte das Zuviel der Überdosis, die ich im ersten Morgenschock auf meine Haut geklatscht hatte, ab. Wie zwei Wochen Mallorca musste ich ja auch nicht grade aussehen. Nicht, wenn ich als seriöse und fleißige Studentin rüberkommen wollte, der man vielleicht nach Beendigung ihres Studiums ein Volontariat anvertrauen konnte.

*Richtig,* stimmte mein Coach zu. *Vornehme Blässe kommt da immer gut.*

Ja schon, aber ich musste ja nicht wie ein Grufti aussehen. Ich griff zum Rouge.

*Nein!*, kreischte mein Coach. *Auf keinen Fall!*

Aber da wir in der Hinsicht grundsätzlich unterschiedlicher Meinung waren, hörte ich nicht mehr hin, beendete meine Schminkaktion und machte mich auf den Weg zur Straßenbahn.

Also, dass mein Styling dann so absolut egal sein würde, das hatte ich nun wirklich nicht erwartet. Aber ich hatte einiges nicht erwartet. Wie sollte ich auch, ich war ja schließlich keine Hellseherin und mit des Geschickes Mächten hatte ich noch nie erfolgreich einen Bund geknüpft, weder ewig noch kurzfristig. Es deutete also nichts, aber auch gar nichts darauf hin, dass dieser Morgen, an dem ich in aller Bescheidenheit nichts weiter wollte, als mein Praktikum anzutreten, meinem ganzen zukünftigen Leben eine völlig andere Richtung geben würde.

Aber der Reihe nach.

♡ ♡ ♡

Ich nahm die Straßenbahn, denn sie hielt fast genau vor dem Redaktionsgebäude. Am Infoschalter wurden meine Unterlagen beäugt, jedenfalls mehr als ich, und dann bekam ich den Hinweis, mit dem Fahrstuhl in den dritten Stock zu fahren und mich dort bei Frau Wermann zu melden, die, wie sich später herausstellte, die Redaktionssekretärin der Lokalredaktion war.

»Sie wird Sie zu Herrn Bleibtreu bringen«, sagte die Infodame und wandte sich wieder ihrem PC-Bildschirm zu.

Leichte Verwirrung bei mir. »Herr Bleibtreu? Ich dachte, ich bin Herrn Schneider zugeteilt. Er hat doch alle Briefe unterschrieben …«

»Herr Schneider ist Geschäftsstellenleiter. Er organisiert die Kontakte zu den Hochschulen, aber er leitet keine Praktikanten an. Herr Bleibtreu ist heute Chef vom Dienst. Er wird Sie jemandem zuordnen oder selbst übernehmen. Auf jeden Fall ist er zunächst Ihr Ansprechpartner.«

Sie wies sehr bestimmt zum Aufzug rüber. »Da kommt Ihr Fahrstuhl. Dritter Stock. Ich kündige Sie an.«

Ich konnte mich dieser strikten Anweisung nicht entziehen und rannte sogar, um den Aufzug nach oben noch zu erwischen.

Vielleicht wäre es besser gewesen, ich hätte ihn verpasst und den nächsten auch – alle Aufzüge an diesem Tag. Wenn ich nämlich erst einen Tag später in der Lokalredaktion aufgelaufen wäre, dann …

Nun gut, ich hatte den Aufzug noch erreicht und kam pünktlich oben bei der Redaktionssekretärin an. Sie bot mir gleich das Du an.

»Kannst mich Gina nennen«, meinte sie lächelnd und weil ich wohl ziemlich zusammengefaltet in der Gegend herumstand, schickte sie aufmunternd hinterher:

»Brauchst keine Angst zu haben. Der Bleibtreu hat bisher noch keine Praktikantin gefressen.«

Bisher! Soso. Wer wusste denn, ob er nicht grade seine Ernährung umstellte.

Ich näherte mich, zwei Schritte hinter Gina gehend, also sehr behutsam dem Büro des Chefs vom Dienst. Und das war gut so. Wäre ich forsch wie Melli einfach hineingestürmt, hätte mich der Schlag noch unvermittelter getroffen. So aber konnte ich mich wenigstens am Türrahmen festklammern, als besagter Bleibtreu bei unserem Eintreten von einem Berg Papier, der seinen Schreibtisch bedeckte, aufsah. Unsere Blicke begegneten sich und …

Ich merkte, wie ich fiel, eintauchte und dann in der unendlichen mittelmeerblauen Tiefe seiner Augen versank. Oh mein Gott! Das war doch jetzt aber nicht wahr! Wie kam denn der hierher? Alles hatte ich erwartet oder besser, nichts hatte ich erwartet, nichts Besonderes jedenfalls und besonders nicht und keinesfalls *ihn:* Mr. Blue Eyes höchstpersönlich.

*Ich denke, Jean-Paul …*, hob mein innerer Coach an.

Denk nicht! Habe ich nicht immer gesagt, dass ich ihn sofort erkennen werde, wenn er vor mir steht? Habe ich das nicht gesagt?

*Hast du, aber Jean-Paul …*

Und ich habe ihn wiedererkannt. Hier und jetzt! Mein Sensorium, die Schmetterlinge in meinem Bauch … Ja, auch die haben ihn wiedererkannt!

*Aber sagtest du nicht, Jean-Paul … Du hast ihn geküsst …*

Jean-Paul war ein Irrtum! Und was ist schon ein Kuss! Da, guck hin, hast du je solche Augen gesehen? Oh mein Gott, mein Mr. Right steht tatsächlich vor mir! Ich … ich glaube, es haut mich um!

Instinktiv hielt ich mich am Türrahmen fest, was zwar

verhinderte, dass ich im Schock zu Boden ging, aber wohl dennoch etwas seltsam auf die übrigen Anwesenden wirkte.

»Ist dir nicht gut?«, fragte Gina.

Da ich irgendwas sagen musste, lallte ich: »Es könnte mir nicht besser gehen.«

Der Typ zog seinen Blick von mir ab und die linke Augenbraue hoch. Irgendwie ließ er mich mit einem merkwürdig nackten Gefühl zurück. Eben hatten mich noch Mittelmeerfluten umplätschert und nun stand ich bibbernd in einem unwirtlichen Büro und kam mir echt ein bisschen unbekleidet vor – trotz des Abikostüms, des Gucci-Tops und des angesagten Gwyneth-Paltrow-Stylings.

»Sie sollten morgens noch nicht trinken«, sagte der Bleibtreu-Typ.

Häh!? »Ich habe nichts getrunken. Jedenfalls nichts außer Kaffee.«

»Aha«, sagte der Typ zynisch. »Dann war die Kaffeesahne wohl vergoren oder warum lallen Sie hier rum wie ein betrunkener Penner?«

Ging's dem noch gut?! Was war denn das für ein Rüpel? Das war schließlich nicht die feine Art, mit einer kleinen, schüchternen Praktikantin umzugehen! So ein Stil stank mir aber gewaltig. Ich starrte ihn völlig konsterniert an, weil ich mir nicht vorstellen konnte, wie jemand mit derart wunderbaren Augen so eine Gülle im Gehirn haben konnte.

»Ich trinke nur schwarz!«, gab ich pampig zurück. Das stimmte zwar nicht, aber das musste ich ihm ja nicht auf die Nase binden.

»Interessante Formulierung«, sagte er und griente immer noch maliziös. »Sie meinen also, Sie saufen nur heimlich.«

Er hatte sich nun von seinem Chefredakteurssessel erhoben und wir standen uns von Angesicht zu Angesicht gegenüber. Er war nur einen halben Kopf größer als ich, aber es war, als sähe ich zu einem Riesen auf. Einem Riesen mit den traumhaftesten und blauesten Augen, die die Welt je gesehen hatte. Und auch wenn ich äußerlich ein nicht gerade vorteilhaftes Bild bot, in meinem Inneren sang und jubilierte es.

Ich habe ihn gefunden! Oh, my goodness! Ich habe ihn wirklich und wahrhaftig gefunden! Und wenn ich es geschickt anstelle, dachte ich noch völlig von dem Ereignis überwältigt, dann wird er mich während meines Praktikums anleiten und sich in mich verlieben und mich küssen und mich um meine Hand bitten und mich heiraten und …

*… ihr werdet einen Bausparvertrag abschließen …*

Äh, nein, natürlich nicht. Was redete denn mein innerer Coach schon wieder für einen Schrott?

*Den Schrott redest du! Hast du vergessen, dass der Typ damals nicht alleine in der Disko war? Der ist garantiert vergeben …*

Ist er nicht!

*Ist er doch! Und außerdem scheint er ein ziemliches Ekel zu sein!*

»Halt deine verdammte Klappe, du nervst!«

Ups! Ich starrte verschreckt in die Runde. Das hatte ich jetzt aber hoffentlich nicht laut gesagt? Hatte ich doch. So, wie Gina mich anstarrte, hatte ich es sogar ziemlich laut gesagt. Sie hatte sogar vor Entsetzen die Hand vor ihren Mund geschlagen.

Oh Himmel! Auch Bleibtreu starrte mich konsterniert an. Erde, tu dich auf! Er schien, was ja irgendwie nahelag, meine Äußerung auf seine letzte Bemerkung zu beziehen, auf die sie in der Tat wie der Deckel auf den Topf passte.

Ich versuchte zu retten, was zu retten war, denn es konnte doch nicht sein, dass ich nach wochenlangem Suchen nun so unverhofft auf das Objekt meiner unerfüllten Träume stieß und dann gleich alles vermasselte. Nee, so grausam konnte das Schicksal selbst mit einer anerkannten Nietenzieherin nicht umspringen.

»Ähm, also, äh ... Das bezog sich nicht auf das, äh ... heimliche Saufen, äh ...«

Der Typ fand seine Fassung wieder, schaute unheimlich arrogant aus diesen Augen, die doch eigentlich beim Blick auf mich nur unendliche Liebe ausstrahlen sollten, und meinte dann: »Aha, und worauf bezog es sich dann? Ihnen ist schon klar, dass Sie mich grade ziemlich grob beleidigt haben?«

»Ja, ähm ... also ich habe ja eigentlich nicht Sie gemeint ...«

Liebes Lieschen, wenn der jetzt fies war, dann fragte er, wen ich denn gemeint hatte, und was sagte ich dann? Ich habe da so eine nervige innere Stimme, die sich ständig ungefragt in mein Leben einmischt und mich gerade in solch pikanten Situationen wie dieser zum Wahnsinn treibt?

Er war fies.

»Und wen haben Sie dann gemeint, wenn ich mal fragen darf?«

»Dürfen Sie nicht ...«

Ach, verflucht. So ging es doch auch nicht.

»Sie sind aber sicher, dass Sie bei uns ein Praktikum machen wollen?« Er zog wieder die linke Augenbraue hoch.

»Oh ja, ganz sicher, sehr sicher, absolut, ganz und gar sicher!«

War das nicht ein bisschen zu euphorisch? Er ging um den Schreibtisch herum zurück zu seinem Chefsessel, setzte sich schweigend und begann in irgendwelchen Papieren zu blättern. Minuten vergingen, Stunden, Jahre, Jahrzehnte, Jahrhunderte ... Also, jedenfalls kam es mir so vor. Wie im Dornröschenschlaf war ich auf seiner Türschwelle festgenagelt und die Äonen zogen an mir vorbei. Es war, als hätte er mich völlig vergessen.

Selbst Gina schien allmählich die Geduld zu verlieren und sagte: »Ich geh dann mal, ich kann das Telefon nicht so lange unbesetzt lassen. Wenn Sie mich brauchen, Sie wissen ja ...«

Nicht gehen, wollte ich rufen und mich an sie klammern. Sie konnte mich doch in dieser Situation nicht alleine lassen! Das war unfair. Und wo war überhaupt die Frauensolidarität? Man ließ keine kleine Praktikantin mit einem derartig mies gelaunten Macho alleine! Das tat eine Mitschwester einfach nicht. Also an der Uni wäre das jedenfalls nicht denkbar gewesen. Als ich damals bei Grieswein wegen der seltsamen Bewertung meiner Klausur vorstellig werden musste, da war das komplette Frauen- und Lesbenreferat an meiner Seite gewesen. Aber hier in der gemeinen Arbeitswelt herrschte offenbar das Gesetz des Dschungels. Okay, ich hatte auch meinen Darwin im Biounterricht gelernt und was er über die Auslese der Arten geschrieben hatte, war mir zumindest in den Grundzügen vertraut. Und das ließ nur einen Schluss zu: Was mich nicht umbrachte, machte mich stärker. Nun denn.

Genau in diesem Moment fragte Bleibtreu in beiläufigem Tonfall: »Wollen Sie den Rest des Tages da im Türrahmen stehen bleiben?«

Eigentlich nicht, dachte ich, sagte aber devot und mit gebremstem Schaum vor dem Mund: »Wenn Sie es wünschen.«

Er blickte auf und sah zum ersten Mal ein wenig irritiert aus, was seinem kantigen, überaus arrogant wirkenden Gesicht direkt einen menschlichen Zug verlieh.

»Okay«, sagte er. »Dann bleiben Sie halt da stehen.«

Sein blauäugiger Blick musterte mich nun von oben bis unten, schien aber nicht wirklich Gefallen an dem zu finden, was er sah. Stand wohl nicht auf Gwyneth Paltrows Stilmix. So, wie der guckte, hätte ich doch die Sache mit dem Blick in den Schritt riskieren sollen. Schließlich wollte ich ja, wenn ich ehrlich war, diesen Typ lieber heute als morgen in mein Bett kriegen … Aber das konnte ich natürlich gestern noch nicht wissen. Ich meine, dass ich ausgerechnet ihm hier begegnen würde.

*Bist du überhaupt sicher, dass er es ist?*, meldete sich ungefragt mein innerer Coach zu Wort. *Wenn ich noch mal an Jean-Paul erinnern darf, da warst du dir doch auch sehr sicher … Alle beide können es ja schließlich nicht sein.*

Hm, das hatte ich mir auch schon gesagt. Und natürlich verleitete das Benehmen dieses Bleibtreus nicht gerade dazu, in Euphorie auszubrechen. Auch wenn ich ehrlich zugeben musste, dass sich mein Sensorium wirklich ganz heftig meldete. In meinen Eingeweiden flatterte die Population einer ganzen Schmetterlingsfarm und ich konnte mir schon gar nicht mehr erklären, wie ich je geglaubt haben konnte, dass Jean-Paul der Typ mit den mittelmeerblauen Augen hätte sein könnte. Nein, da war ich mir nun wirklich hundertprozentig sicher. Bleibtreu war der Besitzer dieser einmalig schönen Augen. Und er war mein Anleiter für sechs verheißungsvolle Praktikumswochen. Halleluja!

Allerdings war das bei ehrlicher und objektiver Betrachtung, zu der ich allerdings nach diesem ersten Schock der Erkenntnis nur begrenzt fähig war, ein nicht unbeträchtliches Problem. Sowohl was Jean-Paul betraf als auch was *ihn* anging. Bleibtreus Augen waren ja wirklich okay, aber bei dem dazugehörigen Rest konnten schon Zweifel aufkommen. Sollte Melli tatsächlich recht behalten mit ihrer Vermutung, dass mittelmeerblaue Augen noch keine Garantie dafür waren, dass der Typ, zu dem sie gehörten, auch hielt, was sie versprachen? Bleibtreu schien mir auf Anhieb jedenfalls nicht die ultimative Versprechenseinlösung zu sein. Merde! Das fehlte noch, dass ich wochenlang einem Phantom nachgejagt war und es zwar diese unglaublichen Augen, aber nicht den entsprechend unglaublichen Lover gab!

Ich stierte Bleibtreu an. Na, wenigstens hatte er mich nicht gleich weggeschickt. So konnte ich doch wenigstens noch etwas Forschung am Objekt betreiben und den Duft seiner unvergleichlichen Aura schnuppern.

Ich stand also wie festgenagelt auf der Türschwelle zu seinem Büro. Am Anfang jedenfalls. Dann fingen meine Füße an wehzutun und die Beine kribbelten, sodass ich möglichst unauffällig begann, mal den einen und dann den anderen Fuß zu entlasten.

»Hören Sie auf, ständig von einem Fuß auf den anderen zu treten, das macht einen ja nervös!«, blaffte Bleibtreu mich an.

Er sprang auf, grabschte einen Stapel Papier von seinem Schreibtisch und war mit wenigen Schritten bei mir.

»Hier, kopieren Sie das!«, sagte er und drückte mir den Papierkram in die Hand. »Gina sagt Ihnen, wo die Kopierer stehen.«

War ich jetzt entlassen?

»Und, äh … wenn ich fertig bin?«

»Dann bringen Sie mir das Zeug her.«

Er starrte mich an und ich ihn.

»Äh, ich … äh, dachte, dass Sie mich anleiten.«

»Da haben Sie richtig gedacht. Auch wenn ich mir ehrlich gestanden nicht sicher bin, ob wir jemanden wie Sie als Praktikantin einstellen sollten. Was die Uni uns in letzter Zeit so schickt, grenzt wirklich an eine Zumutung. Aber ich nehme mal an, auch wenn Ihnen offenbar jegliche Umgangsformen fehlen, dass Sie wenigstens mit einem Kopierer umgehen können.«

Ich schluckte die Bemerkung, die mir auf der Zunge lag, herunter und erstickte fast daran. Unter bellendem Husten suchte ich schleunigst das Weite.

Es würde sich alles aufklären, dachte ich dabei. Nicht alles war, wie es schien. Und ich war mir absolut sicher, dass jemand mit so wunderschönen Augen nicht wirklich so ein asoziales Arschloch sein konnte. Mochte es auch hundertmal so aussehen.

Ich werde es mir und ihm beweisen, dachte ich wild entschlossen. Wer solche Augen hatte, der musste auch einen guten Kern haben, der auf ein liebendes Herz wie meins ganz sicher ansprechen würde. Also ging ich zu Gina, um mir den Weg zum Kopierer zeigen zu lassen.

Die Kopierer standen in einem dunklen, nur durch eine flackernde Neonröhre spärlich beleuchteten, stickigen Kabuff ohne Fenster. Da wurde mir ja gleich richtig schlecht. Aber ich beschloss durchzuhalten und legte tapfer Seite um Seite auf das Vorlagenglas. Nach etwa einer Stunde war ich fertig, sortierte alles schön säuberlich und machte mich frohgemut auf den Weg zu Bleibtreu. Bestimmt war er lediglich ein Morgenmuffel, genau wie ich, und hatte inzwischen sehr viel bessere Laune als zum Tagesbeginn.

Hatte er ... hatte er wirklich. Und der Grund dafür saß mit langen übereinandergeschlagenen Beinen und kurzem hochgerutschtem Rock auf seinem Schreibtisch.

Das war doch die Ische aus der Disko! Oh nein, das

nicht auch noch! Ich hatte sie bisher gerne als Sinnestäuschung abgetan oder als Gelegenheitsflirt, jedenfalls nichts von Dauer. Schon gar nicht hatte ich sie als jemanden einkalkuliert, der ungeniert in seinem Büro und dann auch noch auf seinem Schreibtisch hockte. Weg da, dachte ich panisch. Du bist nicht real, dich gibt es nicht wirklich.

Aber sie ließ sich nicht verscheuchen, existierte tatsächlich und war schrecklich besitzergreifend. Sie schlang ihre Arme wie Tentakeln um Bleibtreu und fing nun auch noch an, ihn abzuknutschen. Hatte die doofe Kuh mich denn nicht hereinkommen sehen?

Ich hüstelte dezent. Bleibtreu blickte auf.

»Wer ist das?«, fragte die Zicke und musterte mich abschätzig.

»Eine Praktikantin. Niemand, auf den du eifersüchtig sein musst, Desiree.«

Und mit der Bemerkung: »Legen Sie das Zeug da vorne ins Regal«, wandte er sich von mir ab und wieder ihr zu.

Ich legte den Papierberg in das schmale Regalfach und machte mich wutschnaubend vom Acker. Wenn er auch nicht grade meinen Idealvorstellungen vom ultimativen Lover entsprach, so einfach an eine andere abgeben wollte ich ihn auch nicht. Dafür war ich zu sehr Jägerin und meiner Beute nun viel zu nahe. Wer ließ schon einen Bock aus, den er voll im Visier hatte? Wie hieß es doch so schön: Kimme, Korn – ran!

Wobei mit Korn wirklich weder Küstennebel noch Fürst Bismarck gemeint war.

*Warum lallen Sie dann wie ein betrunkener Penner?* Warte, Bürschchen, dachte ich, irgendwann zahle ich dir das heim und dann trink ich echt einen drauf. Aber Champagner und nicht irgendeinen Fusel.

»Er gibt voll den Asi und es hängt tatsächlich diese dämliche Tusse aus der Disko an ihm dran«, klagte ich am Spätnachmittag meinen Freundinnen beim Caffè Latte mein Leid. Paula hatte sich ein Stündchen freigenommen und Melli gönnte sich eine schöpferische Pause. Sie gähnte.

»Mensch, Alix, dann lass den Typen doch sausen. Ich wiederhole mich nicht gerne, aber auch andere Mütter haben schöne Söhne.«

»Nicht mit solchen blauen Augen.«

»Na und!« Melli wirkte echt etwas angenervt. »Wo steht geschrieben, dass ein Mann blaue Augen haben muss? Küsst er besser als einer mit braunen Augen? Ist sein Talent im Bett an die Augenfarbe gebunden?«

Melli gab sich gleich selbst die Antwort auf ihre rhetorischen Fragen. »Natürlich nicht. Wäre mir sonst sicher schon mal in Bio untergekommen und ich hatte immerhin Bio-Leistungskurs. Also verlieb dich in einen anderen, Alix. Blaue Augen sind wirklich kein Gütekriterium für den wahren Wert eines Mannes.«

Verlieb dich in einen anderen! Als wenn das so einfach wäre. Ich war doch drauf und dran bei Jean-Paul, sein Kuss klebte schon auf meinen Lippen, aber ... Ach, Mist, ich konnte doch Melli nicht sagen, dass ich mich bei ihm nicht wirklich getraut hatte, weil ich nicht wusste, ob sie mir nicht längst zuvorgekommen war. Aber eigentlich war es ja ganz gut, wie es mit Jean-Paul gelaufen oder besser, nicht gelaufen war, denn dadurch war ich wenigstens noch frei ... frei für *ihn.*

Auch andere Mütter haben schöne Söhne! Was für ein dummer Spruch! Melli hatte ja keine Ahnung, was da beim ersten Blick in Bleibtreus Augen mit mir passiert war. Das konnte kein Mensch, der es nicht selbst erlebt hatte, auch nur annähernd nachvollziehen. Diesen ... diesen

Rausch, diese Magie, diese … jawohl … Liebe auf den ersten Blick!

*Liebe fragt nicht, Liebe ist …*

Paula blätterte unkonzentriert in einer Zeitschrift, die auf dem Tisch gelegen hatte. Ich sah ihr an, dass es hinter ihrer Stirn, die sie wieder in diese süßen Dackelfalten gelegt hatte, schwer arbeitete. Ein Wunder, dass ihr nicht der Qualm aus Ohren und Nasenlöchern quoll.

»Melli«, sagte sie schließlich. »Du hast natürlich objektiv betrachtet völlig recht. Aber in der Liebe muss man nicht recht haben. Sie passiert völlig außerhalb jeder Gesetzmäßigkeit. Wenn Alix auf mittelmeerblaue Augen geeicht ist, dann ist das wie mit einem pawlowschen Reflex.«

Melli kicherte. »Ja, ja, dann tropft ihr beim bloßen Blick in solche Glubscherchen gleich der Sabber aus den Mundwinkeln. Voll konditioniert. Kann einem fast leid tun, das Mädchen!«

Paula wirkte etwas angesäuert und ich warf zu meiner Ehrenrettung ein: »Ganz so ist es ja nun auch nicht!«

»Was ich eigentlich sagen wollte, war ja auch bloß: Wenn Alix diesen Bleibtreu haben will, dann soll sie ihn auch kriegen. Was also können wir tun?«

Ich lächelte sie dankbar an. Sie war wirklich eine gute Freundin.

»Diese Ische von ihm abschießen!«, schlug Melli vor.

»Quatsch, willst du uns in den Knast bringen?«

Nun meldete ich mich auch mal zu Wort, denn schließlich ging es ja um mein Liebesleben: »Ich bin sicher, dass er sie gar nicht liebt. So eine Zicke wie die kann ein Mann nicht wirklich lieben.«

»Aber es muss einen Grund geben, warum er mit ihr zusammen ist … Zumindest in seinem Büro ist er es doch, oder?«

Ich nickte schweren Herzens, während Melli anfing, Gründe aufzuzählen: »Geld, Sex …«

»Beides, würde ich sagen.«

»Hm«, grübelte Melli. »Was Sex angeht, könnte Alix eventuell mit ihr konkurrieren. Minirock und Highheels, Bauchnabel … ihre Oberweite kann sich auch sehen lassen … aber wenn wirklich dickes Geld im Spiel ist, dann sehen wir alle arm aus!«

»Sie fährt einen Porsche«, sagte ich in leicht resigniertem Tonfall.

»Sehr stylish«, meinte Melli und guckte selbst schon wie einer.

»Einen roten«, ergänzte ich. »Sie fährt einen roten Porsche!«

»Gott, wie prollig!«

Der ehrfürchtige Ausdruck in Mellis Gesicht wich blanker Abscheu.

»Sag ich doch!«, tönte ich triumphierend. »Er kann sie gar nicht lieben. Sie hat keinen Stil und liebt ihn auch nicht wirklich. Er ist für sie nur ein kleiner Flirt.«

Melli staunte nicht schlecht. »Und das hat sie dir gesagt?«

»Quark, natürlich nicht!«

»Und woher weißt du es dann? Hat *er* es dir gesagt?«

Ich schüttelte den Kopf. »Das spürt eine Frau.«

Melli sah mich zweifelnd an. »Na, hoffentlich spürt's der Mann dann auch bald mal.«

Paula nickte und sah Melli verschwörerisch über ihr Kaffeeglas hinweg an.

»Wir könnten es ihm ja sagen …«

Spontane und begeisterte Zustimmung. »Genau!«

*Aufpassen!,* warnte mein innerer Coach. *Denn sie wissen nicht, was sie tun …*

Ist ja gut, dachte ich, bremste aber meine Freundinnen

erst mal aus. Bei den beiden wusste frau wirklich nicht, was passierte, wenn die mal wieder ihr Helfersyndrom auslebten.

»Nee, Leute«, sagte ich also abwehrend. »Lasst mal lieber die Finger von meinem Liebesleben. Ich regle das schon selbst.«

»Klar.« Melli klang irgendwie verprellt.

Offenbar hatte sie sich schon eine wüste Aktion ausgedacht, die vermutlich die gesamte Redaktion in Mitleidenschaft gezogen hätte und bei der sie mich mal wieder so richtig bloßstellen würde. Ich dachte mit Grausen an die Blue Eyes Performance. Nee, was in der Richtung musste ich wirklich nicht noch mal haben.

»Püh«, meinte Melli und saugte demonstrativ an ihrem Strohhalm. »Wenn du meinst, dass du es selbst gebacken kriegst …«

Natürlich kriegte ich das selbst hin, aber da ich meine beiden Lieblingsfreundinnen nicht verärgern wollte, sagte ich schließlich kompromissbereit: »Also gut, ich nehme eure Hilfe an, aber keine faulen Tricks. Ich will ihn wirklich nur, wenn er es auch will und wenn er mich aufrichtig liebt.«

Mein Coach kringelte sich vor Lachen. *Courths-Mahler war im vorletzten Jahrhundert. Geht's auch weniger schmalzig?*

Ich beschloss, gar nicht auf ihn einzugehen.

Was weißt denn du von Liebe, dachte ich. Von Liebe weißt du nix!

*Aber du,* musste er mal wieder das letzte Wort haben.

Ich versuchte, mir seine Stimme durch heftige Kopfbewegungen aus dem Innenohr zu schütteln, was auf meine Freundinnen wohl einen etwas seltsamen Eindruck machte. Aber es war mir einfach zu blöd, ständig seine vorlauten Bemerkungen hören zu müssen.

*Liebe will nicht, Liebe ist …*

Und mit Vernunft hatte sie schon mal gar nichts zu tun. Tja, und deshalb passte sie eigentlich ganz prima zu mir.

»Also gut«, fasste Melli das Ergebnis unseres Beratungsstündchens zusammen und der entschlossene Ausdruck in ihren grünen Augen beängstigte mich etwas. »Die drei Grundregeln der Jagd sind: Witterung aufnehmen, anpirschen und abschießen. Eins und zwei hätten wir, nun gilt es also nur noch zuzuschlagen.«

Eigentlich hatte sie das wohl eher im übertragenen Sinne gemeint, aber ich mit meinem Hang zum Konkreten …

♡ ♡ ♡

Es war einer dieser Tage, die frau am besten morgens schon vergisst. So ein Tag, unter dessen Datum im Tagebuch dann »ohne besondere Vorkommnisse« oder »fand statt« steht.

Eigentlich gab es an solchen Tagen keinen Grund aufzustehen. Eigentlich. Uneigentlich hatte ich aber leider das dusselige Praktikum beim *Tagesanzeiger.* Wenn ich da wenigstens noch was lernen würde! Aber Bleibtreu hatte mich zu seiner Fotokopiersklavin gemacht und außer dem im Wortsinne atemberaubenden Kopierraum hatte ich bisher herzlich wenig von der Redaktion und der journalistischen Arbeit im Hause kennengelernt.

Und was meine privaten Ambitionen in Bezug auf Mr. Blue Eyes anging, trat ich genauso auf der Stelle. Ich hatte inzwischen rausgekriegt, dass er mit Vornamen Leo hieß und dass nach dem Liebesbarometer von *Lifestyle* im Internet Alix und Leo wunderbar zusammenpassen würden. Der Love-o-mat versprach jedenfalls eine heiße Liebe. Allerdings glich sie wohl eher einer Achterbahnfahrt mit ständigem Rauf und Runter und laut Internetauskunft sollten auch einige Fetzen fliegen. Auf jeden Fall würde eine Beziehung zwischen uns nie langweilig werden. Würde! Das war schon nicht die sicherste Prognose. Und wie sollte die je Realität werden, wenn er nicht endlich mal kapierte, was er an mir hatte, und vor allem ein paar menschliche Züge entwickelte!

Ich quälte mich missgelaunt aus dem Bett und schlich unter die Dusche, die ich, seit Sophya mitsamt ihrer Menagerie ausgezogen war, problemlos benutzen konnte – im Rahmen der mir zugeteilten Nutzungszeiten versteht sich. Ich grinste, denn ich hätte zu gerne mal gesehen, wie Elke auf drei Käfige mit tranig vor sich hindösenden, verfetteten Karnickeln in der Dusche reagiert hätte.

Ich goss reichlich Vanilleschaumbad auf meinen Körper und redete mir eingehüllt von dampfendem Wohlfühlaroma den Tag schön. Vielleicht ist er ja heute mal gut gelaunt. Vielleicht ist gerade heute der Tag, wo er mir mal eine wirkliche Aufgabe gibt, die Redaktion zeigt, mich zu einem Auswärtstermin mitnimmt …

Ich frottierte mich ab und als ich vor meinem Kleiderschrank stand, griff ich entschlossen zum Jeansmini. Im Flur wählte ich die Hochhackigen. Das wollten wir doch mal sehen, ob ich mich nicht ebenso aufbrezeln konnte wie seine Tusse. Wenn er auf so was stand – bitte schön! Vielleicht ließ er sich ja so dazu bewegen, mich mal richtig anzuleiten. Ich grinste. Müsste ja nicht ausschließlich in redaktioneller Arbeit sein!

Ich war gerade in einen Sekundenschlaf hinübergenickt, als er plötzlich wie aus dem Teppichboden des Großraumbüros gestampft vor meinem Behelfsschreibtisch stand, den er mir gnädigerweise am dritten Tag meines Praktikums zugewiesen hatte.

Wie schon an den Tagen zuvor hatte er auch heute wieder einen Haufen unsortiertes Papier in der Hand, knallte es auf meinen Schreibtisch und sagte: »Kopieren!«

Der Mann verschwendete echt keine Worte.

Noch leicht weggeduselt starrte ich verwirrt auf das Papier und stellte eine Frage, die mir seit Tagen auf der Zunge brannte: »Was … was machen Sie eigentlich mit den vielen Kopien?«

Er griente und seine blauen Augen bekamen etwas leicht Diabolisches. »Ich werfe sie dem Aktenvernichter zum Fraß vor. Auch so ein unnützes Wesen, das beschäftigt werden will.«

So, unnützes Wesen? Wie ich womöglich? Er drehte sich um und ging weg, bevor ich überhaupt meinen Jeansrock und die Hochhackigen ins Gefecht führen konnte. Ich starrte auf seinen Rücken. Wenn Blicke töten könnten, hätte ich jetzt einen Mord auf dem Gewissen, na ja, aber mindestens einen Totschlag im Affekt!

Ich sprang auf, knickte dabei mit dem Knöchel um, jaulte vor Schmerz auf und stöckelte dann mit zusammengebissenen Zähnen und dem Papierstapel auf dem Arm zum Kopierraum.

Dieser arrogante Arsch, dachte ich, und ehe ich noch überhaupt kapierte, was ich tat, griff ich unter meinen Minirock, zog den Slip runter und setzte mich mit meinem nackten Allerwertesten auf den Kopierer. Ich drückte auf die grüne Taste und – schwupp! – spuckte das Gerät Sekunden später meine überaus bemerkenswerten und in Schwarz-Weiß außerordentlich ästhetisch wirkenden Pobacken aus. Es war dabei nicht mal rot geworden. Ich auch nicht. Oder? Na ja, jetzt wurde ich es doch ein kleines bisschen, denn ich stellte mir grade vor, was ich nun mit dieser Kopie machen würde …

Ich zog so schnell es ging Bleibtreus Papierstapel durch

den Kopierer, dann sortierte ich alles sehr ordentlich und platzierte meine Hinteransicht oben drauf. In modelmäßiger Gangart stöckelte ich zu seinem Büro, klopfte und knallte ohne ihn anzusehen den Stapel vor ihn auf seinen Schreibtisch.

»Bitte sehr!«, sagte ich und suchte schleunigst das Weite, ehe mich Panik befiehl.

»*Alix!*« Sein Ruf war mehr ein Brüllen. »*Kommen Sie sofort zurück!*«

Ich zögerte, denn mir war klar, dass er mich sofort niedermachen würde, wenn ich tatsächlich zurückging. Andererseits war er mein Anleiter, auf dem Papier jedenfalls, und ich hatte seinen Anweisungen Folge zu leisten, wenn ich nicht Gefahr laufen wollte, dass er mir die Bescheinigung des erfolgreichen Praktikums verweigerte.

Also gut. Ich hatte nicht wirklich die Wahl und noch mal sechs Wochen irgendwo anders knechten war ja auch keine so verlockende Perspektive. Aber eins nahm ich mir vor: Ich würde mich von ihm nicht kleinmachen lassen. Ich würde zu meiner Tat stehen und ich war noch wütend genug, um ihm endlich einmal die Meinung zu sagen. Mittelmeerblaue Augen hin oder her! Das tat im Moment gar nichts zur Sache!

Ich nahm Haltung an, zupfte den Minirock ein wenig tiefer, legte den Bauchnabel frei und stellte mir kurz vor, ich wäre eine Chefsekretärin, die zu ihrem gut aussehenden, intelligenten und vor allem liebenswürdigen Chef gebeten wurde. Da ich schon immer über eine immens gute Vorstellungskraft verfügte, gelang es mir sogar, ein Lächeln in meinem Gesicht anzuknipsen, als ich die Tür zu Bleibtreus Büro erneut öffnete.

»Ja, bitte, Herr Bleibtreu?«, säuselte ich noch ganz in meiner Chefsekretärinnenrolle gefangen. »Sie haben nach mir gerufen.«

Das war zwar etwas euphemistisch ausgedrückt, aber ich wollte mal nicht so sein.

Er ging gar nicht auf meine friedfertige Selbstverbiegung ein, sondern riss mir stattdessen die imaginäre weiße Fahne aus der ausgestreckten Hand und zerfetzte sie in tausend Stücke wie ein blindwütiger Terrier.

Er hielt die Fotokopie hoch. »Was ist das?«, bellte er. »Wollen Sie mich …«, er schnappte hektisch nach Luft, »… verarschen?!«

Ich grinste innerlich, also wenn er es denn so genau wissen wollte …

»Tja«, sagte ich. »Wenn Sie es so ausdrücken wollen …«

Direkt falsch lag er damit ja wirklich nicht. Aber eine kleine Ergänzung war dann doch noch angebracht, fand ich.

»Ich bin übrigens Fotoreporterin für *Nightlife,* wissen Sie, und da ist mir die Symbolsprache der Bilder ziemlich geläufig …«

Er hatte sich inzwischen wieder gefangen. »Nun, mir ist die Bildsprache weniger geläufig, ich bin Textredakteur. Vielleicht würden Sie mir mal übersetzen, was mir diese Kopie Ihres Hinterns – ich darf doch annehmen, dass es Ihrer ist – sagen soll?«

Ich merkte, wie mir ganz plötzlich die Röte in die Wangen schoss. Merde! Musste der denn so penetrant auf meine Pobacken stieren?

»Nun?« Er blickte immer noch auf die Kopie.

Ich gab mir einen Ruck. War ich denn bescheuert, mich auf sein Spielchen einzulassen und nun einzuknicken und mich wie ein reuiger Sünder zu fühlen? Dabei war er es doch, der Abbitte zu leisten hatte.

»Sie wissen ganz genau, was es heißt«, rutschte es mir wütend heraus. »Verarschen kann ich mich selbst, dazu brauche ich Sie wirklich nicht. Glauben Sie, ich kann mein

Leben nicht sinnvoller verbringen, als Futter für Ihren Aktenvernichter zu produzieren? Dann kann ich mich gleich vor das Verlagsgebäude stellen und den *Wachtturm* verkaufen.«

Ich starrte ihn wutentbrannt an. Ich sah in diese unglaublich blauen Augen und konnte einfach nicht begreifen, wie ein Mann, der so romantisch aussah, so eine miese Machoseele haben konnte.

Das stachelte meinen Zorn noch mehr an und als hätte mich ein Schwarm Furien in ihre Mitte genommen und in einem wirbelnden Rachefeldzug fortgerissen, brüllte ich Bleibtreu in sein unrasiertes Göttergesicht: »Wenn Sie denken, ich bin Ihr Fußabtreter, dann haben Sie sich aber geschnitten. Sehen Sie doch zu, wer Ihnen in Zukunft Ihre bescheuerten Fotokopien macht! Ich bin Studentin der Medienwissenschaften und habe gedacht, dass ich ein journalistisches Praktikum bei einer Zeitung machen sollte und dass Sie mich dabei anleiten würden. Aber Ihre Fähigkeiten reichen ja wohl nur dazu aus, eine Aushilfskraft in einem Copyshop anzulernen. Guten Tag!«

Ich knallte die Tür seines Büros dermaßen heftig zu, dass die Glasfüllung in Schwingung geriet und die Scheibe schließlich mit einem trockenen Knall platzte. Tausende von Splittern sausten durch die Luft und ich konnte mich grade noch hinter eine Flurecke flüchten, als der Scherbensegen zu Boden rieselte. Also das war jedenfalls kein Sicherheitsglas!

Aus Bleibtreus Büro drang ein tierisches Aufjaulen wie von einem getretenen Straßenköter, was die Vermutung nahelegte, dass er nicht so schnell abgetaucht war wie ich. Gina kam aus ihrem Vorzimmer geschossen und schaute einen Moment stumm auf dem ganzen Flur herum, dann stieß sie einen spitzen Schrei aus, den sie sogleich mit ihrer Hand erstickte.

»Oh, nein, was ist denn hier passiert?«, begehrte sie zu wissen, aber ich schüttelte nur, begleitet von einem Schulterzucken, den Kopf und stieg vorsichtig über die Glasscherben zu Leos Büro hinüber.

Nachdem die Scheibe nahezu vollkommen aus dem Rahmen gebrochen war, hatte jeder freie Sicht in den Raum und auf den Schreibtisch. Und, ähm … auf Leo Bleibtreu.

Liebes Lieschen, das war ja ein Bild für die Götter und ich schoss natürlich flink ein Foto mit meiner Digitalkamera. Wozu war ich schließlich *Nightlife*-Fotografin?

Aber zurück zu Bleibtreu. Im Moment des Glasbruchs musste der Typ sich mit dem Rücken zur Tür gerade über seinen Schreibtisch gebeugt haben – vermutlich um irgendetwas nachzusehen. Jedenfalls hatte er im entscheidenden Augenblick offenbar seine Kehrseite der Tür entgegengestreckt und … hm, das tat er auch jetzt noch … also, um es mal dezent auszudrücken … sein Allerwertester ragte mir sehr prominent entgegen. Doch irgendwie sah er nicht aus wie sonst, gar nicht wie sein bemerkenswerter Knackarsch, sondern eher wie ein zusammengerollter Igel. Das verwirrte mich. Und dann, beim zweiten Hinsehen, erkannte ich, dass er wie ein weihnachtlicher Rehrücken gespickt war, allerdings nicht mit fettem Speck, sondern mit nicht minder fetten Glassplittern.

Oh Gott, der Ärmste! Mitleid und Schadenfreude kämpften in mir einen kurzen Kampf, den natürlich – eine Frau ist ja schließlich auch nur ein Mensch – das Mitleid gewann, allerdings ziemlich schnell gefolgt von nackter Panik.

Was hatte ich ihm nur angetan? Das würde er mir nie, nie, nie verzeihen. Im ganzen Leben nicht! Der Gedanke an Flucht wurde übermächtig und ich war gerade dabei, auf dem Pfennigabsatz kehrtzumachen, als er sich unter tierischem Grunzen aufrichtete und zu mir umdrehte. In seinen blauen Augen glitzerte das Wasser.

»Verschwinden Sie!«, quetschte er gequält hervor. »Gehen Sie mir aus den Augen, ehe ich mich vergesse!«

Und da ich ihm das unbesehen abnahm und ohnehin meinen Abgang geplant hatte, machte ich, dass ich wegkam.

Püh, wenn er jemand anderen hatte, der ihm die Glassplitterchen mit einer Pinzette aus dem Po zog … bitte sehr!

Hatte er aber offenbar nicht, denn meine Absatzpirouette war noch nicht einmal zur Hälfte vollendet, als er auch schon losbrüllte: »Alix! Verdammt noch mal, wo wollen Sie hin?«

»Äh, Sie … Sie haben mich gerade weggeschickt, oder …?«

Er stöhnte im übelsten Wehleidigkeitsmodus. War ja kaum auszuhalten.

*Tu doch was,* spielte mein innerer Coach nun auch noch den barmherzigen Samariter.

Aber ich war nicht gewillt, mich von diesem übertriebenen Gejammer einlullen zu lassen. Bleibtreu hatte mich provoziert, erniedrigt, rausgeschmissen … und es war daher vollkommen in Ordnung, wenn ich jetzt ging.

»Helfen Sie mir«, sagte er doch tatsächlich in diesem Moment und es klang weinerlich.

»Meine Güte«, rutschte es mir heraus. »So ein paar kleine Splitterchen. Schon mal gesehen, wie ein Fakir mit nackten Füßen über Scherben geht? Der stellt sich nicht so an.«

»Ich bin kein Fakir«, stöhnte er. »Und was heißt hier anstellen. Ich stelle mich auch nicht an. Sehen Sie nicht, dass ich verletzt bin?«

Unter erneutem Stöhnen fuhr er tastend über sein verlängertes Rückgrat, nur um mit einem leisen Jaulen die Hand ganz schnell wieder wegzuziehen.

»So helfen Sie mir doch!«, schnauzte er mich an.

Püh! So ja schon gar nicht. Sein Chefgehabe konnte er zuallererst mal wegstecken. Ich stemmte die Hände in die Hüften und ohne dass ich es wollte, schlich sich ein unkontrolliertes Grinsen schadenfroh in meine Mundwinkel.

»Man kann auch bitte sagen, aber manche Männer kennen das Wort vermutlich gar nicht.«

»Nun hören Sie bloß mit diesen gouvernantenhaften Erziehungsversuchen auf! Dafür ist jetzt wirklich nicht der richtige Augenblick!«

»Ich finde den Augenblick sehr passend«, sagte ich und erntete dafür einen anerkennenden Blick der Sekretärin. »Ich könnte mir wirklich keinen passenderen vorstellen.«

»Sie sind eine Sadistin!«, keuchte er.

Ich zuckte die Schultern. »Mag sein, irgendwann wird jeder Mensch mit seinen Abgründen konfrontiert.«

Er versuchte, sich langsam weiter aufzurichten, was ihm offensichtlich Schmerzen bereitete. Wenn ich nicht so sauer auf ihn gewesen wäre, hätte mich sein Anblick vielleicht gerührt, aber so ... Nein! Keine falschen Gefühle, wo er die echten so brutal zurückgestoßen hatte.

Und du hältst den Mund, sagte ich warnend zu meinem Coach, der sich schon wieder für Leo ins Zeug legen wollte. Verstockt schwieg er.

»Okay.« Bleibtreu war nun an der scheibenlosen Tür angekommen. »Es freut mich wirklich, dass ich Ihnen helfen konnte, Ihre niederen Triebe kennenzulernen. Ich für mein Teil bin jedoch alles andere als ein Masochist und würde mich glücklich schätzen, wenn Sie diese, diese ... Verdammt noch mal, nun helfen Sie mir doch endlich, diese Scheißsplitter aus meinem Arsch zu ziehen!«

Alle umstehenden älteren Damen der Redaktion schauten eher betreten zu Boden, nur ich brach in lautes Gelächter aus.

»Bitte!«, stieß ich schließlich prustend hervor.

Er sah mich wie ein Basilisk mit einem Todesblick an, der mich glatt hätte versteinern können, wenn Leo nicht zugleich so unbeschreiblich albern dabei ausgesehen hätte. Es liefen ihm nun wirklich ein paar Krokodilstränen über die Wangen und als er, immer noch leicht gekrümmt in der Tür stehend, ein leises »Bitte« röchelte, war ich auf dem Gipfel meines Triumphes angekommen.

Nun denn, bei so viel Entgegenkommen konnte ich auch mal Milde walten lassen. Wobei ich mir gar keine Illusionen bezüglich der Aufrichtigkeit von Leos Tränen machte. Krokodile weinen schließlich auch nur, weil beim Zerreißen der Beute automatisch Tränendrüsen aktiviert werden und nicht etwa, weil sie Mitleid mit ihrem Opfer haben. Aber irgendjemand musste hier ja mal die Initiative ergreifen. Und da ich wohl der Verursacher dieser Katastrophe war, beschloss ich, ein wenig davon wiedergutzumachen.

So legte ich meine Hand sehr sanft auf die Linke von Leo, die krampfhaft die Türklinke umklammerte, und sagte nicht minder sanft: »Kommen Sie, vielleicht kann ich Ihnen die Splitter entfernen.«

Ich nahm seine Hand und führte ihn zurück zum Schreibtisch.

»Legen Sie die Hände auf den Tisch und beugen Sie sich über die Schreibtischplatte.«

Zögernd folgte er meiner Anweisung, als sich die Hose über seinem Po straff spannte, stieß er erneut einen gequälten Laut aus.

»Bleiben Sie so!«, sagte ich und war sehr um einen sachlichen Tonfall bemüht. »Ich hole meine Pinzette.«

Na gut, dass eine Frau so etwas zum Augenbrauenkorrigieren immer im Handtäschchen hatte!

Als ich sein Büro verließ, stand eine Traube von Leuten auf dem Flur und starrte durch das Loch, das die zerbrochene Scheibe hinterlassen hatte, genau auf den straff gespannten Hosenboden des Chefs vom Dienst. Und die wenigsten sahen dabei wirklich mitleidig aus. Eher schienen sie diesen Anblick zu genießen. Ich grinste innerlich, denn ich wusste, dass es noch besser kommen würde.

Ich holte die Pinzette aus meiner Handtasche und schlenderte gemächlich zurück an den Ort des Grauens. Zu meiner Genugtuung hatte sich Leo Bleibtreu keinen Zentimeter bewegt. Das Publikum auch nicht. Es stand stumm und starrend weiterhin vor der Tür, in deren leerem Rahmen das Folgende für sie wie eine Fernsehsoap ablaufen musste. *Die Notärztin* oder, falls es schiefgehen sollte, *Die Gerichtsmedizinerin* oder, wenn alles verloren war, *Sektion des Grauens.* Nun gut, keine Ausflüchte mehr, ran an den Rehrücken!

»Bevor ich anfange«, sagte ich kühl, um nur ja keine unpassenden Emotionen bei mir aufkommen zu lassen, »möchte ich Sie darauf hinweisen, dass ich keine Medizinerin bin und auch keine Ahnung von irgendeinem medizinischen Beruf wie Krankenschwester, Pfleger oder Samariter habe. Ich behandele Sie also auf Ihr eigenes Risiko.«

»Ja, ja, ja!«, unterbrach er mich und wackelte ungeduldig mit seinem Po. »Nun fangen Sie endlich an, ehe ich eine Blutvergiftung kriege.«

Oha, daran hatte ich ja noch gar nicht gedacht.

»Ähm … ja … also, wo Sie das sagen … Gibt es hier irgendwo Aidshandschuhe?«

»Scheiß drauf«, wurde er nun wieder unflätig. »Ich habe kein Aids.«

»Das sagen alle …«

»Sie wollen mich doch wohl nicht zum Narren halten?«

»Sie mich doch wohl auch nicht, oder?«

»Kann nicht mal einer den Erste-Hilfe-Kasten holen!«, brüllte er nun los und in das erstarrte Publikum kam Bewegung.

Sekunden später reichte mir Gina den Kasten durch das zertrümmerte Fenster herein. Ich fand die Aidshandschuhe und friemelte sie mir über die Finger.

»Jetzt kann es losgehen«, sagte ich und versuchte locker zu klingen, denn ganz plötzlich war ich mir der Absurdität und insbesondere der Peinlichkeit der Situation bewusst geworden.

Mit bebenden Fingern versuchte ich, den ersten Splitter mit der Pinzette zu fassen zu kriegen. Aber ihm zitterte der Hintern genau so wie mir die Hand. Ich stieß heftig gegen das Corpus Delicti und er stöhnte wieder auf.

»Wenn Sie so ... so stöhnen, kann ich das nicht«, sagte ich frustriert, denn ich merkte soeben, wie in mir eine leichte Übelkeit aufstieg.

Vielleicht weil ich sah, dass um die Splitter herum seine Hose merkwürdige dunkle Flecken aufwies. Das war doch hoffentlich kein Blut. Igitt!

Natürlich war es Blut. Als ich den ersten Splitter rauszog, quoll es deutlich sichtbar hervor. Oh Gott, ich kann doch kein Blut sehen, dachte ich, aber mein Coach meinte nur trocken: *Klar kannst du.*

Ich zupfte den nächsten Splitter raus und dann noch einen und noch einen und noch einen – mehr als zwei Dutzend spitze, mehr oder weniger tief in seinem Gesäß steckende Glasscherben. Nach den ersten drei Splittern arbeitete ich wie in Trance. Ich zog, er stöhnte. So ging es die ganze Zeit. Bis ... ja, bis ich schließlich fertig war. Total fertig.

Der letzte Splitter steckte noch in der Pinzette, als ich

mich aufrichtete und sagte: »So, Sie können aufatmen, das war der Letzte.«

Das ging wohl etwas schnell, denn für einen Moment blieb mir die Luft weg und wirbelnde Farben schwirrten mir vor den Augen. Ich griff Halt suchend um mich und krachte rückwärts gegen irgendetwas Weiches. Verdammt noch mal, warum schwanden mir bloß immer in der Nähe dieses Typen die Sinne? Das war doch auf Dauer auch nicht gesund.

Als ich wieder zu mir kam, lag ich auf dem Sofa in der Lobby und starrte in zwei mittelmeerblaue Augen. Sie gehörten tatsächlich zu Bleibtreu, der sich mit besorgter Miene über mich beugte. Als er jedoch merkte, dass ich wieder bei Bewusstsein war, verhärteten sich seine Züge sofort.

Er richtete sich abrupt auf und sagte, während er sich bereits von mir abwendete: »Ich hoffe, Sie haben eine gute Haftpflichtversicherung. Da wird was auf Sie zukommen.«

In dem Moment hätte ich ihm jeden Glassplitter einzeln wieder in seinen Allerwertesten schießen können.

♡ ♡ ♡

Leo Bleibtreu meldete sich für eine Woche wegen Krankheit in der Redaktion ab. Vermutlich lag er zu Hause hypochondrisch auf dem Bauch und ließ sich von seiner Ische das Schnabeltässchen reichen. Geschah ihm ganz recht!

Hm, oder sollte ich vielleicht auch mal meine karitative Ader herauskehren? Nachdem ich mich schon als OP-Schwester bewährt hatte, wäre nun doch eigentlich ein Hausbesuch beim Patienten angebracht – richtig schön klassisch mit Blumenstrauß und Pralinenschachtel. Ich kicherte bei dem Gedanken leise vor mich hin.

»Na, du hast ja gute Laune heute«, meinte Gina, die mich unter ihre Fittiche genommen hatte, da mein geschätzter Anleiter ja ausfiel.

Das war immer noch sehr viel interessanter, als für Bleibtreu Kopien für den Schredder zu produzieren.

»Was erheitert dich denn so?«

»Ach, ich habe grade an den armen Bleibtreu gedacht.«

Gina schaute mich etwas irritiert an.

Na ja, war vielleicht eine etwas seltsame Form, sein Mitleid auszudrücken, wenn man bei dem Gedanken an einen Kranken zu kichern begann.

Ich hob zu einer Erklärung an: »Also, ich habe nicht wegen seinem, äh … Unfall gekichert, sondern weil ich überlegt habe, was er wohl für ein überraschtes Gesicht machen würde, wenn ich ihn besuchen würde …«

Ginas Gesichtsausdruck blieb indifferent.

»Ich meine ja nicht, dass ich ihn besuchen will. Also, das heißt doch, eigentlich schon, aber ich dachte, ich fahre mal bei ihm vorbei und bringe ihm einen Blumenstrauß mit den Genesungswünschen der Redaktion.«

Uff! Ja, wäre doch absolut gut. Ich war ja ohnehin das Doofchen für alles in der Redaktion, dann war es doch irgendwie logisch, dass die mich auch als Botin zu Bleibtreu schickten.

Gina grinste nun und sagte leicht ironisch: »Das ist eine gute Idee. Für das Schauspiel gestern hat er sich wirklich einen Blumenstrauß verdient. Ich denke, das sieht die Belegschaft genauso.«

Gott, war der Typ beliebt hier!

Tatsächlich erfuhr mein Vorschlag breite Zustimmung. Nur bei einem nicht, meinem inneren Coach.

*Was soll der Unfug?,* moserte er. *Ich denke, der Typ ist für dich erledigt?*

Ja, schon, dachte ich ja auch, aber ich muss immer daran denken, wie ich gestern aus der kleinen Ohnmacht aufgewacht bin und direkt in seine mittelmeerblauen Augen sah, die mich so richtig besorgt anblickten. Ja, fast schon ein bisschen liebevoll …

*Drehst du ab?*

Nein, im Gegenteil! Ich werde aufdrehen! Und wie! Ich weiß, dass das Schicksal diesen Typen für mich auserwählt hat. Wie sonst sollten sich diese ganzen absurden Zufälle erklären? Und darum werde ich, bevor ich die Jagd endgültig verloren gebe und die Flinte ins Korn werfe, noch einmal auf die Pirsch gehen! Ich werde mich wie ein Bluthund an Bleibtreus Spur heften. Schließlich ist der Bock bereits weidwund, es bedarf nur noch eines letzten gezielten Schusses in sein Herz, um ihn zur Strecke zu bringen. Und ich sage dir, den Schuss werde ich platzieren und niemand sonst, auch nicht seine dämliche Ische. Und dann blase ich ein Halali, dass denen im Olymp die Ohren klingen, und sämtliche Liebesgötter werden schamrot anlaufen, weil sie es nicht gebacken gekriegt haben!

♡ ♡ ♡

## *Le coq est mort*

Ich saß mit einem riesigen Blumenstrauß und einer Schachtel Pralinen in der Straßenbahn und kam mir ein bisschen bescheuert vor. Der überbordende Enthusiasmus des Vormittags war leisen Zweifeln gewichen, ob ich mir da nicht eine etwas zu schwierige Mission aufgeladen hatte. Andererseits musste doch hinter diesem aufgeblasenen Machogehabe noch ein anderer Leo stecken. Einer, der das hielt, was seine wunderbaren Augen versprachen. Ein Leo, der gut war, sensibel und vielleicht sehr verletzlich.

*Du sagtest WAS?,* mein Coach kullerte in einem Lachkrampf meine abschüssige Psyche runter.

Verletzlich. Jawohl, ich sagte verletzlich. Weiß frau doch: *Männer sind so entsetzlich verletzlich.*

Und darum durfte man nicht alles für bare Münze nehmen, was sie so von sich gaben. Das meiste diente nur dem Selbstschutz ihrer empfindsamen Seele.

*Hör auf! Hör bitte auf! Das ist ja nicht mehr auszuhalten!*

Ich beschloss, den inneren Monolog zu beenden. »Halt jetzt den Mund und warte es ab!«, sagte ich.

»Was erlauben Sie sich? Das ist ja eine Frechheit!«, fauchte mich ein etwas klappriger Greis an. »Ich habe nur gefragt, ob Sie noch weit fahren. Sie sitzen schließlich auf dem Behindertensitz. Sind Sie überhaupt behindert?« Er sah mich missbilligend an.

»Ja«, sagte ich, »geistig vermutlich.« Dann stand ich

schuldbewusst auf und überließ ihm den Platz. Das war natürlich mal wieder etwas übereilt, denn mit Blumen und Pralinen bepackt, hatte ich nicht den sichersten Stand und auch keine Hand mehr zum Festhalten frei. Die hätte ich allerdings im nächsten Moment gebraucht, denn die Straßenbahn bremste quietschend, weil irgendein unvorhergesehenes Hindernis die Schienen kreuzte. Danke, Schicksal, wie überaus freundlich mal wieder.

Ich schoss durch den halben Waggon und landete auf dem Schoß einer mittelalten Matrone, die einige Zentner auf die Waage brachte. Na, Gott sei Dank, fiel ich dadurch weich. Ich rammte ihr meinen Blumenstrauß ins Gesicht und versank in ihr wie in der Miniaturausgabe einer Hüpfburg. Liebes Lieschen! Als die Straßenbahn stand, rappelten wir uns mühsam wieder auf.

»Es … es tut mir wirklich unendlich leid«, stammelte ich und weil ich das Gefühl hatte, dass die ganze Lady unter Überdruck stand und jeden Moment explodieren würde, drückte ich ihr die Blumen in die Hand und stammelte: »Bitte nicht explodieren! Es … es tut mit sehr leid, wirklich, darf ich Ihnen als kleine Wiedergutmachung diesen wunder … äh … wunderschönen Blumenstrauß überreichen?«

Ich presste die Pralinenschachtel an mich, raste zum Fahrer und flehte ihn an, die Tür für mich aufzumachen.

»Bitte, bitte, es geht um Leben und Tod!«

Aber er blieb stur. »Hier ist keine Haltestelle. Also steigt auch niemand aus.«

Ich schielte zurück zu der Dame. Jeden Augenblick konnte sie hochgehen und den Waggon in die Luft sprengen.

*Jetzt komm aber mal wieder runter,* reagierte mein Coach pikiert. *Könntest du dein Leben auch mal ganz schlicht und einfach so leben wie andere Menschen auch?*

Dann verschaff mir bitte auch so ein normales Leben, knurrte ich zurück.

Das Hindernis – eine in den Schienen stecken gebliebene Kinderkarre – war fort, die Straßenbahn konnte weiterfahren und eine halbe Minute später hatten wir die Haltestelle erreicht. Die Türen gingen auf und mit einem Satz war ich draußen und rannte so schnell es ging bis hinter die nächste Straßenecke. Von da schaute ich vorsichtig zurück. Nichts. Die Straßenbahn ruckelte an und als sie an mir vorbeifuhr, sah ich in einem der Fenster die weibliche Hüpfburg inbrünstig an Bleibtreus Blumenstrauß schnuppern.

Okay, Schicksal, machte ich die Rechnung auf, das war meine zweite gute Tat für heute. Jetzt bist du aber mal dran!

Aber aller guten Dinge sind bekanntermaßen drei und so hob ich noch etwas Geld von meinem leider sehr mageren Konto ab und besorgte für Bleibtreu einen Ersatzblumenstrauß. Da würde es dann am Wochenende nur Nudeln mit Ketchup bei mir geben oder ich musste mal wieder zum Wäschewaschen zu Mama fahren.

Als ich an dem Schickimicki-Apartmenthaus klingelte, vor dem ein Hummer und ein schwarzer Porsche standen, wurde mir aber schon ein wenig schwummerig. Allerdings fragte ich mich, wo er wohl seinen Opel Astra parkte, mit dem er immer zur Redaktion kam. Vermutlich drei Straßenecken weiter, denn hier passte der wirklich nicht hin! Wieso wohnte er überhaupt so edel? War ja peinlich. Ich hatte mich zwar extra sexy angezogen, aber bis auf das Gucci-Top waren meine Klamotten alle von einer preiswerten skandinavischen Bekleidungskette und passten hier vermutlich genauso wenig hin wie ein Kleinwagen. Aber egal, wenn der einen Opel fuhr, konnte ich auch H & M tragen. Ich musste nur mit dem nötigen Selbstbewusstsein auftreten. Ja, genau, Büchse in den Anschlag und dann mal abwarten.

»Ja? Wer ist da?«, kam eine leidende Stimme aus der Gegensprechanlage.

Ups, damit hatte ich ja nun gar nicht gerechnet. Wenn ich ihm nun sagte, dass ich zu ihm wollte, dann würde er die Tür eher noch mit einem zusätzlichen Vorhängeschloss versehen, als dass er mir aufmachte.

»Ich ... soll ...« Was denn nur? »Äh ... ich soll Blumen für Sie abgeben. Ich bin, äh ... von Fleurop, ja.« Puh, da hatte ich ja noch nicht mal völlig gelogen.

»In Ordnung, kommen Sie rauf! Vierter Stock.«

Der Summer ertönte und ich trat in das Treppenhaus, in dessen Zentrum ein gläserner Fahrstuhl nach oben führte. Nein, wie nobel! Wenn ich nach dem Studium auch mal so viel Knete verdiente und mir so eine Bleibe leisten konnte, dann hätte sich ja der ganze Unistress bezahlt gemacht.

Als ich im vierten Obergeschoss aus dem Fahrstuhl trat, wartete Bleibtreu in einen weißen Bademantel gehüllt schon auf mich in der geöffneten Tür seines Apartments. Das heißt, eigentlich wartete er ja nicht auf mich, sondern auf die Fleurop-Botin. Somit war sein Schock verständlich, aber die Tür hätte er mir nun wirklich nicht gleich vor der Nase zuschlagen müssen. Nun war meine ganze List umsonst gewesen.

Okay, also klingeln. Und da ich mir sicher war, dass er hinter der Tür stand und mich durch den Spion beobachtete, versuchte ich, ein mildes, unschuldiges Lächeln in mein Gesicht zu quetschen, und rief halblaut: »Machen Sie doch auf, Herr Bleibtreu. Ich soll Ihnen doch nur von Ihren Kollegen gute Besserung wünschen und ein paar Präsente abgeben. Wie stehe ich denn da, wenn ich die wieder mit in die Redaktion nehmen muss?«

Es war sicherlich wegen der Präsente, meinetwegen jedenfalls bestimmt nicht, dass er die Tür nach einigen Minuten des Nachdenkens wieder öffnete. Aber nur ein wenig, gerade so viel, dass ich ihm durch den entstandenen Spalt die Blumen und die Pralinen hätte hereinreichen können. Aber dem würde ich was husten. Hatte ich meine letzten Cents geopfert, um von ihm hier wie ein Hausierer an der Wohnungstür abgefertigt zu werden? Nee, mein lieber Bock, so leicht entspringst du mir nicht.

Aber was konnte ich nur tun, um in seine Wohnung zu kommen? In Ohnmacht fallen? Dann musste er sich um mich kümmern, weil das sonst unterlassene Hilfeleistung wäre. Andererseits war die Nummer inzwischen etwas verbraucht. Einfach wie die Kommissare vom Dezernat K33 mit einem Sprung gegen seine Tür den Einlass erzwingen? Das wäre vermutlich Hausfriedensbruch und strafbar. Mich klagend auf die Knie werfen und mich für die Schmerzen, die er durch mich erlitten hatte, entschuldigen? Eher sprang ich vom I-Punkt.

Bevor ich die Gedankenkette noch einem befriedigenden Ende zugeführt hatte, presste ich mich mit der Schulter leicht gegen seine Tür, tat einen schnellen überraschenden Schritt in seinen Flur, drückte ihm Blumen und Pralinen in die Arme und stieß gepresst mit zusammengekniffenen Beinen hervor: »Entschuldigung, aber wo ist denn Ihre Toilette? Ich müsste mal ganz dringend. Ich habe eine schwache Blase und bin immerhin schon fast eine Stunde unterwegs. Finden Sie es nicht auch eine Schande, dass die Straßenbahnen keine Toiletten haben? Nicht mal an den Haltestellen sind Bedürfnisanstalten!«

Bleibtreu war ein Stück aus der Tür in seine Wohnung zurückgegangen und das nutzte ich, um nun meinerseits etwas vorzurücken. Ich bildete mir ein, einer der Treiber bei einer englischen Jagdgesellschaft zu sein, die immer schön im Gleichschritt als Kette vormarschierten, bis das Wild nur noch erschrocken aufspringen und die Flucht in den sicheren Tod ergreifen konnte. Fabelhaft!

»Die erste Tür links«, sagte der Bock unfroh und ich war drin. Erst im Klo und danach in der Wohnung!

Ich ließ mir Zeit. Wusch mir die Hände, pinkelte, wechselte den Tampon, wusch mir noch mal die Hände, frischte das Make-up auf und ordnete die Haare. Als ich noch schimmernden Lipgloss auftrug, kam ich mir eigentlich richtig zum Anbeißen vor.

Hm, am besten zog ich gleich die Jacke aus. Die war zwar bei diesem Sauwetter schön warm, aber nicht so stylish. Schon besser. Der Bügel-BH gab meiner Oberweite den nötigen Push und das tief ausgeschnittene, eng anliegende Top ließ mich ganz schön kurvig aussehen.

Ich warf die Jacke lässig über die Schulter, nahm meinen Rucksack in die andere Hand und betrat erneut die Jagdgründe. Nicht die ewigen ... nein, obwohl ... es hatte doch schon etwas Endloses, diese ständige Jagd nach dem passenden Partner ... Na, hofften wir mal, dass ich heute den finalen Schuss setzen konnte. Auf eine unendliche Geschichte hatte ich wirklich keinen Bock!

Ich stellte mir mal kurz vor, dass ich Heidi Klum wäre und bei McDonald's einkaufen müsste ... Es wirkte.

»Da haben sich ja die Kollegen echt in Unkosten gestürzt«, sagte er. »Ich hätte nicht gedacht, dass ihnen mein Unfall so nahe gegangen ist.«

Ich auch nicht.

»Wer ist denn auf die Idee mit dem Besuch gekommen?«

»Ich.«

»Sie? Ausgerechnet?«

Ja, da staunst du, Leo. Ausgerechnet deine kleine Praktikantin, die du immer so herzlos schikaniert hast! Aber ich verzeihe dir, wenn du mich allmählich mal in dein Wohnzimmer lässt.

Ups, das hatte ich jetzt aber nicht wirklich gesagt? Scheinbar doch! Denn neben mir brach Bleibtreu in lautes Gelächter aus, das dann aber mit einem Stöhnen abbrach. Was mir sofort Gelegenheit gab, die Florence Nightingale in mir zu aktivieren und dem armen Kriegsversehrten Trost zuzusprechen.

»Ist es so schlimm? Wollen Sie sich nicht auf Ihre Couch legen? Wenn ich irgendwie helfen kann?«

Und damit er mich gar nicht erst in Richtung Ausgang dirigieren konnte, ergriff ich seinen Arm, hängte ihn bei mir ein und führte ihn wie einen Schwerkranken dorthin, wo ich sein Wohnzimmer vermutete. Es war sein Schlafzimmer!

Lieber Himmel! Da wurde ja nicht nur Lieschen Müller rot! So viele Spiegel und alle an so ungewöhnlichen Orten, sogar an der Decke! Eigentlich gab es so ein Zimmer ja nur in Filmen. Genauer gesagt: eigentlich sogar nur in Pornofilmen. Einen schrecklichen Augenblick lang hatte ich das Gefühl, dass hier ein kleiner Rollentausch stattgefunden hatte und nicht Bleibtreu, sondern ich das Wild war, das kurz davorstand, in die Falle des Jägers zu stolpern. Da half nur noch ein Stoßgebet à la Morgenstern: *Sie falten die kleinen Zehlein, die Rehlein!*

Aber so einer war er dann auch wieder nicht. Sonst vielleicht, aber nicht heute mit seinen lädierten Pobacken. Er ließ sich von mir zu seinem Bett geleiten und legte sich dort brav auf den Bauch.

»Ähm, ja dann mal gute Besserung«, hauchte ich noch voll unter Stress. Oh mein Gott, was in einem solchen Zimmer alles Wundervolles passieren konnte! Vielleicht war der Mann eine Sexmaschine, der ultimative Lustbolzen, der Marshmallowman der rosaroten Wolken, der geilste Lover des Universums! Vielleicht waren diese Spiegel alle nur deswegen da, weil er jede Frau wie Alice hinter diese Spiegel entführte in das wunderbare, skurrile, abartige, traumhafte Wunderland der Lust oder … vielleicht sogar in das Traumland der Liebe?

*Noch kitschiger hast du es nicht zufällig?*

Ich hörte nicht hin. Die Atmosphäre des Raums überwältigte mich. Leo überwältigte mich. Ich überwältigte mich schließlich selbst, schmiss mich zu ihm auf das Bett und begann mit den Worten »Eine kleine Massage ist bestimmt sehr entspannend« an seinen Schultern herumzufingern.

»Da wüsste ich eine bedürftigere Stelle«, sagte er mit einem leicht ironischen Lächeln in den Mundwinkeln und stützte sich auf die Ellbogen.

»Aber ist das nicht zu empfindlich für eine Massage?«

»Nicht, wenn Sie es richtig anstellen, Alix. Sie können es natürlich auch mit dem Mund machen.«

Wie bitte, seinen Arsch mit dem Mund massieren?

*Bist du behämmert? Er meint einen Blowjob!*

Ups! Ich fühlte, wie ich anlief wie eine Kirschtomate.

Alternative eins: mit ihm rumsumpfen!

Alternative zwei: Flucht!

»Du kannst mich privat ruhig Leo nennen«, sagte er in meinen Entscheidungsnotstand hinein und ließ ein Knurren ertönen, das jedem pensionierten Zirkuslöwen alle Ehre gemacht hätte.

»Eigentlich bist du gar nicht so übel als Krankenschwester!«

Jetzt dachte er doch bestimmt wieder an irgendeinen Porno, wo die Damen nur noch mit einem Schwesternhäubchen bekleidet waren und mit glitzernden Spritzen den lüsternen Kranken Klistiere verpassten.

Ich musste hier weg! Blaue Augen hin, blaue Augen her! Mir brach der Schweiß aus und mein Kreislauf spielte verrückt. Meine Hände begannen fahrig zu zittern. Das wurde mir hier langsam zu unheimlich. Noch war Bleibtreu in einer hilflosen Lage, so auf dem Bauch liegend und auf die Arme gestützt. Ein Blowjob war in der Haltung auch nicht möglich. Ich wollte nicht warten, bis er sich in eine dafür besser passende Stellung gebracht hatte.

Nee, Leo, leck dir selbst den Schwanz! Ich schoss von seinem Bett hoch.

»Ähm, also ich muss dann mal wieder. Ich soll noch was für Gina holen. Es ist eilig …«

»Ach, komm, Alix. So viel Zeit wird doch sein. Guck mal, du machst mich ganz schön an, so mit deiner naiven Unschuldsmasche …«

Nein, nein, nein, ich wollte gar nicht gucken, weil es mich überhaupt nicht interessierte … sollte er sich doch selbst … Ach, Mist! Das hatten wir ja schon.

*Die Geister, die ich rief, werd ich nun nicht los!,* höhnte mein innerer Coach. *Na, du blauer Engel! Doch nicht verrucht genug? Warum plötzlich so zaghaft? Weil dein Mr. Blue Eyes, dein angeblicher Traumtyp, nichts weiter ist als ein kleiner, geiler Lokalredakteur, der glaubt, mit seiner Lusthöhle jede Praktikantin beeindrucken zu können?*

»Es geht jetzt wirklich nicht, aber ich kann ja morgen wiederkommen …«

Er grinste. »Mach das! Es ist schön hier und ich mag es, wenn man sich so liebevoll um mich kümmert.«

Ich war schon im Flur, als ich ihn noch rufen hörte: »Entschuldige, dass ich dich nicht rausbringe, aber ich liege grade so bequem. Zieh einfach die Tür hinter dir zu.«

Schon geschehen.

Ich stürzte in den Fahrstuhl, der immer noch auf der

Etage stand. Scheinbar nicht viel los hier. Als ich jedoch unten ausstieg, rannte ich fast in seine aufgebrezelte Tussi rein.

»Was haben Sie denn hier zu suchen?«, fragte sie ungeniert und hochnäsig.

»Äh, nichts«, sagte ich. »Gibt hier ja auch nicht wirklich was zu finden!«

Ich trat aus dem Hauseingang, starrte einen Moment auf den roten Porsche, der verbotenerweise in zweiter Reihe parkte, und ärgerte mich. Klar, wer Bleibtreu jetzt den Blowjob besorgte!

♡ ♡ ♡

Gut, mein Leben war eine einzige Katastrophe, aber es könnte schlimmer sein. Und nach diesem Besuch bei Bleibtreu wurde zudem vieles leichter. Federleicht! Dachte ich jedenfalls.

Es begann damit, dass ich auch innerlich endlich von zwei mittelmeerblauen Augen Abschied nahm. Wozu Bleibtreus Machogehabe beträchtlich beigetragen hatte. Allerdings auch die immer mal wieder kurz aufblitzende Erinnerung an Jean-Pauls Kuss, mit dem er für Sekunden eine schmutzige, laute Verkehrsinsel in eine sonnige Palmeninsel und den Lärm des Verkehrs in die Brandung eines tiefblauen Meeres verwandelt hatte. Himmel, küsste der Typ göttlich!

Während ich also am nächsten Morgen am Stadtgraben entlang zum *Tagesanzeiger* pilgerte, beschloss ich, Bleibtreu ein für alle Mal in dessen Wassern zu versenken – natürlich nur symbolisch.

Ich nahm das Foto, das ich an jenem denkwürdigen Tag der »Operation Glassplitter« von Bleibtreus Allerwertesten geschossen hatte, zerriss es in viele kleine Schnipsel und warf diese in die vom Novemberwind aufgewühlten Wellen des Stadtgrabens. Da trieben sie nun dahin, vielleicht bis in die Nordsee, jedenfalls nicht ins Mittelmeer. Das hatte Bleibtreu auch wirklich nicht verdient. So ein Blender!

Ich setzte meinen Weg zur Redaktion fort und pfiff leise und durchaus vergnügt vor mich hin.

*Oh, wie so trügerisch sind Männeraugen …*

Als Nächstes stand bei der Aufräumaktion in meinem Leben die Aussprache mit Elke an. Ich hockte mich zu ihr an den Frühstückstisch und erklärte ihr schlicht und einfach, dass unser Zusammenleben im Wohnheimapartment so nicht mehr weitergehen könnte. Ich würde darum eine Wohnung suchen und mit Melli und Paula in eine WG ziehen. Sie tat erst, als sei sie zu Tode betrübt, brach sogar in ein paar unechte Krokodilstränen aus und versuchte mich unbedingt davon abzuhalten.

»Warum meinst du, versuche ich hier alles so reibungslos wie möglich zu regeln?«, sagte sie anklagend. »Doch nur, weil ich vorher in einer völlig versifften WG gewohnt habe, wo sich in der Küche der Abwasch und der Müll stapelte, kein Mensch das Bad putzte und ständig fremde Leute bei irgendwelchen Mitbewohnern zu Besuch waren, die sich wahllos im Kühlschrank bedienten.« Sie putzte sich die Nase und fuhr dann im selben Klageton fort: »Ich sehe jetzt ja auch, dass es mit dir anders ist.«

Zu spät, dachte ich, war aber durch Elkes grausame Erfahrung direkt ein bisschen weich gespült, sodass sie mir echt ein wenig leid tat. Andererseits …

»Es ist ja nett, dass du mich warnen willst, Elke, aber da hast du einfach Pech gehabt. Und im Übrigen kenne ich Paula und Melli gut genug, um sagen zu können, dass in unserer WG alles ganz prima funktionieren wird.«

»Täusch dich da mal nicht«, schniefte Elke und verschwand in ihrem Zimmer.

»Äh …« Sie steckte noch einmal den Kopf aus der Zimmertür. »Wenn du eine Wohnung hast, sagst du mir dann gleich Bescheid? Ich hätte eventuell einen Nachmieter für dein Zimmer.« Sprach's und verschwand nun endgültig.

Ich werd ja nicht mehr! Hatte sie tatsächlich Mieter, nicht Mieterin, gesagt? Ausgerechnet Elke sollte sich einen Typen an Land gezogen haben? Ich verstand die Welt nicht mehr. Was zum Teufel hatte sie, was ich nicht hatte?

*Niedrigere Ansprüche,* meinte mein Coach lakonisch. *Ihr genügt vielleicht guter Sex und die Augenfarbe des Lovers ist ihr egal!*

Püh! Das war ja nun reichlich billig von ihm. Er hatte gar nichts kapiert! Mir war die Augenfarbe auch egal, worum es doch eigentlich ging, war das Versprechen, das an jenem Abend im *Lindenpark* in diesen blauen Augen gelegen hatte. Das Versprechen immerwährender Liebe und Treue!

*Ja, genau das! Quod erat demonstrandum!*

Fang jetzt bitte nicht wieder damit an, muffelte ich, die Sache ist erledigt. Mit solchen romantischen Anwandlungen war jetzt ein für alle Mal Schluss! Ab sofort machte ich es wie Melli. Hier und jetzt leben, ohne Rücksicht auf Verluste!

Mein Coach schüttelte den Kopf. Irgendwie ja zu recht, denn was war nun eigentlich mit Jean-Paul? Bei dem Gedanken an ihn begannen sofort meine Lippen zu brennen und hatten nicht auch seine Augen dieses magische Blau …

*Fang du nicht schon wieder an,* stöhnte mein Coach.

Aber ich hörte gar nicht hin. Ich musste umgehend klären, wie Jean-Paul zu Melli stand, und hoffentlich hatte sie nicht inzwischen doch was mit ihm angefangen, weil sie dachte, ich hätte wegen Bleibtreu kein Interesse mehr an ihm.

*Hattest du ja auch nicht,* rieb mein innerer Coach mal wieder Salz in die offene Wunde. *Und übrigens, wer zu spät kommt, den bestraft das Leben …*

Irgendwie schien Elke mich raus haben zu wollen, denn seit unserem Gespräch legte sie mir jeden Morgen die Zeitung auf den Küchentisch, und zwar mit dem aufgeschlagenen Immobilienteil.

Aber nach wie vor hielt sich das Angebot von Dreizimmerwohnungen zu einem günstigen Studentenpreis sehr in Grenzen. Wir waren kurz vorm Resignieren, als ich Paula gestattete, die Karten über unsere Chancen auf dem Wohnungsmarkt zu befragen, was nur durch schiere Verzweiflung zu entschuldigen war. Ich hasste dieses esoterische Getue, und als sie die Karten des Tarots mischte und dann die großen Arkana in Form des keltischen Kreuzes auslegte, wurde mir beinahe schlecht von so viel Aberglauben.

Aber sie war ja eine Hexe und Großmeisterin des Spinntiismus und so versuchte sie uns weiszumachen, dass die Karte des brennenden Turms einen Umzug andeutete und die Liebenden in der Zukunft auf eine wunderschöne Wohnung mit guter Aura hinwiesen.

Na schön, ich war bereit, alles zu glauben, nur nicht, dass sich in dieser Stadt jemals eine bezahlbare Wohnung für unsere WG-Pläne finden ließe.

Doch eines Morgens fiel mein Blick auf eine besondere Annonce: *4 Zimmer-Atelier-Wohnung, Altbau, mit Dachterr., B., K., ZH., kalt 800 Euro.*

Hm, achthundert Euro Monatsmiete kalt, das war verdammt viel Knete. Und vier Zimmer brauchten wir ja eigentlich zu dritt auch nicht. Aber Atelierwohnung klang doch mal richtig interessant und auch für Melli bestimmt verlockend. Die hatte ja bisher an den Wohnungen am meisten auszusetzen gehabt: zu klein, zu dunkel, zu viereckig ... Ich musste ihr das gleich heute Mittag erzählen.

Meine Güte, war ich aufgeregt. Endlich mal ein Lichtblick! Wo lag die Wohnung überhaupt? Meine Begeisterung ließ abrupt nach. Hoffentlich nicht irgendwo in der Walachei. In der City sollte sie schon sein, damit wir alle schnell zur Uni und zur Arbeit kommen konnten. Also per Straßenbahn, mit der Vespa oder sogar zu Fuß.

*Ja, ja,* tönte mein Coach mal wieder klugschnackend dazwischen, *und besonders nachts sollten die Wege nicht so weit sein. Ich weiß.*

Wie erwartet sprang Melli, als ich sie in der Mensa traf, sofort auf die Anzeige an. Sie blieb aber dennoch pessimistisch.

»Wenn die Wohnung wirklich gut ist, ist sie bestimmt schon weg. Hat sich sicher irgend so ein Yuppie unter den Nagel gerissen. Die stehen doch auf Penthäuser!«

»Meinst du, wir haben von denen so viele in unserer Stadt?«

»Von den Yuppies oder den Penthäusern?«

Melli grinste. »Na gut, kannst ja trotzdem mal anrufen.«

Ich tippte die Nummer ins Handy und hoffte, dass die Wohnung nicht schon weg war. Melli hatte nicht Unrecht, bei so einer besonderen Wohnung konnte das gut sein. Ich kannte Studies, die holten sich mitten in der Nacht die druckfrischen Zeitungen, um nur ja als Erste die Annoncen zu lesen. So ein Quatsch! Als ob das etwas bringen würde. Anrufen konnte man doch eh nicht vor acht Uhr, oder? Riefen die vielleicht wirklich schon nachts an?

Heutzutage war ja alles möglich. Ich schüttelte den Kopf. Nee, das ging ja gar nicht! Also, wenn bei mir um drei Uhr nachts jemand wegen einer Wohnung anfragen würde, dann konnte er todsicher sein, dass er sie nicht bekommen würde.

»Ja, bitte?«, meldete sich eine nicht unsympathische Frauenstimme. Ich lauschte ihr einen Moment versonnen nach, als ich Mellis Rippenstoß spürte.

»Nun sag was«, zischelte sie.

»Äh, ja … Sie hatten, äh … Sie haben eine Atelierwohnung inseriert. Ist die noch zu haben? Ja? Ach, ähm … wo ist die denn?«

Ups! Das haute mich jetzt aber um.

»Ja, wann … wann könnte ich die Wohnung denn besichtigen? Ab fünfzehn Uhr? Ja, das … das richte ich ein. Welche Hausnummer? Wie bitte, das grüne Jugendstilhaus? Ja, das kenne ich. Bis dann und vielen Dank!«

Ich legte mit zitternder Hand das Handy auf den Tisch neben das katalanische Hühnchen. Unglaublich, was die Mensaküche mit so einem leckeren Gericht anstellen konnte! Aber längst nicht so unglaublich wie das, was mir die freundliche Vermieterin da eben erzählt hatte. Das musste ebenfalls erst mal verdaut werden. Ich holte schwer atmend Luft.

»Geht es dir nicht gut? Du bist etwas blass um die Nase«, fragte Melli. »Ist es das Essen?«

Ich winkte ab. Melli hatte beim Hühnerbeinabnagen wohl nicht so genau hingehört.

»Ja, hast du es denn nicht mitgekriegt?«, fragte ich aufgekratzt.

»Doch, du hast für fünfzehn Uhr einen Besichtigungstermin gemacht, ohne mich zu fragen, ob ich da kann.«

»Ach, das auch, ja, äh … wieso kannst du nicht?«

»Ich habe nicht gesagt, dass ich nicht kann. Ich müsste

die Malklasse ausfallen lassen. Ich habe ja auch nur gesagt, dass du mich nicht gefragt hast, ob ich kann ...«

»Das ist mir zu spitzfindig«, unterbrach ich sie. »Wenn du kannst, ist es doch gut.«

»Aber es hätte doch auch sein können, dass ich nicht gekonnt hätte.«

»Melli, hör auf! Hätte können! Interessiert es dich gar nicht, wo die Wohnung überhaupt liegt?«

Ich kippelte vor Aufregung mit meinem Stuhl herum. Sie hatte es offenbar wirklich nicht mitbekommen, sonst hätte sie nicht so naiv gefragt.

»Wo denn? Wo liegt sie? Doch hoffentlich in der City.«

Das konnte man wohl sagen. Ganz klar in der City, und zwar mittendrin.

»In der Jägerstraße!«, platzte es aus mir heraus. »Na, bimmelt es bei dir?«

Nö, offenbar immer noch nicht.

»In der grünen Jugendstilvilla! Bei Jean-Paul im Haus!«

Jetzt endlich fielen die Cents wie beim Jackpotgewinn an einem Spielautomaten und Melli war total aus dem Häuschen.

»Nee, ehrlich?«, quiekte sie und bekam einen ganz besonderen Glanz in den Augen. Lief doch was zwischen den beiden?

»Das ist ja geil, dafür lasse ich die Malklasse natürlich auf jeden Fall ausfallen. Aber Paula muss auch mitkommen. Unbedingt!«

Ich rief sie sofort an, aber leider hatte sie bis neunzehn Uhr Kunden und Business war was anderes als Studium, da konnte sie nicht mal eben die Frau Stadträtin unter die Haube setzen und sagen: »Lesen Sie doch heute mal ein paar Magazine mehr, ich muss mal schnell eine Wohnung besichtigen. Wenn es zu heiß wird, rufen Sie eine Kollegin!«

War ja schade, aber sie tröstete mich gleich. »Ist doch nicht so schlimm. Ihr wisst doch, ich bin anspruchslos. Hauptsache, Melli ist endlich zufrieden. Wenn ihr die Wohnung passt, kann ich sie ja immer noch ansehen.«

Wenn Melli die Wohnung passte! Und ob die ihr passte! Aber holla! Sie passte ihr total, absolut und in mehrfacher Hinsicht. Aber der Reihe nach.

Wir dehnten unsere Mittagspause also wegen der Besichtigung ein wenig aus, siedelten in die Cafeteria über und diskutierten bei Schokokuss und Caffè Latte die Frage, was wir, wenn die Wohnung in Ordnung wäre, mit dem vierten Zimmer machen sollten, und wo wir überhaupt das viele Geld für die Miete hernehmen sollten.

»Also, ich denke, wir müssten für das überzählige Zimmer auch noch eine Mitbewohnerin suchen«, meinte Melli. »Wirklich blöd, dass es keine Dreizimmerwohnung ist.«

»Aber danach suchen wir doch nun schon so lange erfolglos. Meine Mutter meint, es wäre viel einfacher, größere Wohnungen zu finden, weil die meisten Familien mit drei Zimmern auskommen und die hohen Energiekosten für große Wohnungen scheuen.«

»Und wir sollen die dann bezahlen können?«

»Na ja, wenn man es auf alle Mieter umlegt, ist es doch nicht so viel wie für eine Familie mit einem Alleinverdiener.«

Irgendwie leuchtete mir Mamas Argument durchaus ein. Melli wohl eher nicht. Sie sah nur die hohe Miete und einen Batzen an Nebenkosten auf uns zukommen.

»Hättest du denn vielleicht eine weitere Mitbewohnerin im Auge?«, versuchte ich, ihr entgegenzukommen.

Sie schüttelte den Kopf.

»Wie wäre es mit deiner Elke?«, sagte sie diabolisch grinsend.

»Klar!«, ging ich auf das Spielchen ein. »Wenn du immer schön Ordnung in Küche und Bad haben willst und auf Sockensortierer und Brotkrümelauftupfer stehst!«

Wir kicherten beide und kamen uns mal wieder so richtig schön gehässig vor. Lästern ist doch wirklich was Feines!

Um es gleich vorwegzunehmen: Die Wohnung war ein Traum, aber unbezahlbar – noch jedenfalls. Aber auch wenn ich dafür noch zwei Nebenjobs annehmen müsste und Melli einen dritten – die oder keine musste es sein! Und dafür gab es zwei Gründe, das heißt, eigentlich ja drei ...

Also, zuerst einmal war der Grundriss optimal. Eine große Eingangsdiele, von der zur einen Seite Küche und Bad abgingen und zur anderen Seite ein Flur mit zwei großen Zimmern auf jeder Seite. Außerdem gab es von der Diele aus eine Doppeltür aus Glas zu einer großen Dachterrasse, von der aus man einen fantastischen Blick über die roten Dächer der Altstadt hatte. Da hatte die Annonce wirklich nicht zu viel versprochen.

Das zweite Argument für die Wohnung war das Atelier. Es war das erste Zimmer im Flur rechter Hand und verdiente seinen Namen wegen einer fast völlig mit Bleiglasfenstern versehenen Wand, deren Seiten mit bunten Jugendstilornamenten eingefasst waren: Seerosen, Lilien, Schlingpflanzen und blonde Jungfrauen in wallenden Gewändern. Liebes Lieschen! Mir blieb der Mund offen stehen und auch Melli starrte fassungslos in diesen Traum von einem Raum.

»Das ... das ist ja einfach unglaublich«, stammelte sie schließlich.

»Das Zimmer war vor dem Umbau ein Wintergarten. Nun ist es isoliert worden und die Heizung macht daraus ein wunderbares Atelier. Ich würde selbst gerne hier einziehen«, sagte eine warme Männerstimme hinter uns.

Ja, und diese Männerstimme, besser der Mann, zu dem sie gehörte, war der dritte Grund, warum wir genau diese Wohnung haben mussten. Für mich jedenfalls.

Weil die Hausbesitzerin anderweitige Termine wahrnehmen musste, hatte sie niemand anderen als Jean-Paul damit betraut, potenziellen Interessenten die Wohnung, die ja nur eine Etage über der seinen lag, zu zeigen. Ich konnte unser Glück kaum fassen, als er uns anstelle der Vermieterin erwartete, und als ich nach Wochen wieder in seine blauen Augen sah, fragte ich mich ernsthaft, was ich an denen von Leo Bleibtreu eigentlich besser gefunden hatte? Gut, sie waren eine Spur tiefblauer, aber ... Lassen wir das.

Ich stierte Jean-Paul auf den Mund und fragte mich nervös, ob er mich wirklich nicht erkannt hatte.

»Ist was?«, fragte er unter meinem intensiven Blick und fuhr sich mit der Hand ans Kinn. »Bin ich schlecht rasiert oder warum starrst du mich so an?«

Oh, nein, wie peinlich. Ich schüttelte den Kopf.

»Nee, alles in Ordnung«, sagte ich und dabei wurde mir siedendheiß bewusst, dass ich Jean-Paul längst einmal im Museum hatte besuchen wollen.

Ich schielte zu Melli rüber. Aber natürlich wollte ich ihr nicht den Lover ausspannen. Auch wenn sie es bisher geleugnet hatte, ich sah doch, wie Jean-Paul sich um sie kümmerte, sie bei der Hand nahm, um ihr auch ja alle Vorzüge der Wohnung zu zeigen. Es lag eine eindeutig erotische Spannung in der Luft, die derartig knisterte, dass sogar die nackte Behelfsglühbirne in der Diele zu flackern begann. Da, na bitte, jetzt war sie sogar durchgeknallt. Die Glühbirne, nicht Melli!

»Ich kenne diese Wohnung sehr gut«, sagte Jean-Paul,

als wir den Rundgang beendet hatten. »Denn ich habe schon während des Umbaus oft den Handwerkern aufgeschlossen. Hier wurde wirklich grundlegend saniert. Bad und Heizkörper sind neu und der Brenner ist auf dem neuesten Stand. Ihr könnt wirklich ohne Bedenken einziehen. Ich finde, für ein solches Objekt ist die Miete sogar ziemlich moderat.«

Das fand ich auch, nachdem, was ich bisher schon alles erlebt hatte, und deswegen fragte ich mich, wo denn wohl der Haken an der Sache sein konnte. Niemand, der nur ein bisschen geschäftstüchtig war, nahm weniger Miete, als er kriegen konnte.

»Wird die Vermieterin denn überhaupt eine WG haben wollen?«, fragte ich also vorsichtshalber. Jean-Paul grinste.

»Bei so netten Mieterinnen wird ihr das sicherlich egal sein.«

Hm. Ob er da so sicher sein konnte?

»Unsere Freundin Paula müsste die Wohnung allerdings auch noch ansehen«, sagte ich, immer noch nicht davon überzeugt, dass uns das Glück tatsächlich so hold war. »Können wir heute Abend denn noch mal wiederkommen?«

»Na klar«, sagte Jean-Paul und schaute zu der erloschenen Glühbirne hoch. »Ich drehe auch eine neue ein, damit sie was sehen kann.« Wie nett von ihm.

»Aber nicht, dass uns bis dahin einer die Wohnung wegschnappt«, sagte Melli besorgt. »Kannst du sie für uns reservieren?«

Er grinste. »Eigentlich nicht … aber wer hat schon das Vergnügen, dass eine Künstlerin über ihm wohnen möchte … Ich werde alle weiteren Bewerber selbstverständlich abweisen!«

»Echt, das würdest du für uns tun?« Melli sprang ihm

spontan an den Hals und drückte ihm einen Schmatzer auf die Wange. »Du bist einfach super!«

Das fand ich zwar auch, aber seine Bemerkung mit der Künstlerin hatte mir einen ganz schönen Stich ins Herz verpasst. Der war doch eindeutig scharf auf Melli! Merde! Und vermutlich nur, weil ich kostbare Wochen mit diesem Sackgesicht Bleibtreu vertrödelt hatte. Aber das war ja meine eigene Schuld und so verbot ich mir die Eifersucht und erlaubte mir nur ein ganz kleines Bedauern. Wirklich schade, wo er doch auch so schöne blaue Augen hatte und so traumhaft küsste! Andererseits, jemand, der Knochen sammelte ...

Paula war total aufgekratzt, als sie von mir die frohe Botschaft hörte, und nachdem sie die Wohnung ebenfalls besichtigt hatte, stand unser Entschluss fest: die oder keine. Nach wie vor hatten wir zwar keinen Dunst, woher wir die Miete nehmen sollten, aber da Melli und ich ja inzwischen ganz anständig dotierte Nebenjobs hatten und Paula bald eine feste Anstellung im Frisiersalon ihrer Mutter bekommen würde, müssten wir das Projekt schon stemmen können. Richtig gut sah dann alles aus, als Paula vorschlug, doch Thomas das vierte Zimmer anzubieten.

»Dann ist es zwar keine reine Frauen-WG mehr, aber er ist wirklich pflegeleicht und Geld hat er auch, wenn er im Februar mit dem Referendariat fertig ist.«

Ich fand es zwar nicht so prall, aber na gut, es war ihr Typ. Sie musste wissen, was sie tat, und Melli sah eh nur die finanzielle Entlastung und stimmte blindlings zu.

Also unterschrieben wir den Mietvertrag und stürzten uns umgehend in die Umzugsvorbereitungen. Jede freie Minute verbrachten wir in der Wohnung, bei Ikea oder bei diversen Möbellagern der AWO oder der Caritas. Wir suchten Wandfarben, Stoffe und Möbel aus und ich überredete mehrmals meinen Vater, uns unsere Errungenschaften abends in die Jägerstraße zu transportieren. Melli schaffte Leiter und Farbeimer herbei und Jean-Paul lieh uns von der Bohrmaschine bis zu Besen und Schrubber alles, was wir noch so brauchten. Er brachte Paula und mir die Vorhangstangen an, was Melli absolut grausam fand, weil sie Vorhänge verabscheute, und zeigte mir sogar, wie ich Löcher für Bilderhaken und kleine Regale selbst bohren konnte. Bisher hatte ich solche Dinge immer nur mit Nägeln und Hammer befestigt, weshalb sie auch hin und wieder runtergekommen waren. Schön doch, wenn es diesmal für die Ewigkeit war!

Paula wollte ihr Zimmer und am liebsten die ganze Wohnung nach Feng-Shui einrichten und verlangte darum, dass wir in den Eingangsbereich auf keinen Fall Dinge stellen durften, die den freien Energiefluss behinderten. Überhaupt schon mal keine Schuhe!

»Aber ich finde es praktisch, gleich an der Tür die Schuhe auszuziehen«, maulte ich. »Da trägt man keinen Dreck rein. Ich habe immer die Hauslatschen hier stehen.«

»In dieser Wohnung nicht!«, blieb Paula hart. »Die paar Schritte in die kleine Diele wirst du wohl machen können. Schau, da stehen Garderobe und Schuhregal doch ganz prima, ohne das Wohnklima zu blockieren.«

Liebes Lieschen! Konnte sie sich mit ihrem Esoterikkram nicht auf ihr Zimmer beschränken?

»Lass sie doch«, riet mir Melli taktisch geschickt. »In ein paar Wochen geht das sowieso alles im normalen WG-Betrieb unter oder glaubst du, ich habe nichts anderes zu tun, als ständig die Töpfe im Regal zur passenden Himmelsrichtung auszurichten, damit später beim Kochen die Sauce nicht anbrennt?«

Ich kicherte und schickte mich ins Unvermeidliche. Eins musste ich Paula aber lassen: Durch dieses Feng-Shui wurde auch verhindert, dass Melli die wunderschöne Eingangsdiele mit ihren Leinwänden und Farbeimern vollstellte. Was für Schuhe galt, galt dafür ebenfalls. Und da Thomas wegen seiner Prüfungen erst einen Monat später einziehen wollte, parkte sie die Sachen vorübergehend in seinem Zimmer, bis Jean-Paul ihr im Treppenhaus eine Klappe in der Decke zeigte, die auf einen kleinen Hängeboden führte. Das war wirklich der ideale Lagerplatz für ihr Zeug, das so auch nicht mehr die ganze Wohnung vollstinken konnte. Meine Güte, ich fand ja schon immer, dass es in Mellis Loft etwas streng roch, aber dass Malfarben, Firnis und Verdünner so stanken, war mir denn doch nicht klar gewesen. Aber so passte es schon und als Melli versprach, die ganz großen Sachen nicht in der Wohnung, sondern in der Kunsthochschule zu malen, war das ein guter Kompromiss, mit dem alle leben konnten.

So fieberten wir alle dem Tag entgegen, an dem wir endlich in diese Traumwohnung einziehen konnten.

Aber bis dahin blieb leider das Leben nicht stehen und die Arbeit erledigte sich auch nicht von alleine. Meine Hausarbeit musste endlich fertig werden, denn der Abgabetermin war nun drängend nahe gerückt. Ich meldete mich bei der Redaktion des *Tagesanzeigers* wegen Krankheit vorübergehend ab, holte mir noch einmal einen Schwung Glamour- und Glitzer-Magazine aus dem Frisiersalon und verbarrikadierte mich damit zwei Tage lang in meiner Wohnheimbude, die mir unwirtlicher denn je erschien.

Ich machte Strichlisten der Artikel, vermaß die Anteile der Werbung auf den einzelnen Seiten, verglich sie mit dem Umfang der redaktionellen Beiträge und stellte schließlich fest, dass Werbung und Redaktionsbeiträge nur noch ganz selten wirklich auseinanderzuhalten waren. Da ich das auch hinreichend mit Zahlen belegen konnte, fand ich schließlich, dass es nun reichte. Nachdem ich noch das Literaturverzeichnis vervollständigt hatte, machte ich zwei blitzsaubere Computerausdrucke, packte die Grafiken in den Anhang und heftete alles ein.

So, Montag würde ich die Hefter dann beim Prüfungsamt abgeben.

Ich schaute auf die Uhr. Shit! So spät schon? Höchste Zeit, mich zu stylen und auf die Piste zu werfen. Schließlich war wieder mal Freitag und das Nachtleben wartete auf Alix, die rasende Reporterin!

♡ ♡ ♡

Ich war fertig. Ziemlich fertig!

Das Wochenende war fast vorbei und der Trip durch die Szene hatte mich diesmal ganz schön erschöpft. Vermutlich steckte mir die Hausarbeit noch in den Knochen. Jedenfalls war kein Sandmännchen mehr nötig, um mir die erforderliche Bettschwere zu verpassen.

Ich wickelte den Schal fester um meinen Hals, während ich die Gerbergasse entlanghastete, um nur ja schnell ins warme Nest zu kommen. Meine letzten Aufnahmen hatte ich in einem übervollen Tanzschuppen gemacht, wo die Stimmung überkochte und die Temperaturen subtropische Höhen erreicht hatten. Klar, dass ich danach die Novemberkälte, die mich hier draußen umgab, als besonders unangenehm empfand. Dennoch, nach der schwülen Party war ein bisschen Frischluft gar nicht so schlecht, um den Kopf ein wenig frei zu kriegen, und der Taxistand lag ja gleich hinter der nächsten Straßenecke.

Meine Güte, wenn ich diesen Job noch länger machen wollte, musste ich aber schleunigst lernen, Nein zu sagen, was mir zugegebenermaßen bei den leckeren und oft schweineteuren Gratisgetränken nicht eben leichtfiel. Von meinen paar Kröten konnte ich mir die kaum leisten. Aber nicht alles, was man umsonst bekam, tat einem auch gut. Da musste ich wohl wirklich mal Prioritäten setzen.

Fast hatte ich die Ecke, hinter welcher der Taxistand lag, erreicht, als auf der gegenüberliegenden Straßenseite die hell erleuchtete Eingangshalle einer Bank meine Aufmerksamkeit auf sich zog.

Eine Frau stand an einem Geldautomaten, offenbar, um Geld abzuheben. Dann ging alles rasend schnell. Eine vermummte Gestalt trat auf die Frau zu und schleuderte sie zu Boden, um wenige Sekunden später aus dem Gebäude zu stürzen. Instinktiv drückte ich mich in eine Türnische und genauso instinktiv griff ich nach der Digicam. Kaum war der Räuber vor dem Bankeingang, riss er seine Vermummung ab, sprang in ein Auto und raste davon.

Ich hatte die Kamera aus der Jackentasche gezogen und wild drauflosgeknipst. Oh Gott, dachte ich dabei, hoffentlich ist der Frau nichts passiert! Ich fotografierte noch das abfahrende Auto und hoffte, dass das Kennzeichen lesbar sein würde, dann rannte ich über die Straße zur Bank, um nach der Frau zu sehen. Die jedoch kam mir im Eingang schon schreiend und total aufgelöst entgegen.

»Hilfe, Hilfe, Überfall!«, schrie sie in höchster Panik. »Er hat mein ganzes Geld geklaut!«

Ich versuchte sie zu trösten und erklärte ihr, dass die Bank den Schaden bestimmt ersetzen und der Täter sowieso nicht weit kommen würde. Dann wartete ich noch das Eintreffen der Polizei ab, erzählte, was ich selbst beobachtet hatte, und machte dann, dass ich endlich ins warme Bettchen kam.

In der Aufregung dachte ich jedoch überhaupt nicht mehr an die Fotos, die ich von Tat und Täter gemacht hatte. Erst als ich im Wohnheim noch schnell die Ausbeute des Abends auf meinem Rechner abspeicherte und meine Auswahl für das Onlinemagazin von *Nightlife* treffen wollte, stellte ich fest, dass ich ziemlich gute, um nicht zu sagen sensationelle Fotos geschossen hatte. Besonders das Foto, wo der Geldräuber sich vor der Bank gerade die Vermummung heruntergerissen hatte, und das Kennzeichen seines PKWs dürften die Polizei interessieren.

Aber nicht nur die! Denn plötzlich fiel mir ein, dass die Sache ja ein richtiger Banküberfall gewesen war und eine coole Story für den Lokalteil des *Tagesanzeigers* abgab. Ich hatte ja zudem nicht nur die Story, sondern auch sensationelle Fotos, die auf jeden Fall helfen würden, den Täter zu ermitteln und zu überführen. Wie genial!

Wenn ich das Material dem *Tagesanzeiger* anbot, würde mir das Volontariat nach dem Examen so gut wie sicher sein. Und Leo Bleibtreu musste endlich einsehen, dass ich mehr konnte, als Fotokopien für den Schredder zu produzieren und arroganten Lokalredakteuren Glassplitter aus dem Hintern zu operieren oder ihnen einen Blowjob zu besorgen! Kichernd brannte ich die Fotos auf eine CD und kroch ins Bett.

Doch ich schoss sogleich wieder hoch. Was war denn das für ein Lärm? Hatte jemand die Niagarafälle in mein Zimmer verlegt? Das gab es doch nicht!

Ich schwang mich von der Matratze und spitzte in den Flur. Tatsächlich – in der Dusche war Licht und es rauschte heftig. Außerdem hörte ich Kichern und animalisches Grunzen. Das ging mir ja nun tierisch auf den Keks. Verdammt! Hatte ich mich im Apartment geirrt?

Nee, mein Zimmer war schon richtig, aber das, was da grade in der Dusche abging, das konnte es doch hier nicht geben. Das war allenfalls eine Fata Morgana oder eine Erinnerung an die Zeiten, als Sophya noch hier wohnte. Es war ganz und gar unmöglich, dass es Elke war, die um drei Uhr nachts in der Dusche rummachte. Aber sie war es und sie machte! Das war ja wohl der Gipfel!

Mir nach zehn Uhr das Duschen verbieten und selbst nach Mitternacht dort vögeln! Igitt überhaupt! Wer weiß, was das für ein ekliger Typ war, der mit so einer Beigejacke poppte! Am liebsten wäre ich in die Dusche gestürmt und hätte die beiden in flagranti ertappt. Aber was half es, da hielt frau sich am besten raus. Doch die sollte mir noch mal was von Nutzungszeiten erzählen!

Ich schlurfte frustriert in die Küche, drehte das Radio voll auf und kochte mir eine Tomatensuppe. Den geriebenen Käse klaute ich aus Elkes Beständen, denn etwas Rache musste schon sein.

Als ich grade den ersten Löffel zum Munde führte, huschten zwei splitternackte Gestalten aus der Dusche und verschwanden in Elkes Zimmer. Beim letzten Löffel kam ein fertig angezogener Typ wieder raus, brummte ein »Gute Nacht dann« in meine Richtung und machte die Tür von außen zu. Meine Herren! War das nicht Torsten?

Immerhin war nun wenigstens Ruhe. Da Elke sich – wohl wegen ihres schlechten Gewissens – nicht mehr blicken ließ, ging ich schließlich wieder in meine Bude. Aber an Schlaf war nicht zu denken.

Wie war es möglich, dass sogar so eine Zicke wie Elke einen Lover ins Bett beziehungsweise wenigstens unter die Dusche kriegte und ich nicht? War ich wirklich zu anspruchsvoll, weil ich außer Sex auch Liebe wollte? Und hatte ich einfach deswegen so schlechte Karten, weil ich beides ausgerechnet von so einem Ekel wie Leo Bleibtreu erwartet hatte? War ich eine Traumtänzerin?

*Ich würde eher sagen, Masochistin,* nölte mein innerer Coach mal wieder respektlos zwischen meine tiefgründigen Gedanken.

Du bist gemein, murrte ich, ohne jedoch weiter auf seine bissige Bemerkung einzugehen. Was ist so verkehrt an meinem Glauben an die Liebe auf den ersten Blick?

*Alles!* Mein Coach konnte seine Weisheit mal wieder nicht für sich behalten. *Es ist alles verkehrt. Jedenfalls, wenn du mit Liebe auf den ersten Blick diesen Bleibtreu meinst. Ich dachte, du hättest dich inzwischen von ihm und seinen blauen Augen verabschiedet, oder war es doch nur seine Kehrseite, der du entsagt hast?*

Klar, dass er auf das Foto anspielte, das ich nach diesem peinlichen Besuch bei ihm zerfetzt in den Stadtgraben gestreut hatte.

*Auch wenn es wehtut, kapier endlich, dass er ein arroganter Schwachkopf ist. Außerdem hat er doch sowieso eine andere!*

Ja, eine schreckliche, aufgebrezelte Tusse mit einem roten Porsche!

*Nun, vermutlich sind das die Qualitäten, die er bei einer Frau sucht.*

Ich hyperventilierte mal kurz, dann beschloss ich, einfach nicht mehr auf diese lästige innere Stimme zu hören.

Mein Abschied von Bleibtreu war vielleicht doch ein wenig übereilt gewesen. Denn immerhin hatte er mich ja in seinem Schlafzimmer verführen wollen, was doch hieß, dass er an mir als Frau so ganz uninteressiert nicht sein konnte. Und wenn ich ihm morgen diese geniale Bankraubstory auf den Schreibtisch legte, dann würde er sehen, dass ich nicht nur eine tolle Frau, sondern auch eine klasse Kollegin war. Das würde mit einem Schlag alles ändern. Er würde mich endlich als eine gleichberechtigte Partnerin würdigen und wer weiß, ob dann nicht aus gegenseitiger Achtung und Respekt doch noch mehr werden konnte … Liebe vielleicht!

Kein Wort mehr, schnauzte ich meinen inneren Coach an, rede ja nicht mehr mit mir oder ich mache eine Therapie und lasse von kompetenter Seite feststellen, dass du nur eine Illusion bist und es dich sowieso nicht gibt!

Aber er konnte seinen Mund nicht halten. *Und Jean-Paul?,* fragte er geknickt.

Meine Güte, an dem schien er ja echt einen Narren gefressen zu haben!

Er räusperte sich. *Ich dachte, du auch!*

Nach ein paar Stunden unruhigen Schlafes warf ich mich in aller Herrgottsfrühe an den PC und schrieb eine Aufmacherstory für den Lokalteil.

*Dreister Banküberfall in der Gerbergasse*

*Sensationelle Fotos von Täter und Tatort*

Von unserer Mitarbeiterin Alix Auwald

Na bitte, wenn das nicht fetzte!

Es fetzte, aber anders, als ich erwartet hatte.

Als ich Bleibtreu, der vom Siechtum genesen seinen Arbeitsplatz wieder eingenommen hatte, am Montagmorgen den Artikel und die Fotos auf den Tisch legte, schob er das Material mit einer gelangweilten Handbewegung zur Seite.

»Ich hatte eigentlich erwartet, dass du mich noch mal besuchst, Alix«, sagte er und sah mich mit einem tiefgründigen Glitzern in seinen blauen Augen an. »Was soll ich mit einer Praktikantin machen, die ihre Versprechen nicht hält?«

Ich merkte, wie meine Halsschlagader anschwoll. So ein …

»Könnten wir das vielleicht später diskutieren?«, sagte ich und konnte mich nur schwer beherrschen. »Die Sache, die ich Ihnen da eben auf den Tisch gelegt habe, duldet eigentlich keinen Aufschub. Ehrlich gesagt ist sie brandeilig.«

Er zog in seiner unnachahmlichen Art die linke Augenbraue hoch und griff nach meinem Material. »Dreister Banküberfall …«, las er mit irgendwie abwertender Betonung. Dann sah er von meinem Artikel auf und sagte: »Du hättest mich lieber besuchen sollen, anstatt deine Zeit für so einen Unsinn zu verschwenden. Wir betreiben hier professionellen Journalismus und keine Schülerzeitung.«

»Aber das ist professionell! Es ist ein guter Artikel und es sind sensationelle Fotos. Es war unheimliches Glück, dass ich heute Nacht zufällig am Tatort war. Ich bin sicher, dass die Polizei den Täter aufgrund der Fotos ganz schnell fassen wird. Entweder der *Tagesanzeiger* druckt die Story in seiner Abendausgabe exklusiv oder erst dann, wenn alle anderen Zeitungen die Fotos auch haben.«

»Soll das eine Erpressung sein?«

Bleibtreu war aufgestanden und stützte sich nun mit einer imposanten Drohgebärde auf seinen Schreibtisch.

Huh, da fürchtete ich mich aber! Ich konnte nicht verhindern, dass ich ihn auf einmal alles andere als beeindruckend und Furcht einflößend fand. Von nett und begehrenswert gar nicht zu reden. Mr. Blue Eyes! Der konnte mich mit seinen schönen Augen anglitzern, so viel er wollte, ich wusste es endlich besser. Es war nichts dahinter. Nur ein aufgeblasener bösartiger Popanz, der noch nicht mal einen journalistischen Riecher für eine gute Story hatte.

»Denken Sie doch, was Sie wollen«, sagte ich. »Aber es ist Ihnen ja wohl klar, dass ich die Fotos nicht ewig zurückhalten kann. Wenn Sie keine Verwendung in der Abendausgabe dafür haben, gebe ich sie sofort weiter. Wir werden ja dann sehen, wie die anderen Zeitungen damit umgehen.«

Nun bequemte sich Bleibtreu wenigstens, mal einen Blick auf die Fotos zu werfen.

»Na ja, qualitativ nicht sehr hochwertig«, sagte er. »Hast du die Daten auf CD?«

»Liegt dabei«, sagte ich ärgerlich. Sollte er doch mal bei Nacht bessere Fotos in so einer Situation machen.

»Nun ja«, meinte er plötzlich in versöhnlichem Tonfall. »Für die Polizei mögen die Bildchen ja ganz brauchbar sein. Ich werde sie für dich weitergeben. Nicht, dass du noch Schwierigkeiten kriegst, weil du Beweismittel zurückgehalten hast.«

Er schob alles mit einer lässigen Handbewegung zusammen.

»Tut mir leid, aber für uns ist das nichts. Allenfalls ein Fünfzeiler in der Rubrik *Aus den Polizeiberichten.*«

Er stand auf und öffnete mir die Tür.

»Trotzdem danke«, sagte er scheißfreundlich. »Wir wissen es zu schätzen, wenn unsere Praktikanten sich mit unserer Zeitung identifizieren.«

Er grinste mich impertinent an.

»Und übrigens, Alix, falls du den Besuch vielleicht nachholen willst, ich hätte heute Abend noch nichts vor.«

Vergiss es, dachte ich wutschnaubend, und weil mir bitter die Galle hochkam, ging ich zu Gina und meldete mich für den Rest des Tages krank.

Und das war ich auch fast. Schließlich hatte ich die ganze Nacht hindurch gearbeitet und heute Morgen auch noch diesen Artikel geschrieben, den Bleibtreu mit einer einzigen arroganten Handbewegung weggefegt hatte. Jetzt noch Fotokopien für ihn zu machen, hätte mich getötet. Also war es besser, wenn ich mal eine Auszeit nahm und mich von dem ganzen Stress etwas erholte.

Ich kaufte mir beim Bäcker an der Straßenbahnhaltestelle ein Pain Chocolat und fuhr zurück ins Wohnheim.

Dort brühte ich mir eine Wiener Melange aus der Tüte auf und machte es mir im Bett bequem.

Schade, dachte ich immer noch frustriert, es wäre ein toller Aufmacher geworden, wo bei uns doch so selten mal was richtig Krasses passierte. Ich knabberte an meinem Schokobrötchen. Hm, lecker. Ob ich die Bilder und die Story vielleicht einfach einer anderen Zeitung anbieten sollte? Als Praktikantin war ich ja schließlich nicht mit dem *Tagesanzeiger* verheiratet. Ich rief Melli an.

Die war noch ziemlich verschlafen, lauschte meiner Erzählung aber begierig und war sofort Feuer und Flamme.

»Klar!«, rief sie. »Mach das unbedingt und sofort! Jetzt ist die Sache noch heiß und exklusiv, und wenn es heute Abend eine andere Zeitung bringt, wird sich dein Mr.-Blue-Eyes-Doofmann-Bleibtreu ganz schön in den Hintern beißen.«

Das wohl eher nicht, dachte ich grinsend, nach der Glassplitterattacke würde er den wohl noch eine Weile sanft behandeln.

Ich hockte mich also an den PC, machte einen weiteren Ausdruck des Artikels, speicherte noch einmal die Fotos auf CD und eilte zur *Abendzeitung*. Da ich inzwischen ganz gut über die Abläufe bei einer Zeitung Bescheid wusste, verlangte ich dort in der Lokalredaktion gleich den Chef vom Dienst zu sprechen. Als der mich tatsächlich trotz laufender Redaktionssitzung empfing, präsentierte ich zuerst die Fotos und erzählte kurz, was ich in der Nacht erlebt hatte.

»Sensationell!«, sagte er sofort. »Das machen wir zum Aufmacher der Abendausgabe. Kommen Sie am besten gleich mit in die Sitzung.«

Ich lief rot an und meine Knie begannen zu zittern. Das gab es doch nicht! Bleibtreu hatte mich während des ganzen Praktikums nicht ein einziges Mal in eine dieser streng geheimen Redaktionssitzungen mitgenommen, obwohl ich ihn oft genug darum gebeten hatte. Und hier tat der Chef vom Dienst so, als wäre es das Selbstverständlichste der Welt.

Er deutete auf einen freien Stuhl, auf dem ich mich wie in Trance niederließ. Dann wohnte ich dem restlichen Geschehen bei, als säße ich im Kino und ein hochinteressanter Film liefe vor meinen Augen ab, der spannend war, aber mit mir nicht das Geringste zu tun hatte. Aber was auf dieser Sitzung geschah, hatte sehr viel mit mir zu tun! Das merkte ich schließlich am Ende, als feststand, dass mit einigen Kürzungen sogar mein Artikel gedruckt werden sollte und es um die Honorarfrage ging. Honorarfrage?

»Äh, Sie ... Sie machen das schon«, stotterte ich fassungslos.

Das gab es doch nicht. Träumte ich? Ich kniff mich in den Arm. Autsch! Nee, alles echt, alles real. Das hieß ja, ich würde nicht nur einen Artikel veröffentlichen, sondern auch noch Geld dafür bekommen. Wie geil war denn das?!

Nachdem ich noch Kontonummer und Bankverbindung bei der Sekretärin angegeben hatte, eilte ich ins nächste Café, bestellte einen doppelten Cappuccino und rief nacheinander Melli und Paula an. Die freuten sich schier dumm mit mir und wir verabredeten uns für den Abend im *Nachtcafé,* um das Ereignis gebührend zu feiern.

Da würde Bleibtreu aber mal blöd aus seinen blauen Augen gucken, wenn mein Sensationsartikel bei der Konkurrenz erschien. Wenn er da mal nicht Ärger mit seinen Vorgesetzten bekam, wenn die spitzkriegten, dass ihm das Material ebenfalls vorgelegen hatte und er nichts anderes damit anzufangen wusste, als sich mit seinem Hintern draufzusetzen!

♡ ♡ ♡

Die Abendausgaben der Zeitungen waren raus und nicht nur Bleibtreu guckte dumm. Auch Paula, Melli und ich glaubten unseren Augen nicht zu trauen. Da war natürlich ganz toll als Aufmacher im Lokalteil mein Artikel mit den Fotos in der *Abendzeitung* abgedruckt. Es stand auch wirklich, echt und wahrhaftig mein Name als Verfasserin über dem Artikel und ich war unwahrscheinlich stolz. So ungefähr eine Viertelstunde jedenfalls. So lange nämlich bis ich einen Blick auf die Abendausgabe des *Tagesanzeigers* warf, die ein Zeitungsverkäufer im *Nachtcafé* austrug, wo Melli, Paula und ich uns gerade ein Gläschen Prosecco auf meinen Erfolg gönnten.

»Das gibt es doch nicht!«, stieß ich hervor und dann hob es uns doch tatsächlich fast aus den Pantinen, denn der *Tagesanzeiger* hatte ebenfalls in seiner Abendausgabe mit dem Banküberfall aufgemacht.

Schon als ich den Hinweis auf der Titelseite las, durchzuckte es mich in einer dunklen Vorahnung, aber als ich dann den Lokalteil aufschlug, hätte ich angesichts der Infamie von Bleibtreu schreien können.

Zwar war die Überschrift ein wenig anders formuliert, aber der Text und die Fotos waren unschwer als das Material zu erkennen, das ich ihm heute Morgen wie Sauerbier angeboten hatte und das er allenfalls für eine Schülerzeitung für geeignet befunden hatte. Auf jeden Fall untauglich für ein seriöses Blatt wie den *Tagesanzeiger.* Seriöses Blatt mit besonders seriösen Redakteuren!

»Ich drehe durch«, stöhnte ich auf, denn das Allerschärfste war, dass als Verfasser über meinem nur minimal veränderten Artikel niemand anders als Leo Bleibtreu stand!

Obwohl ich mir mehrmals ungläubig die Augen rieb,

löste sich sein Name leider nicht in Schall und auch nicht in Rauch auf.

»Wer steht da als Verfasser?«, fragte ich schließlich, um letzte Gewissheit bemüht.

»Leo Bleibtreu!«, sagten meine Freundinnen wie aus einem Munde.

»So ein Arsch!«, sprach sogar die sanfte Paula einmal Klartext.

Melli hob das Glas. »Na, denn Prost!«, setzte sie zu einem Trinkspruch an. »Der Typ kann sich schon mal auf seine Beerdigung freuen!«

Wir fühlten uns wie der *Club der Teufelinnen,* als wir miteinander anstießen. Rache war die Devise und diesmal, beim Belenus, kam Bleibtreu nicht mit einem lädierten Hinterteil davon.

Als wir uns ein wenig beruhigt hatten, sagte Melli: »Dagegen musst du angehen, Alix. Das ist geistiger Diebstahl. Sei nur froh, dass du das Material auch an die *Abendzeitung* gegeben hast.«

»Aber die werden denken, ich hätte es während des Praktikums beim *Tagesanzeiger* geklaut.«

»Ach, Unsinn. Das kannst du doch wohl widerlegen. Hast du die Dateien im Rechner?«

Ja klar, sicher hatte ich die drin.

»Dann steht ja auch das Speicherdatum dabei und das liegt auf jeden Fall weit vor dem Zeitpunkt, an dem Bleibtreu das Material zum ersten Mal in den Händen gehalten hat.«

Ich seufzte erleichtert auf, obwohl ich immer noch nicht wirklich begriff, was da passiert war.

»Na, der Typ hat einfach dein Zeug geklaut«, sagte Paula.

»Aber er fand den Artikel doch total unter dem Niveau des *Tagesanzeigers* und die Fotos laienhaft.«

Melli tippte sich an die Stirn. »Denk doch mal nach, Alix«, sagte sie, als zweifle sie nun wirklich ein wenig an meinem Verstand. »Der Typ ist doch nicht blöde. Er ist auch schon länger im Geschäft. Der hat natürlich sofort erkannt, dass er da eine tolle Story und Supermaterial auf dem Tisch hatte. Der hat dich von Anfang an austricksen wollen.«

»So ein Sackgesicht!«, brach meine Wut und Enttäuschung erneut aus mir heraus. »Der hat wohl gedacht, ich als kleine Praktikantin würde nicht aufmucken. Er wusste ja, dass ich von ihm eine positive Bewertung des Praktikums brauche, um mein Vordiplom machen zu können.«

Ich brach erschüttert ab. Das konnte ich jetzt wohl knicken, denn die Bescheinigung würde er mir nie mehr ausstellen, und wenn ich auf Knien zu ihm gerutscht käme.

*Was du natürlich unter den gegebenen Umständen wohl kaum tun würdest! Vergiss nicht, das ist auch eine Frage der Ehre!,* appellierte mein innerer Coach an mein Selbstwertgefühl.

Recht hatte er! Vor dem Typ würde ich nie mehr zu Kreuze kriechen. Mittelmeerblaue Augen – damit war jetzt ein für alle Mal Schluss.

*Denn was vorbei ist, Schatz, das ist vorbei!*

»Du musst einen Anwalt einschalten«, empfahl Melli. »Die vom *Tagesanzeiger* müssen dir Schadensersatz zahlen.«

Ach Gott, ja, möglicherweise, aber was war mit der *Abendzeitung?* Die waren doch die eigentlich Leidtragenden.

»Ich muss dahin gehen«, sagte ich leicht fahrig.

»In die Höhle des Löwen? Du bist mutig.« Paula sah mich mit einem Hauch Bewunderung im Blick an.

Ich schüttelte den Kopf. »Das ist kein Mut. Die sollen nur nicht denken, dass ich sie hintergangen habe.«

*Bravo, Mädchen!,* lobte mich mein innerer Coach. *Das ist der richtige Weg.*

Na dann! Ich fuhr noch mal schnell ins Wohnheim, um mir was anderes anzuziehen, denn mit den Partyklamotten wollte ich bei der Zeitung zu diesem Anlass wirklich nicht auflaufen.

Blöderweise hockte Elke in der Küche und hatte nichts Wichtigeres zu tun, als sich für die Duschorgie zu entschuldigen. Nachdem ich ihr mindestens fünfmal versichert hatte, dass es nicht schlimm gewesen sei, weil ich ohnehin noch gearbeitet hätte, riss mir schließlich der Geduldsfaden und ich brüllte sie gegen meine sonstige Gewohnheit ziemlich heftig an.

»Jetzt hör, verdammt noch mal, damit auf! Ich habe, weiß Gott, größere Probleme!« Und dabei knallte ich ihr die beiden Artikel auf den Küchentisch. »Wenn du Juristin bist, dann kannst du mir ja vielleicht mal einen Tipp geben, wie ich gegen diesen geistigen Diebstahl vorgehen kann?!«

Sie zuckte erst kurz zusammen, dann sah sie sich schweigend und sehr konzentriert die Artikel an.

»Die sind ja beide fast genau gleich.«

»Ach, nee!«

»Und der Ursprungstext ist von dir?«

Schnellmerkerin! Ich erzählte ihr, was passiert war.

»Das verstößt gegen das Urheberrecht«, stellte sie ganz sachlich fest. »Dieser Bleibtreu kann nicht einfach dein Material unter seinem Namen veröffentlichen.«

Hm, das hatte ich mir auch ohne Jurastudium schon gedacht.

Sie stand auf. »Los, ich komme mit zur *Abendzeitung.* Du brauchst juristischen Beistand.«

Na, wenn sie meinte. Hauptsache, sie schrieb mir nicht nachher eine Rechnung.

»Wenn du das mit der *Abendzeitung* regeln kannst, werden die schon gegen den Plagiator vorgehen.«

Schön, dann brauchte ich ja wenigstens nicht die Drecksarbeit zu machen und Bleibtreu eigenhändig erwürgen.

»Nimm alle digitalen Daten mit. Kann ich übrigens mal deinen PC einsehen? Dann könnte ich gegebenenfalls bezeugen, dass du wirklich die Urheberin bist. Hast du die Fotos auch noch auf der Kamera?«

Ich starrte sie mit offenem Mund an. Meine Güte, die ging aber ran. Wenn sie das bei der *Abendzeitung* ebenso effektiv managte, dann sollte ich ihr Angebot, mich zu begleiten, wohl doch annehmen. So gab ich ihr also freien Einblick in meine Daten, packte sämtliche Beweise zusammen und fuhr mit ihr zur *Abendzeitung.*

Natürlich wurde ich sofort vorgelassen, denn alles war in höchster Aufregung. So etwas hatte es wohl in der gesamten Zeitungsgeschichte unserer Stadt noch nicht gegeben.

Dank Elkes ruhigem Beistand, dem sie in gewähltem Juristenjargon noch besonderen Nachdruck verlieh, schenkte man mir sofort Glauben. Irgendwie kam wohl auch ihr beiges Kostüm noch zusätzlich besonders kompetent rüber.

»Der kann sich warm anziehen«, sagte der Chefredakteur, dem die Empörung ins puterrote Gesicht geschrieben stand. »Das verstößt gegen jede journalistische Ethik. Wer bei uns so etwas machen würde, wäre die längste Zeit Redakteur gewesen.«

Dann wandte er sich direkt an mich.

»Wir werden Ihre Interessen, Frau Auwald, natürlich bei der juristischen Klärung der Angelegenheit mitvertreten.

Ich denke, da steht Ihnen und uns ganz gehöriger Schadensersatz zu. Allein der Imageschaden ist allerdings kaum in Geld aufzuwiegen.«

»Sehr ... sehr freundlich«, stammelte ich völlig überwältigt von so viel Entgegenkommen. »Aber ... ähm, das ist eher weniger mein Problem ...«

»Was wäre denn Ihr Problem? Wenn wir irgendwie helfen können ...?«

Nun fand ich es direkt ein wenig peinlich, angesichts dieses Desasters mit meinem Praktikumsproblemchen zu kommen, aber was für den einen eine Nussschale ist, ist für den anderen ein Segelboot ... na ja, und, um im Bild zu bleiben, meine Nussschale war grade dabei zu kentern und das durfte nicht sein, denn dann war mein Vordiplom im Eimer und die ganze Lernerei der letzten Monate für die Katz. Also nahm ich all meinen Mut zusammen.

»Es ... es ist wegen des Praktikums. Ich mache doch ein Praktikum beim *Tagesanzeiger* und ... ja, der Herr Bleibtreu war mein Anleiter und ... ja, also, da kann ich wohl nicht mehr hin zurück ... und es fehlen mir doch noch ein paar Wochen ... weil ... sonst kann ich mein Vordiplom nicht machen ...« Warum musste ich nur knallrot werden und so dämlich stottern? Die Leute hier waren doch alle nett und hilfsbereit. War ich denn zu blöd, ein ganz normales Anliegen in einer ganz normalen Frage vorzubringen?

Mein innerer Coach streichelte mal kurz und verständnisvoll meine verkorkste Psyche: *Schlägst dich lieber tausendmal für andere, als für dich selbst was zu erbitten! Mädchen, werde doch endlich mal ein bisschen egoistischer!*

Ich grinste. Dafür habe ich doch meine Leute!

Und tatsächlich nahm Elke sich meines Problems an und formulierte es für die Zeitungsleute noch mal im

Klartext: »Meine Freundin meint, ob sie vielleicht den Rest ihres Praktikums bei Ihnen hier bei der *Abendzeitung* ableisten könnte?«

Hatte ich einen Hörfehler oder hatte sie Freundin gesagt? Das wüsste ich aber! Na ja, okay, heute hatte sie das ja alles ganz gut gemacht. Ob es an dem Quickie unter der Dusche lag?

Es war gebongt. Ich bekam das Praktikum und die schienen sich sogar richtig auf mich zu freuen.

Im Fahrstuhl musste ich Elke einfach mal kurz in den Arm nehmen und knuddeln. Zwar hätte ich das ohne sie vermutlich auch hingekriegt, aber wohl nicht so schnell und vor allem nicht so kompetent.

♡ ♡ ♡

# *Wie man eine Granate entschärft …*

Alles war klar! Die letzten Arbeiten vor dem Umzug konnten in Angriff genommen werden.

Melli hatte Paula versprochen, ihr eine der Schicksalskarten aus einem ganz besonderen Tarot, das sich *Mother Earth* nannte, über ihr Sofa zu malen, und so rückte sie mit einem Overheadprojektor an und warf das auf Folie kopierte Bild einer wirklich sehr schönen und mystischen Karte an die weiße Wand. Sie skizzierte sehr schnell die Umrisse und die wesentlichsten Details und begann dann, alles mit Acrylfarben auszumalen. Es war traumhaft und ich überlegte schon, was ich mir von ihr malen lassen konnte. Während Melli pinselte, fingen wir an, die bereits angelieferten Möbel zu rücken, bis sie endlich da standen, wo sie nach unseren ästhetischen Vorstellungen und Paulas Feng-Shui-Handbuch hingehörten.

Dann kochten wir Tee und hockten uns in die Küche an den schönen alten Küchentisch, den wir bei der AWO-Möbelstube erworben hatten. Er sah aus, als hätte er schon immer in einer solchen Wohnküche gestanden und vielen glücklichen Menschen Platz geboten. Es war klar, dass er in Zukunft einer der kommunikativen Mittelpunkte in dieser WG sein würde.

»Wir müssen dann sofort mal was ganz Leckeres kochen«, sagte ich aus diesem Gedanken heraus und nahm mir vor, bei Sophya vorbeizufahren und einige ihrer genialen indischen Würzmischungen abzuzocken.

Grade als Melli mit ihrem Wandgemälde fertig war, klingelte Jean-Paul an der Tür und brachte eine Zimmerpalme rein, die mein Vater für mich abgegeben hatte. Nein, wie lieb! Und dann war es plötzlich ganz klar, dass ich ein Regenwaldzimmer bekommen würde.

»Ich male dir einen tropischen Wasserfall ans Fußende deines Bettes«, versprach Melli. »In Trompe-l'œil. Dann glaubst du morgens beim Aufwachen, die Vögel zwitschern, die Affen kreischen und das Wasser rauschen zu hören, so lebensecht wird das.«

Hm, klang ja nett, aber vielleicht wäre dann doch das Badezimmer der besser geeignete Ort.

Jean-Paul lachte ganz dicht an meinem Ohr.

Hatte ich das etwa mal wieder ungewollt laut ausgesprochen?

Er beugte sich zu mir. »Ich sehe das genau wie du, am Fußende *deines* Bettes stelle ich mir eine große rosa Wolke vor, auf der eines von diesen Liebesengelchen sitzt, wie sie Raffael in der Sixtinischen Kapelle gemalt hat.«

Ich starrte ihn peinlich berührt an und ohne lange Überlegung rutschte mir der nächste Fauxpas heraus: »Sehe ich wirklich so bedürftig aus?«

Oh Gott, was musste der Mann bloß von mir denken? Er spielte doch nicht etwa auf den Kuss an, mit dem ich mich auf der Verkehrsinsel an ihn rangeworfen hatte? Hatte er mich da doch erkannt? Aber nein, das war doch eigentlich ganz unmöglich, so, wie ich ausgesehen hatte …

»Äh, eine Tasse Tee gefällig?«, fragte ich, um ihn ganz schnell auf andere Gedanken zu bringen.

Aber er wollte sich nicht auf andere Gedanken bringen lassen, sondern sagte mit einem wundersamen Ausdruck in seinen wirklich schönen blauen Augen: »Einen Liebesengel an seinem Bett kann doch jeder gebrauchen. Vielleicht malt mir Melli das Gegenstück zu deinem.«

»Äh, Entschuldigung, mir ist, äh ... plötzlich ganz ...«

Ich konnte nicht mehr sagen, dass mir ganz plötzlich zum Kübeln war, sondern rannte mit der Hand vorm Mund ins Bad.

»Was war das denn eben?«, fragte Jean-Paul, als ich nach einigen Minuten wieder auftauchte.

Ich wusste es auch nicht, eine Art Allergie vielleicht, gegen blaue Augen möglicherweise oder rosa Wolken oder, was am wahrscheinlichsten war, gegen Liebesengelgesülze!

Melli, Paula und ich waren also vollkommen ausgelastet, aber da wir schließlich einiges zu feiern hatten, verabredeten wir uns im Irish Pub. Melli musste da zwar arbeiten, aber immerhin war sie bei uns. Zwar hatten Paula und ich angesichts der vielen Ausgaben für die Wohnung noch überlegt, ob wir wegen des ernormen Preises von 3,90 Euro für das Bier im Irish Pub nicht doch die Studentenkneipe gegenüber vorziehen sollten, wo es nur 1,60 Euro kostete. Da aber in letzter Zeit meistens die Studentenkneipe gesiegt hatte, wir heute aber endlich Paulas bestandene Gesellenprüfung und meinen Sieg über Bleibtreu feiern wollten und Melli unbedingt dabei sein musste, entschieden wir uns doch für den Pub. Schade, dass Melli nicht mal für ihre Freundinnen Rabatt bekam.

»Wir sind fertig mit dem Bad«, verkündete ich stolz, als wir bei Melli jede ein Pint bestellten.

Ich freute mich schon tierisch auf den dicken, cremigen Schaum, der, wenn er gut gezapft war, steif war wie geschlagene Sahne.

Es war Karaoke-Abend und wir schauten uns an, wie sich stadtbekannte Persönlichkeiten am Mikro zum Affen machten. Musste man als Ratsfrau wirklich die Knef imitieren oder als leitender Verwaltungsbeamter auf Elton

John machen? Dass der ebenso schwul war wie sein Gesangsvorbild, wusste ja mittlerweile jeder in unserer Stadt, sonst hatte er allerdings nicht die geringste Ähnlichkeit mit Elton – null Stimme und kein Talent zu gar nichts!

Das Niveau steigerte sich, als Paula zu vorgerückter Stunde auf die kleine Bühne trat und ein paar kesse Chansons zum Besten gab.

Meine Herren, das kriegte sie aber prima hin. Sie hatte wirklich eine tolle Stimme.

Ich starrte während ihrer Performance total fasziniert zur Bühne und so bekam ich gar nicht mit, dass an unserem Nebentisch das Publikum gewechselt hatte. Dort hatte sich nämlich jemand niedergelassen, den ich ziemlich gut kannte – viel zu gut, um neben ihm und seiner Ische sitzen zu wollen! Leo Bleibtreu – the devil in disguise himself!

Paula war nach ihrem umjubelten Auftritt wieder an unseren Tisch zurückgekehrt und Melli hatte grade zwei neue Pintgläser Guinness für uns gebracht, als Bleibtreu sie ohne Vorwarnung am Po packte und sagte: »Nun schieb deinen Hintern auch mal hier rüber oder hast du Vorzugsgäste?«

Der tickte ja nicht mehr richtig! Ich setzte mich so, dass er mich nur von hinten sehen konnte und zischelte Paula zu: »Du, das ist er ...«

Sie schielte zum Nachbartisch. »Wer?«

»Na, er, Mr. Blue Eyes, der Bleibtreu.«

»Nein!«

»Pst, er darf mich nicht erkennen, sonst gibt es Ärger.«

Das hatte Melli nun auch mitgekriegt. »Wenn hier jemand Ärger kriegt, dann er von uns«, zischte sie total wütend. »Der wird sich noch wundern. Das hat er sich bestimmt nicht träumen lassen, dass er heute im *Club der*

*Teufelinnen* zu Gast ist. Schlagt ein, Schwestern! Eine für alle, alle für eine!«

Sie hielt uns die Hand zum Abklatschen hin und obwohl es mir megapeinlich war, klatschte ich genau wie Paula ab. Zugleich wurde mir aber ziemlich schwummerig. Melli hatte doch wohl hoffentlich nichts vor, was uns in aller Öffentlichkeit blamieren würde? Doch, hatte sie.

Erst stiftete sie Paula an, noch mal zu singen, und zwar einen richtigen Männerhassersong, und dann kündigte sie den auch noch mit einer Widmung für einen speziellen Gast an: »… nämlich für unseren ganz besonderen Freund, Leo Bleibtreu!«

Das war ja noch nicht weiter schlimm, aber als er Melli daraufhin beim nächsten Bier, das sie an seinen Tisch brachte, reichlich grob am Arm festhielt, um sie zur Rede zu stellen, wie er zu dieser Ehre käme, da ging es einfach mit ihr durch. Sie sagte ihm geradewegs und nicht sehr leise ins Gesicht, dass er ein Abschreiber und Schmierfink sei, der Artikel anderer Leute unter seinem Namen veröffentlichte, und sowieso wäre er der größte Drecksack, der auf Erden wandelte. Und weil seine Ische sich neben ihm ganz fürchterlich aufblähte, nahm sie das randvolle Pint Guinness und kippte es ihr in das freizügige Dekolleté mit den Worten: »Ich soll Sie auch noch schön von einer Freundin grüßen, die sitzt da drüben.«

Die Tusse kreischte hysterisch auf, als ihr die braune Brühe in die Korsage lief. Bleibtreu aber kümmerte sich gar nicht um sie, sondern drehte sich abrupt zu mir herum und starrte mich mit einem dermaßen hasserfüllten Blick an, dass mir das Blut in den Adern zu stocken drohte.

Liebes Lieschen, der war aber nachtragend, dabei war er doch selbst schuld, dass sie ihn beim *Tagesanzeiger* gefeuert hatten. Denn das hatten sie tatsächlich postwendend getan, wie ich bei der *Abendzeitung* erfahren hatte. Holla, was tat er denn jetzt?

Er sprang auf, schnappte sich seine Ische und Melli gleichzeitig am Arm und zerrte sie an die Bar.

»Wo ist hier der Chef?«, brüllte er. »Ich will einen Verantwortlichen sprechen! Das war ein tätlicher Angriff Ihres Bedienungspersonals auf meine Verlobte!«

Hört, hört, Verlobte. Dann hatte sie ja vermutlich außer dem Porsche noch mehr Geld und konnte ihn, wo er nun arbeitslos war, standesgemäß durchfüttern. Was für eine perverse Lebenseinstellung der Typ doch hatte. Und als ich an seinen Blick eben dachte, da fragte ich mich wirklich ein letztes Mal, wie ich mich jemals in diese Augen hatte verlieben können.

*Errare humanum est,* gurrte mein Coach versöhnlich. *Passiert jedem mal.*

Wer allerdings keineswegs versöhnlich war, war Bleibtreu. Er zeterte herum, verlangte Schadensersatz, Genugtuung, Polizei und ... Mellis Entlassung! Und weil der Wirt endlich Ruhe haben wollte, damit das Geschäft weiterlief, schickte er Melli schließlich nach Hause.

»So was kannst du echt nicht bringen«, sagte er und es klang endgültig.

Melli riss sich zwar unwahrscheinlich zusammen, aber als sie dann auf ihre Vespa stieg, musste sie den Helm wieder absetzen, weil sie sonst darunter in ihren Tränen ersoffen wäre.

»So eine Scheiße«, jammerte sie. »So eine verdammte Scheiße aber auch! Der kann mich doch deswegen nicht einfach rauswerfen!«

Doch, dachte ich, kann er bestimmt. Und genauso gut wie Melli wusste ich, dass das eine Katastrophe war. Denn Melli hatte keine Eltern wie ich, die ihr regelmäßig jeden Monat Unterhalt aufs Konto überwiesen. Sie musste von dem Verdienst im Irish Pub ihr ganzes Studium finanzieren.

Jetzt aber dachte sie nicht einmal an sich, als sie schluchzte: »Wir brauchen doch das Geld, wie sollen wir denn sonst die Wohnung bezahlen?«

Das wusste ich, ehrlich gesagt, auch nicht.

♡ ♡ ♡

Melli blies Trübsal, Paula schob den Blues und ich versank darüber in Tristesse. Das war aber auch mal gemein vom Schicksal! Alles hatte sich so prima angelassen und nun drohten unsere schönen Pläne in einem Strohfeuer zu verbrennen. Außer Spesen nix gewesen! Melli hatte keinen Job mehr, Thomas wollte doch lieber nicht in eine Frauen-WG ziehen und ohne Mellis und seinen Mietanteil war die Wohnung nicht zu finanzieren.

Paula und ich hockten fröstelnd in Mellis Kühlhaus, hatten Decken um uns gewickelt und wärmten die klammen Finger an handgetöpferten Teepötten, in denen Yogi-Tee dampfte.

»Es müsste halt mehr Menschen wie Jean-Paul geben, die auch einer jungen Künstlerin mal was abkaufen.«

Melli machte eine ausladende Handbewegung zu ihren Werken hin. »Es wäre ja genug da.«

Ich zuckte resigniert die Schultern.

»Selbst wenn du genügend verkaufen würdest, müssten wir immer noch den Anteil von Thomas ausgleichen. Das heißt also, dass wir uns schleunigst nach einem neuen Mitbewohner umschauen müssen.«

»Aber fremde Leute sind blöd.«

»Geld macht nett.«

»Dass das Quatsch ist, siehst du doch an der Ische vom Bleibtreu. Wo ist die denn nett?«

»Na, dann müssen wir wohl sehen, wie wir aus dem Mietvertrag wieder rauskommen. Für eine Wohnung in den Schuldturm gehen oder am Hungertuch nagen, ist jedenfalls nicht mein Fall.« Melli schüttelte den Kopf. »Nee, Leute, dann bleibe ich lieber in meinem Loft.«

»Und frierst dir den Hintern ab!«, warf ich wütend ein.

»Also, ich würde bei der hohen Miete auch lieber kein Risiko eingehen«, meinte Paula nun auch noch.

Sie hatte gut reden. Sie konnte ja schließlich bei ihren Eltern wohnen bleiben. Aber was war mit mir? Ich hatte mein Wohnheimapartment gekündigt und saß am Ende des Monats praktisch auf der Straße.

»Du könntest doch sicher auch wieder zu Hause wohnen«, antwortete Paula auf meine Vorhaltungen.

Na, prächtig! Das war ja auch genau das, was ich mir vorgestellt hatte. Nervige Eltern, pansiger Bruder und Vordiplombüffelei! Nee, das konnte und durfte ich mir nicht antun.

»Ich denke nicht daran, mich so einfach von unseren Plänen zu verabschieden«, sagte ich mit gezwungenem Optimismus. »Nicht bevor sich nicht jeder noch einmal wirklich bemüht hat, das Projekt zu retten. Los, Leute, schlagt ein!«

Ich hielt meine Hand zum Abschlagen hin. Sie wurde aber nur ziemlich lasch von den beiden touchiert. Sauer raffte ich meine Sachen zusammen und machte mich vom Acker.

»Frag doch Elke mal! Die ist Juristin und weiß bestimmt einen Trick, wie wir aus dem Mietvertrag wieder rauskommen, falls unsere Bemühungen doch nichts bringen sollten«, rief Melli mir noch nach, als ich scheppernd die Glastür ihres Ateliers hinter mir zuwarf.

Nee, Ladys, das war jetzt aber gar nicht cool!

Ich lief bibbernd durch die bereits dämmrigen Straßen, als es zu schneien begann. Im Schneeregen erschien mir unsere Situation noch betrüblicher und die Kälte ließ erst mein Gesicht und dann mein Herz erstarren. Obwohl alles so abgrundtief traurig und mir absolut zum Heulen zumute war, konnte ich nicht eine Träne weinen, sondern fühlte mich wie ein gefühlloser Klumpen Eis.

Plötzlich tauchte aus dem Flockenwirbel vor mir das imposante Eingangsportal des naturhistorischen Museums auf. Ob das ein Wink des Schicksals war, das wollte, dass ich endlich den lange geplanten Museumsbesuch bei Jean-Paul realisierte? Wer weiß, vielleicht war es die letzte Chance, ihn überhaupt noch einmal zu Gesicht zu bekommen, wenn das mit der Wohnung doch nichts würde. Nachdem er am Anfang des Monats noch kräftig bei den Renovierungen mitgeholfen hatte, hatte er sich in den letzten Wochen ziemlich rar gemacht. Nein, nicht dass er uns nicht weiter mit Rat und Tat zur Seite gestanden hätte, wenn er da war, aber wann war er schon mal da?

»Mädels«, hatte er sich entschuldigt, »ich würde euch gerne mehr unterstützen, aber wir hängen im Museum ziemlich nach. Die Skelettteile für die Saurierausstellung sind ausschließlich chinesisch beschriftet und es ist eine wahnsinnige Puzzlearbeit, alles richtig zuzuordnen. Diese chinesischen Schriftzeichen sehen für uns alle gleich aus und sind sehr schwer zu unterscheiden. Bis zur Eröffnung ist es nicht mehr lange hin und dann müssen die Burschen komplett stehen.«

Na, da war ich ja mal gespannt, wie weit er mittlerweile gekommen war.

Hm, konnte ich denn jetzt einfach da reinspazieren? Mich befielen Zweifel. Wie dumm, dass ich ihn so lange wegen Leo Bleibtreu vernachlässigt hatte. Sogar sträflich vernachlässigt, wenn man es genau betrachtete. Denn obwohl Melli immer wieder betont hatte, dass er nicht ihr Typ wäre und sie wirklich nichts von ihm wollte, bestand ja immerhin die Möglichkeit, dass er inzwischen etwas von ihr wollte. Mist. Ich hätte nicht dermaßen auf Bleibtreu fixiert sein dürfen.

*Sag ich doch,* bemerkte mein besserwisserischer innerer Coach, der aus einem unerfindlichen Grunde an Jean-Paul einen Narren gefressen hatte.

Ich trat in den Eingang. Hm, sah ziemlich geschlossen aus. Ob Jean-Paul überhaupt da war? Vielleicht fand er es gar nicht gut, wenn ich ihn besuchte?

*Nun knick nicht gleich wieder ein,* mahnte mein innerer Coach. *Du weißt doch, eine der besten Methoden, einen Mann für sich zu gewinnen, ist, Interesse an seiner Arbeit zu zeigen.*

Hm, bei Bleibtreu hatte das nicht grade viel gebracht.

*Ausnahmen bestätigen die Regel,* ermunterte er mich. *Wozu hast du dich denn in der Bibliothek neulich extra über Saurier schlaugemacht?*

Ich fühlte, wie ich rot wurde, weil er mich ertappt hatte. Tatsächlich war ich gleich am nächsten Tag nach Mellis und meiner Hausieraktion in die Unibibliothek gestürzt und hatte ein paar dicke Wälzer über Saurier durchstöbert. Da hielt ich ihn ja noch für meinen gesuchten Mr. Blue Eyes und hatte mir vorgenommen, ihn so schnell wie möglich im Museum zu besuchen. Und schließlich wollte ich nicht wie der letzte Dödel ohne jegliche Saurierkenntnisse dastehen. So eine totale Ignoranz, wie sie bei mir vorlag, konnte man sich ja seit Steven Spielberg, der die Menschheit mit *Jurassic Park* beglückt hatte, wirklich nicht mehr leisten.

Und so hatte ich sogar nach diesem komischen Saurier, über den Jean-Paul seine Doktorarbeit schrieb, gesucht, obwohl nicht mal dessen Name richtig bei mir hängen geblieben war. Irgendwas Lateinisches wie Coryozotten. Nee, das war was in der Gebärmutter, Saurier passten da nicht rein. Cory war es aber, da war ich mir irgendwie ganz sicher, das hatte sich auf meiner Festplatte eingebrannt. Nur wie ging dieses Corybumsdings weiter? Ich hatte grübelnd in dem Buch geblättert und dann einen lexikalischen Anhang entdeckt: Co … Coryt … Corythosaurus! Na bitte. So was in der Art war es doch gewesen. Ich schlug die Seite 326 auf: Corythosaurus, deutsch auch Entenschnabelsaurier, Familie der Hadrosaurier, wegen seines hahnenkammähnlichen Knochenfortsatzes auf dem Kopf auch Helmsaurier genannt, wichtigste Funde: Alberta, USA … Tyrell Museum of Paleontology … Hauptvorkommen vor 78–74 Millionen Jahren in der Kreidezeit.

Ich musste bei dieser Erinnerung grinsen. Ja, so enthusiastisch war ich an die Sache herangegangen und alles wegen Jean-Pauls blauen Augen. Dann war plötzlich Leo Bleibtreu aufgetaucht und ich wusste, dass Jean-Paul doch nicht mein gesuchter Mr. Blue Eyes war. Tja, irgendwie dumm gelaufen.

Der Schneeregen peitschte mir ins Gesicht. Ich trat einen Schritt zurück und lehnte mich Schutz suchend gegen eine Seiteneingangstür. Überraschenderweise gab sie nach. Ich trat in einen Flur, der direkt an der Pförtnerloge vorbei in den Eingangsbereich des Museums führte. Wann hatte Jean-Paul gesagt, arbeitete er im Museum?

Hm, vielleicht war das Glück mir hold und er war noch da. Der Pförtner war ausgeflogen, jedenfalls war seine Loge leer, und so machte ich mich alleine auf den Weg zur großen Ausstellungshalle. War ja schließlich nicht das erste Mal, dass ich dieses Museum besuchte.

Als mein Bruder und ich noch klein waren, hatte mein Vater uns fast jeden zweiten Sonntag hierhergeschleift, um Mama Zeit zum Kochen zu geben. Ich erinnerte mich noch, dass mir all die ausgestopften Tiere in den Dioramen ganz schön Angst gemacht hatten, weil sie mich immer so steif und stumm und glasäugig angeglotzt hatten.

Ich erreichte den Eingang zur großen Halle und blieb gebannt auf der Schwelle stehen. Wow, das sah ja absolut geil aus! Acht riesige Dinoskelette reckten ihre Hälse der hohen Decke entgegen. Zwar waren alle noch von Gerüsten umgeben, aber man konnte schon ahnen, wie majestätisch sie bald hier residieren würden. Wahnsinn!

Außer mir schien kein Mensch hier zu sein. Ich schaute mich suchend nach Jean-Paul um und entdeckte ihn schließlich oben auf einem Gerüst, das einen Saurier umschloss, der noch ohne Kopf herumstand. Wie es aussah, war auch der Hals noch nicht fertig, denn Jean-Paul versuchte offenbar gerade, ein Wirbelstück dort anzusetzen.

Sehr spannend. Aber ebenso spannend fand ich die vielen Gerüste. Kein Parcoursläufer konnte an so etwas vorbeigehen. Das war einfach eine Herausforderung, die ich annehmen musste.

Ich zog die Trageriemen meines Rucksacks fester und setzte zu einem Sprung zwischen zwei Gerüstleitern an. Klappte super! Cool! Adrenalin schoss mir ins Blut und ich peilte sofort das nächste Hindernis an. Mit einer eingesprungenen Pirouette schraubte ich mich an einer Gerüststange nach oben, sprang auf einen Querstreben, schwang mich unter einem Laufbrett hindurch, machte einen klassischen Felgaufschwung und stand nun auf einer Höhe mit Jean-Paul. Um zu ihm zu gelangen, musste ich nur mit einem gewagten Sprung den Luftraum zwischen meinem und seinem Saurier überwinden.

Parcoursläufer denken nicht lange nach. Das ist sinnvoll, denn würden sie nachdenken, würden sie sicherlich mitunter von gewissen Aktionen Abstand nehmen. Was schade wäre – in einigen besonderen Fällen allerdings auch nicht. In diesem besonderen Falle wäre ein wenig Nachdenken zweifellos sinnvoll gewesen …

Aber zu spät. Ich flog im Fledermaussprung – Batgirl lässt grüßen – von meinem Gerüst zu Jean-Paul hinüber, der mich bisher noch gar nicht wahrgenommen hatte. Das tat er jetzt dafür umso intensiver.

Er schrie, als er mich sah, zwar noch: »Nein, dreh um!«, was natürlich nicht grade von viel Ahnung über aerodynamische Prozesse zeugte. Aber da landete ich auch schon neben ihm auf einem schmalen Laufbrett, das sofort bei meiner beidbeinigen Landung zu vibrieren begann, und dann mitsamt dem ganzen Gerüst in Schwingungen geriet.

»Bist du wahnsinnig?«, brüllte Jean-Paul und klammerte sich Halt suchend an einen Handlauf.

Ich wollte es ihm gleichtun, erwischte aber nur das Fangnetz, in dem ich Sekunden später wie eine Spinne kleben blieb. Okay, mutabor Spidergirl!

Wenn ich nun erwartet hatte, dass sich das Gerüst nach diesen kleinen Schwankungen wieder auspendeln würde, hatte ich mich allerdings getäuscht. Die Gerüstbauer hatten wohl nicht allzu viel Zeit für den Aufbau verschwendet und wesentliche Sicherheitsmaßnahmen außer Acht gelassen. Zahlreiche Steckverbindungen waren offenbar nicht richtig durch Riegel gesichert, was ich ja nun wirklich nicht ahnen konnte, und darum hielten sie der ungewohnten Beanspruchung einfach nicht stand. Daher legte sich das Gerüst nicht wieder beruhigt in seine Scharniere zurück, sondern die Ausschläge der Pendelbewegungen wurden immer größer und das Schwanken immer heftiger.

»Runter!«, schrie Jean-Paul mich an. »Los, runter!«

Ein paar herausgerutschte Gerüststangen touchierten den Chinasaurier und ein Unheil verkündendes Knarren und Kracken ließ uns panisch auf das fast fertige Skelett starren.

»Rutschen!«, schrie ich Jean-Paul zu. »Versuch, an den Seitenstangen runterzurutschen!«

Denn das schien mir die schnellste Methode zu sein und die einzige Möglichkeit, noch vor dem Zusammenbruch des ganzen Gerüsts festen Boden unter die Füße zu bekommen. Oh mein Gott! Ich fühlte die Gerüststangen in meinen Händen heiß werden und über und hinter mir wurde das Knacken und Krachen lauter und drohender. Dann sah ich den Kachelboden der Halle vor mir und ließ für einen letzten Sprung die Gerüststange los.

Aber ich war, statt vom Saurier weg, genau unter ihn gesprungen, was mir ein kurzer Blick nach oben grausam klarmachte. Wie ein gewaltiger Regenschauer prasselten unzählige Knöchelchen und Knochen auf mich nieder, bis schließlich als dickster Brocken Jean-Paul dicht neben mir zu Boden ging. Sekunden später krachte der gewaltige, nach unten offene Brustkorb aus seiner lichten Höhe auf uns herab und begrub uns unter sich.

Ade, cruel world, war das Letzte, was ich dachte, als ich mich zusammen mit Jean-Paul auf den Boden warf. Wenigstens ging ich mit einem attraktiven Mann zusammen ins Jenseits ein. Und falls da wirklich das Paradies auf die Menschen warten sollte, wäre das doch eine wirklich gute Voraussetzung für einen wundervollen Neubeginn.

Himmel! Was für ein Glück, dass diese Dinosaurier so stabile Rippen hatten, die auch nach ein paar Millionen Jahren noch nichts von ihrer Schutz- und Stützkraft verloren hatten.

Als endlich Ruhe einkehrte, lagen Jean-Paul und ich bäuchlings eng aneinandergepresst auf dem Kachelboden unter den Rippenbögen des Sauriers wie in einer geschützten Höhle. Jean-Paul hatte seinen Arm um mich gelegt und als ich meinen Kopf ein wenig zur Seite drehte, sah ich geradewegs in seine wundervollen blauen Augen. Was zu einer Spontanausschüttung einer Überdosis Oxytocin, allgemein als Kuschelhormon bekannt, führte. Mein Gott, wüsste ich nicht diesen makabren Knochenhaufen über uns, ich hätte mich noch enger an ihn geschmiegt und den Rest des Tages, ach was, des Lebens in dieser gemütlichen Position verbracht.

So aber rappelten wir uns ein wenig auf und als wir nun beide leicht lädiert im Saurierbrustkorb hockten, ging über Jean-Pauls Gesicht plötzlich der Flash der Erkenntnis.

»Du ... du bist diese gemeingefährliche Parcoursläuferin, die mich an der Straßenbahnhaltestelle gerammt hat und die ich davor bewahrt habe, vor die einfahrende Straßenbahn zu kullern!«

Leugnen war zwecklos, also senkte ich nur schuldbewusst den Blick und wartete darauf, dass er sich nicht nur daran, sondern auch an etwas Positives erinnerte – diesen wunderbaren Kuss auf der Verkehrsinsel zum Beispiel ...

Aber er schlug sich lediglich mit der flachen Hand gegen die Stirn und jaulte sofort danach auf, weil er eine dicke Beule über der linken Augenbraue getroffen hatte.

Dann schnauzte er, als ob ich was dafür gekonnt hätte: »Ich hätte dich rollen lassen sollen! Vor die Straßenbahn, meine ich! Du scheinst ja wohl die Katastrophen anzuziehen wie die Scheiße die Fliegen! Weißt du, was du angerichtet hast? Geh mir bloß aus den Augen!«

Er starrte auf die Reste des Dinos, an dem er eben noch herumgebastelt hatte. Hm, war ja mehr stehen geblieben, als ich nach dem Getöse angenommen hatte. Das Gerüst stand bis auf ein paar Stangen, die aus dem Sicherheitsgeländer im oberen Laufbereich herausgerutscht waren, auch noch ziemlich komplett. Deswegen fand ich Jean-Pauls Gezeter wirklich etwas überzogen. Männer machten doch echt aus jeder Mücke einen Dinosaurier!

»Ich muss verrückt gewesen sein, einer personifizierten Umweltkatastrophe wie dir das Leben zu retten! Die Menschheit wird mich verfluchen dafür. Kannst du mir mal sagen, wer bis zur Ausstellungseröffnung das Skelett wieder aufbauen soll?«

Nee, konnte ich nicht wirklich.

»Alleine für den Brustkorb werden wir einen Kran brauchen. Wo soll ich den denn noch so kurzfristig auftreiben?«

Keine blasse Ahnung.

»Und wer soll das bezahlen?«

Hm, da stellte sich wohl wieder mal virulent die Frage nach meiner Haftpflichtversicherung. Aber da ich mir diesmal gar nicht sicher war, ob die auch fossile Schäden tragen würde, beschloss ich, schnellstens einen Abflug zu machen, bevor ich in die Fänge irgendeines Offiziellen geriet. Noch hatte mich hier ja außer Jean-Paul niemand gesehen und der würde mich doch bestimmt nicht verpfeifen. Also nichts wie weg!

»Äh … du regelst das schon«, hauchte ich Jean-Paul noch zu, dann grub ich mich blitzschnell aus dem Knochenberg und floh vom Ort des Grauens.

»He!«, rief er mir konsterniert nach. »Sag mal, was soll das?«

Aber darauf hatte ja schon Grönemeyer keine Antwort bekommen!

♡ ♡ ♡

Völlig fertig und vom Schneeregen durchnässt kam ich im Wohnheim an. Als ich wenig später mit einer heißen Tasse

Tee einsam und alleine auf meinem Sofa hockte, wurde mir erschreckend die ganze Tragweite dessen, was am Nachmittag im Museum geschehen war, klar: Ich konnte unmöglich in diese WG ziehen! Nicht nur, dass ich den Einzug vermutlich gar nicht überleben würde, weil Jean-Paul mich für das, was ich ihm angetan hatte, schon im Treppenhaus erwürgen würde … nein, auch so. Denn falls ich wider Erwarten unsere Wohnung doch unversehrt erreichen sollte, würde ich nie zur Ruhe kommen. Ich würde stets daran denken müssen, dass unter mir ein Knochensammler wohnte, der durch mich vermutlich seine Existenz verloren hatte, seine Doktorarbeit knicken konnte und mich allein schon aus diesen beiden Gründen hassen musste. Somit würden mich auch alle anderen Nachbarn schneiden, sobald bekannt wurde, dass ich eine gemeingefährliche Irre war, und damit waren sämtliche sozialen Kontakte im Haus von vornherein zum Scheitern verurteilt. Durch mich würde die ganze WG stigmatisiert werden und das Etikett »Wahnsinnigen-Gemeinschaft« erhalten. Was bedeutete, dass keiner der Nachbarn etwas mit den Bewohnern der Atelierwohnung zu tun haben wollte. Kleine Kinder würden mit dem Finger auf uns zeigen und uns die Zunge rausstrecken und der Hund des Mieters aus dem ersten Stock würde uns ans Bein pinkeln, während Frau Waschkowski sich über uns ihr Schandmaul zerreißen würde. Na gut, das hätte sie wohl unter normalen Umständen auch getan und was den Hund und die Kinder anging … Na, lassen wir das. Klar war auf jeden Fall eins: Ich konnte meinen Einzug in dieses Haus vergessen!

Ich war ja im Grunde genommen hart im Nehmen und konnte ziemlich viel aushalten, aber den Gedanken, dass ein Mensch mit so wunderschönen blauen Augen, wie Jean-Paul sie hatte, mich nicht nur nicht liebte, sondern verfluchte, diesen Gedanken konnte ich einfach nicht ertragen. Was wäre er für ein wunderbarer Ersatz für meinen Fehlgriff bei Bleibtreu gewesen und nun hatte ich diese zweite Chance auf einen Mr. Blue Eyes, die mir das Schicksal so freundlich gewährt hatte, auch vermasselt.

Und es war doch nicht bloß Einbildung gewesen, dass er bereits anfing, mich auch zu mögen!

Wie lieb er mir zum Beispiel die Handhabung der Bohrmaschine gezeigt und seinen Arm um mich gelegt hatte, um mit mir gemeinsam ein Loch zu bohren. Nein, was war da für eine sinnliche Energie zwischen uns übergesprungen – ein wahrer Funkenflug! Wären die anderen nicht dabei gewesen, ich hätte ihn glatt in mein Zimmer geschleppt, damit er da ein wenig … hm … sagen wir mal … weiterbohrte. Er roch einfach gut, seine Hand, mit der er die meine zusammen mit der Bohrmaschine führte, war warm, trocken und packte sanft zu. Ein leicht pfefferminzig-herber Männerduft umgab ihn, unaufdringlich, angenehm. Nicht wie diese Schweißkiller aus dem Drogeriemarkt, die sich Oberstufenschüler und klamme Studies so unter die Achseln rieben. Nee, der Typ hatte eine feine, erotische Duftmarke. Und sein Arm lag wie ein Bollwerk gegen den Stress der Welt um meine Schultern. Tja, damals noch. Heute hatte der gleiche Arm zwar auch um meiner Schulter gelegen, das Bollwerk aber war mitsamt dem Viertel eines Dinosaurierskeletts zusammengekracht.

Ich seufzte in abgrundtiefer Verzweiflung auf. Was für ein Mann: tatkräftig, humorvoll, hilfsbereit, mit einem etwas – sagen wir mal – unüblichen, aber durchaus interessanten Job, falls er den nach diesem Desaster noch hatte. Ein Typ, der gut aussah, sich benehmen konnte, wunderbar blaue Augen hatte, göttlich küsste und … und … und den ich dennoch nur vergessen konnte!

Ich rief Paula an.

»Weißt du, wie spät es ist? Ich kündige dir die Freundschaft, wenn du nicht bald mal mit diesen nächtlichen Überfällen aufhörst. Ich bin schließlich eine berufstätige Frau!«

»Die Freundschaft kündigst du mir sowieso, wenn du hörst, was ich dir zu sagen habe.«

»Na, dann hat es doch besser bis morgen Zeit. Schlaf lieber noch mal drüber!«

Hängte mich das Mädchen doch tatsächlich einfach ab! Das war ja mal wieder ganz typisch Paulas Art, Probleme am besten gar nicht an sich rankommen zu lassen.

Also Melli. Die war natürlich noch wach und als sie ans Handy ging, hörte ich laute Musik und Stimmengewirr im Hintergrund.

»Wo bist du?«, fragte ich einigermaßen verwundert.

»Im Irish Pub.«

»Wie, im Irish Pub? Ich denke, die haben dich gefeuert?«

Melli lachte glücklich. »Ach, das war gestern. Nachdem du uns vorhin so eine Standpauke gehalten hast, habe ich halt mal angefragt, ob die meinen Job schon vergeben haben. Und stell dir vor, die haben echt gemerkt, dass sie ohne mich nicht klarkommen. Ich kriege sogar ein paar Euro mehr in Zukunft. Damit wäre meine Miete gesichert und einen Ersatz für Thomas finden wir schon noch. Also, was mich angeht, kann der WG-Ballon steigen.«

Wie schön doch, dachte ich frustriert und es tat mir wirklich leid, dass ich den Ballon zum Platzen bringen musste.

Aber da es keinen Sinn machte, lange um den heißen Brei herumzureden, holte ich tief Luft und sagte tapfer: »Melli, das klingt toll, aber ich ... ich kann nicht mit in die WG ziehen.«

»Häh? Wieso denn das auf einmal nicht? Ich sagte doch, mit meiner Miete ist alles klar, und wegen dem Zimmer von Thomas, das legen wir halt auf uns alle um … Du kannst jetzt nicht einfach abspringen! Das Ganze war doch schließlich deine Idee!«

Ich weiß. »Nach dem, was heute passiert ist, würde ich Jean-Paul zu einem Mord, zumindest aber doch zu einer ähnlichen Aggressionsabfuhr verleiten und das kann ich nicht, äh … verantworten. Ich suche auch ganz schnell einen Ersatzbewohner für mich und …«

»Stopp, stopp, *stopp*!«, fuhr Melli dazwischen. »Ehe du weiter solchen Unsinn redest, sag mir lieber, wie viel und was du getrunken hast!«

»Ich habe nicht getrunken!«

Obwohl, vielleicht sollte ich das mal machen!

»Dann hast du gekifft!«

»Auch nicht! Ich bin stocknüchtern und habe auch keinerlei halluzinogene Drogen genommen. So was habe ich auch gar nicht nötig.«

»Stimmt«, pflichtete Melli mir bei. »Du drehst auch ohne das ziemlich leicht ab.«

»Aber ich bin im Vollbesitz meiner geistigen Kräfte und … Melli, es ist wirklich für alle das Beste, wenn ich nicht einziehe, glaub es mir.«

Ich fing an zu heulen, weil ich mir plötzlich so unglaublich edel und selbstlos vorkam. Alix im Büßerhemd auf dem Weg ins Kloster, weil sie das Glück ihrer Freunde nicht gefährden wollte – so ähnlich jedenfalls.

»Nun lass doch endlich diesen Schwachsinn!«, schimpfte Melli. »Was ist denn eigentlich passiert? Und was hat Jean-Paul damit zu tun? Hast du dich mit Paula gezankt?«

»Viel schlimmer.«

Schweigen.

»Nun schieb schon rüber die Kunde.« Melli wurde megaungeduldig, was vielleicht auch an der vorgerückten Stunde lag.

Na gut, dann sollte sie eben die grausame Wahrheit erfahren: »Ich … ich habe einen Dinosaurier zertrümmert.«

»Du hast was?«, schrie Melli so laut, dass mir fast das Gehörknöchelchen zersprang.

»Siehst du«, jaulte ich auf. »Du schreist mich auch gleich an. Jean-Paul wird mich zerfetzen, wenn ich nur in seine Nähe komme.«

Nun schwieg Melli erneut, und zwar ziemlich lange. Als ich schon glaubte, die Verbindung sei tot, fragte sie vorsichtig: »Also, ich verstehe doch richtig? Du hast einen von Jean-Pauls Dinos zertrümmert? Wann und wo?«

»Heute Nachmittag … im Museum … einen von den chinesischen Ausstellungssauriern … Er wird mich töten!« Schluchzend presste ich die Worte hervor.

Der Ansicht schien Melli nun auch zu sein, denn sie sagte darauf zunächst nichts. Also ergriff ich schließlich das Wort.

»Siehst du. Es ist also ganz unmöglich, dass ich in dieses Haus einziehe, wo es zu einer Bluttat kommen muss, weil wir uns unweigerlich früher oder später über den Weg laufen werden.«

»Besser früher«, sagte Melli und klang entschlossen. »Es hört sich zwar an, als hättest du ziemlichen Bockmist gebaut, aber ich denke nicht daran, deshalb unsere gemeinsamen Pläne über den Haufen zu werfen. Ich erwarte, dass du dich mit Jean-Paul aussprichst und …«

»Niemals! Ich will ihn nie, nie, nie wiedersehen!«

Nun reagierte Melli aber richtig giftig: »Halt jetzt mal den Mund und denk nicht nur an dich! Paula und ich sind außer dir schließlich auch noch betroffen und du kannst nicht die Zukunft von drei Menschen einfach so in die

Tonne treten, nur weil du zu feige bist, den Konsequenzen deines Handelns mal ins Auge zu sehen!«

Nein, konnte und wollte ich wirklich nicht. Wie sollte ich das auch aushalten: diesen anklagenden Blick aus diesen magisch blauen Augen! Hab doch Erbarmen, Melli! Es wird mir das Herz brechen.

Sie erbarmte sich nicht, bot aber an, die Moderation des Gesprächs zu machen. »Dann kriegen wir das schon hin.«

Niemals, dachte ich. Aber ich sagte fatalistisch: »Wir können es ja versuchen.«

♡ ♡ ♡

Das erübrigte sich dann aber.

Frühmorgens kam Sophya mit Sean und seinem Bully und ehe ich mich sträuben konnte, hatten sie den größten Teil meiner Habe, die natürlich bereits seit Tagen in Kartons verstaut auf den Umzug gewartet hatte, aus dem Zimmer bugsiert und im Auto verstaut.

»Ich nehme die Straßenbahn in die Uni«, sagte Sophya. »Du kannst dann mit Sean fahren. Er hat heute frei und hilft dir, die Sachen raufzutragen. Ich komme dann nach der Vorlesung direkt zu dir in eure neue Wohnung.«

Na prima! Kam ich vielleicht auch mal zu Wort? Nee, kam ich nicht und als sie weg war, ohne dass ich ihr meine geänderten Absichten erklärt hatte, traute ich mich auch nicht, Sean zu sagen, dass er das ganze Zeug wieder zurückräumen sollte. Wäre irgendwie auch nicht gegangen, da ich ja meine Studentenbude zum Monatsende gekündigt hatte.

Also fuhren wir in die Jägerstraße. Da lief es dann genauso weiter. Ohne viel Federlesen drückte Sean mir einen Karton mit Klamotten in die Arme und schleppte selbst zwei schwere Bücherkisten nach oben. Ich schnaufte frustriert hinter ihm her und überlegte, wie ich bloß schnellstens hier wieder wegkam. Am besten zog ich zunächst bei meinen Eltern ein. Die Sachen konnte Papa mit Robbie dann in den nächsten Tagen hier abholen.

So stieg ich in Gedanken, Stufe um Stufe mit dem unförmigen Karton und meinen Sorgen beladen nach oben und erreichte schließlich den letzten Treppenabsatz vor unserer Wohnung, ohne zu merken, dass ich gerade Jean-Pauls Eingangstür passiert hatte. Ich fuhr daher völlig verschreckt herum, als ich plötzlich hinter mir seine Stimme hörte.

»Hey, Alix!«

Ich verwirbelte mich mal kurz in einer panischen Pirouette, verlor auf dem schmalen Treppenabsatz das Gleichgewicht, warf erst den Klamottenkarton auf Jean-Paul und mich dann gleich hinterher.

Bitte, lieber Gott, dachte ich noch flehend, lass es jetzt genug sein. Diese Erde und vor allem die Menschheit auf ihr kommen ganz gut ohne mich zurecht.

Dann fiel ich auf den Karton, der unter meinem Gewicht aufplatzte und meine Reiz- und Nachtwäsche über Jean-Paul und ins Treppenhaus ergoss. Ich schloss die Augen, weil ich einfach nicht hinsehen konnte.

Plötzlich fühlte ich kräftige Hände, die mich packten, und wartete mit verrenkten Gliedern darauf, dass sie sich innerhalb von Sekunden um meinen Hals legen würden, um mich zu erwürgen. Taten sie nicht.

Stattdessen schloss sich einen atemberaubenden Augenblick lang eine feste Umarmung um mich und eine leicht verwirrte, aber dennoch gefasst klingende Männerstimme sagte: »Ach Gott, ja, ich hatte ganz vergessen, dass du heute einziehst. Ich hätte gewarnt sein müssen. Es war absolut leichtsinnig von mir, vor meine Tür zu treten.«

Oh, nein! Ich öffnete die Augen und wollte grade zu Jean-Pauls Beruhigung sagen, dass ich gar nicht wirklich einzog, als schallendes Gelächter durchs Treppenhaus dröhnte. Auf der Treppe über uns stand Sean und wieherte wie ein anatolischer Wildesel und unter uns standen Melli und Paula, die sich ebenfalls nicht mehr einkriegten.

Was sie zu diesem Heiterkeitsausbruch veranlasste, ließ auch mich trotz meiner bescheidenen Lage kichern. Jean-Paul und ich hockten mit leicht verknoteten Gliedern in einem Berg verstreuter Klamotten von mir. Dass es überwiegend Nacht- und Unterwäsche war, hatte ich schon erwähnt. Okay, hatte ich auch gesagt, dass Jean-Paul einen roten Spitzen-BH auf dem Kopf trug, dessen eines Körbchen wie die Augenklappe eines Piraten schräg über sein Gesicht hing?

Ich sterbe, dachte ich. Ich sterbe auf der Stelle, ganz und gar freiwillig und ohne, dass jemand Hand an mich anlegen muss! Lebt wohl, ich liebe euch – alle!

»Und du verspürst wirklich nicht den Drang, mich umzubringen?«, fragte ich und sah Jean-Paul skeptisch in seine belustigt schauenden Augen. »Auch später nicht? Wenn du vielleicht genauer darüber nachgedacht hast?«

Wir hatten uns und die Klamotten zusammengeklaubt und waren mit den anderen hinauf in die Atelierwohnung gegangen.

Jean-Paul grinste. »Alix, es wäre wirklich schade, wenn es dich nicht mehr gäbe. Du bist einfach eine Granate.«

»Ja, klar«, sagte ich zweifelnd. »Wer weiß, wo ich das nächste Mal einschlage. Hast du keine Angst davor, dass so was wie ich genau über dir wohnt?«

Nun schaltete sich Melli ein. »Jetzt dramatisier mal nicht so!«

Und Jean-Paul meinte gelassen: »Vielleicht könnte man dich ja ein wenig entschärfen. Oder die Energieströme umlenken. Ich müsste mir mal den Zünder ansehen.«

♡ ♡ ♡

Als ich mit Sean noch einmal losfuhr, um die zweite Fuhre meiner Habseligkeiten aus dem Wohnheim zu holen, erwartete mich ein Schock. In der Küche hockte inmitten eines Stapels von Koffern niemand anders als meine große Schwester Conny, die ich eigentlich bei ihrem Freund in Frankfurt wähnte, wo sie als Chefsekretärin in dessen Firma arbeitete.

»Was machst du denn hier?«, fragte ich völlig konsterniert.

»Äh, diese Mitbewohnerin von dir, diese Elke, hat mich reingelassen.«

Das hatte ich mir nun fast gedacht. Und weiter?

»Ja, ich, nun, ich hatte gedacht, ich könnte mal ein paar Nächte bei dir unterkommen, bis ich eine eigene Bleibe gefunden habe. Aber das ist wohl ein bisschen eng hier … Und diese Elke, äh … meint, du ziehst grade aus?«

Bisschen eng? Ich starrte auf den Kofferberg. In der Tat, wenn sie den in mein Zimmer schaffte, war das voll. Was hatte sie sich denn vorgestellt, welche Maße so ein Apartment im Studentenwohnheim hat? Spiegelsaal von Sanssouci? Na, egal, erst mal musste ich ganz dringend erfahren, was eigentlich bei ihr los war.

»Und wieso suchst du überhaupt eine Bleibe? Ich denke, du bist mit deinem Richard so überaus glücklich liiert?«

Sie zerquetschte eine kleine Träne. »Das … das dachte ich ja auch, aber … ach, ist ja egal … Es ist jedenfalls vorbei.«

»Und da hat er dich einfach so vor die Tür gesetzt? Was für ein Schuft!«

Sie schüttelte den Kopf. »Nee, so weit habe ich es natürlich nicht kommen lassen. Frau hat ja auch ihren Stolz. Ich bin natürlich vorher ausgezogen.«

Ob das nicht ein wenig voreilig war? Meine Schwester neigte schließlich genau wie ich zu etwas heftigen Spontanreaktionen. Immerhin lebte sie seit drei Jahren mit dem Typen zusammen.

»Aber vielleicht hätte sich das doch wieder eingerenkt mit euch? Er hätte sich bestimmt wieder beruhigt.«

Sie schniefte erneut. »Er vielleicht, aber ich nicht! Ich spiele doch nicht für ihn das Hausmütterchen und er darf mich mit jeder x-beliebigen Auszubildenden betrügen!«

Ich war baff. So eine tolle, sexy Frau wie meine Schwester, die betrog man überhaupt nicht!

Sofort hatte sie meine uneingeschränkte Solidarität. »Komm!«, sagte ich also. »Jetzt trinken wir einen Piccolo auf deine neue Freiheit. So 'n mieser Typ hat eine Frau wie dich gar nicht verdient!«

Und dann kam mir blitzartig eine glorreiche Idee.

»Sag mal, Conny, würdest du eventuell auch in eine WG ziehen? Eine reine Frauen-WG, da hättest du gar keine Zeit, deinem doofen Richard nachzutrauern!«

Und ehe sie noch ablehnen konnte, erzählte ich ihr von unserer Wohnung und dass durch die Absage von Thomas grade ein Zimmer frei geworden sei.

»Ja, und du als Chefsekretärin kannst dir doch sicher die Miete für das Zimmer locker leisten.«

Sie lächelte. »Und euer WG-Projekt wäre damit so nebenbei auch gerettet?«

Ich nickte ein wenig schuldbewusst, denn ganz uneigennützig war der Vorschlag ja wirklich nicht.

»Okay«, sagte sie. »Ich schaue es mir an. Klingt verlockend.«

Und da sie nun offenbar für sich eine gute Perspektive sah, bestellte sie ein Taxi und rauschte mit all ihren Koffern ab zu meinen Eltern.

»Weißt du«, meinte sie beim Abschied, »jetzt, wo klar ist, dass es nur für eine kurze Zeit ist, kann ich ruhig auch bei Mama und Papa einziehen. Ich hatte nur Angst, dass die mich nicht wieder weglassen. Aber wenn ich zu dir in die WG ziehe, ist mein Aufenthalt bei ihnen ja von vornherein begrenzt.« Was für ein kluges Mädchen!

Als Sean vom Dönerfuttern zurückkam, spuckte ich in die Hände und in null Komma nichts besorgten wir den Rest des Umzugs.

»Tschüss, Elke!«, sagte ich. »Kannst mich ja mal besuchen kommen.«

Dabei schlug ich hinter ihrem Rücken allerdings drei Kreuze. Dennoch, so übel, wie ich anfangs dachte, war das Mädchen dann doch nicht.

♡ ♡ ♡

Ein paar Tage später luden wir zur Einstandsparty ein und alle kamen. Sogar meine Eltern, die zutiefst erschüttert waren, dass Connys eheähnliche Gemeinschaft mit Richard zerbrochen war, und die sich gleichzeitig schier wegfreuten, dass ihre Töchter nun in einer WG leben würden.

»Dann pass mal schön auf deine kleine Schwester auf«, meinte Papa jovial und stopfte eins von den Brötchen mit Heringssalat, die Frau Waschkowski spendiert hatte, in sich hinein.

Liebes Lieschen, das würden wir ja sehen, wer hier auf wen aufpassen musste.

Mein Bruder kam mit seiner krassen Punkerbraut und ich freute mich, dass meine Eltern sich offenbar damit abgefunden hatten.

Elke tauchte mit Torsten auf, was wieder mal bewies, dass Hexe Paula Unrecht hatte und Abwehrzauber gar nichts brachten. Und das war auch gut so, denn sie schenkte uns ein kleines praktisches Büchlein über das Mietrecht. Wirklich nett von ihr.

Paula hatte eine ganze Reihe ehemalige Mitschülerinnen eingeladen, zu denen sie, im Gegensatz zu mir, immer noch Kontakte pflegte. Sie kamen fast alle mit Freund, was mir doch ein paar ganz schöne Stiche ins Herz gab. Selbst die blödeste Tusse schien ja einen Kerl abgekriegt zu haben, nur ich ... Ach, nein, heute Abend wollte ich das Thema wirklich mal lassen!

In Mellis Freundeskreis sah es doch gleich viel besser aus. Dieser Haufen freakiger Kunststudenten machte der individualisierten Gesellschaft doch mal wirklich alle Ehre – alles Singles aus Überzeugung. Was baute mich das auf!

Zu ziemlich fortgeschrittener Stunde kam dann auch noch Sophya mit Sean und brachte, obwohl sie uns ohnehin schon so viel geholfen hatte, noch jede Menge indische Köstlichkeiten für das Buffet mit, die sich allerdings ein wenig exotisch neben den riesigen Schüsseln mit Nudel- und Kartoffelsalat und den Unmengen von Hackfleischbällchen ausnahmen, die meine Mutter fabriziert hatte. Thomas schien diese Hausmannskost aber geradezu zu verehren. Ich bemerkte es allerdings erst, als mich Conny darauf aufmerksam machte.

»Er küsst den Kartoffelsalat«, sagte sie kichernd.

»Wie, wer, was?« Ich war nicht gleich orientiert.

»Da drüben, Thomas, er küsst den Kartoffelsalat!«

Tatsächlich! Thomas kniete vor unserem provisorischen Büfett, umfasste so, wie er es hin und wieder mit

Paulas Kopf tat, die Kartoffelsalatschüssel und drückte ihr einen Knutscher nach dem anderen auf. Dabei lallte er: »Heirate mich, bitte, heirate mich!«

»Der ist aber nicht ein bisschen stoned?«

»Ein bisschen? Ich würde sagen, total!«

Ich grinste und malte mir aus, was aus so einer Verbindung wohl mal hervorgehen könnte? Stampfkartoffeln?

Der Abend war wirklich sehr lustig, aber jemand sehr Wichtiges fehlte noch: Jean-Paul!

»Wo ist er?«, fragte ich Melli, als ich sie für einen kurzen Augenblick mal von ihren inzwischen etwas nervigen Freunden loseisen konnte und mit ins Bad zog, wo der Sekt und das Bier in der Badewanne standen.

»Wer?«

»Na, Jean-Paul.«

»Ach, ist der nicht da? Ist mir gar nicht aufgefallen.«

Ich starrte sie misstrauisch an. Spielte sie mir jetzt was vor oder hatte sie wirklich so wenig Interesse an ihm, dass ihr seine bisherige Abwesenheit tatsächlich nicht aufgefallen war?

Hm, ob ich mal eben ... aber da war es mir schon rausgerutscht. »Du, generell mal wegen Jean-Paul ...«

»Ja?« Sie sah mich interessiert an und ich hatte das Gefühl, nicht grade den kreativsten Zugang zu diesem, äh ... Frauengespräch zu finden.

»Also, ja, um es kurz zu machen ...«

»Ist aber nicht nötig. Lass dir nur Zeit.« Sie kicherte.

Verdammt noch mal, konnte sie denn nicht mal ernst sein? Es ging schließlich um eine außerordentlich wichtige Herzensangelegenheit. Jawohl!

»Nun sei doch mal einen Moment ernst«, sagte ich tadelnd. »Also, es ist, weil Jean-Paul und ich, also wir haben... also wir haben da ganz eng umschlungen ...«

»Nein!«, kreischte sie dazwischen.

»... doch, eng umschlungen unter einem Dinosaurierbrustkorb gelegen. Ja und da hat er ...«

»Dich geküsst!«

»Nein!« Wie kam sie denn nun da drauf? »Hat er natürlich nicht ...«

»Wie schade! Und du? Hast du ihn geküsst? Ich an deiner Stelle hätte es getan!«

»Wie, du an meiner Stelle?«

Ich war nach einigen Gläschen Sekt im Denken auch nicht mehr so ganz schnell.

»Na ja, wenn ich an deiner Stelle gewesen wäre, hätte ich ihn auf jeden Fall geküsst. Hundertpro! Dann wüsste ich wenigstens endlich mal, wie der Typ so drauf ist in der Hinsicht.«

Wie bitte? Sollte das etwa heißen ...?

»Sag jetzt nicht, dass du ihn noch nicht mal geküsst hast? Da ist wirklich ganz und gar nichts zwischen dir und ihm gelaufen?«

Oh mein Gott, da hatte ich ja einen unglaublichen Vorsprung vor Melli, denn ich hatte ihn ja immerhin schon mal geküsst, auch wenn er das aus irgendeinem unerfindlichen Grunde offenbar verdrängt hatte. Warum nur? Weil mein Kuss so scheiße war? Was für ein entsetzlicher Gedanke!

*Nun reg dich mal wieder ab,* mahnte mein innerer Coach.

Melli grinste in meine gar nicht lustigen Gedanken hinein. »Ich habe, ehrlich gesagt, nie verstanden, wieso du mir ausgerechnet immer mit ihm eine Affäre andichten wolltest.«

»Aber ... aber ich habe es doch gesehen! Er hängt doch auch ständig bei dir rum!«

Nun schaute Melli mich aber doch etwas schärfer an, so als wollte sie sagen, spionierst du mir nach?

»Na ja, ich meine, neulich, da bin ich wegen Elke aus dem Wohnheim abgehauen und als ich bei dir unterkriechen wollte, da … da habe ich euch doch deutlich Arm in Arm in deinem Atelier stehen sehen. Es … es sah so vertraut aus, so … verliebt!«

»Gott, bist du blöd, Alix! Er wollte wirklich nur ein zweites Bild kaufen. Nichts weiter.«

Und dafür legt er seinen Arm um dich?, wollte ich fragen, aber mein innerer Coach bremste mich aus. *Jetzt mach aber mal einen Punkt. Frag Jean-Paul doch selbst, wenn du Melli nicht glaubst!*

Und weil Sean ins Bad gestürmt kam, um Getränkenachschub zu holen, dachte ich nur: Püh, das werde ich auch! Tja, wenn er denn da wäre!

Er wird nicht kommen, dachte ich, er wird mich hängen lassen. Er wollte keinen Kontakt zu einem Mädchen wie mir, das, wie er ja zu Recht gesagt hatte, eine personifizierte Umweltkatastrophe war.

Er kam spät, aber er kam.

Ich war nicht betrunken, nein, wirklich nicht, auch wenn es schon nach Mitternacht war. Und ich legte auch Wert auf die Feststellung, dass auch Jean-Paul nicht betrunken war. Er war sogar noch stocknüchtern. Alles, was geschah, geschah also im Vollbesitz meiner und seiner geistigen und körperlichen Kräfte – nur um das von vornherein klarzustellen. Keine Chance also, für irgendwelche Nebenwirkungen jemand anderen außer uns beiden haftbar zu machen.

Jean-Paul war also vollkommen Herr seiner Sinne, als er mich in seine Wohnung bat, um mir den Knochen des Corythosauriers zu zeigen, den er in Arizona ausgegraben hatte. Mein profundes Interesse an seiner Doktorarbeit, das ich im Laufe des Abends so überzeugend zur Schau gestellt hatte, konnte ihn einfach nicht kaltlassen.

*Das hast du aber wirklich mal gefickt eingeschädelt,* lobte mein innerer Coach, der im Gegensatz zu mir wohl schon ein bisschen angeschickert war.

Na ja, wozu hatte ich mir denn den ganzen Kram in der Unibibliothek angelesen? War ihn ja neulich angesichts des einstürzenden Sauriers im Museum gar nicht losgeworden.

Stolz führte mich Jean-Paul zu seiner Vitrine und deutete auf ein ziemlich mickriges Knöchelchen. Hm, das enttäuschte mich allerdings etwas. So winzig hatte ich es mir wirklich nicht vorgestellt. Hoffentlich war nicht alles so mikroskopisch klein bei ihm! Da hatte frau ja schon allerhand erlebt!

Nun, in der Hinsicht konnte er mich bald beruhigen.

»Was immer jetzt auch geschieht«, sagte er, als er mich vorsichtig zu seinem Schlafzimmer dirigierte, »versprich mir, dass du nicht mehr ins Museum kommst, solange die China-Saurier dort ausgestellt sind. Ein drittes Mal kriege ich die nicht mehr zusammengesetzt und die Versicherung wird mir einen derartigen Zusammenbruch auch nicht noch einmal abnehmen.«

Ich grinste schuldbewusst und versprach es.

»Ja, und diesen Sport, den du da treibst, wie heißt der …?«

»Parcourslaufen.«

»Ja, also, könntest du den vielleicht auch eine Weile einstellen? Wenigstens solange wir zusammen sind?«

Hatte ich einen Hörsturz? Er hatte doch nicht wirklich gesagt, dass wir zusammen sind?

»Ich … ich verspreche alles«, stotterte ich völlig überrumpelt. »Du … du brauchst mich aus keiner dummen Situation mehr zu retten, auch nicht von lebensgefährlichen Verkehrsinseln …«

»Hm«, sagte er grübelnd. »Gerade das war eine Situation, die mich ein wenig mit deinem Sport versöhnen könnte.«

Er mochte ihn, zuckte es mir wie ein Blitz durchs Gehirn. Er mochte meinen Kuss!

Im selben Moment hob er mich auf seine starken Arme und trug mich über die Schwelle seiner Schlafzimmertür. Er ließ mich auf das Bett plumpsen.

»Na gut«, meinte er lächelnd. »Dann wollen wir doch mal sehen, wie wir eine Granate wie dich entschärft kriegen. Ich denke, wir sollten deine Chaospower mal in eine etwas sozialverträglichere Energie umwandeln.«

»Und die wäre?«

Er grinste, murmelte etwas von Sex und Orgasmus und tauchte in tiefere Gefilde ab, um den Zündmechanismus zu suchen.

Er fand alles, was er finden musste.

Als er wieder auftauchte, leuchteten seine Augen in intensivem dunklem Blau und während seine Hände weiter meinen Körper erkundeten, küsste er mich mit einer Wärme und Hingabe, die mir den Atem verschlug. Was waren seine Lippen warm und weich und was schmeckte er gut! Er hatte sogar ein Kondom und überhaupt kein Problem damit.

Zwar war ich garantiert nicht die erste Frau in seinem Bett, aber definitiv die erste, die es zum Einstürzen brachte! Wir würden wohl noch eine Weile auf dem Gebiet der Energietransformation üben müssen. Bis dahin musste jederzeit mit Chaosschauern aus heiterem Himmel gerechnet werden. Katastrophenhagel waren ebenfalls nicht ausgeschlossen.

»Du bist unglaublich«, brummte Jean-Paul, als wir uns aus den Betttrümmern hervorwühlten.

»Du auch«, flüsterte ich und zog mit ihm und der Bettdecke auf das Sofa in seinem Wohnzimmer um.

Er löschte sämtliche Lichter. Nur die Vitrine mit den Saurierknochen war noch beleuchtet. Wie romantisch. Da schwappte der Oxytocinspiegel im Blut ja mal wieder total über! Ich kuschelte mich an ihn.

*Lass es!,* sagte mein innerer Coach. *Frag ihn das jetzt nicht!*

Ich seufzte. Aber da er recht hatte, verkniff ich mir die Frage wirklich. Solange wir so guten Sex hatten, war es doch auch eigentlich egal, ob er mich liebte! Oder nicht?

Ich starrte auf mein Handy, das eine SMS anzeigte. Oh mein Gott, das durfte ja wohl nicht wahr sein! Sie war von Paula und was ich da las, warf mich total um: Hallo, Alix, ich habe mit Thomas Schluss gemacht. Er wollte mich heiraten!

Hm, da hatte er wohl in der Nacht noch seine Meinung geändert und sich vom Kartoffelsalat getrennt! Oder hatte er mit dem nur seinen Antrag geübt: Heirate mich, bitte, bitte heirate mich! Das war ja zum Brüllen!

Aber Spaß beiseite. Paulas SMS klang ja ziemlich ernst und vor allem ... reichlich endgültig. Aber, ehrlich gesagt, tat es mir nicht wirklich leid. Thomas war ein echter Langweiler und etwas in dieser Richtung hatte ich längst erwartet. Dennoch wollte ich Paula grade zurückrufen und mir, sensationslüstern wie ich nun mal war, das Drama, das zu diesem Entschluss geführt hatte, schildern lassen, als Jean-Paul mit dem Frühstückstablett ins Wohnzimmer kam.

Ich packte schnell das Handy weg. Der Anruf bei Paula musste warten. Denn das Schönste am Morgen danach ist schließlich das Frühstück davor. Ich schaute Jean-Paul tief in seine wunderbaren blauen Augen und konnte mein

Glück kaum fassen. Aber da ich eine sensible Freundin war, überlegte ich ganz nebenbei beim Eipellen schon mal prophylaktisch, wie wir für Paula einen neuen Typ an den Haken kriegen konnten.

Was würde das für eine geile Zeit werden! Köder aussuchen, anfüttern, Angel auswerfen … Diese Liebesdienste war frau einer besten Freundin einfach schuldig.

Ich entspannte nun völlig und ein leichtes genießerisches Grinsen legte sich auf mein Gesicht, als ich mich gegen Jean-Pauls nur leicht behaarte Brust schmiegte und an die vor Paula, Melli und mir liegenden Angelfreuden dachte.

**Und so geht's weiter!**
**Leseprobe aus dem nächsten Roman mit Alix, Paula und Melli. Diesmal aus der Sicht von Paula.**

**Bianka Minte-König/Gwyneth Minte**
**Liebe? Immer wieder!**

**Ab Juli 2007 im Buchhandel erhältlich.**

♡ ♡ ♡

# *Eine Braut, die sich nicht traut*

Er lag vor meinen Füßen auf dem Boden, umklammerte mit den Armen meine Unterschenkel und schlug in regelmäßigen Abständen mit seinem Kopf auf meine Knie. Dabei lallte er: »Heirate mich, Paula, bitte, heirate mich!«

Er, das war Thomas. Seit der Oberstufe die Liebe meines Lebens, was ihn allerdings in meinen Augen keineswegs berechtigte, mir einen Heiratsantrag zu machen. Wo kämen wir denn dahin, wenn das jeder täte! Ich geriet regelrecht in Panik. Das konnte doch wohl nicht sein Ernst sein?

War es aber scheinbar doch und obwohl er ziemlich besoffen im Kopf war, kriegte er so komplizierte heiratsrelevante Worte wie Standesamt, Aufgebot, Bausparvertrag nahezu unverstümmelt über seine Lippen. Meine Güte! Das war ja brandgefährlich!

Ich schaute mich schon mal nach einer Fluchtmöglichkeit um, aber in der Diele drängten sich jede Menge Leute, die mit uns die Einweihung unserer WG feierten und genau vor der Tür zum Treppenhaus hatte sich Frau Waschkowski, unser hauseigenes Kontrollorgan, aufgebaut. Die ließ mich nie durch ohne Passierschein oder zumindest einen triftigen Grund. Und wenn sie das mit dem Heiratsantrag spitzkriegte, würde sie bestimmt die Tür dreimal abschließen und umgehend nach dem Pastor telefonieren, um die Trauung sofort und ohne Verzögerung vor Ort vollziehen zu lassen. Jedes verheiratete Paar wertete nämlich in ihren Augen die Hausgemeinschaft auf. Denn ihrer Ansicht nach gab es viel zu viele von diesen lotterhaften Singles, die in Junggesellenhaushalten und WGs ihr Unwesen trieben, statt Familien zu gründen.

»Deutschland geht zugrunde, das Volk stirbt aus!«, überschüttete sie jeden, der es nicht hören wollte, mit ihrer demografischen Panikmache.

»Paula! Was ist denn nun? Wie lange soll ich denn noch hier auf den Knien liegen? Willst du mich heiraten, oder nicht?«

Eher nicht, dachte ich und starrte mit Missfallen auf Thomas, der nicht unbedingt den frischesten Eindruck machte. Und ich konnte nicht umhin, mir einzugestehen, dass ich mir den ersten Heiratsantrag meines Lebens irgendwie romantischer vorgestellt hatte. Irgendetwas zwischen einem Meer von Rosen, Sternenhimmel und Champagnersee! Warum eigentlich diese Eile?

Gut, wir hatten beide unsere Ausbildung abgeschlossen. Ich als Friseurin, er als Grundschullehrer, aber war das ein Grund für dieses plötzliche Nestbausyndrom?

Ich konnte es ja im Prinzip nachvollziehen, dass er mich gerne dauerhaft an sich binden wollte, und eigentlich hatte auch ich mir ja immer vorgestellt, dass unser gemeinsamer Weg unweigerlich in eine eheliche Lebensgemeinschaft führen würde. Warum also geriet ich nicht sofort in einen Glückstaumel, hörte Hochzeitsglocken bimmeln und erlöste Thomas schnellstens mit einem dankbaren Kuss aus seiner etwas misslichen Lage? Vielleicht weil das, was ihn erlösen würde, mich zu versklaven drohte? Ach, ich weiß auch nicht, warum ich statt glücklich nur geschockt und misstrauisch war! Jedenfalls kamen mir bei seinem überraschenden Antrag keine Orgelklänge, die den Hochzeitsmarsch intonierten, in den Sinn, sondern Kondome mit Noppen.

Tja, und die waren mit ein Grund, warum ich Thomas nicht im Überschwang der Gefühle an den Hals sprang, mich mit ihm am Boden wälzte und kreischende Jubelschreie ausstieß. Danke, Liebling, danke, du machst mich zur glücklichsten Frau der Welt! Nee, war nichts mit glücklichster Frau und so … Es gab nichts zu jubeln! Jedenfalls so lange nicht, bis die Sache mit unserem Sexualleben geklärt war.

Okay, auch wenn ich allein schon bei dem Gedanken rot anlief wie eine Kirschtomate, Alix hatte mir gerade noch rechtzeitig die Augen geöffnet. Einen Mann, mit dem sich eine Frau im Bett langweilt, konnte sie einfach nicht heiraten. Also bei aller Liebe nicht! Schon gar nicht, wenn es nicht mal die Noppen brachten. Denn das hieß ja, dass ein schwerwiegendes Ehehindernis vorlag, und das musste erst mal beseitigt werden.

Wie ich meinen Freundinnen Alix und Melli schon erklärt hatte, ist Liebe selbstverständlich mehr, als jedes Mal einen Orgasmus zu haben, aber natürlich ist beides zusammen auch nicht zu verachten.

Trotzdem: Das mit dem Sex war nicht der einzige Grund für meine Panik. Nein, bei Weitem nicht. Eigentlich war es wegen der WG. Thomas hatte nämlich eigentlich mit mir und meinen beiden Freundinnen Alix und Melli in diese tolle Wohnung ziehen wollen, in der wir grade unseren Einstand feierten. Aber dann hatte er ganz plötzlich einen Rückzieher gemacht, etwas von schicker Dreizimmerwohnung mit Platz für ein Kind gefaselt und gemeint, der Bausparvertrag, den seine Eltern in weiser Voraussicht frühzeitig für ihn abgeschlossen hätten, wäre bald zuteilungsreif und eine Eigentumswohnung zu kaufen wäre doch da viel sinnvoller, als irgendeinem Immobilienhai die Miete in den Rachen zu stopfen. Hat er gesagt.

Sein Rückzieher hätte uns fast das Genick gebrochen. Finanziell, meine ich. In den Ruin hätte er uns getrieben und noch immer stand das Zimmer leer, denn Alix' Schwester Conny, die es in letzter Minute nehmen wollte, weil sie von ihrem Lover, der auch noch ihr Chef war, in jeder Hinsicht auf die Straße gesetzt worden war, wurde noch am Tage des Einzugs von ebendiesem Typ auf Knien angefleht, doch bitte wieder in seine Firma und sein Bett zurückzukehren, da er ohne sie nicht leben konnte. Und was tat sie? Sie zog ihn doch tatsächlich einem emanzipierten Leben in einer Frauen-WG vor! Sie folgte ihm wieder nach Frankfurt und wir hatten weiterhin die Miete für das leere Zimmer am Hals.

Hm, sollte Thomas vielleicht immer noch darauf spekulieren, dass ich nicht in die WG einzog, sondern mit ihm in eine gemeinsame Wohnung? Am Sonntag wollte ich die restlichen Möbel bei meinen Eltern abholen und er hatte mir versprochen, dabei zu helfen. War sein Heiratsantrag nichts als ein weiterer Boykottversuch unserer WG-Pläne? Wollte er damit verhindern, dass ich dann dem seiner Ansicht nach unguten Einfluss meiner Freundinnen noch stärker ausgesetzt war? Schließlich hielt er Alix für promiskuitiv und Melli für eine Kampflesbe! Was natürlich beides völlig abwegig war!

Hm, irgendeinen Grund hatte er bestimmt, mich so plötzlich mit einem Heiratsantrag zu überfallen …

»Hey, Paula!«, riss mich Melli aus diesen uninspirierenden Gedanken. »Freut mich zu sehen, dass Thomas zu dir zurückgefunden hat. Eben hat er noch dem Kartoffelsalat einen Heiratsantrag gemacht.«

Wie bitte, dem Kartoffelsalat? Ich verstand nur Bahnhof. Aber egal!

»Jetzt macht er jedenfalls mir einen!«, rief ich zu ihr rüber.

Melli kriegte einen total panischen Gesichtsausdruck. »Das ist ein Scherz, oder?«

Ich schüttelte den Kopf und wies auf den immer noch lallenden Thomas, der in seiner unbequemen Position offenbar verharren wollte, bis ich endlich meine Einwilligung gegeben hatte.

»Den nimmst du doch aber wohl nicht an?« Mellis spontanes Entsetzen ließ ihre Stimme schrill klingen.

Tja, ganz sicher war ich mir da noch nicht.

»Der will dich nur in eine kleinbürgerliche, spießige Zweizimmerwohnung abschleppen!«, kreischte sie.

»Dreizimmereigentumswohnung«, korrigierte ich.

»Egal! Das ist auf jeden Fall gemein und hinterhältig! Wahrscheinlich hat er das schon die ganze Zeit geplant. Er will dich nur nicht mit uns in einer WG wohnen lassen. Bestimmt fürchtet er unseren schlechten Einfluss auf dich! Du könntest ja ein selbstständiger Mensch bleiben wollen und nicht für ihn zum Hausmütterchen mutieren!«

Hm, so etwas Ähnliches hatte ich ja auch schon befürchtet. Jetzt, wo er sein Referendariat beendet hatte und ich auch mit der Lehre fertig war, lag so ein Lebensentwurf eigentlich nahe: Hochzeit, Eigentumswohnung, Kinder ... Oh mein Gott, nein! Ich war vierundzwanzig! Ich war viel zu jung für die Ehe und alles, was die womöglich an unübersehbaren Folgen mit sich brachte. Und ich konnte ja nicht mal kochen! Okay, im Vergleich zu dem fehlenden Kick in unserem Sexualleben war das vielleicht nachrangig, aber dennoch ... Es kam eins zum anderen und wenn man alles zusammenzählte, sprach eigentlich wirklich mehr gegen eine Heirat als dafür. Jedenfalls, wenn man den überaus hinderlichen Aspekt vernachlässigte, dass ich Thomas eigentlich liebte.

Zwar sagte Melli immer, dass die Ehe die beste Methode

sei, eine Liebe auf dem schnellsten Wege totzukriegen, aber da stimmte ich ihr nicht wirklich zu. Doch immerhin hatte sie ja viel Lebenserfahrung und der Gedanke, dass mir beim Sex mit Thomas immer häufiger etwas ganz Wesentliches – nämlich die Lust – abhanden kam, beunruhigte mich schon sehr. Wenn ich jetzt den Heiratsantrag von Thomas annahm, dann hatte er ja keinen Grund, sich mit dieser Thematik noch groß auseinanderzusetzen. Dann würde vermutlich alles so weitergehen wie bisher. Ein langes, sexuell verödendes Eheleben lang … wie furchtbar!

»Steh auf!«, bellte ich Thomas heftiger an, als ich eigentlich wollte. »Ich kann deinen Antrag nicht annehmen. Jetzt noch nicht jedenfalls. Bevor wir heiraten, sollten wir erst mal eine Paarberatung machen.«

Uff, es war raus.

Thomas rappelte sich auf und starrte mich verwundert an.

»Paarberatung? Du meinst Brautpaarberatung in der Kirche? Bist du so religiös?«

»Ähm, ehrlich gesagt, hatte ich da jetzt weniger dran gedacht … Ich meinte eher so was wie, äh, ja, *Zwei bei Kallwass* … Sexberatung eingeschlossen.«

Irgendwie wurde Thomas plötzlich ganz grün im Gesicht. Ob vom Alkohol oder wegen der Aussicht, an unserer Beziehung noch arbeiten zu müssen, wusste ich so spontan nicht zu sagen. Jedenfalls hievte er sich auf die Beine und stand dann wie ein Spuckbeutel in der Gegend herum.

»Das heißt also?«, fragte er schließlich, mühsam die Fassung bewahrend.

»Das heißt, dass ich deinen Antrag total süß finde, ihn aber leider ablehnen muss …«

Das »im Moment jedenfalls noch« hörte er wohl nicht

mehr, denn er übergab sich außerordentlich geräuschvoll vor meine Füße.

»Zu viel Kartoffelsalat«, meinte Melli lakonisch. »Da sollte er sich wirklich in Zukunft etwas mehr zurückhalten, wenn das solche Auswirkungen hat.«

Wobei mir nicht ganz klar war, ob sie mit Auswirkungen das Speien oder den Heiratsantrag gemeint hatte.

Thomas entschwand ins Bad und ich zog mich in mein Zimmer zurück, in dem immerhin schon ein Bett stand, und schrieb Alix, die mit Jean-Paul seit geraumer Zeit verschwunden war, eine SMS. Als ich sie abgeschickt hatte, konnte ich es selbst kaum fassen. Thomas hatte mir tatsächlich nach fünf Jahren einen Heiratsantrag gemacht und ich hatte ihn abgelehnt.

War ich denn von allen guten Geistern verlassen? Wer weiß, ob jemals wieder ein ansehnlicher Mann das Verlangen haben würde, ein Pummelchen wie mich vor den Traualtar zu schleppen? Vielleicht hatte ich soeben die einzige Chance auf ein bürgerliches Familienleben versemmelt! Und warum? Nur weil ich geileren Sex wollte! Wie egoistisch! Kein Wunder, dass die Familiengründungen in Deutschland dramatisch zurückgingen. Ich war gemein und undankbar und erwartete einfach zu viel vom Leben. Das ging doch nicht! Dazu hatte ich überhaupt kein Recht!

Wie so oft in meinem Leben hatte ich nach langem Hin und Her eine Entscheidung getroffen und begann sofort wieder, mir darüber Gedanken zu machen, ob die wohl auch richtig war. Stieg da nicht schon wieder verdächtige Reue in mir auf?

Jemand hatte sich zu mir aufs Bett gesetzt und seinen Arm um mich gelegt. Erst dachte ich, es sei Thomas, aber es war Melli.

»Na? Zweifel? Brauchst du nicht zu haben, Paula«, sagte sie mit sanfter, einfühlsamer Stimme. »Du hast genau das Richtige getan. Liebe ist mehr als Sex, das stimmt, aber sie ist auch mehr als ein auskömmliches Leben in einer Dreizimmereigentumswohnung.«

♡ ♡ ♡

In den wenigen verbleibenden Nachtstunden wälzte ich mich schlaflos in meinem noch deprimierend leeren Zimmer auf meinem Diwanbett hin und her, um schließlich in einen regelrechten Albtraum hinüberzudämmern.

Ich saß wie ein kleines Schulmädchen an einem Schultisch und um mich herum standen riesengroß und übermächtig meine Eltern, Tanten, Großtanten, Omas und Opas und schauten tadelnd auf mich herab. Ich fühlte mich winzig, um nicht zu sagen mickerig, und als sie sich über mich beugten, den Mund aufmachten und mit drohend erhobenen Zeigefingern zu schimpfen begannen, bekam ich regelrechte Panik. Denn aus all ihren bösen und zornigen Worten ging eine Botschaft ganz klar hervor: Sie alle fanden es einfach unmöglich, dass ich den Heiratsantrag von Thomas abgelehnt hatte, denn sie waren einhellig der Meinung, dass ich so einen wie ihn nie wieder kriegen würde. Als meine Großtante Henriette dann noch das allergrößte Schreckgespenst an die Wand malte und mit boshaftem Unterton bemerkte: »Du kannst froh sein, dass dich überhaupt einer nimmt, so schön bist du nun auch wieder nicht!«, wachte ich schweißgebadet und völlig fertig auf.

Oh mein Gott! Was hatte ich getan? Ich hatte wirklich und wahrhaftig den einzigen Mann, der mich jemals heiraten würde, zurückgewiesen. Ich würde nie mehr einen finden, der eine viel zu kleine, viel zu fette und überhaupt viel zu hässliche Person wie mich heiraten wollte.

Statt mich über Blümchensex zu beklagen, sollte ich froh sein, dass Thomas mich offenbar so liebte, dass er unsere Beziehung auch noch mit einem Trauschein adeln wollte!

Ich verfiel in flatternde Hektik. Ich musste ihn unbedingt wiederhaben! Er hatte doch hoffentlich meine Absage an seinen Heiratsantrag nicht zum Anlass genommen, unsere Beziehung ganz zu beenden? Ich starrte das Handy an. Sollte ich ihn anrufen? Aber warum rief er mich eigentlich nicht an? Wenn wir noch zusammen waren, wäre es das Normalste von der Welt, wenn er mich anrufen würde. Oder, na ja, vielleicht erwartete er … Ja, was denn eigentlich? Hatte er was zu erwarten? Sollte ich mich bei ihm entschuldigen? Das wäre ja wohl etwas peinlich. Außerdem war er die Schlaftablette im Bett und nicht ich, was bedeutete, dass ganz allein er die Schuld an meiner Abfuhr trug. Warum also sollte ich mich dann entschuldigen? Nee, das machte wirklich keinen Sinn. Andererseits wollte ich ihn ja zurück und wer weiß, ob er meine Abfuhr nicht doch als Signal zum Aufbruch ins Singleleben verstanden hatte und bereits Pläne für ein Leben ohne mich schmiedete. Oh nein, das durfte nicht sein! So hatte ich das doch alles gar nicht gemeint. Oder etwa doch? Hatte mein rebellisches Unterbewusstsein diesen denkwürdigen Augenblick abgepasst, um sich frech in den Vordergrund zu drängen und mein Bewusstsein einfach triebhaft zu überrumpeln? Hätte nicht auch für mich das Singleleben seinen Reiz? Hm, die Frage beantwortete ich besser nicht. Nicht jedenfalls, bevor ich nicht wusste, wie Thomas mit nüchternem Kopf über das gestrige Geschehen dachte. Aber wie konnte ich das rausbekommen?

Ich legte das Handy völlig unschlüssig zur Seite, warf mein Negligé über und pilgerte in die Küche. Wenn ich nicht zu spät zur Arbeit kommen wollte, musste ich mich mal etwas sputen.

Ich hatte eben einen starken Kaffee aufgesetzt und angefangen, wenigstens in der Küche schon mal etwas von dem Partychaos der vergangenen Nacht zu beseitigen, als Alix in die Küche stürmte.

Sie sah zwar etwas müde, aber total relaxed aus. Ja, sie wirkte geradezu glücklich. Das gab mir einen heftigen Stich ins Herz, denn eigentlich könnte ich ja genauso aussehen. Ich hätte nur den Heiratsantrag von Thomas annehmen müssen … Aber ob der wirklich so ein Glücksgriff für mich gewesen wäre, wie Jean-Paul es ganz offensichtlich für Alix war? Ich seufzte. Thomas hatte gegenüber einem neuen Lover einen eindeutigen Nachteil: Ich kannte ihn zu gut!

»Er ist traumhaft, wunderbar, einzigartig … Er hat mir ein Sektfrühstück gemacht und eins seiner Saurierknöchelchen geschenkt!«

Oh je! Wo die doch so unendlich kostbar waren für Jean-Pauls Doktorarbeit. Hoffentlich fehlte das jetzt nicht der Saurierforschung genauso wie das Missing Link der Anthropologie!

»Paula, es ist ein unendliches Glück, dass wir in dieses Haus gezogen sind und Jean-Paul unser Nachbar ist. Ich hätte mir nie träumen lassen …« Sie hielt abrupt inne und riss mich nach einem raschen Schritt vorwärts in ihre Arme. »Aber was rede ich denn da! Wie unsensibel von mir! Erzähl, du Ärmste, was ist geschehen? Warum hast du Thomas einen Korb gegeben?«

Musste sie jetzt schon damit anfangen? Am frühen Morgen und auf nüchternen Magen, noch nicht mal der Kaffee war fertig! Mir wurde bei dem Gedanken an Thomas total schlecht.

Ich starrte, um mir nichts anmerken zu lassen, auf die

Kaffeekanne, in die langsam der Kaffee aus dem Filter blubberte. Was sollte ich denn nur sagen? Also sagte ich schlicht und wenig ergreifend: »Ähm, ja, er wollte mich ganz plötzlich heiraten.«

Alix wirkte ungeduldig.

»Ja, ja, das hast du mir ja schon gesimst, aber was ist denn eigentlich der Grund, warum du seinen Heiratsantrag abgelehnt hast? Ehrlich gesagt, hätte ich das nicht erwartet.«

Alix sah mich mit einem Ausdruck höchster Irritation an.

»Ich auch nicht«, rutschte es mir heraus und noch voll unter der Last des nächtlichen Albtraums ächzend setzte ich leicht panisch hinzu: »Ich muss verrückt gewesen sein! Andere Frauen sehnen sich schließlich geradezu danach, geehelicht zu werden, und ich dusselige Kuh nehme stattdessen seinen Antrag zum Anlass, mich von Thomas zu trennen!«

Alix grinste. »Na ja. Schon ein bisschen ungewöhnlich, einen Heiratsantrag als Trennungsgrund anzugeben. Aber ist ja alles schon da gewesen. Hochzeitsphobie! Darüber gibt's einen coolen Film mit Julia Roberts!«

Sie verstand mich wirklich kein bisschen und den Ernst der Lage schon mal gar nicht. War ja vielleicht auch zu viel verlangt bei ihrem frisch verliebten Zustand. Wenn die Hormone Salsa tanzten, waren die kleinen grauen Gehirnzellen ja meist weitgehend ausgeschaltet.

»Also, ich weiß nicht«, grübelte Alix vor sich hin. »Wenn mich einer gefragt hätte ... aber mich fragt ja keiner. Im Gegensatz zu dir bin ich wohl nicht der Typ zum Heiraten. Eher so jemand für eine offene Zweierbeziehung. Das hat mir jedenfalls mal ein Typ gesagt. Mit der Betonung auf *offen* natürlich und *Beziehung* leicht verschliffen und angenuschelt. Auf die Idee, wegen einer

Heirat bei mir vorzusprechen, ist wirklich noch niemand gekommen.«

»Na, siehst du«, griff ich nach dem Strohhalm, den sie mir anbot. »Die meisten Menschen gehen sehr vorsichtig mit Heiratsanträgen um. Du würdest schließlich auch nicht den Erstbesten heiraten, nur weil er sich vor deinen Füßen wälzt und nach dem Standesbeamten schreit.«

Alix kicherte. Offenbar malte sie sich grade eine entsprechende Szene so richtig schön bunt aus. Noch immer grinsend sagte sie dann: »Paula, du und Thomas ward für uns immer das absolute Dream-Team. Schon in der Schule! Eigentlich schien bei euch von Anfang an alles auf eine Heirat hinauszulaufen. Also versteh mich nicht falsch, ich finde es cool, dass du ihm einem Korb gegeben hast, wirklich voll emanzipiert, aber was war denn nun wirklich der Grund dafür?«

Ja, was war eigentlich der Grund? Hochzeitsphobie war irgendwie ein bisschen platt, also stammelte ich mit immer heißer werdenden Wangen: »Na ja, du hast doch selbst gesagt, wenn das mit dem Sex nicht funktioniert ... Nicht mal das Noppenkondom hat's gebracht.«

Alix starrte mich fragend an: »Noppenkondom?«

»Das hast du mir doch neulich empfohlen. Du hast gesagt, wenn es mit Thomas nicht mehr so prall ist im Bett, dann könnte so ein Kondom mit Noppen was bringen. Hat es aber nicht!«

Alix kriegte nun einen regelrechten Lachanfall. »Und deswegen hast du Thomas einen Korb gegeben? Hut ab, Mädchen! Das war der ultimative Schritt in Richtung auf die absolute sexuelle Befreiung der Frau!«

Sie nahm mich nicht ernst. Kein Wunder, denn nur wegen ödem Sex lässt keine Frau nach fünf Jahren Beziehung einen Typ einfach sausen. Schon gar nicht, wenn er ihr einen Heiratsantrag macht. Oder doch? Nein! Wohl eher nicht. Ich hatte eindeutig überreagiert. Ob Alix das auch so sah?

»Meinst du, Alix, ich habe da was überstürzt?«

# Bianka Minte-König

Beste junge Frauenunterhaltung um die großen Themen Freundschaft und Liebe. Romantisch und mit viel Humor erzählt. Gute Laune garantiert!

978-3-453-58022-0

978-3-453-58023-7

HEYNE

# Johanna Driest

*»Crazy for Love – Das Buch des Jahres.«*
***Bravo***

*»Die in frische und freche Sprache umgesetzte Gedankenwelt der Teenager von heute.«*
***Bunte***

978-3-453-40115-0

978-3-453-40129-7

HEYNE ‹

Frauenunterhaltung von

# Jana Voosen

Liebe, Lügen, Leidenschaften

*»Jana Voosen schreibt zum Wegschmeißen komisch.«* **Prisma**

*»Lustig und mit Tempo erzählt.«* **Celebrity**

978-3-453-58037-4

*Er liebt mich …*
978-3-453-40122-8

*Schöner lügen*
978-3-453-87813-6

*Venus allein zu Haus*
978-3-453-40466-3

HEYNE